भारत का राग अमेरिका के रंग

डॉ. हरि जोशी

ग्रंथ अकादमी, नई दिल्ली

प्रकाशक : ग्रंथ अकादमी,
भवन संख्या-19, पहली मंजिल, 2, अंसारी रोड, दरियागंज, नई दिल्ली-110002
 / संस्करण : 2025 / मूल्य : चार सौ रुपए
मुद्रक : श्री साई प्रिंटर्स, साहिबाबाद ISBN 978-93-86870-29-2

BHARAT KA RAAG, AMERICA KE RANG
satire novel by Dr. Hari Joshi ₹ 400.00
Published by **GRANTH AKADEMI**
Building No. 19, First Floor, 2, Ansari Road, Daryaganj, New Delhi-110002

भारत का राग
अमेरिका के रंग

अपनी बात

पाठकगण पूछ सकते हैं कि यह किताब लेखक ने कब और क्यों लिखी ?

यह एक यात्रा कथा है, औपन्यासिक यात्रा कथा। अमेरिका में रहकर ही चर्चा, तथ्यों, संस्मरणों, साक्षात्कारों का सहारा लिया गया है। अभी तक जितनी भी किताबें उसने लिखीं, उन सबमें सबसे अधिक श्रम साध्य यह पुस्तक रही। शीतल अपने छोटे से गाँव से निकलता है, जहाँ न पोस्ट ऑफिस है, न थाना, न मेडिकल डिस्पेंसरी। सड़क भी अभी-अभी देश के स्वाधीन होने के पैंसठ वर्ष बाद बनी है। वहाँ से चलता है, जगह-जगह देश-विदेश (यानी भारत, इंग्लैंड, अमेरिका), विशेष रूप से अमेरिका खाक छानता है। लेखन के अपराध में वह अपनी सरकारों द्वारा यात्रा से पहले एक-दो बार पिट-पिटा भी लेता है। आदमी में यह खराब आदत होती है कि वह अपने सामान्य जीवन को तो भूल जाता है, किंतु एकाध बार पिट-पिटा ले तो हमेशा उस घटना को ढोता फिरता है। वैसे उसने लेखन की एक डगर पकड़ ली है, उसी पर सीधा सट्ट चल रहा है, गड्ढे हों तो उतरता है, टीले हों तो चढ़ जाता है। जो भी हो, अपनी आदत नहीं छोड़ता। अध पगला कई बार नंगे पाँव गड्ढों में भी उतरा, काँटों पर भी चढ़ा। जन सामान्य तो उसकी भावनाएँ पढ़कर खुश होते हैं, पर सरकार के कारिंदे नाराज हो जाते हैं। क्या करें, वे भी आदत से मजबूर हैं। हाँ, अधिकांश कारिंदों को वह डायपर्स से अधिक नहीं मानता, जिन्हें बार-बार और उन्हीं कारणों से बदला जाना चाहिए। फिर वे हिंदुस्तान के हों या अमेरिका के, क्योंकि दोनों के कार्यकलाप लगभग समान होते हैं।

यह बता देना भी उपयुक्त होगा कि इस पूरी किताब का लेखन लॉस एंजेल्स प्रवास का अर्धवार्षिक कार्यक्रम रहा। उसने 17 मई, 2013 से 7 नवंबर, 2013 तक औसतन एक पन्ना प्रतिदिन लिखा। भोपाल में श्रीमतीजी तो प्रसन्न थीं, क्योंकि उनका वर्चस्व यथावत था, परंतु शीतल परेशान था, क्योंकि उनकी डाँट या प्रताड़ना

का शिकार एकमात्र वह बना रहता था। कहाँ का लिखना-पढ़ना? दिन-रात सुबकते रहना या अकेले विक्षिप्त रहकर गुस्से में चीखना-चिल्लाना, टेबल पर घूँसे जमाना उसकी दिनचर्या बन गई थी। अमेरिका पहुँच जाना वरदान सिद्ध हो रहा था। बेटा और पुत्रवधू उसके लिए सुरक्षा कवच बन चुके थे। डाँटने-फटकारने की या कहें बंदूक की नली की दिशा अब स्वत: ही बदल चुकी थी। अनेक सांसदों-विधायकों की तरह बिना प्रस्ताव को समझे हुए हाँ या न करना, अब उसके लिए अनेक समस्याओं के हल थे। अब श्रीमतीजी के आग्नेय नेत्रों का सामना करने को, वर्चस्व स्वीकार करने, समस्त ताप झेलने के लिए बेटा-बहू तत्पर रहते थे। उसने मूक साक्षी बने रहने में ही अपना हित देखा। श्रीमतीजी के आक्रमणों को झेलने के लिए बेटे और पुत्रवधू की ढाल पर्याप्त होती थी।

उसने पढ़ रखा था कि शांति से जीना है तो बीवी चैनल सुनते जाओ। भोपाल में रहकर इस चैनल का मुख्य श्रोता वही था। अमेरिका जाने को श्रीमतीजी भले ही उत्सुक नहीं थीं, वह तो था? कारण एक ही था, वहाँ जीवन पुराण के श्रवण का कार्य दो श्रोताओं को थमा देगा। योजना सफल हो जाएगी तो पुस्तक पूरी हो जाएगी?

यहाँ आकर उसने अनुभव किया कि उसका महत्त्व पारिवारिक मशीन के निष्क्रिय पुरजे से अधिक नहीं रह गया है, जो वह चाहता भी था। जीवन में पहली बार समझ में आया था, बच्चे-बूढ़े एक समान। वानप्रस्थ काल का पूरा आनंद ले रहा था।

1954-55 में तो हरदा में प्रताप टॉकीज के पास ही रहता था। सबसे आगे दरी पर बैठकर फिल्म देखने का टिकट तब दो आने ही हुआ करता था, पर उन दिनों फिल्में देखकर बिगड़ जाना घरवालों को पसंद न था, अत: कभी दो आने नहीं मिले। सात भाइयों में से एक भी क्यों बिगड़े? फिर आदत सी पड़ गई और समग्र जीवन बिगड़ न जाए, इसलिए फिल्में नहीं के बराबर देखीं। देखिए, शीतल आज तक नहीं बिगड़ा।

अब बेटियाँ भले ही दो हैं, बेटा तो एक ही है, फिर भी उसने बेटे को भी बिगड़ जाने की स्वतंत्रता दे रखी है और बेटा ही क्यों, पुत्रवधू तक को बिगड़ने की अनुमति है। अमेरिका आकर दोनों ही बिगड़नेवाली लाइन में हैं। वह क्या कर सकता है? यहाँ बच्चों को कुछ भी नहीं कह सकते? दो साल के बच्चे को भी डाँट नहीं सकते। वह 911 पर टेलीफोन करके माँ-बाप को जेल भिजवा सकता है, अत: दिन में लिखना, शाम को चुपचाप फिल्में देखने की दिनचर्या बन गई है। इस बार अमेरिका आकर उसने जितनी हिंदी और अंग्रेजी फिल्में देखीं, उतनी जीवन

में कभी नहीं देखी थीं। शाम को फिल्म देखो या घूमो-फिरो।

सुबह पाँच बजे से क्या करे? इस उम्र में नींद भी दरिद्र को मुँह चिढ़ाती संपन्नता सरीखी हो जाती है। दिन भर सामग्री बटोरी, नोट्स बनाए और लैपटॉप पर हिंदी में लिखा। उसके पास लिखने के अलावा कुछ था ही नहीं। जीवन में वर्षों बाद पहली बार इस तरह की स्वतंत्रता और निश्चिंतता मिली थी।

स्थानीय नागरिकों की तरह उसने स्वयं अमेरिका में अधिक स्वतंत्र रहने की अनुभूति की। वहाँ की स्वतंत्रता के क्या कहने? दूध लाना, सब्जी खरीदना, कभी-कभी मंदिर ले जाना, ड्राइविंग करना, आदि अनगिनत पारिवारिक चिंताएँ बेटा और पुत्रवधू को रहती थीं, वह सभी जिम्मेदारियों से पूर्णतः मुक्त था। यहाँ ड्राइविंग करना बाएँ हाथ का खेल था, वहाँ बाएँ हाथ का नहीं रहा, दाहिने का हो गया। उसके जीवन का आदर्श सिद्धांत रहा है, अल्ला दे खाने को, तो कौन जाए कमाने को?

वैसे बच्चे भी बदला लेना जानते हैं या 'जैसी करनी वैसी भरनी' का प्रतिफल वह पा रहा था। जब बेटा छोटा बाबा था और वह संरक्षक, तब सारी चिंताएँ उसकी होती थीं। वहाँ पहुँचकर वह बाबा हो गया और बेटा संरक्षक। अब सारी चिंताएँ संरक्षक की हो गईं।

वह हवा में किले नहीं बनाता, बाहर से तो ला नहीं सकता। अत: उसे किले बनाने के लिए वहीं की जमीन, पानी, हवा, ईंट और सीमेंट चाहिए। हास्य और व्यंग्य यदि साथ में हों, तब तो ज्यादा हवाई किले भी नहीं बनाए जा सकते। हवाई किलों को वे ध्वस्त करते चलते हैं। उसने भी कई बार अमेरिका जाने के हवाई किले बनाए थे, पर पिछले डेढ़ दशक से ही वहाँ की जमीन की वास्तविकता को जा-जाकर वह समझता रहा है। फिर उसकी अच्छी आदत यह रही है, अब जिस पत्तल में खाया है, उसी में छेद भी किया है। अत: अमेरिका की धरती कैसे बच जाती? वहाँ भी ऊँची पहाड़ियों पर महल हैं, महल में राजा रहते हैं और अपने-अपने स्तरानुसार, वहाँ के राजा भी निर्वस्त्र होते हैं। धन की और सत्ता की गरमी अधिक हो तो स्वत: ही अपने शरीर से कपड़े उतरने लगते हैं। वे चार साल के लिए राजा बनते हैं और जब तक किसी भी आर्थिक या सामाजिक अपराध में फँस नहीं जाते, चार पीढ़ी की व्यवस्था करने में लगे रहते हैं। वहाँ भी रिश्वत, रसवत ही है। उन्हें चार लोगों की चिंता कभी नहीं रहती कि वे क्या कहेंगे? हाँ, फँस जाते हैं तो अदालतों द्वारा उनका भविष्य बरबाद कर ही दिया जाता है। भारत में पाँच साल खेलने को मिलता है। यहाँ के खिलाड़ी भी ऊँचे खिलाड़ी हैं। खो-खो खेल खेलने में निष्णात, फँसने-फँसाने के फंदे गरीब लोगों के गलों में डाल देते हैं

और स्वयं प्रत्येक जाल को काटकर बाहर आ जाते हैं।

वहाँ भी खेलों, कारनामों का विशाल भंडार है, कहाँ-कहाँ तक देखा जाए? फिर भी जो कुछ नगण्य सा देखा-समझा है, उसी का संक्षिप्त वर्णन है। यह पुस्तक अनेक क्षेत्रों में दोनों देशों की तुलनात्मक गाथाओं से भरी पड़ी है। बस जगह-जगह तीन दृष्टियाँ उपयोग में लाई गई हैं, पहली गंभीर, दूसरी व्यंग्य की और तीसरी हास्य की।

यात्रा से लौटकर अपने अनुभव ग्रामीण मित्रों को सुनाए बिना नहीं रहता, उन्हें सुनाकर वह कथा को पूरी मानता है। पता नहीं, कितनी शताब्दियों से चल रहा है, हर बार नया घर होता है। नए उद्‌गम स्थान से नई यात्रा शुरू कर देता है। कोशिश करता है कि यात्रा और उसका वर्णन पूरा हो जाए। जिस प्रकार अपराधी लौटकर अपराध स्थल पर अवश्य आता है, वह भी उद्‌गम स्थल पर पहुँच जाता है। जन्म मिला है तो खाना ही पड़ेगा। क्या? पनहियाँ। वह धैर्यपूर्वक खा रहा है। और कोई विकल्प भी तो नहीं है।

यद्यपि यह उसकी पच्चीसवीं पुस्तक है, किंतु अभी भी पच्चीकारी नहीं आती। सातवीं औपन्यासिक किताब है, पर मात्र लिखने से क्या होता है? साहित्य में या व्यंग्य में सही तरीके से पदन्यास करने भी तो आना चाहिए? कई निशानेबाज सुविधाजनक स्थानों पर पहुँचकर मोरचाबंदी करते तथा सही निशाना साध लेते हैं। यहाँ भी एक-से-एक ऊँचे खिलाड़ी हैं। यही क्या कम है कि उसे लिखने के नैरंतर्य का संतोष तो देते रहते हैं? कुछ लेखक पुरस्कार पाने में अग्रणी हैं, जबकि कुछ नाकारा लोग सिर्फ लिख सकते हैं। वह उन नाकारा लेखकों में से एक है, फिर भी संतोष पाता रहता है।

उसके लिए प्रत्येक पुस्तक एक परीक्षा पुस्तिका होती है। वह स्वयं विद्यार्थी के रूप में रहता है तथा अपने पाठकों को परीक्षक मानते हुए उसे लिखता रहता है। कोशिश रहती है कि किताब श्रेष्ठतम हो, पर पता नहीं, इस बार यह कैसी रही? हाँ, लेकिन एक और सामान्य सी पुस्तक आपके हाथों में है।

—हरि जोशी

3/32 छत्रसाल नगर फेज-2
जे.के. रोड, भोपाल-462022

1

चलनेवाले दिन, अपने गाँव खूदिया में, भीलटदेव के सामने उसकी ग्रामीण मित्र-मंडली बैठी थी। अचानक रामदास ने पूछ लिया, "अबकी बार डेरो-डंडो लेखअ कहाँ चल दिया? काइ फिर अमेरिका जाणूं ह? अमेरिका तो जसो खूद्यो हरदो हुइ गयो? मूँ उठायो अर चल दिया?"

शीतल ने कहा, "काइ कराँ यार, जिंदगी जित्ता घाट होण को पाणी पिलाएगी, पीणूं पड़ेगो। जहाँ-जहाँ ठोकर खिलाएगी, खाणूं पड़ेगो। हँस ख पीयो-खाओ, या रोखअ, अपणा हाथ म काईं ह?

रामदास ने फिर पूछा, "म तो थारी नस-नस ख जाणूं ह, तू खाली बठ णी सकतो हईं। वहाँ स अबकी बार कित्ता दिन म आणो होएगो?"

"अबकी बार छह महिणा को चक्कर ह।"

"मतलब यो किबड़ो लंबो दौरो हअ। संग म बस भाभी साहब भी जाएगा?"

"नी यार संग म कोशिश करी रह्यो हूँ कि दो दोस्त हास्य-व्यंग्य भी भोपाल स चल देय, तो मजो अइ जाय। उनका साथ यात्रा अच्छी कटी जाएगी।"

"ठीक भइया, घूमो-फिरो, तुमारो बुढ़ापो तो ठीक-ठाक कटी रह्यो हअ? यहाँ तो सब दिन एक समाना। बचपन स लेखअ बुढ़ापा तक ढोर गेरनोइ तकदीर म लिखेल छे।" रामदास ने कहा।

"कायको अच्छो कटी रह्यो हअ? इधर-उधर मूँ मारनो हि बचो ह, अरू कईं? बुढ़ापा म न कईं ठोल न ठिकाणो।" शीतल ने उत्तर दिया और यात्रा पर चल दिया।

जीवन भर वह डेरे ही बदलता रहा है। चाकरी के चक्कर में चकरी, चकरघिन्नी बना रहा और जैसे बिच्छू का डेरा सदा अपनी पीठ पर होता है, इस बार भी पीठ पर बोरिया-बिस्तर बाँधा और चल दिया अपनी अनिश्चित यात्रा पर। सुविधा के लिए उसे शीतल नाम दे दें। शीतल प्रसाद का शीतल। जो बहुधा चुप्पी

साधकर, दूर खड़ा रहकर, चिंतन के श्वेत-श्याम अश्व दौड़ाया करता है। शीतल नाम इसलिए कि उसे ठंडा ठस्स कहना असभ्यता होती। जीवन में ही नहीं, व्यवहार में भी अत्यंत ढीला। पड़ेला बैल। कई बार तो इसी पशोपेश में ट्रेनें निकल गईं कि इस डिब्बे में बैठूँ या उसमें अथवा आज बैठकर ही क्या तीर मार लेंगे, कल चल देंगे।

अब किसी बात की जल्दी नहीं। आजकल तो अधिक ही यथा नाम तथा गुण हो गया है। पहले हर बात की जल्दी रहती थी। तेज चलना, कम देखना, अधिक समझना, सभी कामों में फुरती रहती थी। अब मरना ही है तो जल्दी क्यों करना? जीवन की भौतिक दौड़-भाग पूरी हो गई, अब जीवन उतार पर है। शरीर ढीला होने लगा है, जिस्म और रूह का रिश्ता अजीब रिश्ता है, उम्र भर साथ रहे, फिर भी तार्रुफ न हुआ, चलो अब बैठ-बैठे वह परिचय भी हो जाए?

तीनों इतने अंतरंग हैं कि बहुधा थ्री-इन-वन हो जाते हैं। शीतल का शरीर और डील-डौल सामान्य है। व्यंग्य दुबला-पतला है, इसलिए जब भी भाग जाने की आवश्यकता होती है, तेजी से दौड़कर बच लेता है। जब तक चुप रहता है, तभी तक ठीक रहता है। बोलता है तो समस्याओं को जन्म देता है। उसकी जिह्वा तलवार की धार है। पैनी और आक्रामक। उसके बारे में ही कहा गया है, 'जिह्वा तू बड़ी बावरी, कहे अकास पताल तू तो कह भीतर गई, जूते पड़े कपाल।'

और हास्य, मोटा टल्ल है। थुल-थुल शरीर है। किसी पर गुस्सा करने से तो रहा? भाग सकता नहीं। अत: सिवाय पड़े-पड़े हँसने के कर भी क्या सकता है? हाँ, ऐसा कुछ नहीं कहता कि उसे डरकर कहीं छिपना पड़े, 'बोल, तौल के बोल' में विश्वास करता है। जब वह बोलता है तो मनुष्यों का वह विशेष गुण सभी सभासदों में परिलक्षित हो जाता है, जो पशुओं से इस जाति को अलग करता है। होंठ खुल जाते, दाँत दिखाई देने लगते हैं। स्वयं गेंडा या छोटा-मोटा हाथी है, छुप भी तो नहीं सकता। लोगों को उससे शिकायत भी नहीं रहती। मनोरंजक माना जाता है।

जहाँ तक शीतल का प्रश्न है, अब तो हास्य की चपत और व्यंग्य के चाबुक से आगे बढ़कर भी बहुत कुछ खा लेता है। कोई प्रतिक्रिया व्यक्त नहीं करता। पहले हाथ दिखा देता था। लात भी लगा देता था। अब हाथ-पाँव उठें तो प्रतिक्रिया भी व्यक्त करे?

शीतल अब जाकर समझा है कि साथ के मित्र भला-बुरा कहनेवाले हों तो भी उनकी बात का बुरा नहीं मानना चाहिए। यह मानापमान से ऊपर उठने का समय है। एक दिन स्वयं को भी उठ ही जाना है। जीवन में प्रथम श्रेणी के, यानी सत्तर प्रतिशत अंक आने के बाद ही उसे समझ में आया है कि 'निंदक नियरे राखिए

आँगन कुटी छवाय, बिन पानी साबुन बिना निर्मल करे सुभाव।' कहा तो यह भी गया है कि जिस किसी ने पूर्णतः निर्दोष मित्र रखने का प्रयत्न किया, वह हमेशा मित्र विहीन ही रहा। हाँ, यदि शैशवावस्था से ही दुष्ट मित्र बन जाएँ तो आप कुछ नहीं कर सकते। अपना-अपना भाग्य है। फिर तो जीवनपर्यंत साथ लेकर चलने के अलावा कोई विकल्प नहीं। फिर रोकर क्यों, हँसकर ही साथ क्यों न रहें। भले ही प्रत्यास्थता के साथ रहें।

पहले उसका रंग देखते, नाक पर नीबू नहीं ठहरता था। हमेशा मूँछें चढ़ाकर रहता था। अब तो काफी उतर चुका है, उस आम की तरह, जो कभी खास था। कभी उतरे हुए आम को चखा है? दूसरी बार चखने की भी इच्छा नहीं होती। पूरी तरह कालातीत हो चुका है, पर नियति उसे बार-बार कालखंड के बीच ला पटकती है। फिर से अमेरिका जा रहा है। इस यात्रा में वह खाली रहेगा, एकदम बेरोजगार। इसीलिए खाली दिमाग को शैतान का घर बनाने की योजना बना रहा है। पूर्व इतिहास साक्षी है, पहले भी कम शातिर नहीं रहा, पर तब कहता था, शैतानी सूझना जीवंतता की निशानी है।

बाहर का धरातल भले ही ठंडा दिखाई देता हो, अंदर तो अभी भी लावा दहकता रहता है। रामकुमार चतुर्वेदी चंचल ने शायद शीतल के लिए ही दो पंक्तियाँ लिखी थीं, ''मत समझना हो गया है राख का अधिकार, मैं अभी अंगार हूँ, जलता हुआ अंगार'' बाहरी लड़ाई-झगड़ों से भले ही दूर रहता हो, अंदर के विचार तो तलवारें ताने खड़े रहते हैं। कीड़ों की तरह काटते रहते हैं। वे ही शायद उसका जीवन तथा उसका रास्ता भी काटते चलते हैं। विचारों की तलवारें निरंतर चलती रहती हैं और इन्हीं दो तलवारों के बीच में उसका मस्तिष्क है। एक व्यंग्य की तलवार तो दूसरी हास्य की और उन दोनों के बीच सिर, जो धीर-वीर-गंभीर बना रहता है। फिर वह जिंदा कैसे है? कहीं वह रावण तो नहीं है, जिसका सिर बार-बार कट जाता और बार-बार जुड़ भी जाता है?

उतनी तपस्या करना हरेक के बस की बात नहीं। वैसी भक्ति और वैसी विद्वत्ता होती तो बात ही क्या थी। इतना अवश्य है कि व्यंग्य और हास्य की तलवारों के बीच आज भी जब कभी खेलता है तो खड्ग ध्वनियाँ आती रहती हैं—टनाटन-टनाटन।

युद्ध के मैदान से अभी आउट नहीं हुआ। बड़ा वीर है। शायद इसी के ऊपर वह प्रसिद्ध दोहा लिखा गया है कि 'कादर तो जीवत-मरत दिन में बार हजार, प्राण पखेरू वीर के उड़त एक ही बार।' अभी कई को भू लुंठित करेगा, तब टलेगा। 'कई बार जोर देकर कहता है, ''सब अपनी-अपनी पूँछ कटा लो, भगवान् के दर्शन

हो जाएँगे।'' पूँछ कटी लोमड़ी से कम नहीं है वह।'

किंतु आजकल लोगों का विश्वास भगवान् में ही कम होता जा रहा है, भगवान् हथेली लगाने थोड़े ही आ जाते हैं। सारे काम खुद ही करने पड़ते हैं। क्यों कोई अपनी-अपनी पूँछ कटाएगा? सभी तो बड़ी-बड़ी पूँछ करना चाहते हैं, बस पूछ होती रहे ऊँचा हाथ मारने के लिए। लंबे हाथ और मजबूत लात के साथ झबरीली पूँछ हो तो क्या कहने। उसकी भी वही जरूरत है। दबदबा कायम रहना चाहिए। स्वयं समर्थ न हों तो सहयोग हेतु सर्वगुण संपन्न कुत्ते पाले जा सकते हैं।

कहता है, ''स्वयं शांति से जीना हो तो सामनेवाले लोगों को किसी-न-किसी सुखदायी जाल में फँसाए रखना चाहिए। भले ही जाल कथा का या समाज की व्यथा का हो। सामनेवाले को उलझाए रखो।''

''अच्छा, यदि तू कथा नहीं कहेगा तो कोई अन्य कथा कहनेवाला धरती पर अवतरित ही नहीं होगा?''

''होंगे, पर ऐसी कथा किसी के पास नहीं होगी। संभव है, इससे भी अच्छी हो, पर उनके पास उनकी दूसरी अलग कथा होगी।''

''यह कथा न शैतान की है न भगवान् की, पर एक विचित्र इनसान की यात्रा की जरूर है, इसीलिए थोड़ी अलग है। वह चाहता भी है कि धरती पर भले ही देवता न रहें, राक्षस भी न रहें, पर मनुष्य तो रहें।''

जब कभी शीतल का मस्तिष्क विचलित होता है, तो अंदरूनी चिंतन-मनन का प्रवाह टूटता है। विचारों को वह शाश्वत अतिथि मानता है। वह यह भी मानता है कि यदि शांत और अनुकूल परिवेश में उनका आह्वान किया जाए तो वे शालीनतापूर्वक पधारते हैं, झगड़े-टंटे करनेवालों से दूर भागते हैं। विदेश में जाकर वह भारत का प्रतिनिधित्व करता है। भारत और अमेरिका के सामान्य जन शांतिप्रिय हैं, तभी तो सर्जनात्मक होते हैं। एक के पास आध्यात्मिक प्रवृत्ति है तो दूसरे के पास वैज्ञानिक शक्ति है। झगड़े-टंटे करके उनके पीछे दौड़ोगे तो वे भी तुम्हारे पीछे लपकेंगे।

वह सोचता है, 'क्या उसके समान चुपचाप रहकर बोझ उठाने का अनुभव हरेक को होता होगा? पाँवों में चकरी बँधी है और दौड़कर चलना है तुझे।' उसे शायद जीवन भर लुढ़कते हुए पत्थरवत ही बने रहना है। लुढ़कते हुए पत्थर के बारे में एक अंग्रेज मनीषी ने पहले ही लिख दिया है, 'ए रोलिंग स्टोन गेदर्स नो मास,' क्या किया जा सकता है? उस बेचारे की नियति वही है। शून्य से चला था, शून्य तक पहुँच जाएगा। समय द्वारा पीठ पर किक खाई तो वहाँ फुटबॉल बनकर गिरा, किसी खिलाड़ी ने इधर पंजे पर उछाला तो उधर चार-छह टप्पे खाए। इसी तरह

हमेशा कुछ-न-कुछ खाने को मिलता रहा है।

गिरते-पड़ते, पिटते-कुटते भी चलता रहा है। उसके उत्साह में कभी कमी नहीं देखी गई। इसी धनात्मक यानी पॉजीटिव मानसिकता को कहा गया है कि 'सौ-सौ लातें खाएँ, तमाशा घुसकर देखेंगे।' इस सोच में निराशा का कोई भाव नहीं है। अनुभव संपन्न होने का यह एक विलक्षण तरीका है?

आचार-विचार जीवन के लिए सर्वाधिक महत्त्वपूर्ण माने गए हैं। इन दिनों तो आम प्रथा है कि विचार ही ऊँचे होने चाहिए, आचार का क्या है? वे तो निम्न कोटि के हों तो भी चल जाते हैं। आचार्य तक अपने आचारों से लाचार हैं। हाँ, विचार उसके लिए संजीवनी हैं। विचार इसीलिए कि वह उन्हें अचारवत रखता है, कई प्रकार की ब्रेड-चपाती मिल ही जाती है, लगा-लगाकर खा लेता है। स्वाद भी बना रहता है, पेट भी भर जाता है।

हर बार जब वह बाहर जाता है तो पास में कुछ किताबें रख लेता है, बीच में देश-विदेश के सहयात्री मिल ही जाते हैं। निंदा स्तुति की मनोनुकूल नौकाओं में बैठानेवालों की भी दसों दिशाओं में कोई कमी नहीं। कुछ पठन, कुछ चिंतन, कुछ चर्चा, कुछ निंदा स्तुति यात्रा पूरी हो ही जाती है। विचारों का अचार हमेशा आनंद देता है। भोपाल पहुँचकर पहली बार इस दीर्घ यात्रा में शीतल ने हास्य-व्यंग्य जुड़वाँ भाइयों से खुलकर सहायता माँगी।

"मेरे साथ विदेश चलोगे?"

वे बोले "हमें क्यों साथ रखना चाहता है? आज तक तो ऐसी पूछ-परख की नहीं। अन्य कोई साथी-संगी नहीं हैं, उन्हें ले जा।"

शीतल बोला, "गंभीरता से चलकर जब कभी हास्य या व्यंग्य तक पहुँच जाता हूँ तो मुझे आरोह-अवरोह की अनुभूति होती है। जिस प्रकार संगीत में तबले पर त्रिताल बजाई जाती है, मैं इसे साहित्य का त्रिताल कहता हूँ। चाहता हूँ, यह जुगलबंदी बनी रहे। इससे मुझे तो सुख मिलता ही है, श्रोता, पाठक भी आनंदित होते हैं।"

"यानी दोनों हथेलियों को उँगलियों से जमकर पीटना। हाथों से तरह-तरह से लगातार ठोंकना। फिर यह अपेक्षा भी करना कि वह मधुर संगीत की निर्झरिणी बहाएगा। इससे उच्च स्तरीय अपेक्षा और क्या हो सकती है?" व्यंग्य ने अपना प्रश्न किया।

"तबले को हर बार ठोंकना ही थोड़े होता है। कभी नर्म हाथ फेरना भी होता है। कभी अपेक्षा, कभी उपेक्षा।" गंभीर लेखक शीतल ने उत्तर दिया।

''किसी के सिर पर हाथ फेर दे या उसे ठोंक दे, तेरा क्या जाना है। तुझे तो मात्र आनंद पाना है। तू भरोसे लायक भी तो नहीं है, पता नहीं कब पिटवा दे। मैं यह बात कपोल कल्पना से नहीं, अपने पिछले अनुभव से कह रहा हूँ।'' व्यंग्य बोला।

''अब वे सब इतिहास की बातें हो गई हैं, अब तो मैं मात्र मौन रहता हूँ। एकदम सीधा, सट्ट और हास्य तेरा क्या विचार है?'' शीतल ने उससे भी पूछा।

''सामान्यतः मैं तो हँसी-खुशी ही बाँटता फिरता हूँ, इसलिए मुझ पर कम खतरा मँडराता है। यद्यपि मैं सर्वसुलभ या उतना मुखर नहीं हूँ, जितना व्यंग्य रहता है। हाँ, जहाँ-जहाँ मूर्खता रंग दिखाएगी, वहाँ-वहाँ मैं प्रकट हो जाऊँगा। ऐसा भी हुआ है कि कभी-कभी स्थितियों के गलत आकलन या विश्लेषण से न सिर्फ हम दोनों पिटते हैं, बल्कि बीच में सुरक्षित खड़ा गंभीर लेखक भी दुच जाता है। ठुके-पिटे न भी, तो भी गाली के प्रहारों से तो वह बच नहीं सकता।'' हास्य ने उत्तर दिया।

अब व्यंग्य ने मुँह खोला—''जब हम दोनों, यानी हास्य और व्यंग्य, खुद ही हँसी के पात्र बन जाते हैं, तब स्वयं रोने व छाती पीटने लगते हैं। कान पकड़कर ऊठक-बैठक लगाने लगते हैं, किसके पल्ले पड़ गए। पर हाँ, भारतवर्ष में जैसी ऊर्वर भूमि हमें मिली हुई है, वैसी क्या अमेरिका में मिलेगी? कई नजारे, जो भारतवर्ष की अपनी परिसीमा में लेखन के लिए अनुकूल होते हैं, वहाँ भी होंगे क्या? अमेरिका में प्रतिकूलता हो सकती है। जुड़वाँ भ्राता हास्य, व्यंग्य का पात्र बन सकता है और मैं व्यंग्य, उपहास का पात्र न बन जाऊँ। अभी तक जो हम जुड़वाँ भाई हैं, गाहे-बगाहे हर जगह एक-दूसरे के साथ आ टपकते हैं। हमेशा सहायक की भूमिका निभाते हैं, वहाँ जाकर परस्पर संबंध तुड़वाँ न लें। एक-दूसरे के कड़े आलोचक न बन जाएँ। एक-दूसरे का गला काटने को मजबूर न हो जाएँ। पता नहीं, वहाँ की भूमि में हम दोनों को कैसे लिया जाएगा? हम अलग-थलग तो न कर दिए जाएँगे?''

''आप दोनों चिंता न करें, मैं पहली बार नहीं जा रहा हूँ, यह मेरी पाँचवीं यात्रा है। आप दोनों को पूर्ववत् एक-एक पीस में ही नहीं और अधिक स्वस्थ बनाकर लाऊँगा। जहाँ तक दोनों देशों की तुलना का सवाल है, अमेरिका सभी मामलों में भारत से आगे है। यदि भारत में यत्र-तत्र मुफ्तखोर मिल सकते हैं तो अमेरिका में भी सर्वत्र फ्रीगन हैं। वे पराया सामान बटोर-बटोरकर संपन्न होते हैं। कचरे के ड्रमों में से बीनकर सिर्फ खाना ही नहीं, सड़क के फूलों से बना सलाद भी खा लेते हैं। फेंके हुए सामान को शौक से इकट्ठा कर अपने घर सजा लेते हैं। हम उन पर नहीं, हम पर वे ही भारी पड़ेंगे। मुफ्तखोरी में कोई किसी से उन्नीस नहीं होगा,

आपको संतोष होगा।'' शीतल ने पुराने अनुभवों के आधार पर आश्वस्त किया।

अब उन दोनों ने शीतल से बहस करना शुरू कर दिया, ''तू हमें गलत जगह ले जा रहा है, हम तेरे साथ अमेरिका कदापि नहीं जाएँगे। वहाँ हमारे रहने-खाने का क्या ठिकाना? वहाँ का भोजन अलग, जलवायु और भाषा भिन्न, क्या हम वहाँ चैन से रह पाएँगे? वहाँ के फ्रीगनों की बात क्या करता है? हम तो प्रारंभ से ही तेरे साथ फ्रीगनवत जी रहे हैं। तू तो इसका जूता, उसका सिर करता रहता है। गोली हमारी, निशाना किसी और पर। हम तेरे साथ क्यों जाएँ? जूते खाने? तू खुद भी पिटेगा और हमें भी पिटवाएगा। हम दोनों हाथ जोड़कर कह रहे हैं, भैया हमें बख्शो। अभी तक की दोस्ती अच्छी नहीं लगी क्या? हम तेरे सरीखे मुँहफट अननुशासित व्यक्ति की सुरक्षा नहीं कर पाएँगे। किसी भी मानसिकता या परंपरा को नई जगह पर जाकर क्या पीट पाएँगे, उलटे हम ही न पिट जाएँ।

''तू लेखक है, हमारे लिए आदरणीय! विदेश में रचनाकार को पिटते हुए हम नहीं देख सकते। अपने घर में पिट लेना ठीक था, इतना हम जानते हैं। तू हमें यदि वहाँ भी गलत जगह खड़ा कर देगा, तो हम तो पिटेंगे ही, तू भी पिटेगा; क्योंकि तेरे साथ हम देखे जाएँगे।''

''वहाँ हम सँभल-सँभलकर चलेंगे। उसी जगह जाएँगे, जहाँ अपने लिए जमीन अनुकूल होगी। जो धरातल हमारे लिए ऊबड़-खाबड़ होगा, वहाँ खड़े ही नहीं होंगे। मौनी बाबा बन जाएँगे। बचते हुए मौन साधकर आगे बढ़ जाएँगे।'' शीतल ने दोनों को स्पष्ट कर दिया।

''पहले तो तेरे पास दूसरा काम भी था, हमें अपने साथ कभी-कभी ही रखता था, तब पिट भी चुका था। अब तो तू पूरे दिन झाड़ू लिये घूमता रहता है, कहीं भी लगा सकता है, किसी को भी झाड़ सकता है। तेरा क्या भरोसा, हमें ही झाड़ दे। हमारे सिर पर ही घुमा-फिरा दे। तेरा क्या ठिकाना?'' इस बार व्यंग्य बोला।

''नहीं भाई, मेरी-तुम्हारी दोस्ती तो जीवन भर की है। कितने दशकों से हम एक-दूसरे को अच्छी तरह जानते-पहचानते हैं। जब युवावस्था में अपने जीवन की घोर व्यस्तताओं में, मैं नौकरी के बंधन में था, तब भी प्रतिदिन तुम्हें घंटे-दो घंटे पास में ससम्मान बैठाता ही था। अब पूर्णत: स्वतंत्र हो गया हूँ, तुम्हें साथ लेकर घूमना चाहता हूँ। एक से भले दो।'' शीतल ने आग्रह किया।

''तू भले ही बदनामी से बचने के लिए छिपा ले, पर हम तो घंटे-दो घंटे के साथ वाली उन दुर्दांत घटनाओं को ही अभी भूले नहीं हैं, जब हमारा सहारा लेकर तूने कुछ-कुछ लिख दिया था, तब हिंदुस्तान, यानी एक प्रजातंत्रीय देश में राजनीति

के अखाड़े के बूढ़े पहलवानों द्वारा तेरे धुने जाने का प्रसंग सुर्खियों में आया था। कहीं तू अन्य प्रजातांत्रिक देशों में भी पिटने का रिकॉर्ड तो नहीं बनाना चाहता? अब क्योंकि हम दूसरे प्रजातांत्रिक देश में जा रहे हैं, वहाँ भी यदि हमारे कंधे का सहारा लेकर बंदूक चला दी, तो शायद तुझे वहाँ भी पिटने का एक अवसर पुनः प्राप्त हो जाए।

''पर वहाँ तू हीरो नहीं बन सकता, जीरो बनकर ही लौटेगा। जैसा तेरा पूर्व का इतिहास रहा है, जोखिम उठाकर भी तू नया अनुभव प्राप्त करने से हिचकिचाता नहीं है, वहाँ भी कोई अवांछित अभिव्यक्ति अवश्य करेगा। परिणाम में पुनः नए अनुभवों का स्वाद लेना पड़ेगा। विदेश में हम तेरी कोई सहायता नहीं कर पाएँगे। अंतरराष्ट्रीय स्तर पर पिटने की तेरी महत्त्वाकांक्षा ठीक नहीं।'' व्यंग्य पुनः मुखर हुआ।

शीतल ने गिड़गिड़ाते हुए दोनों से पुनः निवेदन किया, ''इस बार मैं ध्यान रखूँगा कि वैसी स्थिति ही निर्मित न हो। पर इस बार मेरे साथ चलो भाई। यात्रा लंबी भी है और अधिक समय के लिए है, तुम दोनों के बिना मैं पूरी यात्रा में अपूर्णता की अनुभूति करता रहूँगा। फिर तुम दोनों तो सरकारी अधिकारियों की तरह ठाठ से यात्रा करोगे। पूरा किराया, दैनिक भत्ता, जोखिम भत्ता, खाना, रहना व सभी कुछ मेरी जिम्मेदारी है। वैसे अमेरिका के लोग बड़े मजाकिया होते हैं। हँसना-ठिठौली करना, उन्हें भी खूब पसंद है। सामान्यतः वे हँसकर प्रेम से और बहुत विनम्रतापूर्वक बात करते हैं।''

इस बार व्यंग्य ने राय दी, ''कहीं भी प्रस्तुत होनेवाली अभिव्यक्ति को, स्थानीय परंपरा और श्रोताओं का स्तर भी देखना पड़ता है। हँसी-ठिठौली कई बार रंग में भंग कर देती है। हिंदुस्तान में मात्र रोटी, कपड़ा और मकान पाकर व्यक्ति सुखी मान लिया जाता है, किंतु अमेरिका में नहीं। वहाँ चौथी आवश्यकता सेक्स की भी मानी जाती है, जिसके बिना मनुष्य पूर्णतः सुखी नहीं माना जाता। यह बात हम नहीं कह रहे, औद्योगिक क्रांति का पश्चिमी विचारक मैस्लो कहता है। उसके कथनानुसार जीवन के भवन को आकर्षक और मजबूत बनाए रखना है तो उसे इन चारों स्तंभों पर टिकाना होगा। इसके बाद ही पूरी तन्मयता और पूरी दक्षता से उत्पादक कार्यों के प्रति अभिप्रेरणा मिलती रहेगी। राजनीतिक हो या सामाजिक, किसी भी प्रकार की नंगई पर तू अवश्य मुखर होता है। ऐसी किसी शौर्यपूर्ण घटना पर तू टिप्पणी किए बिना मानेगा नहीं।''

शीतल ने पूरी गंभीरता से पुनः आश्वस्त किया, ''आप दोनों मेरे साथ चलो।

आपको असंतुष्ट और भूखा नहीं रहने दूँगा। आपकी प्रसन्नता की, भरण-पोषण की सारी जिम्मेदारी मेरी होगी। दुनिया कहती रहे कि अमेरिका में अधिकांश लोग संपन्नता के मद में चूर रहते हैं, पर खुलेपन के समर्थक उन युवा कलाकारों तक को मैं मदांध नहीं कहूँगा। उन्हें अलौकिक प्रेमी मान लूँगा। भारतवर्ष में जो उम्र पढ़ाई का बोझ ढोते-ढोते निकल जाती है, अमेरिका में वही उम्र नर साँड़ों को पुष्पित-पल्लवित करने की होती है। यह टीन उम्र कहलाती है। टीन खरोंचता, काटता और घाव करता है। इस टीन उम्र में भारत के बच्चे घर के टीन-टप्पर ठोंकने में व्यस्त कर दिए जाते हैं और अमेरिकी बच्चे भले ही घर के टीन-टप्पर बेचते रहें, पर अपनी यौनाकांक्षाओं की पूर्ति हेतु प्रोत्साहित किए जाते हैं। कोई रोक-टोक नहीं होती। इधर प्रगति तो यहाँ तक हुई है कि कई आठ-दस वर्षीय बच्चियों को भी माँ बन जाने का सौभाग्य प्राप्त हो गया है। पर मैं हर जगह चुप रहूँगा, एक भी शब्द नहीं बोलूँगा। क्योंकि दीया तले अँधेरे का आभास मुझे भी है। इस दिशा में भारत भी अमेरिका से होड़ करने लगा है। कहीं ऐसा न हो कि चौबेजी छब्बेजी बनने चलें और दुबेजी बनकर लौट आएँ। मैं कुछ कहूँगा तो तुम लोग दीये तले का अँधेरा बता दोगे।''

इस बार हास्य ने तेवर बदले, कहा, ''हम लोग पढ़े-लिखे समझदार और सभ्य लोगों के बीच में ही उठते-बैठते हैं, पर तेरे जैसा जिद्दी लेखक पुलिसवाले की तरह हम पर दबाव डालकर अब हमें परंपरावादी भारतीय समाज के सामने, कभी-कभी तो निरक्षरों के सामने तक प्रस्तुत कर देता है। अब तथाकथित आधुनिक अमेरिकी समाज के सामने परोसने को उद्यत है। नए परिवेश में हम क्या कर लेंगे ? हम हास्य हों या व्यंग्य, दोनों वहाँ जाकर तुझसे बहुत परेशान ही होंगे ?''

जब बहुत देर तक हास्य-व्यंग्य और गंभीर लेखक के बीच समझौता होता नहीं दिखाई दे रहा था, इधर शीतल भी उन्हें साथ ले जाने के लिए अड़ा हुआ ही था, तभी व्यंग्य ने प्रस्थान के बिंदु से आगमन के बिंदु तक यात्रा करने की एक शर्त रख दी। व्यंग्य से कहा, ''हम दोनों की एक-एक शर्त यदि स्वीकार हो तो हम चल सकते हैं।''

मरता क्या न करता ? डरते-डरते शीतल ने हामी भरी''

''तो सुन शीतल, हम दोनों यानी हास्य हों या व्यंग्य, अंतरराष्ट्रीय समाज में न्यायाधीश की भूमिका निभाते रहे हैं। कोई ऊपर जाकर अपील कर दे, यह बात अलग है, पर हम किसी भी देश या समाज के साथ पक्षपात नहीं करेंगे। वहाँ भी कई धुरंधर होंगे, उनकी आरती तो उतारेंगे ही, पर याद आते ही यहाँ के दिग्गजों,

किंतु यहाँ भी अनेक प्रथाएँ व्यंग्य की जन्मदात्री हैं, उन्हें समकक्ष रखकर देखेंगे, फिर अपना निर्णय देंगे। हमारी निष्पक्ष टिप्पणी पर कोई काट-छाँट नहीं होगी। और यह भी कि तेरी कचरा टिप्पणी पर हम लाल स्याही फेर सकेंगे।

"हम अंतरराष्ट्रीय हैं, तेरा क्या, तू तो हमारा पिछलग्गू है। हम राम-लक्ष्मण हैं। एक अपने तीखे तेवर दिखाता रहता है, दूसरा अप्रिय स्थिति को बहुधा हँसकर टाल देता है।"

"ठीक है, भैया, आप लोगों की शर्तें मुझे स्वीकार हैं, मैं इस यात्रा को यादगार यात्रा बनाना चाहता हूँ। किसी और के लिए हो तो अच्छा, नहीं तो अपने लिए। इसमें मेरा ही स्वार्थ हैऔर क्या कहूँ?"

और किसी तरह मान-मनव्वल कर इस यात्रा में शीतल ने हास्य को प्रेमपूर्वक बाएँ हाथ से तथा व्यंग्य को दाहिने हाथ से पकड़कर अपने साथ कर लिया। उसने यह भी बताया कि अमेरिका में पति-पत्नी दोनों एक-दूसरे का हाथ इसी तरह जोर से पकड़कर साथ-साथ चलते हैं। यह अलग बात है कि कभी इसका हाथ, कभी उसका। वहाँ एक का हाथ छोड़कर दूसरे का हाथ पकड़ने की शाश्वत प्रथा है।

अनमने भाव से यह कहते हुए दोनों लेखक के साथ हो लिये कि अभी तक तो छोटी-छोटी यात्राओं में तू हमारा साथ माँगता रहा है, यह पहला अवसर है, जब दीर्घावधि यात्रा में हमारा सहयोग माँग रहा है। वैसे अमेरिका घूमने की किसकी इच्छा नहीं होती? चल, इसी बहाने उस पुण्यभूमि के भी दर्शन कर आएँगे।

"धन्यवाद। अब तो प्रसन्नतापूर्वक साथ रहेंगे?" शीतल ने संतोष व्यक्त करते हुए कहा, "वैल बिगन इज हाफ डन।"

2

तीनों भारतीय साहित्यिक हैं, मितव्ययता से चलते हैं, भोपाल से ट्रेन में बैठकर मुंबई आए। अब तीनों क्या, शीतल की श्रीमतीजी को मिलाकर चारों मुंबई के अंतरराष्ट्रीय हवाई अड्डे पर थे। अधिक सामान चेक इन कराया, थोड़ा सा साथ रखा, जिसमें एक लेपटॉप, उसकी जेब में पासपोर्ट, वीजा, कुछ अमेरिकी डॉलर, एक-दो पुस्तकें और बस। मुंबई से उड़कर पाँच घंटे में हांगकांग आए। पिछली यात्राओं में उसके पहले के पड़ाव क्रमशः लंदन, एम्सटरडम और पेरिस थे, इस बार हांगकांग हो गया।

हांगकांग हवाई अड्डे पर कॉफी पीने के लिए दुकान के सामने खड़े हुए तो देखा, वहाँ का डॉलर अलग। हांगकांग का डॉलर, अमेरिकी डॉलर से सस्ता। इनसान की तरह डॉलर में भी आपस में बड़ी ऊँच-नीच है ? मैं गोरा, तू कम गोरा, वह काला-कलूटा। केनेडा के, ऑस्ट्रेलिया के, हांगकांग के, अमेरिका के और न जाने कितने प्रकार के डॉलर। इन सबमें अमेरिका का सबसे ऊँचा। ब्राह्मण डॉलर, शूद्र डॉलर। देख लो, भेदभाव कहाँ नहीं है। अमेरिकी जाति की ऊँचाई भी हिंदुस्तानी जाति से औसतन दो इंच अधिक होती है। तभी तो जिसे देखो, वह अमेरिकी डॉलर हस्तगत करना चाहता है। खैर, पहले उसने हांगकांग का सस्ता डॉलर खरीदा, फिर उसी डॉलर से बिस्कुट खाकर कॉफी पी। सस्ता डॉलर, यानी स्वादरहित कॉफी। हांगकांग की कॉफी पीकर, भारतीय कहावत चरितार्थ हो गई, 'सस्ता रोए बार-बार, महँगा रोए एक बार'। तीन घंटे वहाँ रुकना था। रुक लिये।

हांगकांग से चले तो लॉस एंजेल्स आ गए। लगभग आधी धरती का चक्कर लगाकर बारह घंटों में हांगकांग से यहाँ पहुँचे। उतरकर जैसे ही एकांत मिला, भारतीय शैली में, हास्य और व्यंग्य दोनों खड़े-खड़े खुसुर-फुसुर करने लगे।

"यह अपने सामने इतना गिड़गिड़ाया क्यों ? अपनी इतनी चिरौरी क्यों की ? यह तो बड़ा घमंडी है, कभी किसी के सामने झुकता ही नहीं। जरूर इसका कोई बड़ा स्वार्थ है। जो कुछ मैं समझा हूँ, शायद हम दोनों के सहयोग से यह कोई उपन्यासादि लिखना चाहता है।" व्यंग्य ने आशंका प्रकट की।

"यह तो सच है, कुछ-न-कुछ ऊटपटाँग करने की जुगत में हमेशा रहता है। बड़ा चालाक है, बताओ, अभी तक उपन्यास के बारे में एक शब्द भी बोला। बस चलो, बस चलो, कहता हुआ यहाँ तक ले आया। बड़ा गुरु-घंटाल है।"

जैसे ही शीतल दिखाई दिया, दोनों ने चुप्पी साध ली। सोचा, 'राक्षस के बारे में थोड़ा सा चिंतन करो कि राक्षस सामने उपस्थित है।' चुपके से हास्य का हाथ दबाकर व्यंग्य बोला, "अब इस विषय को छोड़, दुष्ट पास आ गया है। हमें घसीटेगा।"

"अब आगे कहाँ चलना है ? क्या योजना है ?" दोनों बात को पलटते हुए शीतल से बोले। दोनों समझ तो गए थे कि अमेरिका और हिंदुस्तान की धरतियों को आधार बनाकर यह शातिर, समन्वित रूप से कुछ लिखेगा। खैर, अपना क्या जाएगा ? लिखने दें, अपनी तो संपन्नता ही बढ़ेगी।

जैसे ही लॉस एंजेल्स के एयरपोर्ट से बाहर आए, एकदम साफ-सुथरी और चमचमाती सड़क को आश्चर्य से देखते हुए व्यंग्य बोला, "इतनी स्वच्छता तो भोपाल के वल्लभ भवन, यानी मंत्रालय में भी नहीं है।"

''इस संदर्भ में भारत पूरब और अमेरिका पश्चिम है। मुंबई से या दिल्ली से सुबह-सुबह की फ्लाइट में बैठकर देखना, सड़क के दोनों ओर डिब्बे लिये हुए अनगिनत स्त्री-पुरुष एक पंक्ति में एक साथ बैठे हुए दिख जाएँगे। वैसे दर्शन यहाँ नहीं होंगे।'' हास्य ने उत्तर दिया।

''इस संदर्भ में भारत जैसी स्वतंत्रता यहाँ नहीं है। वहाँ के नजारे भूल जाओ, वैसे प्रातःकालीन दर्शन यहाँ कभी नहीं होंगे ? आप प्रतिभागी होने की कोशिश भी न करना ?'' शीतल ने कहा।

''प्रातःकालीन हों या सायंकालीन, अपने यहाँ तो अधिकांश मंत्रियों ने (फिर वे किसी भी दल के हों) प्रदेशों को साफ करने का ठेका ले रखा है। बस चले तो चाट-पोंछकर पूरी तरह स्वच्छ कर दें। वहाँ सफाई दूसरी तरह से होती है। भोपाल के क्या दिल्ली के कर्णधार भी और क्या करते हैं ? वे और बड़े खिलाड़ी होते हैं।'' व्यंग्य ने मत रखा।

''नेता घर में प्रवेश करते रहनेवाला कचरा होता है, जिसे नियमित रूप से साफ करते रहना चाहिए। वह तो हवा का बहाना लेकर भीतर घुसेगा ही।'' हास्य बोला।

इसी बीच निर्द्वंद्व रूप से छोटी-छोटी चड्डियाँ पहने अनेक बड़ी लड़कियाँ तथा प्रौढ़ महिलाएँ उन दोनों को दिखीं। आपस में ही वे एक-दूसरे से बोले, ''हम किस लोक में आ गए ?''

''लगता है, हमें भी यहाँ जाँघियों की तरह छोटी-छोटी चड्डी पहनाकर तू घुमाए बिना मानेगा नहीं ? बाहर तो देखो, बड़ी-बड़ी लड़कियाँ हों या प्रौढ़ महिलाएँ छोटी चड्डी पहनकर घूम रही हैं ? क्या इनकी यही सामान्य वेशभूषा है ?'' आश्चर्य व्यक्त करते हुए हास्य ने शीतल से कहा।

''तुम तो वैसे ही हँसी-ठट्ठे में निमग्न रहते हो। यदि तुम भी ऐसी मनभावन वेषभूषा में रह लिये तो क्या अंतर पड़ता है ? लोग आनंद ही लेंगे। यद्यपि यहाँ के पुरुष इतनी छोटी चड्डी में दिखाई नहीं देते ? वे बहुधा ढीले तथा बड़े कपड़े पहनते हैं। यहाँ तो मेरे चंगुल में आ गए हो, देखते जाओ, तुम दोनों को कैसी टोपी पहनवाता हूँ। जहाँ तक चड्डी का सवाल है, यह तो सुनिश्चित है कि कम-से-कम उतनी तो पहनोगे ही। वैसे यहाँ आकर अपना देखनेवाला चश्मा बदलना पड़ता है।'' शीतल ने समझाया।

''हमारी हास्य-व्यंग्य की सोच कहीं रुदन-चीख न बन जाए ? ऐसा न हो कि हम सोचने लगें कि तेरे साथ कहाँ आकर फँस गए। यदि यही सब देखना था तो वहीं क्या बुरे थे ?'' व्यंग्य ने आह भरकर पूछा।

''भैया, हमारी तो हाथ जोड़कर विनती है, हमारी दुर्गति मत कराना। सबको अपनी गति से चलने दें, पर हमें सद्गति मिले?'' हास्य ने मत व्यक्त किया।

''यहाँ की दौड़-भाग वाली जिंदगी में सारे काम खुद ही करने हैं। कार चलाना, पेट्रोल यानी गैस स्टेशन से गैस भी उतरकर भरना, क्रेडिट कार्ड से पहले पैसे चुकाना आदि। इसलिए जैसा देश, वैसा भेष करना पड़ता है।'' शीतल ने बतलाया।

''चलो, इतना तो ठीक है कि जितने पैसे देते हैं, उतने का ही पेट्रोल मिल जाता है। अपनी पावन भूमि पर ऐसा कम ही हो पाता है। पेट्रोल पंप का कर्मचारी, कर्मचोरी करते हुए कम पेट्रोल देना अपना धर्म समझता है। हाँ, ग्राहक तगड़ा हो तो उसे देखते ही उचित मात्रा में पेट्रोल दे देता है। ऊपरवालों का संरक्षण बहुत कुछ करा लेता है।'' व्यंग्य ने कहा।

इसी बीच शीतल की निगाह कैलेंडर पर गई। 'अरे, आज तो 17 मई है। जब अपराह्न में उसने उड़कर पाँचवीं बार अमेरिका में अपना पाँव रखा। सचमुच आज सत्रह है।' यह सोचकर ही वह चिंतित हो उठा।

शीतल के चेहरे पर हवाइयाँ उड़ते देख व्यंग्य ने पूछ लिया, ''क्या बात है, कुछ अनहोनी हो गई?''

''कुछ नहीं, कुछ नहीं'' कहकर लेखक गुमसुम हो गया (सोचने लगा, पता नहीं यह तारीख किस मुसीबत में पटकेगी)।

''कुछ बात जरूर है, तू हमसे छिपा रहा है। आज फिर तुझसे पूर्ववत् कोई मूर्खता हुई है। तेरी तो वैसा करने की आदत है, होती ही रहती है, नई बात क्या हो गई? क्यों घबराना। हम जो तेरे साथ हैं।'' हास्य-व्यंग्य दोनों एक साथ बोले।

''अभी मैंने कैलेंडर को ध्यान से देखा। अरे, आज 17 ही है। पता नहीं, क्यों, जब भी सत्रह तारीख आती है, मैं चौंक उठता हूँ। मेरे जीवन में यह दिन तूफान ला देता है। सुबह से शाम तक इस दिन की प्रत्येक गतिविधि पर मुझे नजर रखनी पड़ेगी। यह दिन मेरे लिए बड़ा उद्दंड और क्रांतिकारी रहा है। यह दिन कुछ भी गुल खिला सकता है। इसी दिन ने बार-बार मुझे तीन तेरह किया। पूरे सेवा काल में मैंने 17 बार शहर बदले, घर बदले। इसमें भी कोई संदेह नहीं कि लंबी प्रतीक्षा के बाद कई बार इसी 17 तारीख ने मेरे पौ बारह भी किए। क्या पता आज किस करवट बैठे?'' शीतल ने आशंका व्यक्त की।

17 नवंबर को इक्का-दुक्का जब कोई शीतल को बधाई देते हैं तो अन्यमनस्क भाव से वह उन्हें धन्यवाद देने की औपचारिकता भर पूरी कर लेता है। कभी-कभी पूछ भी लेता है, ''जन्मदिन के लिए ही है न यह बधाई?''

तब कोई-कोई प्रतिप्रश्न भी कर लेते, "सत्रह नवंबर को और किस बात की बधाई देंगे?"

उन्हें क्या पता कि यह दिन बधाई देने का कम, उसे सांत्वना देने का ही अधिक रहा है। इस तारीख ने उसकी आँखों से बहुत आँसू निकलवाए। हँसनेवाले कम, रोनेवाले अधिक आँसू। बचपन में ही नहीं, सेवा काल के अंतिम क्षण तक। बचपन में उसकी दास्य जंग ने और सेवा काल में उसके हास्य व्यंग्य ने। उसका जीवन फर्श पर पड़े, रूई डले उस नर्म गद्दे के समान था, जिसे पिंजारा पींज-पींजकर, लकड़ी से जगह-जगह मार-मारकर और नर्मकर, ओढ़ने-बिछाने लायक बनाता रहा। गद्दा क्या, गधा भी सोचता था, अभी और कितना नर्म होना है, पिटना है?

17 नवंबर को ही इस जन्म में वह पहली बार दुनिया में रोता हुआ आया था। उम्र के 17वें वर्ष के प्रारंभ में ही वह कागज पर अठारह का हो गया था। घरवाले भी चाहते थे कि वह जल्दी बड़ा होकर कमाने लायक हो जाए। दरिद्रता को मुँह चिढ़ाती, पीछे ठेलती, एक छोटी सी नौकरी उसके हाथ लग गई। परिवारवालों की निगाह में अब छोकरी की गारंटी हो गई। अभी तक आगे बढ़ने में उसके जो पाँव लड़खड़ा रहे थे, अब टिकने लगे। 17 वर्ष की उम्र में उसकी रचनाएँ स्थानीय समाचार-पत्र-पत्रिकाओं में प्रकाशित होने लगी थीं। 17 सितंबर, 1982 को ही दैनिक भास्कर भोपाल में जब उसकी रचना 'रिहर्सल जारी है' प्रकाशित हुई थी तो उसका शासकीय सेवा से निलंबन हुआ था। उसके जीवन की नौका तब तूफान के बीच फँसकर हिचकोले खाने लगी थी। कल्पना की कि हो सकता है, 'नियति ने साहित्य में लंबन कराने का लक्ष्य इस निलंबन में छिपा रखा हो।'

17 जून, 1997 को नवभारत टाइम्स में स्तंभ 'काँटे की बात' में जब उसकी रचना 'श्मशान और हाउसिंग बोर्ड का मकान' छपी तो तत्कालीन हाउसिंग बोर्ड के मंत्री स्वर्णिम तिवारी ने उसे सिर्फ अवमानना का कानूनी नोटिस ही नहीं थमाया, बल्कि विभाग को अलग से भी कड़ा पत्र लिखा था कि एक अदना सा शासकीय सेवक शासन के उपक्रम पर शरारती और विद्वेषपूर्ण व्यंग्य लिखने का साहस कैसे कर सकता है? यह रचना समाज में सरकार के प्रति असंतोष बढ़ाकर विद्रोह को जन्म दे सकती है, अतः लेखक को कड़ी सजा दी जाए। और उसके विरुद्ध नौकरी लेवा काररवाई फिर शुरू हो गई थी।

'अधजल गगरी छलकत जाय।' सत्ता का मद बहुत जल्दी दिखाई देने लगता है। तुलसीदासजी तो बहुत पहले लिख गए हैं, 'सत्ता पाय काय मद नाहीं।' जीवन में जब पहली बार किसी मुख्यमंत्री की मेहरबानी से यह घर भरनेवाला हाउसिंग

बोर्ड का मंत्री पद मिला, तब भी वह स्वयं को सर्वशक्तिमान नहीं समझा। एक पिछलग्गू ने सुअवसर पाकर दुर्योधन के कान में शकुनि की शैली में सफलतापूर्वक फूँक मारी थी।

अपने विश्वस्त अनुचर के बहकावे में सत्तासीन ने अपने को भगवान् शंकर मान लिया और लेखक के लिए तीसरा नेत्र खोल दिया था। मौसम में गरमी बढ़ जाए और आस-पास शीतलता देने की पर्याप्त व्यवस्था न हो तो खाद्य पदार्थ जल्दी खराब हो जाते हैं और यदि आदमी में गरमी बढ़ जाए तो जीवन के संचालन करनेवाले वाद्य बिगड़ जाते हैं।

"मंत्री सर, अपने अधिकारों को अच्छी तरह समझ लीजिए। आवश्यकता पड़ने पर उनका उपयोग करना भी सीखिए। अब आप असाधारण व्यक्ति बन चुके हैं। ऐसे उद्दंड लेखकों को ठीक करने की अलौकिक क्षमता आपमें प्रक्षेपित की जा चुकी है, अब आप दिग्विजयी हो चुके हैं," एक विश्वासपात्र अनुचर ने सुझाया।

बस क्या था! आव देखा, न ताव, लेखक पर शासकीय अग्निबाण छोड़ दिया गया। शर से बिंधा हुआ चीत्कार करता वह घायलावस्था में धड़ाम से गिरकर धूल में लोट-पोट होने लगा। यद्यपि अभी उसके जीवन की डोर टूटनी नहीं थी, शायद इसीलिए नैसर्गिक नियम विद्यमान है कि मारनेवाले से बचानेवाला बड़ा होता है।

सहानुभूति से लबरेज, मनुष्यता से भरपूर कुछ संवेदनशील जन फिर सक्रिय हुए, उस लहूलुहान के घावों पर मरहम लगाने को आमादा। निर्बल से लड़ाई बलवान की, यह कहानी थी, दीये की और तूफान की।

पता नहीं, क्यों शासन ने कनक मंत्र को कचरा मंत्र मानकर कचरे की टोकरी में फेंक देना ही उचित समझा। शासन ने दूसरी बार लेखक को हीरो बनने का अवसर नहीं दिया। मंत्री ने शुरू-शुरू में पूरी ताकत से बावेला तो मचाया था, पर बाद में चुप्पी साधने में ही अपनी भलाई समझी। मंत्री स्वयं परमुखापेक्षी थे। भय लगने लगा था कि कहीं मंत्री पद, संतरी पद में न परिवर्तित हो जाए? कुछ दिन बाद सचमुच जो मंत्री स्वयं को हीरो मान रहे थे, उन्हें जीरो बना दिया गया। कई महापुरुष मंत्री पद पर आसीन रहने तक हीरे समझे जाते हैं, बाद में अपनी मूल स्थिति पर पहुँचकर कोयला हो जाते हैं।

असल में लेखक के विरुद्ध 1982 में की गई निलंबन करनेवाली शासकीय काररवाई सरकार के गले में हड्डी की तरह फँस गई थी, जो उस समय न निगलते बन रही थी, न उगलते। फँसे हुए दोनों थे, एक ओर लेखक, दूसरी ओर सरकार। यद्यपि बाद में स्वयं की मुसीबत से बचने के लिए जब लेखक ने रचना

प्रकाशनार्थ भेजी तो कई बार संपादकों से निवेदन भी किया कि मेहरबानी कर 17 तारीख को उसे प्रकाशित न करें।

इसी सत्रह तारीख ने उसके लिए मुसीबतों के पहाड़ खड़े किए हैं। 1760 समस्याओं से जूझने पर उसे मजबूर किया है। उसके जीवन में सत्रह अंक के 1760 किस्से हैं। अपने भोपालवाले मकान का नंबर पहले 377 था, जिसे बाद में नगर निगम ने 368 कर दिया। इसी मकान में 17 जून को शासन के कानूनी काररवाई के आदेश का नोटिस मिला था। अभी बाद में बदले गए मकान का क्रमांक भी 3-32 है। लगता है मूलांक 8 उसका पीछा छोड़ने वाला नहीं। यद्यपि पिछले दिनों दिल्ली का 17वाँ व्यंग्यश्री सम्मान (गोपालप्रसाद व्यास की जयंती पर) भी उसे दिया गया। 'माइ स्वीट सेवेनटीन' पुस्तक में भी 17 रचनाएँ ही संकलित हैं। संयोग ही था कि अमेरिका में भी छह माह रहकर लिखने के लिए टॉवर 44 ही मिला। मस्तिष्क में सत्रह तरह के विचार आए, जिनका मूलांक 8 था।

थोड़ी ही देर में लॉस एंजेल्स एयरपोर्ट पर पुत्रवधू अपनी चमचमाती कार में सभी को लेने आ गई। कार से उतरते ही सबसे पहले सास-ससुर के पाँव छुए, फिर कहने लगी, "सॉरी मम्मी-पापा, मुझे आने में दस मिनट की देरी हो गई, आज भी सड़क पर बड़ा जाम लगा था। आपके श्रवण कुमार तो एम.जी.एम. स्टूडियो थोड़ा जल्दी चले गए हैं, उनकी कोई मीटिंग है। मैंने आज कोई शूटिंग का कार्यक्रम नहीं लिया और आप लोगों को लेने आ गई।"

"देखा तो जींस पैंट, काला चश्मा और क्या-क्या? एकदम अमेरिकी लेडी लग रही है? आप तो हिंदुस्तान में कभी-कभी धोती-कुरता भी पहन लेते हैं(कौन कहेगा कि यह आपकी बहू है?" व्यंग्य ने प्रश्न उछाला।

"लॉस एंजेल्स का 25 डिग्री सेल्सियस, भारत के 45 डिग्री सेल्सियस तापमान से कम चुभनेवाला नहीं होता। यहाँ पराबैंगनी किरणों का प्रभाव अधिक रहता है। आप दोनों देख रहे हैं कि हम दोनों, यानी पति-पत्नी ने भी काला चश्मा चढ़ा लिया है। आँखें बचाकर रखनी है कि नहीं? फिर आजकल सारा काम यंत्रों पर हो गया है। एक नियम है कि मशीनों पर ढीले-ढाले कपड़े पहनकर काम नहीं किया जाता। यहाँ आकर अपनी निगाह थोड़ी बदलनी पड़ती है, अन्यथा मालवा के टेपे ही कहलाओगे? अमेरिका में मंत्र नहीं, यंत्र काम करते हैं।" शीतल ने व्यंग्य को पहली सीख दी।

"भारतीयता की सुरक्षा करते हुए अमेरिकी बने रहो, इतना ही श्रेयस्कर है। हर जगह अमेरिका को भारत मत बनाओ। भारत और अमेरिका दो विपरीत ध्रुव हैं।

तुमने यहाँ की सड़कें तो देख ही ली हैं, यहाँ की गति भी देखो।'' शीतल ने कहा।

मिलिट्री के कर्नल की बेटी, यानी मजबूत बहू ने स्वयं ही सारा सामान ट्रॉली में रखा और कार तक बाहर ले आई।

''यहाँ बहुत कम समय के लिए, सामान लोड करने भर के लिए पार्किंग मिलती है, सामान रखकर बस चलते हैं।'' बहू ने कहा।

सामान रखा, यात्रियों को बैठाया और थोड़ी ही देर में तीव्र गति से कार सड़क पर दौड़ने लगी। हास्य और व्यंग्य दोनों एक-दूसरे को देखकर आश्चर्य प्रकट कर रहे थे, कि क्या यहाँ सभी कारें इतनी गति से दौड़ती रहती हैं?

''घर कितनी दूर है,'' शीतल की श्रीमती ने पूछा।

''यही कोई पंद्रह-बीस मील है। अभी पहुँचते हैं।'' बहू ने उत्तर दिया।

''ये सामने तो पहाड़ियाँ दिखाई दे रही हैं। क्या इनको पार करके ही घर जाएँगे?'' श्रीमतीजी का अगला प्रश्न था।

''मम्मीजी इस शहर की विशेषता ही यह है कि जहाँ से भी निकलेंगे, सामने पहाड़ियाँ दिखाई दे जाएँगी। वह देखिए, ऊँची पहाड़ी पर बड़े-बड़े सफेद अक्षरों में लिखा हुआ है, हॉलीवुड। यही इस शहर की पहचान है। एक दिन हम लोग हॉलीवुड बुलेवार्ड भी चलेंगे। जहाँ सड़क के दोनों ओर एक-एक फीट की दूरी पर बड़ी-बड़ी सितारेनुमा टाइल्स लगी हुई हैं, जिन पर शुरू से आज तक जितने फिल्मी सितारे हुए हैं, सभी के नाम खुदे हुए हैं। एक टाइल पर एक नाम। दुनिया भर के सैलानी इस मार्ग पर चहलकदमी करने अवश्य आते हैं। इसी सड़क पर दरिद्रता की प्रतिमूर्ति वे अनगिनत भिखारी भी देखे जा सकते हैं, जो आए तो थे फिल्मी सितारे बनने, किंतु काम और ऐश की युति से भिखारी बने पड़े हैं। दसियों लोग परी, रोबोट, सुपरमैन आदि का स्वाँग रचाए हुए हाथ पकड़-पकड़कर सैलानियों के साथ फोटो खिंचवाते हैं, फिर टिप भी माँगते हैं।''

''लॉस एंजेल्स के आस-पास ही इतने दर्शनीय स्थल हैं कि आप महीनों देखते-देखते गुजार सकते हैं। अमेरिका में जहाँ-जहाँ बड़ा शहर होता है, वहाँ भारतवर्ष के लोग अपने निवास हेतु एक बस्ती बना लेते हैं। यहाँ भी आर्टीसिया नाम के शहर से तीस मील दूर लिटिल इंडिया के नाम से जानी जानेवाली बस्ती है, जहाँ भारतीयों के अनेक होटल हैं, जिनमें उत्तर भारतीयों की पसंद के स्वादिष्ट भोजन या दक्षिण भारतीय व्यंजन प्रचुर मात्रा में उपलब्ध हैं। बाजार में इंडिया साड़ी पैलेस, सोना-चाँदी, श्रीजी ज्वेलर्स, नीता हर्बल, बॉम्बे स्पाइसीज, पोशाक, उडिपि पैलेस आदि अनगिनत दुकानें भारतीयता का शालीन प्रतिनिधित्व करती हैं। यहीं लकड़ी से

बना विशाल स्वामीनारायण मंदिर है। इस बस्ती में साड़ियाँ पहने भारतीय महिलाएँ बड़ी संख्या में देखी जा सकती हैं। इसी क्षेत्र में अनेक पाकिस्तानी, बांग्लादेशी, श्रीलंकाई लोग भी रहते हैं, जिनकी परंपराएँ, शक्ल-सूरत परस्पर और भारत से काफी मेल खाती हैं। मेलिबू क्रीक स्टेट पार्क के कई मील के क्षेत्र में पहाड़ियों पर मात्र हरियाली, ऊँचे-ऊँचे खजूर के झाड़, सुंदर वनस्पति और फूल दिखाई देते हैं। यहाँ कई मंदिर हैं, जिनमें सांता मोनिका पर हरेराम, हरेकृष्ण मंदिर, मेलिबू में ही बहुत सुंदर दक्षिण भारतीय मंदिर है, किंतु लॉस एंजेल्स शहर से लगभग चालीस मील दूर चीनो हिल्स पर संगमरमर से बना विशाल मंदिर तो विश्व प्रसिद्ध है।''

''हमारा भोपाल भी झीलों और सुरम्य घाटियों से पटा पड़ा है। वह भी कम सुंदर नहीं है।'' श्रीमतीजी ने कहा।

''मम्मीजी, जैसे अपना मुंबई बॉलीवुड के नाम से जाना जाता है, यह शहर भी हॉलीवुड के नाम से जाना जाता है। जिस जगह, यानी बेवरली हिल्स के पास हम रहते हैं, वह स्थान ही तो हॉलीवुड का गढ़ है। ऑस्कर अवार्ड यहीं के एक हॉल में दिया जाता है। सभी बड़े-बड़े फिल्म स्टार यहीं रहते हैं। जिस पार्क में आप लोग घूमने जाएँगे, वहाँ कोई-न-कोई शूटिंग चल रही होगी। यहाँ चप्पे-चप्पे पर एक्टर, फिल्म प्रोड्यूसर, स्क्रिप्ट राइटर, संगीतकार मिल जाएँगे। यहाँ फिल्मी हीरो या नेताओं को भगवान् नहीं माना जाता, जैसे अपने भारत में मान लिया जाता है। यहाँ के लोग सपनों में नहीं, वास्तविकता में जीते हैं।''

''जहाँ अपना घर है, वहाँ आस-पास तो अच्छे लोग ही होंगे, कोई बोरियत तो नहीं होगी?'' श्रीमतीजी ने पूछा।

''आप निश्चिंत रहें, आपको अच्छा लगेगा। पिताजी के लिए पास में ही दो लाइब्रेरी हैं। घूमने के लिए सुंदर बगीचे हैं। घर में हिंदी-अंग्रेजी फिल्मों, सीरियलों, का भंडार है। कुछ भारतीय हिंदी चैनल ले लिये हैं, समाचार सुनिए, सीरियल देखिए, आनंद से एल.ए. में रहिए।''

हास्य-व्यंग्य परस्पर खुसुर-फुसुर बातें कर रहे थे, ''यार एम.एल.ए. और एम.पी. तो सुना है, यह एल.ए. क्या नई बीमारी है? भारत में एम.एल.ए. और एम.पी. तो आदमी होते हैं, यहाँ एल.ए. शहर होता है। क्या शहर, क्या सड़क, सभी चमचमा रहे हैं।''

देखते-ही-देखते पार्क लाब्रीया आया, हाउजर बुलेवर्ड पहुँचकर लिफ्ट से ग्यारहवीं मंजिल पर फ्लैट में सब प्रवेश कर गए।

"चल कोई बात नहीं। यदि शीतल ठीक-ठाक विषय को लेकर लिखने का प्रयत्न करेगा तो उसका साथ दे देंगे, अन्यथा हाथ छुड़ाकर दूर खड़े हो जाएँगे। यह बात कान खोलकर शीतल को सुना दे।" कोने में बैठे-बैठे व्यंग्य ने हास्य से कहा।

"अच्छा, यह तो बता, यदि शीतल से या किसी और से हमें खतरा नजर आने लगा तो हमें क्या करना होगा?" व्यंग्य ने हास्य से खुसुर-फुसुर करते हुए पूछा।

"हम दो हैं, उस पर तो भारी ही पड़ेंगे। उसे दबोच लेंगे। फिर हम तो आत्मा के समान चिरंजीवी हैं, हमेशा जवान रहेंगे, वही बूढ़ा हो रहा है। हमारे कंधे चढ़कर ही तो अपनी उम्र लंबी करना चाहता है। निपट लेंगे। अभी तो घर की काँच से सामने का सीन देख कितना सुंदर है!

"जैसे अपना भोपाल नंबरी है, अमेरिका भी है। वहाँ भी 2 नंबर स्टॉप, साढ़े छह नंबर स्टॉप, 10 नंबर स्टॉप हैं अथवा 1250, 1464 या 74 बँगले हैं। यहाँ भी नंबरियों के ही खेल हैं। जगह-जगह नंबरदार। अमेरिका में 911 पर टेलीफोन करो तो एंबुलेंस, फायर फाइटिंग और पुलिस की, तीनों की गाड़ी एक साथ सहायता करने सायरन बजाती हुई पाँच मिनट में आ धमकती हैं।" शीतल ने बताया।

"अच्छा हुआ 911 नंबर रखा है, कहीं 9-2-11 रख देते तो हिंदुस्तान की शैली हो जाती। जिम्मेदार अधिकारियों को बुलाएँगे इधर, तो वे तीन दिशाओं में भागकर जाएँगे उधर। 1983 में भोपाल में इधर गैस दुर्घटना घटी, उधर प्रदेश के सर्वेसर्वा, नागरिकों को अपने हाल पर छोड़कर शहर से बाहर भाग लिये। विमर्शों, सभाओं, चुनावों में भी तो भाग लेना पड़ता है?

"सुना है, अमेरिका में तो सड़क का नियम तोड़ा या कोई अन्य अपराध किया तो एक टिकट ही भारी पड़ता है। वहाँ टिकट का प्राथमिक आशय अर्थदंड होता है और भारत से हम तीन-तीन टिकट आए हैं। जानते हो, तीन टिकट महा विकट माने जाते हैं, सँभल कर चलना, नहीं तो तुम जानो।" हास्य बोला।

इसी बीच जैसे ही एकांत मिला, हास्य और व्यंग्य दोनों फिर खुसुर-फुसुर करने लगे—"यार यह शीतल कहाँ का रहनेवाला है, देखो अपने पुराने दिन भूल गया, आज ठाठ से देश-विदेश घूम रहा है?"

"मैं तुम्हारी सारी खुसुर-फुसुर सुन रहा हूँ, यह बता देना चाहता हूँ कि जिस गाँव से आया हूँ, वहाँ की कई घटनाएँ तो बीच-बीच में सुनाता रहूँगा और जब हम यह यात्रा पूरी कर लेंगे, तब अपने गाँव भी चलेंगे और पूरा हाल-चाल सुनाएँगे। किसी भी बड़ी यात्रा के बाद जब तक मैं अपने गाँव नहीं जाता, अपनी यात्रा को अधूरी ही मानता हूँ। अंग्रेजी के एक बड़े लेखक का नाम चौसर है, हमारे गाँव

के हठीला बाबा की चौपाल पर तो रोज खेला जाता है। इतना आधुनिक है हमारा गाँव ?" शीतल ने बताया।

शीतल के बेटे श्रवण कुमार ने तीनों के विश्राम के लिए एक कमरा दे दिया था, जिसमें रामायण, महाभारत, हनुमान चालीसा के अलावा कुछ पुस्तकें हिंदी की, किंतु अंग्रेजी की किताबें अधिक थीं।

थोड़ी ही देर में शीतल का बेटा श्रवण कुमार भी ऑफिस से आ गया। उसकी हार्दिक प्रसन्नता को देखते हुए हास्य-व्यंग्य दोनों को भी संतोष हुआ। चलो, अपनी यहाँ अच्छी कट जाएगी।

एकाध बार व्यंग्य ने श्रवण कुमार से पूछा भी था—"क्या आपको भी लिखने का शौक है ?"

तब श्रवण कुमार ने अपने दोनों कान पकड़कर दूर से नमस्कार करते हुए कहा, "मैं कभी नहीं चाहूँगा कि उस तरह पीटा और घसीटा जाऊँ ? लेखन के प्रताप से पिताजी पर शासन द्वारा बार-बार की जाती मेहरबानी को ध्यान में रखकर मैंने मात्र पढ़ने का शौक अपनाने में ही अपना भला समझा। लेखन के नाम पर अपने कान ही पकड़ता हूँ। अमेरिका में अंग्रेजी के लेखकों का सम्मान देखकर, अंग्रेजी में लिखने-पढ़ने की इच्छा होती है। यद्यपि लिखता, फिर भी नहीं। हिंदी के लेखक का सम्मान तो हमारे परिवार ने बहुत निकट से देखा ही नहीं, भुगता भी है। बार-बार नए शहर जाओ, नए स्कूलों में प्रवेश लो, कभी हिंदी माध्यम में तो कभी अंग्रेजी माध्यम में पढ़ो। छोटे-छोटे रोपों का बार-बार नई मिट्टी में लग जाने का जितना अनुभव हमारे पास है, कम लोगों के पास होगा।"

"उसी अनुभव का लाभ उठाकर तो अमेरिका में अपनी जड़ें जमाए हुए हो।" हास्य ने श्रवण कुमार से कहा। लंबी यात्रा के बाद अधिक जागने की स्थिति में तीनों नहीं थे। पूरी तरह निढाल हो चुक थे। पहले घर की चाय पी। थोड़ी देर बाद भोजन करने के बाद जल्दी ही खर्राटे भरने लगे।

3

अगले दिन शीतल जब सोकर उठा तो 18 मई हो गई थी। प्रतिदिन की तरह उसकी नींद जल्दी खुल गई।

अभी सुबह के पाँच बजे हैं, मई यानी गरमी का मौसम है। वह सामने दिखाई

देती ऊँची पहाड़ी में कहीं खो गया। कुछ समय बाद सद्य स्नाता धूप ने अपने सुंदर पाँव पसार लिये। सुबह से ही उसकी खूबसूरत देहयष्टि देख-देखकर वह खुश है। कहाँ-कहाँ फैलाकर फँसा रखी हैं, उसने अपनी सुंदर-सुंदर टाँगें। अपनी संपन्नता को बढ़ाते जाने के लिए यह देश भी कहाँ-कहाँ टाँगें फँसाए रहता है। दूसरों के फटे पायजामों में अपने पाँव डाले रखता है। कहाँ तो ईराक, कहाँ वियतनाम, कहाँ अफगानिस्तान। ये तो हाल के देश हैं, पुराने कितने बेहाल हैं, गिन नहीं सकते। टँगड़ी मारने में इसका जबाब नहीं। संयोग है कि अमेरिकी धूप की क्षितिज तक वार करती इन बलिष्ठ तैलीय फुरतीली लातों को या स्वर्णिम पीली चमकीली टाँगों को अपलक वह देख रहा है। सामने खिड़कियों पर काँच-ही-काँच लगे हैं। बड़ा पारदर्शी देश है। भीतर का पता नहीं, सामने तो यही भ्रम देता है।

ग्यारहवीं मंजिल से कितनी सुंदर लगती हैं, इस शहर में साफ-सुथरी समतल और चौड़ी सड़कों पर तेज गति से सरसराती कारें और अनौपचारिक वेशभूषा में विचरती हँसती-मुसकराती अल्हड़ और निश्चिंत प्रजा। महिलाओं को जहाँ जाना है, वहीं जाएँगी, कपड़े कहाँ जा रहे हैं, इसकी चिंता वे नहीं करतीं। कपड़ों के मामले में एकदम अनौपचारिक। हॉलीवुड की राजधानी में तो यह हाल होगा ही। हमारे भोपाल इंदौर के लोगों के कपड़ों को देखो, लॉस एंजेल्स के लोग क्या पहनेंगे? खास तौर से इंदौर के लोग करीने और नक्काशी में सबसे आगे। बॉलीवुड का वह भी बच्चा कहलाता है। हाँ, जितनी छोटी चड्डियाँ वे पहने बेझिझक घूमती रहती हैं, उनसे बड़ी चड्डियाँ तो भारत के नन्हे बच्चे पहनते हैं। यदि उनके पास होती हैं तो?

उठने को तो हास्य-व्यंग्य दोनों उठ चुके थे, पर चुपचाप बिस्तर में पड़े-पड़े बात कर रहे थे, अभी देखा ही क्या है, जो कुछ कहें। थोड़ा देख-समझ लें कि अमेरिका कितने पानी में है, फिर साहित्य की नौका में शीतल को बैठाकर दोनों चप्पू या चपत चलाएँगे और सही अमेरिका की तह तक पहुँचेंगे। ग्रंथों के ज्ञान में भले ही शीतल से वे बहुत आगे हैं, किंतु वास्तव में देखने और सुनने में अंतर तो होता है। आँख और कान में चार उँगली का अंतर होता है। जो कुछ पढ़ा है, देख लेंगे।

"वैसे तो कौन सी दुनिया या जीवन समस्याओं से पूर्णतः मुक्त है, किंतु अमेरिका में प्रथम विश्व की समस्याएँ हैं तो भारत अभी तीसरी दुनिया की समस्याओं में ही उलझा हुआ है। जानते हो, वे समस्याएँ कौन सी हैं?" शीतल ने पूछा।

"हाँ, मैं जानता हूँ, फर्स्ट वर्ल्ड की समस्याएँ कुछ इस प्रकार हैं—मेरा इंटरनेट काम नहीं कर रहा। जब मैं दूसरी गर्लफ्रेंड से बात कर रहा होता हूँ, तभी पहली गर्लफ्रेंड का टेलीफोन आ जाता है। मुझे वही कुत्ता चाहिए, नहीं तो मैं भोजन

नहीं करूँगी या कार को अपने घर के दरवाजे से दूर पार्क करना पड़ा या मेरा पर्स कितना भारी हो गया, क्या सिर पर उठाऊँ? वह ऊँची आवाज में बोल दिया आदि-आदि,'' व्यंग्य ने बताया।

''और थर्ड वर्ल्ड की प्रॉब्लम्स मैं बताता हूँ, मुझे कल से खाने को नहीं मिल रहा, प्रतिदिन बलात्कार हो रहे हैं, पानी उपलब्ध नहीं है, डेंगू फैल रहा है, बिजली नहीं है, पास में पैसा नहीं है आदि, किंतु फर्स्ट वर्ल्ड प्रॉब्लम्सवाले भी कभी-कभी थर्ड वर्ल्ड प्रॉब्लम्स को झेलते हुए 8 लाख सरकारी कर्मचारियों को 2-4 सप्ताहों के लिए अवैतनिक अवकाश पर भेजने को मजबूर हो जाते हैं, क्योंकि पैसा उपलब्ध नहीं है। कारण कुछ भी हो? भारत में दबाव डालकर व अपमानित कर कर्मचारियों को अवैतनिक अवकाश पर कभी नहीं भेजा जा सकता। बताओ सही प्रजातंत्र यहाँ है या वहाँ?'' हास्य ने कहा।

बिस्तर से उठकर शीतल ने दोनों को बताया, ''यहाँ कोई टिकट मत पा लेना। यहाँ कोई चुनावी टिकट नहीं देगा। हिंदुस्तान में रेल टिकट, वायुयान टिकट पाकर व्यक्ति प्रसन्न और संपन्न होता है, यहाँ पर खिन्न और विपन्न। यहाँ का टिकट पाना, यानी अर्थदंड पाना है।''

पहले दिन शीतल आस-पास ही उन्हें अलग-अलग जगहों पर ले गया, कहीं-कहीं वे स्वयं ही मुखर होने से मुकर गए। कहने लगे, ''कभी-कभी साथ रहते हुए भी हम शीतल के विरुद्ध असहयोग करते रहते हैं, ताकि वह अपनी औकात में रहे। कभी-कभी हमारी शह पाकर उद्दंड हो जाता है।''

व्यंग्य कहने लगा, ''यह क्या है? यहाँ के कुत्तों में अनुशासन और स्वामीभक्ति देखकर हमें उन्हें कुत्ता कहने में संकोच होता है। वे शालीनता तथा ईमानदारी की रेशमी डोर में बँधे हुए चलते हैं। भौंकने का तो प्रश्न ही नहीं उठता, वे तो गुर्राकर भी नहीं देखते। वे मैस्लो के सिद्धांत के भी अनुगामी नहीं दिखाई देते। सामनेवाला कैसा भी लालच दे, वे कभी दल नहीं बदलते। इसके ठीक विपरीत भारत के किसी शहर या गाँव में निकल जाइए, वहाँ के अधिकांश कुत्ते पूर्णत: अनानुशासित, भौंकने और आवारागर्दी में सर्वश्रेष्ठ स्थान रखते हैं। विश्व में सिरमौर होंगे। शायद 'महाजना ये न गतास पंथा' पर चलते हैं, यानी जिस रास्ते पर देश के कर्णधार चलें, उसी रास्ते पर अनुगमनकर्ता चलते हैं।''

शीतल ने बताया कि सभी जगह ऐसा नहीं है। दसेक साल पहले एक बार वह जॉन एफ. कैनेडी एयरपोर्ट न्यूयॉर्क के पास होटल मैरियट में ठहरा था। सूरज उग चुका था। आदत का मारा सुबह-सुबह पद यात्रा पर निकल गया। पास में ही

अफ्रीकन-अमेरिकनों की बस्ती थी। क्या काले-काले लंब-चौड़े, डरावने, भौंकते हुए भयंकर खूँखार कुत्ते किसी तरह राम-राम कर प्रात: भ्रमण की यात्रा पूरी की। हाँ, यहाँ तो सभी भीगी बिल्ली बने हुए हैं। अधिकांश कुत्तों के मालिक फिल्म से संबद्ध हैं, अत: कुत्ते भी रोमांटिक हैं।''

भारत में यदि कुत्ता भौंके नहीं तो पाला ही क्यों जाए? बड़े-बड़े नेता व्यर्थ में ही कई-कई कुत्ते नहीं पालते। सत्ताकांक्षियों के पालतुओं की आवाज समाचार-पत्रों द्वारा सुनी जा सकती है। यदि उनका पत्ता कट रहा हो तो कोई विश्वसनीय कुत्ता ही सत्ता को जबड़े में पकड़कर अपनी ओर खींच सकता है। यहाँ प्रत्येक कुत्ता प्रशिक्षित होता है। प्रशिक्षण के बाद अमेरिका के पले हुए भालू या शेरवत् बड़े-बड़े कुत्ते भौंकना छोड़ ही देते हैं। अधिकांश कुत्ते यहाँ बच्चों से भी अधिक विश्वसनीय माने जाते हैं। हास्य ने वास्तविकता समझी।

शीतल ने जानकारी दी, ''रात में तो बिल्कुल नहीं, कई बार यहाँ के भालू या शेरवत् कुत्ते दिन में भी खुले हुए रहते हैं, पर मालिकों की आँख की डोरी से हरदम बँधे भीगी बिल्ली बने हुए। यहाँ महीनों कुत्तों के भौंकने की तथा कार के हॉर्न की आवाज सुनने के लिए तरस जाओगे। दोनों की आवाजों को गाली समझा जाता है। केवल 911 का उत्तर देते हुए फायर फाइटर्स, एंबुलेंस, पुलिस के सायरनों की आवाजें यत्र-तत्र बहुधा अपराधियों को डराती रहती हैं। भारत में तो कारवाला बार-बार हॉर्न बजाकर सामनेवाले को बेकार सिद्ध करता रहता है।''

''यहाँ की कुत्ता कथाएँ अलग तरह की हैं। एक भी कुत्ता या जानवर सड़क पर घूमता हुआ दिखाई नहीं देना चाहिए, यदि कोई कुत्ता सड़क पर घूमता हुआ दिखाई दे तो उसके मालिक के विरुद्ध कारवाई हो जाती है। यदि कुत्ता किसी पर मात्र भौंक दे तो कुत्ते का मालिक पुलिस की गिरफ्त में आ सकता है। इसीलिए कुत्ता स्वामी गर्व से कहता है कि मेरा कुत्ता आज तक किसी पर भौंका नहीं। कार से घायल हो जाए तो कार चालक पर केस चल जाता है। वैसे यहाँ पर केवल पले हुए कुत्ते ही जीने का अधिकार रखते हैं, अनाथ कुत्तों को तो मार दिया जाता है।

''यहाँ बच्चे भले ही गोदी में न लिये जाएँ, कुत्तों को गोदी में साथ लेकर चलने की परंपरा है, शायद ये बच्चों से अधिक भरोसेमंद होते हैं। घर में बच्चे कुत्ते अवश्य होते हैं। अत: जगह-जगह बूढ़ी महिलाएँ कुत्तों से बतियाती दिखाई दे जाती हैं, ओह माय टाइगर 'आइ लाइक टु किस यू अगेन-ऐंड-अगेन।' भले ही कुत्ते का आकार चूहे से बड़ा न हो।

''होने को शेर के आकार के कुत्ते, झबरे-कबरे से लेकर केश रहित कुत्ते,

चार-चार कुत्ते तक राहगीर के साथ देखे जा सकते हैं। कहीं-कहीं बिल्ली और सूअर ही नहीं, बल्कि मकड़ी और छिपकली भी पाली जाती हैं। हथेली के आकार से भी बड़ी मकड़ी। नई-नई नस्ल के आकर्षक तथा रंग-रूपवाले, अत्यंत लघु आकार से लेकर विशालकाय कद-काठी के कुत्ते लिये मंद-मंद मुसकराते, परिचित-अपरिचित सभी से हैलो-हाय करते, धीमे-धीमे कदम बढ़ाते अपने में सिमटे हुए एकदम अनुशासित किसी को भी बिना छुए चलते हैं। जबकि भारत में छू लगे, करने के लिए पालने का रिवाज है।'' व्यंग्य ने कहा।

''अमेरिका में सबसे बुरी किस्मत गाय की होती है। उसकी हिंदुस्तान में भले ही स्तुति होती हो, अमेरिका में काट-पीटकर पकाकर प्लेट में ग्राहक के सामने उसकी सर्वश्रेष्ठ प्रस्तुति होती है। सूअर की तकदीर भी अच्छी नहीं होती। इसके अतिरिक्त भैंस, बकरे, भेड़, आदि सभी तो स्वाद ले-लेकर खाए ही जाते हैं।'' शीतल ने बताया।

''एक अंतर ऐसा भी है कि अमेरिका में गायों को सिर्फ मारा तथा बड़े चाव से खाया ही नहीं जाता है, बल्कि यहाँ के अधिपति उन सभी सल्तनतों को गाय भी बनाए रखना चाहते हैं, जिनसे तेल निकल सकता है। इसने अपने नागरिकों को भरपूर तेल खर्च करने की, यहाँ तक कि तेल बरबाद करने तक की स्वाधीनता दे रखी है। फिर भी सारी दुनिया इन्हें तेल लगाती है। समरथ को नहीं दोष गुसाईं। जिस प्राणी में प्रोटीन होता है, वह आदमी के दाँतों से बच नहीं सकता। लड़के-लड़की टीन और प्रोटीन के लिए सर्वाधिक फ्री रहते हैं।'' व्यंग्य की जुबान लपलपाई।

''हिंदुस्तान में तो एक-दो प्रतिशत लोग ही सूअर का सेवन करते होंगे, जबकि अमेरिकी मूल के एक-दो प्रतिशत लोग ही सूअर खाने से बचे रहते होंगे। पोर्क खाना यहाँ के लोगों की आदत और रुचि बन गई है।'' हास्य बोला।

''सुना है, अमेरिका में राष्ट्रपति पर कार्टून प्रकाशित हो जाए या हास्य-व्यंग्य की कितनी भी तीखी रचना छपे, कार्टूनकार या रचनाकार निर्भय रहकर घूम सकते हैं। ऐसी अनुशासनहीनता भारत में तो सहन नहीं की जा सकती। हिंदुस्तान में प्रदेश के अदने से मुख्यमंत्री पर यदि कार्टून प्रकाशित हो जाए तो कार्टूनकार जेल के सीखचों में बंद कर दिया जाता है। हिंदुस्तान में नेताओं को ही स्वेच्छाचारिता की स्वाधीनता है, कलाकारों को नहीं। राजा, तू तो देश को ही खा जा और प्रजा, तेरे लिए कड़ी-से-कड़ी सजा। भारतीय प्रजातंत्र अमेरिका की तुलना में सचमुच काफी दबदबेवाला है।'' शीतल ने बताया।

हास्य बोला, ''सुना है, यदि किसी देश में अमेरिकी दूतावास पर हमला हो

जाए और यहाँ का राष्ट्रपति मौन रह जाए तो आम जनता मीडिया का सहारा लेकर उसकी छीछालेदर कर देती है। मजबूर होकर प्रथम राष्ट्रसेवक को काररवाई करनी पड़ती है। अपने हिंदुस्तान में पाकिस्तानी सैनिक भारतीय सैनिकों के सिर काटकर ले जाएँ तो भी भारतीय प्रधानमंत्री मौनी बाबा बने रह सकते हैं। वे कुछ न करने ही नहीं, कुछ न कहने के लिए भी स्वतंत्र हैं। स्वाधीन देश के प्रधानमंत्री जो हैं। यहाँ की स्वाधीनता अलग तरह की है। कभी-कभी दबी जबान में कुछ कहते भी हैं, पर ऐसा कुछ कहते हैं, जिसे वे स्वयं भी नहीं सुन पाते। गोलियाँ तो हवा में इधर से भी चलती हैं, किंतु आतंकवादी कुछ हत्याएँ कर अँधेरे का लाभ लेकर हमेशा भाग जाते हैं।''

''अमेरिका वैश्विक मोहल्ले के बाहुबली परिवार का मुखिया है, जो अपने बच्चों को तो लाड़ करता है, उनकी सुख-सुविधाओं का भरपूर ध्यान रखता है, किंतु पड़ोस के बच्चों को पीटकर उनकी टॉफी छीनकर अपने वहाँ बाँट देता है। अपनी निर्द्वंद्व गतिविधियों की तथा बेरोक-टोक स्वेच्छाचारिता की ललक के कारण कई देशों को अभी तो तल रहा है। सारे हास्य-व्यंग्यकारों को शाबाशी भी देता है कि आपने हम पर बहुत अच्छा लिखा है। ऐसे ही लिखते रहें, कभी-न-कभी तो वंचितों को न्याय मिलेगा। हाँ, स्नोडन या विकीलीक्स के पीछे पड़ जाता है। कोई छोटा बाहुबली है तो कोई बड़ा। विधानसभा में छोटा बाहुबली बार-बार चुनाव जीतकर आ धमकता है, लोकसभा में बड़ा और विश्व की संसद् का बाहुबली यही किंगकांग है।'' हास्य ने भी अपना मत रखा।

शीतल प्रत्येक यात्रा का आनंद लेते हुए उसे अर्थवत्ता देने की कोशिश करता। कुछ-न-कुछ अनलिखा लिखता भी। कई जगह जुड़वाँ भाई तो हाथ टेक देते हैं। वह सोचता है, यहाँ रहकर खाना, पीना, लिखना, पढ़ना और घूमना मात्र है, क्योंकि यहाँ की अभिभावकवाली सारी जिम्मेदारी तो बेटे-बहू उठा रहे हैं, जिस प्रकार कोई बच्चा निश्चिंत रहकर जो चाहता है, बिन माँगे पा लेता है, वैसी अनुकूलतम स्थिति में शीतल रह रहा है। तीस सील पहले वह अपनी श्रीमती को अपने बेटे के लिए कहता था, ''बाबा बहुत छोटा है, उसका खयाल रखना, कहीं इधर-उधर न चला जाए?''

बदला लेते हुए वही तत्कालीन बच्चा इन दिनों अपनी श्रीमती से कहता है, ''बाबा का ध्यान रखना। अकेले कहीं निकल न जाएँ।'' बच्चे-बूढ़े एक समान। कभी नाव ट्रॉली पर, कभी ट्रॉली नाव पर। यहाँ पर ट्रॉली होती है, बैलगाड़ी नहीं।

पहले दिन अधिक न देख पाए, क्योंकि जेटलेग का भरपूर प्रभाव रहा। बीच-

बीच में दिन में नींद के झोंके आते रहे। अब उस रोमांचक सीन सरीखा दूसरा दिखनेवाला नहीं, जो हास्य-व्यंग्य की नींद उड़ा दे, घर जाकर सोना ही उचित समझा। अत: किसी तरह घर तक गए और सो गए।

□

दिनांक 19 मई को उसकी नींद चार बजे ही खुल गई थी। पारदर्शी खिड़कियों में से उसने अपनी ऊपरी मंजिलवाले कक्ष से शहर पर निगाह फेंकी तो लगा सुबह-सुबह दिन में धूप चमकती है और रात में विद्युत् की आकर्षक रोशनी। लॉस एंजेल्स में अधिकतम और न्यूनतम तापमान भोपाल से अधिक अलग नहीं रहता। यहाँ का वर्ष भर का औसत तापमान 13 डिग्री सेल्सियस से 22 डिग्री सेल्सियस तक रहता है। यानी जनवरी में 13, फरवरी में 15 और इसी तरह बढ़ते-बढ़ते अगस्त में 22 सितंबर से कम होते-होते दिसंबर में फिर 13 डिग्री सेल्सियस हो जाता है। न बहुत ठंड होती है, न बहुत गरमी। सुहाना मौसम रहता है, तभी तो हॉलीवुड ने पैर जमाए हैं। श्रवण कुमार ने शीतल की मानसिकता को देखते हुए महँगा फ्लैट किराए पर लिया है। पास में दो पार्क तथा तीन पुस्तकालय हैं।

एक आलीशान लंबा-चौड़ा लाब्रीया पार्क है। वहाँ शाम को दो-तीन घंटों के लिए भारतीय बुजुर्ग परिवार यानी वरिष्ठ स्त्री-पुरुष खुशनुमा परिवेश में अपना समय गुजारने के लिए आ जाते हैं। सबसे निकट तो पार्क लाब्रीया में ही एक छोटा पुस्तकालय है। पास में ही फेयरफेक्स पब्लिक लाइब्रेरी है। उसी के निकट विशाल बार्न्स और नोबल बुक स्टोर्स भी है, जो मुख्यत: तो किताबों का विशाल विक्रय केंद्र है, किंतु वहाँ बैठकर पढ़ने की सुविधा है। अमेरिका के प्रत्येक बड़े शहर में इसकी कई शाखाएँ हैं। आज से सात साल पहले जब श्रवण कुमार ऑस्टिन में था, तब भी शीतल के कई महीने बार्न्स और नोबल बुक स्टोर्स के सहारे प्रफुल्लतापूर्वक निकल गए थे। तीन वर्ष पूर्व मिशिगन में भी कई महीने पुस्तकालयों के कारण निकल गए। यहाँ तो पैदल जाओगे तो निकट ही कहीं पुस्तकालय पा जाओगे। देश रद्दी कागज, पुस्तकों, अखबारों से पटा पड़ा है। टॉयलेट से पुस्तकालयों तक कागज-ही-कागज। विपुल मात्रा में मोटी-मोटी गंदी पुस्तकें भी। लेखकों को सबकुछ लिखने की आदत। उसके लिए समय का सार्थक उपयोग करना एक लक्ष्य होता है। उसने जानकारी प्राप्त की कि पास में पुस्तकालय है ? अत: निकल गए। तीन पुस्तकालय एक किलोमीटर के भीतर ही मिल गए।

अब उसने समय निकालने के लिए अपना टाइम टेबल बनाया। सुबह 5-5:30 बजे उठ जाना। कोई गलत काम न करने की प्रार्थना। इसके बाद मुंबई से लाया

हुआ डायबिटीज का एक चम्मच पाउडर खाता, एक गिलास पानी पीता और लैपटॉप खोलकर बैठ जाता। कल का कोई विशेष अनुभव! तीन दिन पहले जब वह फेयरफेक्स की पब्लिक लाइब्रेरी में गया था तो उसने एक नोटिस पढ़ा कि सोमवार को प्रातः साढ़े दस बजे लेखकों की चर्चा होती है और न सिर्फ इस सोमवार को, बल्कि प्रत्येक सोमवार को। उसे यह भी बताया गया कि पुस्तकालय में एक कमरा सुनिश्चित है, जिसमें गोल टेबल के आस-पास 15-20 कुरसियाँ लगी हैं, यहाँ अंग्रेजी की किसी भी विधा के लेखक का स्वागत है। दिन और समय तय रहता है। उसकी भी अंग्रेजी में अब तक दो पुस्तकें प्रकाशित हो चुकी हैं, एक अमेरिका से ही गद्य में और एक कविता संग्रह। अतः समय गुजारने और कुछ नया सीखने के लिए इतना भी पर्याप्त था।

रविवार को ही उसने गोष्ठी में जाने की योजना बना ली थी। देखें, लॉस एंजेल्स में लेखक लोग चर्चा-गोष्ठी में क्या करते हैं? सोमवार को वह तैयार हुआ और लगभग दस मिनट की देरी से पहुँचा। उसे लगा था कि वह लेट हो गया है, उसे नियत समय पर पहुँच जाना चाहिए था, किंतु उस दिन दो ही प्रौढ़ लेखक आए थे। एक घंटे बाद भी कोई और नहीं आया। लेखकों ने अपनी छोटी-छोटी तीन-चार रचनाएँ सुनाईं। शीतल से भी आग्रह किया, जो भी वह लिखता है, सुनाए। उसने अंग्रेजी की दो-तीन कविताएँ सुनाईं और उस दिन के कार्यक्रम का समापन कर दिया गया। उसने ही यह भी बताया कि प्रति मंगलवार फेयरफेक्स के ग्रीनवे कोर्ट थियेटर में शाम 8 बजे कवि लोग मिलते हैं।

उसे याद आया कि जब वह ऑस्टिन में था, तब भी एक कैफे में शाम को सात से नौ बजे तक थॉम वुडरफ, वर्ल्ड पोयट सप्ताह में एक दिन 10-12 कवियों-कवयित्रियों के साथ रचनाएँ सुनने-सुनाने बैठते थे। वैसा ही कुछ कार्यक्रम यहाँ होता होगा। फेयरफेक्स की पब्लिक लाइब्रेरी में उस लेखक ने जो वेबसाइट दी थी, उस पर खोजा तो मालूम पड़ा कि यह सच है कि फेयरफेक्स के ग्रीनवे कोर्ट थियेटर में शाम 8 बजे कवि लोग मिलते हैं।

उसने सोमवार की शाम तदाशय की सूचना बेटे-बहू और श्रीमतीजी को दे दी थी। मंगलवार के दिन प्रतिदिन की तरह सुबह उठा। अपने निर्धारित कार्यक्रम के अनुसार एक पेज लैपटॉप पर लिखा। बेटे ने प्रतिदिन की तरह पहले उठकर चाय बनाकर पिलाई। पत्नी और बहू से नाश्ते के समय चर्चा होती रही। बातचीत भी आखिर कब तक की जाए? वह उठा, तैयार हुआ, कपड़े के जूते पहने और आज पैदल-पैदल एक नई दिशा में निकल गया। लगभग पौन घंटे बाद वह पदयात्रा

कर लौटा। यहाँ के लोगों का प्रात:भ्रमण का कोई निश्चित समय नहीं होता। वे बारह बजे, दो बजे या किसी भी समय छोटी चड्डी और टी-शर्ट पहनकर दौड़ते हुए देखे जा सकते हैं। जिस तापमान पर हमें ठंड लगती है, हम स्वेटर पहनते हैं, उस तापमान पर किशोर लड़की हों या लड़के, स्त्री हो या पुरुष न्यूनतम कपड़ों में मटरगश्ती करते हुए, सारी दुनिया से बेखबर एक-दूसरे से चिपके हुए, एक-दूसरे की पीठ या शरीर को सहलाते हुए, चुंबन लेते हुए सार्वजनिक स्थानों पर निर्द्वंद्व देखे जा सकते हैं। शायद ताप का स्थानांतरण भी होता होगा!

दिनभर में उसने अपने साथ लाए अशोक शुक्ल के दोनों उपन्यासों में प्रोफेसर पुराण का बड़ा अंश पढ़ा। बहुत अच्छा लगा। उसे लगा कि अशोक शुक्ल ने जिस तरह उपमाओं के अजस्र भंडार से हिंदी व्यंग्य को प्राणवान रखा है, वह अन्यत्र दुर्लभ है। फिर उसने पास के पुस्तकालय से ली गई आर्ट बुचवल्ड की पुस्तक 'यू केन फूल ऑल ऑफ दि पीपुल ऑल दि टाइम' के कुछ अंश पढ़े। कल की तुलना में उसी पुस्तक के आज जो अंश पढ़े, वे बेहतर थे।

फेयरफेक्स पब्लिक लाइब्रेरी में शीतल से उसके इ-मेल की ही जानकारी नहीं माँगी गई थी, उन्होंने शीतल से उसके घर का पता, टेलीफोन नंबर आदि सब ले लिये थे और उसे सूचित कर दिया था कि अब उनकी मेलिंग लिस्ट में शीतल आ गया है। यह भी उन्होंने ही सूचित किया कि आज मंगलवार को शाम 8 बजे से पोइट्री का कार्यक्रम होनेवाला है। बेटा और शीतल थोड़े विलंब से वहाँ पहुँचे। लगभग सौ टीनेजर युवक-युवतियाँ वहाँ अनुशासित रहकर कतार में खड़े थे। बेटे ने उनमें से एक से पूछा, "आज तो यहाँ कविता पाठ का कार्यक्रम है?"

उन्होंने उत्तर दिया, "तभी तो यह लाइन लगी हुई है?"

"तो क्या यहाँ टिकट भी है?"

"हाँ, पाँच डॉलर का टिकट है।"

"तो क्या कोई बड़े कवि आ रहे हैं?" बेटे का अगला प्रश्न था।

"नहीं, यहीं के उभरते हुए सारे युवा कवि-कवयित्री हैं। सभी को तीन-तीन मिनट में अपनी रचना सुनानी है।"

कतार तो आठ बजे से लगनी शुरू हो गई, किंतु कार्यक्रम के लिए श्रोताओं-दर्शकों को नौ बजे प्रवेश मिला। देखते-ही-देखते कतार भी लंबी होती चली गई थी। दो टिकट उन्होंने भी खरीदे, प्रवेश लिया। लगभग डेढ़ सौ सीटोंवाले उस हॉल में अढ़ाई सौ लोग प्रवेश पा चुके थे। जिन्हें कुरसियों पर जगह नहीं मिली थी, वे मंच पर बीच में थोड़ी सी जगह प्रस्तुतकर्ता के लिए छोड़कर अगल-बगल समूह

बनाकर बैठ गए थे। अधिकांश कविताओं में जिस तरह सेक्स का अभिनय सहित वर्णन किया जाता रहा, शीतल ने भविष्य के ऐसे किसी कार्यक्रम में जाने हेतु कान पकड़ लिये। उसे लगा कि सिर मुँड़ाते ही ओले पड़े।

पहली बार का एल.ए. का अंग्रेजी का साहित्यिक अनुभव बहुत ही खराब रहा। वह समझ गया कि अमेरिका फ्री सोसाइटी है, युवकों के लिए स्वर्ग होगा, वरिष्ठजनों के लिए तो मात्र नरक है।

किंतु बाद में उसे पार्क लाब्रीया राइटर्स ग्रुप भी मिला, जिसमें 15 वरिष्ठ साहित्यकार पाक्षिक बैठक करते थे। अपनी-अपनी रचनाएँ सुनाकर उन पर चर्चा भी करते थे। उस समूह में नियमित जाता रहा और बहुत कुछ पाता रहा।

यद्यपि उस समूह में भी यौन संदर्भित रचनाएँ विपुल मात्रा में प्रस्तुत की जाती थीं, फिर भी स्तर, बिस्तर से उठा हुआ रहता था। किसी के पास टी.वी. सीरियल में लिखने का काम है तो कोई कॉमेडी में लिख रहा था। किसी की कई पुस्तकें भी प्रकाशित हो चुकी हैं। इस समूह के कारण उसके छह माह कैसे निकल गए, पता भी नहीं चला। शहर में ऐसे कुछ साहित्यिक समूह हैं।

भोपाल तो एक बड़े प्रदेश की राजधानी है, किंतु कुछ किलोमीटर जाओ, तब आप एकाध पुस्तकालय पाओगे। केवल इंजीनियरिंग की या व्यावसायिक पाठ्यक्रमों की दुकानों और किताबों के ढेर मिलेंगे। यहाँ के पुस्तकालय किताबों से भरे पड़े हैं। कागज रद्दी में नहीं बेचा जाता, पुस्तकों-पत्रिकाओं सहित फेंका जाता है। क्योंकि पुस्तकें पढ़ी जाती हैं, स्तरहीन पुस्तकों की भी भरमार है। बच्चों को तो अनेक पुस्तकों को पढ़ने से रोका जाता है, फिर भी वे चोरी-छिपे पढ़ ही लेते हैं।

लॉस एंजेल्स के लाब्रीया पार्क में जो अमेरिका का सबसे बड़ा आवासी पार्क माना जाता है, वहाँ शाम पाँच से आठ बजे तक, दस-बारह प्रवासी भारतीय परिवार आकर बैठ जाते हैं तथा देश और दुनिया पर चिंतन कर लेते हैं। यह समग्र हिंदुस्तान का प्रतिनिधि रूप है। कोई महाराष्ट्र से आया है तो कोई बंगाल से। बुजुर्ग पति-पत्नी अपनी बहुओं की डिलीवरी के अवसर पर (एक एन.आर.आई. मेहमान के अवतरण हेतु)बहुधा आते हैं तो किसी विधुर पिता को बेटी-दामाद या बेटे-बहू ने आदर और प्रेम के वशीभूत बुला लिया है। अधिकांश भारतीय बुजुर्ग अधिकतम छह महीनों के लिए ही आते हैं। भ्रमण करने के लिए वीजा की अधिकतम सीमा ही इतनी होती है। अगली बार आना हो तो नियम का पालन करते हुए छह माह में ही चले जाओ। एक बार भी किसी नियम का उल्लंघन किया और वह पासपोर्ट में दर्ज हुआ, यानी आप दागी यात्री बने।

लॉस एंजेल्स के लाब्रीया पार्क में भारतीय बुजुर्ग पति-पत्नी दो समूह बनाकर बैठते हैं। एक समूह महिलाओं का तो दूसरा पुरुषों का। अमेरिका में रहकर भी इस देश के स्त्री-पुरुषों की, सार्वजनिक रूप से प्रेमालाप या गुत्थमगुत्था करनेवाली परंपरा का पालन नहीं करते। उनकी शैली पशुओं से अलग होनी चाहिए, ऐसा वे पुराने समय से मानते आ रहे हैं। कुछ दिन के लिए आए हैं, आचार-विचार क्यों बिगाड़ें?

लाब्रीया पार्क में उसी दिन गुप्ताजी बोले, ''समलैंगिक और गे मैरिज की अनुमति देकर अमेरिका ने ठीक ही किया है। अपने देश की जनसंख्या कम करने के लिए यह अच्छा तरीका हो सकता है।''

गुजरातवाले शाह साहब ने एक राय दी, ''यदि भारत में भी समलैंगिक, यानी लैस्बियन और गे आदि समाज सुधारकों की संख्या बढ़ जाए तो भारत की जनसंख्या में कमी होना शुरू हो जाए। क्या ऐसे बीज या ऐसी फसल को अपने यहाँ बढ़ावा नहीं दिया जा सकता? उनकी राय तो यहाँ तक थी कि एक-दो वर्ष के लिए दुनिया भर के सारे लैस्बियन और गे निरीहों की जनसंख्या की अदला-बदली हो जाए, भारत में बस दो-तीन वर्ष के लिए सभी बसा लिये जाएँ, तो भारत को कितनी राहत मिले?

''हरियाणा की खाप पंचायतों से अनेक अमेरिकी निर्णय किसी प्रकार कम नहीं आँके जा सकते। मालवा के माननीय खापे भी मिल-बैठकर यदि ऐसे कई निर्णय ले लेते हैं तो लोग उन पर उँगुली उठाते हैं। हँस लेते हैं। अब किसकी हिम्मत है, जो अमेरिका के खापों के इस पंचायती आदेश पर उँगुली उठा सकें? पूरी दुनिया एक जुरासिक पार्क बनी हुई है, जिसमें अमेरिका अपने डायनासोरों को सभी छोटे-छोटे देशों को भयभीत करता हुआ जिधर चाहता है, उधर दौड़ा देता है। अमेरिकी नागरिक सामान्यत: हैदराबाद के कंजूस नवाब की प्रतिलिपि होते हैं। गर्लफ्रेंड पर भी तब तक ही खर्च करते हैं, जब तक वह विश्वसनीय गर्लफ्रेंड बनी हुई है। गर्लफ्रेंड से भी अधिक उसका बैंक बेलेंस आकर्षित करता रहता है।'' व्यंग्य कहने लगा।

''वहाँ पति-पत्नी, ब्वॉयफ्रेंड, गर्लफ्रेंड सबके अपने अलग-अलग गुप्त खाते होते हैं, ये खाते एक-दूसरे से पल्ले झाड़कर चलने में बड़े मददगार होते हैं। वहाँ अर्थ ही जीवन का अर्थ है।'' हास्य ने मत दिया।

यदि हिंदुस्तान के परिवार अतिशय पितृसत्तात्मकता की चपेट में हैं तो अमेरिका की गृहस्थी इतनी पितृसत्ताशून्य है कि कौन किसका पुत्र या कौन किसका पिता

है, अधिकांश बच्चों को सही जानकारी नहीं रहती। यहाँ प्रेमी सत्ता का ही महत्त्व है। माँ तत्कालीन अंतरंगता के आधार पर अंदाज से या कभी-कभी विद्वेषवश भी, जिसका नाम संतान के नाम के साथ जोड़ दे, उसे ही पिता का बोझ उठाए-उठाए घूमना होगा। बाद में पैतृक अदालत में डी.एन.ए. परीक्षण से पक्का होता है। ऐसी अदालतें जगह-जगह हैं। तब तक माँ तो सुनिश्चित रहती है, पिता अनिश्चित। डॉलर का, वाइन का, स्वतंत्रता का नशा, आदमी को बढ़िया-से-बढ़िया काम में लिप्त रखता है। शायद समाज का कल्याण करते हुए यत्र-तत्र बीज बोकर वह भूलता जाता है, ताकि समाज निश्चिंत होकर कहीं भी फसल काटे। परम स्वतंत्र न सिर पर कोई, मन को रुचे करें वह सोई।'' शीतल ने कहा।

''वास्तव में अमेरिका में पिता सर्वनाम ही अनुपयुक्त लगता है, बाप शब्द ही उपयुक्त सम्मानसूचक है। यहाँ माँ-बाप के रूप में भले ही वे उत्तरदायी न रहें, प्रेमी-प्रेमिका या ब्वॉयफ्रेंड-गर्लफ्रेंड के रूप में तो काफी अंतरंग रहते हैं। यह देश भले ही अन्य देशों पर बापगिरी ही नहीं दादागिरी कर ले, किंतु सर्वाधिक पिता-रहित बच्चे यहीं देखे जाते हैं। अनुत्तरदायी बापों से यह देश पटा पड़ा है। बाप ब्रह्मांड में अलग-अलग क्यारियों में अपना बीज बो रहा है और उत्पादन दूसरों के लिए छोड़ रहा है, बड़ा परमार्थी है।'' हास्य ने अपना मत दिया।

''जैसा अतिशय स्वेच्छाचारी दुनिया का यह दादा, वैसा ही स्वेच्छाचारी निर्द्वंद्व और स्वतंत्र अमेरिकी बाप। माँ जब बच्चे को नाम देती है तो सही पिता का नाम भी याद्दाश्त के आधार पर कहीं जोड़ देती है, ताकि बच्चे को मालूम रहे कि उसके सही पिता में यह नाम जुड़ा है। बच्चे तद्नुसार बताते हैं कि उनका बाप अमुक है, पर कई बार बहुधा बाप स्वीकार नहीं करते। क्योंकि अब तक उनकी गर्लफ्रेंड बदल चुकी होती है। माँ का भी नया ब्वॉयफ्रेंड आ जाता है। बाप यदि बाप होना स्वीकार कर लेगा तो उस पर आर्थिक बोझ नहीं बढ़ जाएगा। जब तक बच्चे की अठारह वर्ष की उम्र नहीं होती बाप की जिम्मेदारी होती है कि वह खर्चा पानी दे। इस आर्थिक बोझ से बचने का एक ही रास्ता है कि वह कहता रहे कि मैं इसका बाप नहीं हूँ। हारकर कई पुत्र-पुत्रियाँ टीनेज में कोर्ट की शरण लेते हैं। जज बापों का डी.एन.ए. परीक्षण कराते हैं। पुष्टि होने पर अनिच्छुक बापों पर दबाव डालकर उनके बच्चों को उन्हें सौंपा जाता है।'' शीतल ने स्पष्टीकरण दिया।

''अच्छा हुआ, मैं यहाँ नहीं रहा, वरना कई का बाप होता और ऐसा असाधारण रूप से गुप्त होता कि कोई पकड़ ही नहीं पाता।'' हास्य बोला।

''ये बाप भी साधारण बाप नहीं होते। गर्लफ्रेंड के बच्चों के ही नहीं, गर्लफ्रेंड

के भी बाप होते हैं। कोर्ट के निर्णय के बाद अनमने भाव से आदेश का पालन तो करते हैं, पुत्र या पुत्री से दिखावे के लिए गले भी मिल लेते हैं, पर कोर्ट से बाहर निकलकर फिर पूर्ववत् व्यवहार करने लगते हैं। कुछ बाप राहत महसूस करते हैं कि चलो इतने दिन तो बाप होने से बचे रहे। कई वर्ष तक आर्थिक बोझ से मुक्त रहे, कुछ डॉलर तो बचे?'' व्यंग्य ने कहा।

''ऐसा ही शौर्य अपने देश के एक सम्माननीय अतिशय बुजुर्ग नेता ने भी दिखाया है। पहले तो कोर्ट में डी.एन.ए. परीक्षण कराने से बचते रहे। किसी तरह दबाव में आकर डी.एन.ए. परीक्षण कराया। जब अदालत ने आदेश दे दिया कि आप ही आवेदक के पिता हैं तो अदालत का आदेश मानने से इनकार कर दिया। कई प्रदेशों के प्रथम पुरुष रहे हैं, अब आवेदक के ही नहीं अदालत के भी बाप बने हुए हैं। नहीं मानते आदेश, जो करना हो कर लो। भारत के लिए यह यह प्रेरक शुरुआत है। इस उदाहरण से अन्य बापों को भी सीख लेनी चाहिए।'' हास्य ने राय दी।

''भारतीय बच्चे सामान्यत: अपने पिता को अभी भी सम्मान से कहते हैं, ये मेरे पिताजी हैं, जबकि अधिकांश अमेरिकी बच्चे अपने बाप को शंका और हिकारत से देखकर कहते हैं, शायद यह मेरा बाप है! उसने कहीं आनंद पाया होगा, हमको तो कष्ट ही दिया।'' व्यंग्य बोला।

विचार मंथन आगे चला। परिवार के सदस्यों का स्वतंत्र हो जाने का एक कारण यह भी है कि मजबूरी में गर्लफ्रेंड को प्रेमी प्रदत्त बच्चे को पालना पड़ता है, क्योंकि बाप परिवार की जेल से फरार है। अब वह गर्लफ्रेंड सुंदर तो है, किंतु आर्थिक रूप से तंग नया ब्वॉयफ्रेंड बनाना उसकी मजबूरी है, क्योंकि ब्वॉयफ्रेंड की उपस्थिति एकाकीपन दूर करने के साथ सहारा भी देती है। यदि गर्लफ्रेंड की (पूर्व ब्वॉयफ्रेंड और फरार बाप द्वारा प्रदत्त)कोई बड़ी लड़की भी है, तब तो नए ब्वॉयफ्रेंड के मजे-ही-मजे हैं। वन-इन-टू का लाभ मिलता रहता है, किंतु लड़की माँ और सौतेले बाप के रंगीन कार्यकलाप, अतिरिक्त प्रेमालाप देखकर तनाव में रहने लगती है। गर्लफ्रेंड और नए ब्वॉयफ्रेंड की मित्रता की रस्सी के दोनों सिरे फिर विपरीत दिशा में खिंचने लगते हैं और रस्सी फिर टूटती है। अधिकांश परिवारों की रस्सियाँ टुकड़ों-टुकड़ों में सड़क या पार्कों में पड़ी यत्र-तत्र बिखरी-बिखरी रह जाती हैं।

''सुना है, यू.एस. के पास बड़ी जमीन है। इनके पाँवों के नीचे मजबूत जमीन है। इसीलिए तो ये दलदल या कीचड़ में नहीं फँसते। तनकर खड़े रहते हैं। पानी की भी कोई कमी नहीं, फिर लोग पानीदार क्यों नहीं होंगे? अमेरिका में भूमि और जल की मात्रा हिंदुस्तान से कई गुना अधिक है।'' व्यंग्य ने कहा।

''भगवान् भी राजनीतिज्ञ हो गया है। जिधर बम, उधर हम करने लगा है। बेचारे भारतीय उसे इतना पूजते हैं, पर उनकी परीक्षा ही लेता रहता है, कभी बाढ़, कभी सूखा, कभी कोई त्रासदी! क्या वे डरकर भक्त बने रहें, इसलिए उन्हें गरीबी में रखता है? स्वाधीनता का ऐसा परम सुख उन्हें क्यों नहीं देता? जबकि अमेरिकी शासक ही नहीं नागरिक भी स्वयं को ही सबकुछ मानते हैं, भगवान् को नहीं, फिर भी भगवान् उन्हीं को ऐश से रहने की सुविधा देते हैं। भारतीयों को भगवान् के विरुद्ध आंदोलन या हड़ताल करना चाहिए।'' हास्य का मत था।

4

कम समय में ही इस पुण्यभूमि का काफी अध्ययन-मनन कर एक दिन तीनों बैठे-बैठे झक यानी मक्खी मार रहे थे। अचानक चाय पीने का मन हुआ। चाय पीने से पहले जब पानी मँगाया तो पानी का गिलास थामे-थामे शीतल ने इशारा किया, ''यद्यपि अमेरिका बोतलों और गिलासों से डूबा पड़ा है, लेकिन हिंदुस्तान भी तो एक गिलास ही है, आधा भरा हुआ।''

व्यंग्य बोला, ''मैं तो सोचता हूँ, दोनों ही आधे भरे हुए, आधे-अधूरे हैं। हिंदुस्तान पानी से और अमेरिका बीयर से। अमेरिका का गिलास बीयर से इसलिए भरा हुआ है, क्योंकि यह एक विज्ञापन पर टिका हुआ देश है, 'सेव वाटर, ड्रिंक बीयर' यानी बीयर पीयो, पानी बचाओ। बीयर की बहुतायत है, इसलिए सचमुच लोग बीयर पीकर पानी बचाते हैं। वैसे यहाँ के पानी में भी नशा है।''

हास्य ने अपना राग अलापा, ''मंदिर-मसजिद बैर कराते मेल कराती मधुशाला। इसीलिए सभी देशों, सभी जाति-धर्मों के लोग यहाँ आकर अपने-अपने धर्मों को पीछे छोड़ कैपिटलिज्म-कन्ज्यूमरिज्म को ही अपना धर्म समझने लगते हैं। किसकी इच्छा मधुशाला में जाने की नहीं होगी। भले ही कम समय के लिए दे, नशा भी प्रभुता देता है, जिसे पाकर किसे मद नहीं आता।''

''दोनों देशों के पानी का अलग-अलग प्रभाव है। हिंदुस्तान में पानी की ही नहीं पानीदार लोगों की भी बहुत कमी है। केवल विशिष्ट जन ही पानीदार रह सकते हैं। जो रिश्वत, सिफारिश, चमचागिरी और भाई-भतीजावाद के सुख से संपन्न हैं, वही लोग पानीदार रह सकते हैं। इसीलिए यहाँ के एक विज्ञापन पर ध्यान दिया जाता है, पानी का मोल पहचानिए। सामान्य जन सारा पानी बाहुबलियों,

देश के कर्णधारों पर चढ़ा देते हैं। साधारण पानी ही नहीं, सोने का पानी भी। 'तेरा तुझको अर्पण क्या लागे मोरा।' इसीलिए गरीबों के चेहरों का पानी उड़ा रहता है। भारतीयों के सारे काम ऊपरवाले के भरोसे होते हैं, तभी चैन की नींद सो पाते हैं। 'राम भरोसो राख के तुलसी निर्भय सोय, होनी अनहोनी नहीं, होनी होय सो होय।'

"भारत में बरसात की बाढ़ वाला सारा पानी समुद्र में चला जाता है और गरमी का घाम मनुष्य का दिल और धरती का जल दोनों को जला जाता है। सदा-सर्वदा ग्रीष्म में पानी की कमी रहती है। प्रतिवर्ष बाढ़ से तो हाहाकार होता ही है, गरमी में लू द्वारा नरसंहार भी होता है। नहाने का जो आनंद अमेरिका में है, वह हिंदुस्तान में कहाँ? बाथ टब में गरम पानी में कितनी भी देर रहें। चौबीसों घंटे गरम पानी उपलब्ध रहता है। इसीलिए वे कुछ भी करने को स्वतंत्र रहते हैं, बाद में नहा लो।" यह बात शीतल ने दोनों मित्रों को बताई।

व्यंग्य ने प्रतिक्रिया दी, "भारतीय लोगों ने जीवन के अर्थ को समझने में ही जीवन खपा दिया और पाया क्या? निर्धनता। जिसमें जी-जीकर जीवन का अर्थ समझ रहे हैं। अमेरिका दुनिया के लिए चुंबक इसीलिए बना हुआ है, क्योंकि उसने एक सूत्र दे दिया है कि जीवन में अर्थ का ही अर्थ है, बाकी सब अनर्थ है। कई बार लोग पढ़े होते हैं, गुने नहीं होते।"

"अधनंगे रह लेते हैं, भूखे रह लेते हैं, फिर भी कहते हैं, सुखी हैं। पश्चिमी देशों में तो भूखे काम न होई गोपाला, किंतु भारत में विचित्र सोच है। नहाने के बाद भजन करने की प्रथा है, फिर भोजन की। स्पष्ट है, भूखे रहकर भी भजन करते हैं। आश्चर्य की बात यह है, दरिद्र हैं, फिर भी संतोषी हैं। उनका असंतोष जब तक वे बाहर की दुनिया को नहीं देखते, नहीं बढ़ता। असंतोष बढ़ाना है तो उन्हें अमेरिका दिखा दो।" हास्य ने कहा।

"आप लोगों ने भी देखा था, उस दिन एल.ए. के एक पार्क में एक होमलैस, लंबे-चौड़े डीलडौल सा काला आदमी अकेला पड़ा हुआ था। पहले चुपचाप पड़ा था। जब तक शांति से पड़ा था, किसी का ध्यान उधर नहीं गया। सारे स्वास्थ्यचेता अपनी-अपनी कसरत कर रहे थे, दौड़ लगा रहे थे, योगासन कर रहे थे। इसी बीच स्वगत ही पहले तो वह बड़बड़ाने लगा। फिर जोर-जोर से चीखने लगा। बहुत देर तक चीखता रहा, पूरे पार्क को गुँजाता रहा, पार्क में कम-से-कम सौ लोग तो होंगे ही, लेकिन सबने उसे अनसुना किया। अमेरिका के लिए यह कोई नई बात नहीं। ऐसा कई बार होता रहता है। कोई किसी अनजान से इसलिए बात नहीं करता, पता नहीं सामनेवाले की मानसिक स्थिति कैसी हो? कोई हथियार उसके

पास न हो? पढ़ा-लिखा दिखाई देता है तो मुसकराकर हैलो-हाय अवश्य करते हैं।'' शीतल ने कहा।

दाएँ-बाएँ, हास्य और व्यंग्य को लिये हुए शीतल लॉस एंजेल्स की सड़कों पर घूम रहा था कि व्यंग्य की निगाह पार्क में पड़े हुए एक दूसरे बर्राते हुए आदमी पर पड़ी। हास्य ने भी उस आदमी को देखकर व्यंग्य से पूछा, ''कहो भाई कैसी रही?''

प्रतिक्रिया में व्यंग्य बोल पड़ा, ''यह कोई नई बात नहीं है। भारतीय आदमी भी, कलारी के पेय का आनंद लेते हुए कहीं पास की जमीन पर पड़े रहकर, घंटे-चार घंटे के लिए प्रधानमंत्री पद पर कब्जा जमाए रहता है। देख ले, अमेरिका का महत्त्वाकांक्षी नागरिक भी पार्क में पड़ा हुआ राष्ट्रपति बना हुआ है कि नहीं? यह अलग बात है कि भारतीय प्रधानमंत्री प्राय: दबे-कुचले हुए मौनी बाबा बने रहते हैं, जबकि अमेरिकी राष्ट्रपति जोर-जोर से बर्राते हुए देखे जा सकते हैं। पीने के बाद ऐसे सारे प्रधानमंत्री, सभी राष्ट्रपति अपना धर्म तथा अपना धन भूलकर धार्मिक समभाव तथा आर्थिक समस्तर पर पहुँच जाते हैं।

''अमेरिकी राष्ट्रपति भी चप्पे-चप्पे पर बड़बड़ाते हुए दुनिया को चुनौती देते हुए दिखाई दे जाएँगे। गनीमत यह होती है कि वहाँ न नालियाँ खुली रहती हैं, न कुत्तों को खुलेआम घूमने दिया जाता है। अन्यथा उन्हें भी चप्पे-चप्पे पर कई राष्ट्रपति जलाभिषेक करने को तो मिल ही जाते हैं। आगे की काररवाई के लिए भले ही भविष्य का कोई दिन तय कर लेते।''

''भारत में नालियाँ खुली रहती हैं, जिनमें गिरकर यहाँ के प्रधानमंत्री निर्द्वंद्व होकर बर्राते रहते हैं। ऐसे ही खुले हुए मुँह का लाभ उठाकर भारतीय श्वान जलाभिषेक करने का कोई अवसर नहीं छोड़ना चाहते, जिसके परिणामस्वरूप वे प्रधानमंत्री आचमन करने का आनंद प्राप्त करते हैं। अमेरिका में कोई नाली खुली ही नहीं मिलती, अत: यहाँ वैसा आनंद प्राप्त नहीं किया जा सकता।'' हास्य ने मुँह खोला।

वहाँ किसी लाइसेंस की जरूरत नहीं होती। अत: पाकिस्तान में, ईराक में ड्रोन हमले तथा अपनी ही जमीन पर प्रेम के त्रिकोण हमले प्राय: देखे जाते हैं। कभी दोस्ती, कभी दुश्मनी, कभी संग-साथ, कभी तलाक। फिर भी वहाँ के लोगों का पानीदार बने रहना स्वाभाविक है, लॉस एंजेल्स तो बीचों के बीच बसा हुआ शहर है। आस-पास समुद्र-ही-समुद्र, पानीदार नहीं होंगे तो लोग और क्या होंगे?'' शीतल ने जानकारी दी।

''कुछ दिन पहले वाशिंगटन डी.सी. में एक मनमौजी ने आत्मिक शांति के

लिए पंद्रह लोगों को गोली से भून दिया। परसों लॉस एंजेल्स में एक अन्य संतप्त ने खुद के भोगे हुए नरक से निकालकर दस-बीस को स्वर्ग भेजने की सफल कोशिश की थी। कल शिकागो में एक शूरवीर ने दस को निपटा दिया। यहाँ उड़ा देनेवाले ऐसे कार्यक्रम यत्र-तत्र होते ही रहते हैं। यह सामान्य बात है। मेरे विचार से अखबारों में एक दैनिक स्तंभ होना चाहिए, जिसमें स्थान और लोगों की संख्या घटनानुसार भर दी जाया करे।'' हास्य बोला।

व्यंग्य ने दुनिया के इस चौधरी के बारे में अपना मत रखा, ''अमेरिका एक ढोल है, जो समूचे विश्व में जोर-जोर से बज रहा है, जिसकी आवाज दूर-दूर तक पहुँच रही है। किंतु ढोल जितना विशाल होता है, वह उतनी ही बड़ी पोल लिये रहता है। प्रत्येक ढोल में पोल तो होती ही है, ढीलपोल भी होती है। कोई सिरफिरा स्नोडेन या विकिलीक्स जब बता देता है कि ढोल में कहाँ-कहाँ कितनी बड़ी पोलें हैं तो ढोली संटियाँ लेकर उसके पीछे हाथ धोकर पड़ जाता है। फिर वह ढोल को पीटना छोड़, उस देशद्रोही पर हाथ जमाना शुरू कर देता है कि सार्वजनिक तौर पर उसने पोल क्यों बताई?''

''ऐसे हाथियों के लिए ही कहावत कही गई है, 'हाथी के खाने के दाँत और होते हैं और दिखाने के और।' जानता तो वह स्वयं भी है कि उसके ढोल में कहाँ-कहाँ और कितनी जगह पोल है, पर वह उसे ठोस बताते नहीं अघाता। अपने को ठोस घोषित कर दूसरों को ठूँसा मारने में आसानी होती है।'' शीतल ने बैंड बजानेवाले की मानसिकता बताई।

''यही तो इसकी विशेषता है कि अपने देश में बैंड नहीं बजने देता। दूर-दराज के किसी देश में बैंड बजाकर अपने घर सुरक्षित उड़कर आ जाता है।'' व्यंग्य ने वचन उचारे।

हास्य ने मत दिया, ''सचमुच वहाँ ढोल-नगाड़ों की कोई कमी नहीं। जंगल भरपूर हैं, ढोल-नगाड़े बनाने में कोई कठिनाई नहीं। तरह-तरह की चमड़ी, बीफ खाने के कारण गायों-बैलों की चमड़ी, प्रतिदिन चट किए जानेवाले असंख्य अन्य पशुओं की तथा स्वयं की मोटी चमड़ी तथा मोटी-मोटी लकड़ी भी खूब उपलब्ध है। इसीलिए यह बात देखी जाती है कि जिसने इस देश का थोड़ा भी बाजा बजाया तो यह उसके घर में घुसकर उसका पूरा बाजा बजाकर आता है। बढ़िया बैंड मास्टर है। विभिन्न ड्रेसों में कई-कई बैंड हमेशा तैयार ही नहीं रखता, बिगुल बजाकर छोटे देशों को मुरगा बनाकर उनकी ड्रेसिंग कराता और चट कर जाता है।''

''जरूरत पड़ने पर बिगुल बजा देता है। बगुला भगत भी बन जाता है। नाश्ते

में बेगल खाता है। बगली दाँव मारने में सिद्धहस्त है। बंगाल का जादू तो नहीं जानता, पर नरसंहार करने में उसकी बगल में या उसके पासंग में क्रूर-से-क्रूर बैठ नहीं सकते? जापान, वियतनाम, इराक, अफगानिस्तान आदि आज भी उसका निरंतर जाप करते रहते हैं।'' व्यंग्य बोला।

''दुनिया भर में स्वस्थ प्रजातंत्र स्थापित करने के उद्देश्य से दूसरे देश में जाकर ठोंकता-पीटता है, इस तरह अपना नगाड़ा बजाकर चौधराहट की चाक-चौबंद धाक जमाए रखता है।'' हास्य ने कहा।

''पर उसके देश में ही जगह-जगह जो नरसंहार हो जाते हैं, उनको तो रोक नहीं पाता। मानसिक रूप से विक्षिप्त या कोई भी गुस्सैल, संतप्त व्यक्ति मशीनगन की सहायता लेकर स्वयं के भोगे हुए अमेरिकी नरक से निकालकर दस-बीस को स्वर्ग भेज देता है।'' व्यंग्य ने बताया।

''वहाँ बच्चों को खिलौनों के रूप में मशीनगन, स्टेनगन देने की प्रथा आम है। ताई-क्वांडो, जूडो-कराटे और डिशुंग-डिशुंग के खेलों का प्रशिक्षण बहुत लोकप्रिय है। बच्चा-बच्चा वी.डी.ओ. गेम्स, टी.वी. सीरियल्स में भी हिंसा, सेक्स और मार-धाड़ देखकर प्रेरणा लेता रहता है। अतः बचपन से ही वह ठायँ-ठायँ करना सीख लेता है। संवैधानिक तौर पर प्रत्येक नागरिक को अपनी स्वतंत्रता बनाए रखने के लिए हथियार रखने की भी पात्रता है। बस फिर क्या है, खिलौनों से अभ्यास करते-करते तथा खेल खेल में झूठ-मूठ मारते हुए वे सचमुच में मारने लगते हैं।'' शीतल ने बतलाया।

''किंतु वहाँ तो प्रत्येक शहर में दिन-रात पुलिस के वाहनों के सायरन बजते ही रहते हैं। हर घंटे-दो घंटे में वह डरावनी आवाज आस-पास गूँजती ही रहती है। हेलिकॉप्टर से भी अनवरत पुलिस पहरा चलता रहता है। सामान्य नागरिक भी सतर्क रहता है कि कॉप की आँखें कहीं उस पर न हों। फिर भी जघन्य हत्या कांड हो ही जाते हैं। क्या यह आश्चर्य नहीं?'' व्यंग्य का अगला प्रश्न था।

''वहाँ भी अनेक सुनसान बस्तियों में अकेले न जाने की सलाह दी जाती है। यदि राहगीर कहीं अकेला फँस ही जाए और कोई काला उसके सामने पिस्तौल या चाकू अड़ाकर सब वस्तुएँ दे देने को कहे तो बिना विरोध के सबकुछ दे देना ही श्रेयस्कर माना जाता है, अन्यथा वह सामान उड़ाने के पहले पदयात्री को उड़ा देता है। हाँ, लड़कियों को उनसे घनिष्ठता या सहमति के बिना नहीं उड़ाया जाता। पिस्तौल या चाकू का सहारा लेकर भारत में नारियों को भगाने या उड़ाने की शौर्यपूर्ण गतिविधियाँ संपन्न की जा सकती हैं। इक्कीसवीं शताब्दी में भारत में नारियों को

नई तरह से पूजा जाता है। भारत में भी आधुनिक देवता बसते हैं, जो 'यत्र नार्यस्तु पूज्यंते रमंते तत्र देवता:' को नए तरीके से मानते हैं।'' शीतल ने बताया।

''जिस किसी के ऊपर हेलिकॉप्टर दो-एक बार उड़ जाए तो उसके चेहरे की हवाइयाँ उड़ने लगती हैं। जब प्रत्येक नागरिक को शस्त्र रखने की पात्रता है तो पुलिस के कॉप को किसी ने हथियार न रखने का शाप तो नहीं दे रखा है। वह पहले अपराधी पर लाइट फेंकता है, फिर पिस्तौल का निशाना। हेलिकॉप्टर ऊपर उड़ता है और आदमी नीचे। उड़ना-उड़ाना अमेरिका के लिए सामान्य घटना है।'' हास्य ने बताया।

''भारत में महिलाओं को उड़ाना, बलात्कार करना और फिर हत्या कर देना आजकल सर्वाधिक लोकप्रिय गतिविधियों में माना जा रहा है। व्यावसायिक शिक्षा काफी बढ़ गई है। सभ्यता का विकास यहाँ नए तरीके से हुआ है।'' शीतल बोला।

''अपने यहाँ की व्यवस्था अच्छी है। जूते खाने से बचने के लिए अपराधी के पास पुलिस पर चलाने को चाँदी का जूता हमेशा तैयार रहता है। यहाँ चाँदी का जूता नहीं चल सकता। शायद अमेरिका की पुलिस सरकारी नहीं होती?'' व्यंग्य ने शीतल से पूछा।

''वहाँ की पुलिस सरकारी नहीं, इसीलिए असरकारी होती है। कभी घूस नहीं खाती, इसीलिए अपराधी को जूते या गोली खाना ही पड़ता है। प्रत्येक क्षेत्र की, बड़े शहर की अपनी अलग सरकार होती है, पुलिस उस स्थानीय सरकार का अंग होती है। भले जनों की मित्र, किंतु अपराधियों, खूँखारों के लिए क्रूरतम होती है, दुर्घटनास्थल पर ही ढेर कर देती है। पुलिस न हो तो यह धरा अपराधों से पट जाए? स्थानीय जेलों को भरने का श्रेय ये मनीषी बाहरवालों को नहीं देते, सारे-के-सारे अपराधकर्मी स्थानीय ही होते हैं। भगवान् से तो न माँ-बाप डरते हैं, न बच्चे। बच्चे शायद पहला शब्द, जो उच्चारण करना सीखते हैं, वह माँ न होकर 911 ही होता है। माँ-बाप तक को 911 की धौंस बताकर छोटे-छोटे बच्चे डरा देते हैं। गलती से भी यह नंबर दब गया कि गगन गुँजाती हुई पुलिस आ धमकती है। चारों ओर बस पुलिस का भय रहता है। वहाँ ईश्वर सर्वव्यापक नहीं होता, पुलिस होती है। भारतीयों द्वारा इस नंबर के दब जाने का भय अधिक बना रहता है, क्योंकि जब भारत में कोई भी दूरभाष पर बात करता है तो अंतरराष्ट्रीय कोड 91 ही लगता है।'' शीतल ने बतलाया।

''सुना है, एक फैक्टर नैनी जेल का भी है। इलाहाबाद के पासवाली नैनी जेल जैसा ही अमेरिका की नैनी जेल का। बच्चे के लिए माता-पिता के पास तो

समय रहता नहीं, वे नैनी के हवाले करके कई घंटे बच्चों से दूर रहते हैं। अब पंद्रह डॉलर प्रतिघंटे में नैनी भारतीय श्लोक या पूजा-पाठ तो सिखाएगी नहीं। फिर उसे एक को नहीं, कई बच्चों को भी सँभालना पड़ता है। माँ-बाप हों या नैनी, लक्ष्य एक ही रहता है, बच्चे बिगड़ जाएँ तो कोई बात नहीं, डॉलर बनते जाना चाहिए। परस्पर मार-पीट और लड़ाई-झगड़े होते रहने से बच्चे भी मजबूत हो जाते हैं। जब युवावस्था में पूरी तरह शक्ति संपन्न होते हैं, तभी तो संस्कारित होकर ठायँ-ठायँ करते हुए दस-बीस को एक साथ उड़ाते हैं।'' हास्य ने समझाया।

''एक अनुभवी और धुरंधर अपराधी ने यहाँ के समाज को बता दिया है कि भगवान् है ही नहीं, क्योंकि यदि भगवान् होता तो वह स्वयं आकर उसके कार्यकलापों के कारण उसकी अच्छी धुनाई करता। तब से लोग भगवान् को नहीं, पुलिस को ही मानते हैं। उसी की इज्जत करो, जो जूते मार सकता है। माँ-बाप बच्चों को पुलिस का भय दिखाते हैं, तो बच्चे भी माँ-बाप को पुलिस से शिकायत कर देने की धमकी दे दिया करते हैं। इस तरह परिवार झगड़ों से मुक्त रह लेते हैं।'' शीतल ने समझाया।

''क्या तुझे मालूम है, बच्चों से उनके माता-पिता में दूरी कब से शुरू हो जाती है?'' व्यंग्य ने पूछा।

''जन्म होते ही बच्चे को माँ से अलग ही रखा जाता है। बच्चे को अलग बिस्तर या झूले पर। माता-पिता से दूरी बढ़ाने के लिए इतनी व्यवस्था काफी है। किशोरावस्था तक आते-आते ब्वॉयफ्रेंड, गर्लफ्रेंड से नजदीकी बढ़नी शुरू हो जाती है। अठारह वर्ष की उम्र के बाद बच्चे माता-पिता का घर छोड़कर अलग रहने लगते हैं। माता-पिता राहत की साँस लेते हैं। अच्छा हुआ, टले। अब वे अपनी सांस्कृतिक या पारिवारिक दुर्गंध कहीं और फैलाएँ और हमें भी फैलाने दें।'' शीतल ने बताया।

''सुना है, अठारह वर्ष की उम्र के बाद प्रत्येक बच्चा, यदि स्नातक पाठ्यक्रम पूरा करता है तो पचास-साठ हजार डॉलर का कर्ज लेता है, फिर नौकरी करके बरसों चुकाता रहता है। अठारह वर्ष की उम्र तक ही पिता खाने-पीने, रहने की आर्थिक सहायता करता है, बाद में उसकी कोई जिम्मेदारी नहीं होती। इसीलिए यहाँ के विश्वविद्यालय तथा अन्य उच्च शिक्षा के संस्थान भारतीय और चीनी प्रोफेसरों के भरोसे चलते हैं।'' व्यंग्य ने कहा।

''शायद तुम्हें मालूम नहीं, अंग्रेजी की सही स्पेलिंग वाली सारी अमेरिकी प्रतियोगिताओं में दस-दस हजार डॉलर के अधिकांश पुरस्कार भारतीय बच्चे ही ले जाते हैं। वहाँ के बच्चे फिसड्डी रह जाते हैं। विज्ञान और गणित की अच्छी

पढ़ाई के कारण ही सबसे अधिक भारतीय बच्चे अमेरिका के लिए स्वीकार्य होते हैं। जब भारतीय शिक्षा संस्थानों में अनुशासन के साथ बच्चों को भावी जीवन में संस्कारित, सुरक्षित और पूर्णतः स्वावलंबी बना लेने की शिक्षा दी जाती है, तब वहाँ के बच्चे मानसिक दबाव से मुक्त रहकर मस्ती में मगन रहकर तरह-तरह के खेल खेलते हैं, थोड़ा-बहुत ही पढ़ पाते हैं।'' शीतल ने बताया।

''तो जब यहाँ की स्कूल शिक्षा का यह हाल है तो यहाँ किशोरावस्था तक पढ़ाया क्या जाता है?'' व्यंग्य ने पूछा।

''किशोरावस्था में अमेरिकी बच्चों को विद्यालयों में सुरक्षित यौन संसर्ग करते रहने तथा उस काजल की कोठरी से सुरक्षित बाहर निकल जाने का पाठ पढ़ाया जाता है कि नहीं? यहाँ के जीवन का वही धार्मिक पाठ होता है,'' हास्य ने उत्तर दिया।

शीतल ने समझाया, ''दुनिया को जो कहना है, कहती रहे। उसकी चाल-ढाल में कोई बदलाव नहीं होगा। विश्व में सर्वाधिक प्रदूषण और गरमाहट फैलाने का श्रेय उसी को जाता है, फिर भी दूसरे देशों को चेतावनी देने में संकोच नहीं करता कि उन्हें इन मनुष्य विरोधी गतिविधियों से दूर रहना चाहिए। चोरी करने के बाद सीना जोरी करने का साहस कुछ भारतीय सत्तासीनों में तो देखा जा सकता है। ये भी भट्टजी हैं, जो स्वयं बैंगन खाते हैं, पर दूसरों को परहेज बताते हैं।

व्यंग्य का मत था, ''वह अच्छी तरह जानता है कि ओजोन परत में जो छेद हुआ है, उसके लिए सबसे बड़ा जिम्मेदार वह तथा उसके समान तथाकथित अत्याधुनिक देश हैं, फिर भी ढोल-नगाड़ों से प्रचार करता है कि धरती की उसे कितनी चिंता है? धरती को बचाने के आंदोलन की पहल वह कर रहा है। आप लोगों ने देखा होगा कि 26 डिग्री सेंटीग्रेड पर लोग यहाँ काले चश्मे लगाना शुरू कर देते हैं। गरमी से परेशान होने लगते हैं। सन स्क्रीन, बॉडी लोशन और न जाने क्या-क्या शरीर पर चुपड़ने लगते हैं, जबकि हिंदुस्तान में यही तापमान सुखद अनुभूति देता है।'' हास्य ने तर्क दिया।

''यह देश ऊपर से बहुत शीतल, किंतु भीतर से बड़ा गरम है। दुनिया में चौधराहट की, डॉलर की, हथियारों की, जल-जंगल-जमीन के असीमित साधनों की, अनगिनत देशों के नवयुवकों को नौकरी देने की गरमी कम होती है? बड़े पेटवाला सेठ। वाशिंगटन के अर्थ टेक्नोलॉजी फोरम के द्वारा धरती को बचाने की सबसे बड़ी झंडाबरदारी यही कर रहा है। विश्व के बड़े-बड़े देशों को प्रतिवर्ष आमंत्रित करने का सफल दिखावा भी यह कर लेता है। अपने समर्थक छोटे-बड़े चौधरियों से ठकुर सुहाती कहलाता रहता है। उसने अपने गुट के सभी देशों की

मदद से समूचे विश्व को आगाह कर रखा है कि ओजोन परत में छेद हो गया है, जो सबके लिए घातक है। उन्हें पेट्रोल (गैसेलीन) का कम-से-कम उपयोग करना चाहिए। वे (सी.एफ.सी.) क्लोरो फ्लोरो कार्बन का न्यूनतम उत्सर्जन करें।''

''दुनिया में सर्वाधिक वाहनोंवाला तथा पेट्रोल की फिजूलखर्ची करनेवाला देश यही है। समझदार धनाढ्य और बाहुबली परिवार का मुखिया अपनी संतान को कभी रोकता-टोकता है ? पास-पड़ोस के बच्चों को अनुशासन हीनता और फिजूलखर्ची करने पर अवश्य लताड़ लगा देता है।'' व्यंग्य ने उत्तर दिया।

''अपने परिवार में अपनी लोकप्रियता और कैसे बढ़ाकर रखी जा सकती है ?'' हास्य फुसफुसाया।

''एक कहावत है कि जबरा पीटे तो पीटे, रोने भी न दे ?'' शीतल ने कहा।

हास्य ने प्रश्न किया, ''जबरा क्या एक जबड़ा नहीं होता ?''

''सच है, दोनों प्रकारांतर से एक ही हैं ?'' शीतल ने पूर्वमत की पुष्टि की।

''यहाँ के भारतीय अपनी परंपराओं, धार्मिक रीति-रिवाजों, मान्यताओं को सँभाल कर कैसे रख पाएँगे, ये अमेरिकी साँचे में ढल नहीं जाएँगे ?'' व्यंग्य ने पूछा।

''हाँ, कुछ लोग अवश्य प्रीतम से पीटर, करतार से कारटर, हरि से हेरी कहलाने में गौरवान्वित होते हैं। अपने देश में भी कई कौए हंसों के बीच बैठकर अपने को हंस समझने लगते हैं और मोती चुगने का दिखावा करने लगते हैं।'' हास्य ने उत्तर दिया।

शीतल ने दोनों मित्रों को बताया, ''इस बार अमेरिका में भी गरीबों की संख्या उसे पहले से बढ़ी हुई दिखाई दी। कई वर्षों से वह यहाँ आ रहा है। पहले पार्क के किसी झाड़ के नीचे या बस स्टॉप के शेड के नीचे इतने अधिक बेघर नहीं दिखाई देते थे, जितने वह आज देखता है। ऑस्टिन में, बोस्टन में, या न्यूयॉर्क में पहले भी चौराहों-चौराहों पर होमलैस भिखारी होते थे, पर अब अधिक हो गए हैं।

''एक-एक डॉलर ही माँगते हुए उसने देखे। एक डॉलर से कम नहीं। हिंदुस्तान में भी हवा द्वारा सूचना पहुँच चुकी है। वहाँ भी स्तर बढ़ गया, अब वहाँ भी कोई पचास पैसे नहीं लेता। अभी और भी स्तर के बढ़ने की संभावना है। शायद भविष्य में वहाँ भी पाँच रुपए से कम स्वीकार न किए जाएँ ?''

व्यंग्य ने कहा, ''मुझे तो दोनों लोकतंत्र, जोकतंत्र ही दिखाई देते हैं। यह कहना बड़ा मुश्किल है कि कहाँ अधिक जोकें हैं, हिंदुस्तान में या अमेरिका में। दोनों में अपने-अपने जोकतंत्र तो हैं ? दोनों प्रजातंत्रों में उसे कारों और बेकारों की संख्या उत्तरोत्तर बढ़ती हुई ही दिखाई दी। दोनों देशों के अखबारों में अपने-अपने

देश के कुछ साधु-संतों के, कार्यालयों के बॉसों के प्रेम प्रसंग पढ़ लीजिए। भारतवर्ष में गरीब आदमी झोले में अपनी सारी संपत्ति लेकर चल देता है तो अमेरिका में घसीटनेवाली गाड़ी में या व्हील चेयर पर। भारतीय गरीब दुबला है, अमेरिकी दरिद्र थोड़ा मोटा। कोई किसी से कम नहीं। गर्दभराज और अरबी को मिलाकर उच्चारण करें तो गरीब और गरीबी का आभास होता है। भारत, यानी अश्व में गर्दभराज और अमेरिका, यानी अरबी घोड़ा, इतना ही साम्य है। एक बहुत धीरे-धीरे चलनेवाला और दूसरा हवा से बात करनेवाला। वह मार्क्सवादी भले ही न हो, किंतु अध्यापक होने के कारण यदि उसे विश्व के चिंतकों के चिंतन पर मार्क्स देना होगा तो इस विचारक को ऑनर्स या विशेष योग्यता देकर उत्तीर्ण अवश्य घोषित कर देगा।''

''मार्क्स का चिंतन कहता है कि किसी एक स्थान की गरीबी, सभी जगहों की अमीरी के लिए खतरा बनी होती है, किंतु हिंदुस्तान और अमेरिका में बड़ी विचित्र परंपराएँ विकसित हुई हैं। एक ओर विपन्न लोगों की संख्या बढ़ रही है तो दूसरी ओर संपन्न लोगों की भी। दोनों ओर प्रगति की यही शैली देखी जा सकती है। कार्ल मार्क्स का सिद्धांत अपनी जगह ठीक है, लेकिन व्यवहार में फिट नहीं बैठता। भारत और अमेरिका में तो देख लिया गया।'' शीतल बोला।

5

अगले दिन सुबह-सुबह तीनों पैदल-पैदल घूमने निकल गए। सड़कें साफ-सुथरी, धुली हुई सी। पानी के फव्वारे वनस्पति को यथा समय सींचते हुए। मार्ग के दोनों ओर रंग-बिरंगे सुंदर फूलों से लकदक कनेर, गेंदा, गुलाब के बड़े-बड़े पौधे खड़े हुए हैं। पार्क इतना बड़ा है कि चारों ओर की सीमा का चक्कर लगा लिया जाए तो एक मील की यात्रा पूरी हो जाए। पार्क में रेस्ट रूम, चार-छह जगह पानी के नल। कई घने झाड़ और कुछ बड़े पक्के शेड। जगह-जगह लकड़ी की स्थायी बेंचें। सड़क की बगल में खड़ी हुई वनस्पति को दो लोग बड़ी-बड़ी कैंचियाँ लिये करीने से छाँट रहे हैं। उनमें से एक तो टीनेजर लड़का है, दूसरा प्रौढ़ व्यक्ति। अचानक शीतल के मन में आया कि वह पूछे—'यह किशोर क्यों बड़ी कैंची लेकर बेतरतीब फैल रहे सुंदर फूलों की झाड़ियों की कचाकच काँट-छाँटकर रहा है ? क्या मात्र सुंदरता बढ़ाने के लिए ?'

उसने सहज ही पूछ लिया, ''क्यों भाई ,आप यहाँ के कर्मचारी हैं ?''

वह बोला, "नहीं ?"

"तो फिर आप रोजनदारी पर काम कर रहे हैं ? कुछ पारिश्रमिक मिलता होगा ?" वह पुनः बोला, "नहीं। मुझे कुछ नहीं मिलता।"

"काम करने का कुछ कारण तो होगा ?"

वह बोला, "मैं कम्युनिटी सर्विस कर रहा हूँ।"

व्यंग्य आश्चर्यचकित होकर कहने लगा, "इस देश में बिना पैसे लिये भी कोई इतनी तन्मयता से काम कर सकता है ? जरूर कोई दूसरी बात है, यार शीतल थोड़ा खोदकर तो पूछ ?"

जब शीतल ने पूछा तो ज्ञात हुआ कि प्रतिदिन नौ घंटे बिना पैसे लिये वह इसलिए काम कर रहा है, क्योंकि जब वह नौकरी के लिए या कॉलेज में एडमिशन के लिए आवेदन देगा तो उसे इस अनुभव के अतिरिक्त अंक मिलेंगे।

"किंतु अनेक विश्वविद्यालय तो पैसे कमाने के लिए अशैक्षणिक गतिविधियों में अधिक संलग्न रहते हैं। यहाँ के अनेक महाविद्यालय मात्र धंधा करने के लिए अस्तित्व में हैं। विद्यार्थियों से पैसे खींचते हैं, ज्ञान दान के नाम पर नगण्य योगदान देते हैं, किंतु डिग्री उदारतापूर्वक बाँटते हैं। अनूठी शैक्षणिक गतिविधि की प्रेरणा देते हुए अर्जित आय को शेयर बाजार में, मनोरंजन उद्योग में या ट्रेवल एजेंसी में निवेश करने का धर्म निभाते हैं।" व्यंग्य ने पूछा।

"ये विश्वविद्यालय आपके द्वारा की जा रही कम्युनिटी सर्विस को मान्यता देते हैं ?" हास्य ने प्रश्न पूछा।

"जो कॉलेज खाली रह जाते हैं, जहाँ एडमिशन नहीं होते, वहाँ कम्युनिटी सर्विस का लाभ मिल जाता है। ताकि वे कॉलेज जन कल्याण की भावना रखने के विज्ञापन मीडिया में कर सकें।" उस लड़के ने उत्तर दिया।

"हाँ, वही अपने देश की तरह पूजा कम करना और घंटी अधिक बजाना। शोध का विषय यह है कि यह कला किसने, किससे सीखी ?" हास्य ने कहा।

व्यंग्य ने शीतल को समझाया, "तभी तो इस अत्याधुनिक देश का अनुगमन करते हुए भारत के कई शिक्षा संस्थानों ने ज्ञान को धनार्जन का साधन बनाया हुआ है। कुकुरमुत्ते सरीखे यत्र-तत्र एजुकेशन बिजनेस फैल गए हैं। ऐसे ही विज्ञापनों के सोपान चढ़नेवाले इक्कीसवीं शताब्दी के श्रेष्ठतम गुरुकुल होंगे।"

"इसका अर्थ यह हुआ कि आप भले ही कर्मचारी न हों(वह प्रौढ़ आदमी तो यहाँ का कर्मचारी होगा ?" शीतल ने अन्य व्यक्ति की ओर इशारा करते हुए उस लड़के से पूछा।

''नहीं वह भी नहीं। वह भी कम्युनिटी सर्विस कर रहा है।''

''अरे, उस प्रौढ़ आदमी को तो किसी कॉलेज में एडमिशन भी नहीं लेना है। फिर क्यों कम्युनिटी सर्विस कर रहा है?''

''वह जेल का कैदी है, उसे रोज सुबह-शाम पैरोल ऑफिसर को रिपोर्ट करना पड़ता है कि वह यहाँ नियमित काम कर रहा है। यदि उसका काम संतोषजनक पाया गया तो उसे जेल की अवधि में छूट का लाभ मिलेगा। यह भी संभव है कि उसे कोई अपराध करने का टिकट मिला हुआ हो और उसके पास जमा करने को डॉलर न हों? डॉलर की एवज में भी काम करना पड़ता है।''

''अपने यहाँ भी किसी को यदि टिकट मिलता है तो टिकट के पैसे तो देने पड़ते है? शारीरिक काम करके दो या चोरी करके दो, पर पैसे तो देने पड़ते हैं।'' व्यंग्य बोला।

''सही है, अपने यहाँ भी चुनाव का टिकट जब किसी को मिल जाता है तो उसके मतदाताओं को कीमत चुकानी पड़ती है। बेचारे उम्मीदवार को चंदा, वोट देकर जितवाते हैं, विधायक या सांसद बनवाते हैं, फिर काम कराने के लिए चक्कर लगाते हैं। जनप्रतिनिधि कई चक्कर लगवाने के बाद शर्मा-शर्मी में एकाध काम करता भी है?'' हास्य ने कहा।

''क्या आप लोगों को मालूम है कि अमेरिका को पिघलाकर समरस कर देने वाला मेल्टिंग पॉट भी कहा जाता है?'' शीतल ने पूछा।

''मेल्टिंग पॉट या स्मेल्टिंग पॉट? वह भी कैसे?'' व्यंग्य ने उत्सुकता प्रकट की।

''विभिन्न देशों के अलग-अलग आस्थाओंवाले आर्थिक रूप से विपन्न लोग यहाँ नौकरी करने आते हैं और यंत्रवत रहकर पिघलकर निष्ठापूर्वक समरस हो, अपने काम पर लग जाते हैं। यहाँ का सिद्धांत है, काम नहीं तो दाम नहीं। जिस सेठ या कंपनी के पास पैसा होगा, वही तो काम करनेवाले रख सकता है?'' शीतल ने बताया।

''फिर तो अपना देश ठीक है। बिना काम किए भरपूर पैसा ठप्प करने का आनंद वहीं है। इसीलिए तो कम्युनिटी सर्विस करनेवाले यहाँ काम करने नहीं आते, न स्वयं आते न अपने बच्चों को भेजते।'' व्यंग्य ने निष्कर्ष निकाला है।

''वहाँ के कई नेता खूब पैसा कमाकर अपने बच्चों को अमेरिका पढ़ने के लिए तो भेज देते हैं, पर उनसे भी समाज सेवा भारत में ही कराते हैं। फॉरेन रिटर्न की ऊँचे दरजे की कम्युनिटी सर्विस होती है। अमेरिकी रिटर्न व्यक्ति उच्च स्तरीय

नेता कहलाता है। इस तरह भारत में भोले-भाले लोगों को ठगने की सुविधा मिल जाती है।'' हास्य ने बतलाया।

''भारत की कम्युनिटी सर्विस में एक बार बस धाँसू टिकट भर मिल जाए, फिर तो भले ही हाथ-पर-हाथ धरकर बैठे रहो, धनवर्षा होती ही रहती है।'' व्यंग्य बोला।

व्यंग्य को इस बात पर भी आश्चर्य हुआ कि शीतल ने यदि एक वाक्य में भी यहाँ के व्यक्ति से बात की तो उसने चलते-चलते कहा होगा, 'हेव अ नाइस डे या हेव अ गुड डे,' जबकि यहाँ बहुत कुछ सुरक्षित है। वास्तव में तो भारत में हर घंटे ऐसा वाक्य परस्पर बोला जाना चाहिए।

हाँ, श्रलॉस एंजेल्स फिल्मी दुनिया का वैश्विक तीर्थ है, उस बर्नसाइड पार्क में जो बेवरली हिल्स के नजदीक है, हर दूसरा व्यक्ति फिल्मी लेखक, संगीतकार, प्रोड्यूसर, संवाद लेखक या डायरेक्टर होगा। किसी सीरियल या फिल्म की शूटिंग भी शायद कहीं चल रही हो?

□

जब तक संग में न रहो, अनुभव थोड़े ही होता है। भारत में तो हास्य और व्यंग्य विश्वसनीय हैं ही नहीं। शकुनि मामा सरीखे दोनों ही खुराफाती रहे हैं। अमेरिका में भी यदि समय पर सतर्क नहीं हो जाता, पूरी तरह उनकी राय पर ही चलता तो सीधे-सादे शीतल की दुर्गति हो जाती। वहाँ भी बिना पिटे नहीं रहता। दोनों ही शातिर, पराई धरती पर भी ऐसी उलटी-सीधी पट्टी पढ़ाते थे कि शीतल चकरा जाता था। यद्यपि अमेरिका के कर्णधार हास्य-व्यंग्य की या लेखक की वैसी चीर-फाड़ कभी नहीं करते, जैसी भारत में होती रहती है। पर दूध का जला-छाछ को भी फूँक-फूँककर पीता है। शीतल बेचारा, यात्रा भर वही करता रहा।

थे तो दोनों शीतल से भी बहुत बड़ी उम्रवाले और अनुभवी भी, पर छिछोरे लड़कों की तरह प्रश्न पूछ लेते थे। बताओ ऐसे सवाल भी कभी दागे जाते हैं? अभी उस दिन लॉस एंजेल्स में घूमते हुए शरारती व्यंग्य ने शीतल से पूछ लिया, ''पश्चिम के अधिकांश कर्णधार बहुधा सफेद और लाल सुर्ख क्यों होते हैं?''

''सभी सफेद और लाल सुर्ख होते हैं, यह सही नहीं है। कुछ का रंग गहरा काला भी होता है?'' शीतल ने कहा।

''इराक और अफगानिस्तान पर एकजुट होकर हमला करनेवाले पाँच देश कौन थे? ये जी-8 वाला समूह किनका है? बताओ?''

शीतल क्या उत्तर देता? मजबूरी में भारतीय कहावत का सहारा लिया, ''जैसा

खाए अन्न, वैसा बने मन'' (शायद तन भी वैसा ही हो जाता होगा, दुनिया के सामने तना हुआ)। और चुप हो गया।

हास्य से चुप नहीं रहा गया, ''साफ–साफ कह न कि श्रेष्ठि वर्ग में वहाँ सबसे अधिक सूअर खाए जाते हैं। सूअर के मांस को पोर्क कहते हैं और संपन्नों में सर्वाधिक खपत पोर्क की ही होती है। वहाँ जंगली सूअर नहीं पाए जाते, जैसे भारत में होते हैं। पाए ही नहीं जा सकते? शेर–चीतेवत मांसाहारी ही यदि बस्ती में आकर रहने लगें, तब जंगल और बस्ती में अंतर ही कहाँ रह जाता है? जब इतनी भारी मात्रा में पले हुए सूअर चट किए जाते हों तो सूअर वन के कहाँ रहे, पेटू भोजन प्रेमियों के मन के हो गए कि नहीं?''

''समझ गया, जो भी लाल सुअर, और रेड वाइन का खान–पान करेगा, वह व्यक्ति लाल सुर्ख तो हो ही जाएगा। यह भी सच है कि वहाँ के सूअर बिल्कुल सफेद नहीं, ललाई लिये हुए रहते हैं।'' व्यंग्य ने जानकारी दी।

''जानते हो, रेड वाइन को तो जीसस का रक्त कहा जाता है। यानी सूअर खाना, गाय खाना, जीसस का लहू पी जाना, यह सब क्या है? खाने को तो गाय भी खाई जाती है, पर सूअर से कम। इसीलिए वहाँ के दिग्गजों में गायवाले गुण कुछ कम ही देखे जाते हैं। शुद्ध हिंदी में कहें तो अतिशय मांसभक्षियों को वही सम्मान दिया जाता है।'' हास्य किसी की नहीं सुनता।

मुँहफट है, जो कहना होता है, कह ही देता है। बस हिंदी में वार्त्ता होती रही, इसलिए शीतल वहाँ की धरती पर पिटने से बचा रहा।

''भारत में जंगलराज है और अमेरिका के कर्णधार वन्यप्राणियों वत हैं। इधर कुआँ, उधर खाई। आखिर महत्त्वाकांक्षी व्यक्ति जाए तो जाए कहाँ?'' शीतल ने कहा।

''मिर्च चाहती है कि वह लौकी बन जाए, ताकि उसका अधिक सम्मान हो और लौकी–टमाटर बनने की आकांक्षा रखती है। इनसान की हसरतों की इंतिहा नहीं, दो गज जमीं भी चाहिए, दो गज कफन के बाद।'' व्यंग्य बोल उठा।

''द्वापर हो, त्रेता या कलियुग ऐसे पात्रों का होना नितांत आवश्यक है, अन्यथा इतिहास नीरस न हो जाएगा? कंस, रावण, कुंभकरण, बिन लादेन जैसे इतिहास पुरुष प्रत्येक युग के प्राण होते हैं। वे ही युग में जान फूँकते हैं, बिना खलनायक के कहानी अधूरी रहेगी।'' हास्य ने कहा।

''जब तक जीवित है, कोई भी व्यक्ति सुखी नहीं है। सुख तो मरणोपरांत ही प्राप्त होता है। हाँ, यदि ऐसे पात्र न हों तो श्रीमद्‍भगवत गीता का वह श्लोक

निरर्थक नहीं हो जाएगा, जिसमें कहा गया है कि यदा-यदा हि धर्मस्य ग्लानिर्भवति भारत।'' शीतल ने मत दिया।

''स्पष्ट है, धर्म की स्थापना के लिए ही बिन लादेन ने अवतार लिया होगा। शूकर जिस देश का भोजन और जीसस का लहू, जिसका पेय हो, वह दुनिया का परम पूज्य बना हुआ है। यह कलियुग का प्रभाव नहीं तो और क्या है?'' धीरे से व्यंग्य फुसफुसाया।

''भारत के काले सुअरों के बारे में कुछ नहीं कहोगे? वे तो काले भी होते हैं और जंगली भी। कई तो दिल्ली तक आ धमकते हैं और देश भर की फसल नष्ट करते रहते हैं। कोई बीच में आ जाए तो बेचारा जीवित भी न बचे।'' शीतल ने कहा।

''हास्य ने माना कि गलती हुई, जब वह स्वयं को विश्व का न्यायाधीश मानता है तो उसे भारत के सुअरों पर भी प्रकाश डालना चाहिए था।''

बगल से एक राहगीर जा रहा था। शायद भारतीय था, क्योंकि उसे हिंदी भी आती थी। कहने लगा, ''यहाँ कालों की बात न करना, मुसीबत में आ जाओगे। यहाँ सभी गोरों के बराबर माने जाते हैं, सँभलकर बोलना। यहाँ के कॉप रिश्वत और सिफारिश को भी नहीं जानते। एक बार अंदर हो गए तो आसानी से बाहर नहीं आ पाओगे।''

शीतल सोच रहा था, इन्हें यहाँ उसने साथ ले जाने की गलती तो नहीं की, कभी भी बवाल खड़े कर सकते हैं, फिर भी सँभलकर बोला, ''भाई काले तो हम भी हैं, पर हम तो बुरा नहीं मानते। वैसे मेरा किताबी अध्ययन कम है।''

रुककर फिर शीतल ने दोनों मित्रों से कहा, ''तुम्हारी काले सूअर और सफेद सुअरों वाली बात पर क्या बोलूँ? पर वर-वधू बननेवाले वर ही यहाँ बहुत कम होते हैं। जो होते हैं, उन्हें वहाँ का समाज आज भी सम्मान से सुवर ही मानता है।''

''सुना है, पश्चिमी सभ्यता में लड़कियाँ प्राय: तीन पालतू रखती हैं। उनमें दो फालतू होते हैं, एक काम का। पहला पति, दूसरा ब्वॉयफ्रेंड और तीसरा कुत्ता।'' व्यंग्य फिर नहीं माना।

नहले पर दहला मारते हुए हास्य ने उत्तर दिया, ''तीन पालतू इसलिए रखती हैं कि जब दोनों अन्य जगह मुँह मारने लगें तो दोनों दोपायों के समकक्ष एक चौपाया काम आ सकता है। कहा भी गया है कि यहाँ पति और कुत्ते में एक ही अंतर होता है कि एक वर्ष बाद पति पत्नी को या ब्वॉयफ्रेंड गर्लफ्रेंड को देखना बंद कर देते हैं, पर कुत्ता अपनी मालकिन को देखता रहता है।''

''भारतीय समाज में भी वर, भले ही कुँवर हो, उसे सुवर ही माना जाता है।

विशेषत: यदि बिहारी सोचवाले अतिथि बनकर आएँ तो दोनों चट करने में कभी पीछे नहीं रहते। दोपाए हों या चौपाए मानसिकता में कोई अंतर नहीं होता है।'' शीतल ने प्रकाश डाला।

''भारतवर्ष कितना पिछड़ा है, अभी तक प्राय: वर-वधू ही होते हैं। बल्कि प्राचीन भारत में तो वधू का नाम पहले रखने की प्रथा थी। अभी भी लक्ष्मीनारायण, सीताराम, राधाकिशन आदि नाम उसी पुरातनपंथी परंपरा के द्योतक है, कि नहीं?'' व्यंग्य ने फिर छींटाकशी की।

''अमेरिका में प्राय: विवाह नहीं होते, इसीलिए वर-वधू न होकर ब्वॉयफ्रेंड गर्लफ्रेंड बने रहते हैं। लिव इन रिलेशनशिप की लोकप्रियता सर्वाधिक है। गर्लफ्रेंड बार-बार बदली जा सकती हैं, अनगिनत हो सकती हैं, वधू नहीं। वधू वैसी रोमांटिक भी तो नहीं रह सकती, जैसी गर्लफ्रेंड हो सकती हैं? ब्वॉयफ्रेंड अपनी गर्लफ्रेंड को वधू इसीलिए नहीं बनाना चाहता, क्योंकि यदि तलाक लेना पड़े तो बाद में वह आधी संपत्ति का अधिकार माँग सकती है और माँगती ही है। प्रेम हो, पर घाटे का सौदा तो न हो। वहाँ के शीर्षस्थ लोगों ने उसे एक व्यापारी देश व्यर्थ ही तो नहीं बना डाला है। अत: धंधा पहले, प्रेम बाद में।'' शीतल ने बताया।

हास्य ने भी प्रकाश डाला, ''विवाह इसलिए भी नहीं किए जाते, क्योंकि विवाहोपरांत संतान हो या न हो, किंतु तलाक हो जाए तो संपत्ति के बँटवारे में जोड़ना-घटाना बहुत मुश्किल होता है। चकाचौंधवाले मॉलों से लेकर सड़कों पर देखो, अमेरिका के प्रेमी, यानी गर्लफ्रेंड और ब्वॉयफ्रेंड एक-दूसरे का हाथ जोर से पकड़कर चलते हैं।''

''भले ही हाथ जोर से पकड़े रहते हैं, किंतु बार-बार पुराने हाथ छोड़े जाने और नए हाथ पकड़े जाने की प्रथा यहाँ आम है। उन्हें परस्पर भय बना रहता है, पता नहीं कब ये छुट्टे या उजाड़ू बन जाएँ?'' शीतल ने कहा।

''छुट्टे और उजाड़ू शब्दों के अर्थ तो बताओ, मेरे शब्दकोष में ये नहीं हैं।'' व्यंग्य ने पूछा।

''यार, मैं ठेठ गाँव खूदिया का निवासी हूँ, वहाँ बचपन से इन शब्दों को सुनता आ रहा हूँ। जब कोई बैल रस्सी तुड़ाकर खूँटे से या खेत-खलिहान से भागता है और किसी भी लहलहाते खेत की फसल नष्ट करने लगता है तो वह छुट्टा या उजाड़ू कहलाता है।'' शीतल द्वारा स्पष्टीकरण दिया गया।

''सही बात है, बेचारी वधू तो दोयम दरजे के उपभोग की वस्तु ही रह जाती है। बहुधा यहाँ कुवर ही होते हैं, जो विवाह कर लेते हैं, इक्का-दुक्का सुवर बन

जाते हैं। इसीलिए काका-मामा, मौसी-मौसा आदि संबोधनों का अभाव है। बूढ़े-से-बूढ़े व्यक्ति को सीधा नाम लेकर बुलाने की प्रथा है। कोई जी नहीं, कोई दादाजी या माताजी नहीं।'' व्यंग्य ने बताया।

''दादा-दादी का नाम कौन बताएगा, जब पिता का ही सही नाम मालूम न हो? बड़ी प्रेरक प्रथा है।'' हास्य ने कहा।

□

पिछली एक यात्रा में वे ओरलेंडो (डिज्नीलैंड) गए थे। वहाँ उन्होंने एक मनोरम प्रतियोगिता देखी थी। प्रतियोगिता के अनुसार, जो प्रतिभागी मंच पर सैकड़ों दर्शकों के सामने, जीवित कीड़ों और इल्लियों का बना ताजा जूस सबसे पहले और सबसे अधिक मात्रा में पी लेगा, वह विजयी घोषित कर दिया जाएगा। चार-पाँच महत्त्वाकांक्षी मंच पर जोर आजमाइश करने विराजमान हुए, सभी ने दो-दो, तीन-तीन गिलास पी डाले, पर जिसे प्रथम पुरस्कार मिला, वह तो मिक्सी में घोंटा गया पाँच गिलास जूस पी गया, जो दही के समान गाढ़ा सफेद था। जिसे बनाने में लगभग एक किलोग्राम कीड़े और इल्लियों ने अपने प्राणों की आहुति सबके सामने दी थी। कुछ देर पहले सरसराकर चलते हुए कीड़ों और इल्लियों को बड़ी स्क्रीन पर सैकड़ों दर्शकों ने देखा भी। माना जा सकता है कि विजेता महाबली ने एक के बाद एक जब पाँच गिलास पी लिये तो रस स्वादिष्ट भी होगा ही। श्रीमतीजी तो मिक्सी के कुछ देर चलने के बाद ही भाग खड़ी हुईं। उसे बेटे ने दर्शकों के सामने बहुत मजबूती से पकड़कर रखा, ताकि ऐसी प्रतियोगिताओं का स्वाद वह चखे और ऐसी प्रतियोगिताएँ संभव हो तो हिंदुस्तान में भी आयोजित कराए? सारे प्रतियोगी जूस से लथपथ गाल लिये हुए बहुत देर तक आकर्षण का केंद्र बने रहे।

भारतीय परिवेश में जितने बाहुबली उतने कनखजूरे पाए जाते हैं, जबकि अमेरिकी शहर लॉस एंजेल्स में खजूर-ही-खजूर हैं। यहाँ इस बार उसे छह माह रहना था। विडंबना यह थी कि वह वहाँ सारी जिंदगी कनखजूरों से बचता-बचाता रहा और यहाँ प्रायः खजूरों को पाँव से कुचलकर फुटपाथ पर जाता रहा। वहाँ खजूर सड़क पर पड़े रहते हैं, पर खाए नहीं जाते। खाली दिमाग, शैतान का घर होता है। सोचा, क्यों न वैश्विक समाज के कनखजूरों और खजूरों पर ही कुछ लिखा जाए? क्या यही अच्छा होता, कनखजूरे अमेरिका में बहुतायत में होते? और भारत में खजूर। दुःख के साथ उसे लिखना पड़ता है कि दोनों की संख्या गलत स्थानों पर बढ़ रही है। क्या उनकी अदला-बदली नहीं हो सकती?

मोटे कम-ज्यादा हो सकते हैं, पर लंबे लगभग समान ही होते हैं। भारत

में कान में घुसकर भोले-भाले मनुष्यों को कष्ट देते हैं। किंतु अमेरिका में कढ़ाई में तलकर या तवे पर सेंककर उनका स्वादिष्ट व्यंजन भी बन जाता है। इस तरह सामान्य जनों द्वारा भी पीए-खाए तो जा ही सकते हैं? यहाँ वे किसी मॉल की बहुमूल्य खाद्य सामग्री बन सकते हैं।

अमेरिका के कर्णधारों को तो दुनिया का माल चट करने को चाहिए, भले ही वे कनखजूरे हों? और यदि खजूर भारत में इस तरह भर-भर के होते, जैसे लॉस एंजेल्स में हैं तो ये वहाँ के व्यंजन होते। इन्हें भी नष्ट नहीं होने दिया जाता, यहाँ की तरह कचरे में क्रूरतापूर्वक फेंका नहीं जाता, वहाँ चाव से मन भरकर खाया जाता। भले ही ये बने रहते, बड़ा हुआ तो क्या हुआ जैसे पेड़ खजूर, पंथी को छाया नहीं, फल लागे अति दूर।

अपनी-अपनी बिसातानुसार तरह-तरह के खेल खेलने में भारत के खिलाड़ी हों या अमेरिका के, दोनों किसी से कम नहीं हैं। दोनों ने दुनिया के अखाड़े में अपने-अपने लँगोटे घुमा रखे हैं। हिंदुस्तान के कर्णधार कुरसी पर बने रहने के लिए अपने घर के ही बाहुबलियों की आरती उतारते, पूजा करते हैं, जबकि अमेरिकी शासक अपने पद की रक्षा हेतु आतंकवादियों के, आक्रमणकारियों के पाँव उनकी धरती पर जाकर पूजते हैं। भारतीय नेताओं की सोच बहुधा नकारात्मक, कभी-कभार सकारात्मक भी हो जाती है, किंतु अमेरिका के शेरों का तो हमेशा डकारात्मक ही रहता है। कोई किसी से कम नहीं। जब भी किसी को ठिकाने लगाना होता है, यहाँ तलवारों, हथगोलों से काम चलाना मजबूरी होता है, यहाँ बम, मशीनगन और मिसाइल खिलौने माने जाते हैं। प्रयोग करनेवाले स्थानीय देशभक्त लॉस एंजेल्स, वाशिंगटन, शिकागो, मिशिगन आदि में ही दस-बीस को ढेर कर देते हैं। उच्च स्तरीय हेरा-फेरी वहाँ रुपयों में होती है, यहाँ डॉलरों में।

6

हास्य और व्यंग्य के लिए जितनी उर्वर भूमि भारत में है, अमेरिका में भी कम नहीं। इतना अवश्य है कि कई परंपराएँ, जो यहाँ के समाज की अंग हैं, हमारे लिए व्यंग्य हैं। और कुछ, जो हमारी उपास्य हैं, वहाँ के लिए हास्य हैं।

व्यंग्य ने कहा, ''यहाँ के पुराने सफाईकर्मियों में मार्क ट्वेन, जॉर्ज ऑरवेल, बर्नार्ड शॉ आदि कम नहीं थे। समकालीन झाड़ू लगानेवालों में स्टीफन कॉलबर्ट,

बेन स्टाइन, आर्ट बुचवल्ड, फे एंगस, ग्रेग गटफेल्ड आदि अनेक हैं। यहाँ के सफाईकर्मी नाम ले लेकर ओबामा, बुश, क्लिंटन सभी की निर्भय होकर पिंजाई, सफाई करते रहे हैं। भारत में बाहुबलियों, मंत्रियों द्वारा यहाँ के सफाईकर्मियों को अलग तरह से सम्मानित किया जाता है। व्यंग्यकारों, कार्टूनकारों की धुनाई कर दी जाती है। व्यंग्यकारों, कार्टूनकारों के लिए अमेरिका प्रजातंत्र है, भारत सजातंत्र। स्पष्ट है, भारतीय बाहुबली या मंत्री कुछ ऊँचे ही कलाकार होते हैं। कह सकते हैं, बड़े सफाईकर्मी।''

शीतल ने बताया, ''अमेरिका के लिए ही लिखा होगा, यह विश्वास तो नहीं होता, परंतु शेक्सपीयर ने एक जगह लिखा है, 'ऑल दैट ग्लिटर्स आर नॉट गोल्ड' यानी जो कुछ चमकता है, वह सोना नहीं है। वैसे अमेरिका चमकता कम, चमकाता अधिक है। अपना ढोल बहुत पीटता है, पर हर ढोल में पोल भी रहती है। बड़े ढोल में बड़ी पोल। इधर भारत तो मृदंग मात्र है ?''

''पता नहीं नोबेल पुरस्कार प्राप्त अमेरिकी साहित्यकार हेमिंग्वे ने एक जगह क्यों लिखा है कि यहाँ जीवन में अर्थ के महत्त्व को तो खूब समझा गया है, किंतु जीवन का अर्थ क्या है, यह कभी नहीं समझा गया। क्या पाठक जानते हैं कि सिर्फ हेमिंग्वे ने ही नहीं, उनके पिता क्लेरेंस एडमंड ने भी यहाँ आत्महत्या ही की थी। अधिक एकाकीपन आत्मघाती होता है।'' हास्य ने उत्तर दिया।

शीतल सोचता है, ''अमेरिका, भारत की ही तरह विचित्रताओं से भरा हुआ देश है। अमेरिका के पक्षीराज हंस नहीं हैं और भारत के कौए नहीं। वैसे हंस मोती चुगते होंगे, पर कौए भी तो श्राद्ध पक्ष में सादर आमंत्रित किए जाते हैं। वह बगुला भगत है और यह मोर या कोयल। एक पक्षी पानी में खड़ा होकर मछलियाँ पकड़ता और उदरस्थ करता रहता है तो दूसरा पक्षी आँख बंदकर सुमधुर तान छेड़ता अपने में मगन है। अपनी-अपनी मौलिकता और मानसिकता है। अपनी मौलिकता बनाए रखना जरूरी भी है, अन्यथा वे न घर के रहेंगे, न घाट के।''

''भारतीय परिवेश के गाँवों में रातभर बँधे रहने के बाद सुबह-सुबह गाय, बैलों-साँड़ों को खोल दिए जाने की प्रथा है। वे चरें, मटरगश्ती करें, उन्हें दिन भर छूट रहती है। रात में अवश्य आकर बँध जाते हैं। अमेरिका के दिग्गज गर्व से स्वयं को एक खुला हुआ समाज कहते हैं। उन्हीं से प्रेरणा प्राप्त कर वहाँ के दोपाए भी, क्या रात और क्या दिन, मटरगश्ती करने में निमग्न रहते हैं। कोई बंधन स्वीकार नहीं। अनगिनत गर्लफ्रेंड या ब्वॉयफ्रेंड हो सकते हैं।'' व्यंग्य बोला।

''किंतु अमेरिका परस्पर अविश्वास में बँधा हुआ, खुला हुआ देश है। भले

ही देश या समाज खुला हुआ माना जाता हो, यहाँ के घर हमेशा बंद मिलते हैं। यदि आपने किसी के घर पहुँचने या उनसे मिलने की पूर्व अनुमति नहीं ली है, तो खटखटाते रहिए, बजर बजाते रहिए, घर में रहते हुए भी गृह स्वामी द्वार नहीं खोलेगा। यदि आप अपरिचित हैं और गृह स्वामी से कुछ पूछने, उसे बाहर बुलाने पर अड़े हुए हैं तो 911 पर टेलीफोन कर वह कॉप को बुलाएगा और आपको अंदर करा देगा। हथियार रखने की सभी को पात्रता है, पता नहीं कोई नवागंतुक कट्टा लिये न आ धमका हो।'' शीतल बोला।

''भारत में नवागंतुक न तो कोई हथियार लिये होता है, न किसी से कोई खतरा रहता है, इसीलिए प्रायः हर घर खुला हुआ मिलता है। कुंडी खटखटाने पर तो द्वार खोल ही दिया जाता है। पर घर गई न ऊबरी, पोथी पूँजी नार, कटी-फटी बिगरी मिली, जो विधि लिखालिलार। यहाँ भी पुस्तक या डॉलर कोई उधार नहीं देता। गर्लफ्रेंड या पत्नी का तो हाथ हमेशा जोर से पकड़कर रखा ही जाता है। डर बना रहता है कि इधर आँख हटी, उधर दुर्घटना घटी। तू नहीं और सही, और नहीं और कोई। अच्छी परंपरा है, अब तो देखा-देखी भारत में भी पाँव पसार रही है।'' हास्य ने कहा।

गाँवों-खेड़ों में भारत की बड़ी जनसंख्या सुबह-शाम खुलेआम शारीरिक गंदगी फैलाती है तो अमेरिका की बड़ी जनसंख्या महानगरों-शहरों में खुलेआम मानसिक तथा सांस्कृतिक गंदगी। अनेक संदर्भों में दोनों ही निर्वस्त्र हैं।

हमारे शास्त्रों ने पहले ही लिख दिया है, 'जहाँ सुमति तहं संपत्ति नाना, जहाँ कुमति तहं विपति निदाना।' इंग्लैंड के लोगों में सुमति थी, वे भारत आए, दो-तीन शताब्दी तक राज्य किया और संपत्तिवान हुए। उधर अमेरिका पहुँचे, वहाँ के मूल निवासियों में कई को उड़ाया, कुछ को खदेड़ा, जो बच गए, उन्हें एक कोने में धकेला। कुल मिलाकर यह कि वहाँ भी आधिपत्य जमाया और संपत्ति बढ़ाई। जहाँ संपत्ति होती है, अनुचर स्वतः ही पहुँच जाते हैं। जहाँ गुड़ होता है, चींटे आते हैं।

अवश्य ही गोरे लोगों ने पुण्य कर्म किए हैं, तभी तो वे संपत्तिवान हैं। वे गीता के ज्ञान में अधिक विश्वास रखते हैं। विरोधियों व अन्य प्राणियों को बेझिझक मारते चलो, उनका पुनर्जन्म होगा, हमें खाने को अधिक प्राणी मिलते रहेंगे। जब हम अधिकाधिक प्राणियों को स्वर्ग भेजेंगे तो वे हमें भी धरती पर सुखपूर्वक रहने देंगे। पापियों को मारना धर्म है। गायों, सुअरों, मुरगों को खाने में ही नहीं, दुनिया के असंख्य भोले-भाले मनुष्यों को भी मौत के घाट उतार देने में भी सिरमौर हैं, तभी तो अमेरिका पुण्यभूमि है। वासांसि जीर्णानि यथा विहाय...

किसी बड़े मॉल में चले जाइए। एक ओर गरम कड़ाही है, दूसरी ओर जीवित मेंढ़क, मछली, पेंग्विन, केकड़ा, कॉक्रोच, अपने सामने ताजा तलवाइए और स्वाद से खाइए। किसी भी प्राणी को तलकर खाने में उनका जवाब नहीं।

फर्स्ट वर्ल्ड प्रॉब्लम से जूझ रहे एक अमेरिकन बुजुर्ग, जो वहाँ की सबसे पॉश लोकेलिटी (आभिजात्य वर्ग) में रहते हैं, बताते हैं कि लिफ्ट दिन भर से खराब पड़ी है, मुझे पैदल इस नैनी की सहायता से नीचे उतरना व ऊपर चढ़ना पड़ता है। अकेला कब तक दीवार से बात करता रहूँ? कब तक घर में टँगा रहूँ? बात-बात पर मुझे अपनी नानी याद आती रहती हैं। नई पीढ़ी में पति-पत्नी दोनों द्वारा केवल कमाई करने, और अपने बच्चों को नैनी के भरोसे छोड़ देने को वे समाज में फैले अपराधों का एक कारण मानते हैं।

शीतल ने पूछा, "किंतु बाहर की साफ-सुथरी सड़कें, करीने से कटी-छँटी वनस्पति, हरियाली, सुंदर फूल देखकर तो आभास होता है कि अमेरिका स्वर्ग है।"

वह ठठाकर कहने लगा, "बाहर से स्वर्ग, किंतु अंदर से नर्क है। बाहर सुख है, अंदर दुःख-ही-दुःख है। इसीलिए मैं स्वर्ग में जाने से पहले अमेरिका की वैश्विक हवा में और बाहरी स्वर्ग में ही अधिकांश समय गुजारता हूँ।"

शीतल ने मन-ही-मन कहा 'अच्छा हुआ आप भारत कभी नहीं आए, क्योंकि भारत में तो मरने के बाद ही प्रत्येक व्यक्ति स्वर्ग का अनुभव करता है। इसीलिए तो भगवान् का ध्यान करने पर जोर दिया जाता है, नारकीय परिवेश से कुछ तो ध्यान हटे।"

भारत में यदि किसी को कह दिया जाए कि वह चड्डी है, यानी वह एक विशेष संस्कार में प्रशिक्षित, दीक्षित रहा है। एक विचारधारा विशेष के लोगों को कुछ लोग चड्डीधारी कहते हैं। यद्यपि चड्डीधारी शुद्ध भारतीय सोच से ओत-प्रोत और राष्ट्र की सैन्य शक्ति के प्रतीक भी होते हैं। वे प्रायः बड़े आकार की, खाकी रंग की शालीन चड्डी पहनते हैं।

लगता है, कुछ अमेरिकी लोग भारत गए होंगे और वे उस वेशभूषा से प्रभावित हुए होंगे, अतः यहाँ आकर उसे आत्मसात कर लिया। वहाँ से प्रकारांतर से सीखकर वे लोग यहाँ आए और उन्होंने उस प्रथा को फैला दिया। अब एक पूरब, दूसरा पश्चिम है, अतः अंतर तो होना ही चाहिए। अंतर यह कर दिया कि वहाँ उस मानसिकता के युवक या पुरुष ही वह वेशभूषा धारण करते हैं, जबकि यहाँ की लड़कियाँ-महिलाएँ ही विशेष चड्डियों को धारण करती हैं। इनकी चड्डियों का रंग और कोई भले ही हो, खाकी कभी नहीं होता। खाकी चड्डीधारी बैंड बजाते, नारे

लगाते, कसरत करते, शौर्यालाप करते हैं।

यहाँ की चड्डीधारिणी नारियाँ, प्रेमियों का बैंड बजाती, बतरस में डूबी हुई बहुधा प्रेमालाप में मगन रहती हैं। वहाँ के पुरुष कपड़ों में मितव्ययता न दिखाते हुए, घुटने से ऊपर, कुछ बड़े आकार के नेकर पहनते हैं, जबकि यहाँ की महिलाओं ने चड्डी को न्यूनतम आकार दे रखा है। इतना न्यूनतम आकार कि वह न्यूड होने के कगार तक जा पहुँचता है।

ऊर्ध्व वस्त्र भी लघुतम होने की प्रतियोगिता में अधोवस्त्रों से पीछे क्यों रहते? अतः पूरी मितव्ययता सहित वे भी महिलाओं द्वारा टाँग लिये जाते हैं। पता नहीं किसने ऐसी पट्टी इन्हें पढ़ाई है कि ऊर्ध्ववस्त्र और अधोवस्त्रों की औकात एक-एक इंच की चौड़ी पट्टी से अधिक नहीं रह गई है। वैसे भी यहाँ स्ट्रैचिंग कसरत बहुत लोकप्रिय है। भारतीय महिलाएँ भले ही घरेलू खर्च में रहती हों, ढीले-ढाले वस्त्रों के आकार में मितव्ययी कभी नहीं होतीं।

इस अतिशय मितव्ययी वेशभूषा को भारतीय पुरुष या महिलाएँ वहाँ जाकर जब पहले-पहल देखते हैं तो दाँतों तले उँगली दबाकर कहते हैं कि इतना पहनने की भी क्या आवश्यकता है? जब कपड़े पहनने का कोई लाभ ही नहीं है तो व्यर्थ में यह आडंबर क्यों पाला जाता है? व्यक्तित्व भले ही पारदर्शी न हो, वस्त्र तो पर्याप्त रूप से होते हैं। यह वेशभूषा ही संभवतः उनके पाणिग्रहण संस्कार की पहली सीढ़ी होती है।

यहाँ किशोरियों से लेकर प्रौढ़ औरतों द्वारा ब्वॉयफ्रेंड में परिवर्तन करते रहने की आम प्रथा है। ब्वॉयफ्रेंड भी तो वेरायटी चाहते हैं। उसी कल्पना के वशीभूत शायद ऐसी वेशभूषाएँ पहनी जाती हों? यहाँ के स्त्री-पुरुष खुशमिजाज रहते हैं और चाहते हैं कि उनकी रातें ही नहीं, दिन भी रंगीन बने रहें, जिनमें मगन होकर वे मन से नाचते रहें। जब मन से ही मगन होना है, तो मगन में क्या म और क्या न? वह तो एक अगन है।

बर्न साइड पार्क में पत्नी के साथ घूमते-घूमते शीतल का परिचय एक सत्तर वर्षीया भूतपूर्व फिल्मी अभिनेत्री से हो गया, जो एक मील की दौड़ प्रतिदिन लगाती तथा कुछ योगासन भी करती थी। भारतीय योगासन अमेरिकी शैली में। वह भारत भ्रमण का सपना सँजोए थी। इसलिए नमस्ते करके परिचय के लिए आगे आई। बातचीत में वह एकदम साफ-सुथरी और प्रजातांत्रिक थी, कोई दुराव-छिपाव नहीं। उसने स्वयं बताया कि उसके जीवन में ब्वॉयफ्रेंड तो आते-जाते रहे, किंतु विवाह मात्र दो से किया। बड़े-बड़े पाँच बच्चे हैं। पहले पति से पैंतालीस वर्ष का बड़ा

बेटा और चालीस वर्ष की बेटी है।

उसके मतानुसार लड़कियों के कुछ ब्वॉयफ्रेंड होने ही चाहिए। कुमारी वधू (वर्जिन ब्राइड) के पक्ष में वह नहीं है। क्योंकि वर्जिन ब्राइड जीवन के स्याह-श्वेत पक्षों से अनजान रहती है। पर्याप्त अनुभव लेकर जब महिला विवाह करती है, तब अधिक प्रौढ़तापूर्वक जीवन के निर्णय लेती है।

''कितने शुभ विचार हैं?'' हास्य ने कहा।

''यहाँ के पाणिग्रहण संस्कार कैसे होते हैं, इसकी भी तो कुछ पड़ताल हो जाए,'' व्यंग्य ने उत्सुकता प्रकट की।

''यहाँ महिला या पुरुष, लड़का या लड़की किसी की नाक पर भी पानी नहीं ठहरता। कोई किसी से कम नहीं, बराबरी के पानी में सब आकंठ डूबे रहते हैं। पानी-दार सब होते हैं, किंतु और अधिक पानी की तलाश में उन्हें बार-बार पाणिग्रहण करना पड़ता है। चलो पुस्तकालय चलते हैं, वहाँ जो राष्ट्रीय समाचार-पत्र हैं, वे भी इस विषय पर कुछ प्रकाश डालते हैं।'' शीतल ने उत्तर दिया।

तीनों ही पास के फेयरफेक्स पुस्तकालय में पहुँच गए। एक राष्ट्रीय अखबार में स्तंभ रहता है, जिसमें दु:खी लोग अपनी-अपनी समस्याएँ लिखते हैं और संपादक उनके निराकरण हेतु राय देते हैं। पीड़ित या पीड़िता का नाम कभी नहीं होता, सिर्फ दु:खी लड़की, एकाकी पिता अथवा परेशान माँ आदि के संबोधन से पत्र प्रकाशित होते हैं।

एक दु:खी लड़की ने लिखा था, ''मैं सगी माँ और सौतेले पिता के साथ रहती हूँ। सौतेला पिता मुझ पर खर्च भी करता है और प्रेम से भी रखता है। सगे पिता का व्यवहार मेरे अनुकूल नहीं है, उसके साथ सौतेली माँ रहती है। मैं निकट भविष्य में विवाह कर रही हूँ। आप बताएँ, निमंत्रण-पत्र मैं किनकी ओर से छपवाऊँ?''

संपादक ने लिखा है, ''हमारी राय में ऊपर नाम आपके सौतेले पिता और सगी माँ का होना चाहिए और नीचे सगे पिता और सौतेली माँ का। ऐसा करने से आपके विवाह हेतु दोनों ही परिवारों की सहमति दिखाई जा सकेगी।''

''एक अन्य पत्र पढ़ो।'' व्यंग्य ने हास्य को सुझाव दिया।

''इस पत्र में एक रिटायर्ड पिता ने बोस्टन से सेन फ्रांसिस्को शहर पहुँचकर अपनी पुत्री की पाँचवीं शादी में आर्थिक कारणों से सम्मिलित होने से सार्वजनिक रूप से इनकार कर दिया। उसने लिखा, ''निमंत्रण-पत्र मिला, इसके लिए धन्यवाद। सुना है, तुम्हारे विवाह का यह आयोजन भी बहुत भव्य हो रहा है, इसके लिए बधाइयाँ। किंतु मैं सामाजिक सुरक्षा पर जी रहा हूँ और 1200 डॉलर प्रतिमाह पाता हूँ। यहाँ

से वहाँ तक आने का 800-900 डॉलर तो एक ओर का किराया ही हो जाएगा।''

आगे अच्छी बात यह लिखी कि आशा करता हूँ, यह तुम्हारा अंतिम विवाह नहीं है, अभी तो मैं जीवित हूँ, तुम्हारे आगामी किसी विवाह (पाणिग्रहण) में अवश्य सम्मिलित हो जाऊँगा। हास्य ने पढ़ा।

''फर्स्ट वर्ल्ड प्रॉब्लम से जूझ रहे एक परेशान पुत्र का पत्र प्रकाशित हुआ था। विगत चालीस सालों से वह अपने वास्तविक (बायोलॉजिकल) पिता को ढूँढ़ रहा था, जिसे उसने जन्म से आज तक देखा नहीं था। जब पर्याप्त खोज की तो पता चला कि वह तो हत्या और डकैती के आरोप में उम्र कैद काट रहा है। अब वह क्या करे?''

संपादक ने उत्तर दिया, ''ऐसी स्थिति में अपने सौतेले पिता को ही वास्तविक पिता मानकर चलना उचित होगा।''

उस दिन शीतल और उसकी पत्नी प्रातः भ्रमण पर जा रहे थे। भारतीय शैली के अनुसार शीतल दो कदम आगे आगे चल रहा था। एक अमेरिकन ने (जो थोड़ी दूर चल रहा था) प्रश्न किया, ''पति आगे और पत्नी पीछे क्यों चलती है? आप लोग हाथ-में-हाथ डालकर हम लोगों के सरीखे क्यों नहीं चलते?''

शीतल ने उत्तर दिया, ''हम दोनों का जब पाणिग्रहण हुआ था, तब ही हाथ से हाथ छुए थे, किंतु पचास साल से हमने एक-दूसरे के हाथ छोड़े नहीं हैं। साथ-साथ रह रहे हैं। हम लोगों में परस्पर इतना विश्वास रहता है कि पत्नी पीछे के पीछे किसी अन्य युवक के साथ भाग नहीं जाएगी। आप लोगों द्वारा एक-दूसरे का हाथ जोर से पकड़कर सड़क पर चलने की मजबूरी को मैं जानता हूँ। बहुधा हाथ छुड़ाकर, अन्य प्रेमी-प्रेमिकाओं के साथ भाग जाने का चलन यहाँ सामान्य माना जाता है, इसलिए आप और जकड़कर हाथ पकड़े रहो।''

''इसका अर्थ यह हुआ, यहाँ स्त्री-पुरुषों को समानाधिकार प्राप्त हैं। एकदम साथ-साथ चलते हैं।'' व्यंग्य ने शीतल से प्रश्न किया।

''भारतीय पति-पत्नी जब भी सड़क पर चलते हुए देखे जाएँगे, पति-पत्नी से दो कदम आगे चलता हुआ ही दिखाई देगा। इसीलिए अमेरिकी कहते हैं कि आपके यहाँ स्त्री-पुरुषों को समानाधिकार प्राप्त नहीं हैं।'' शीतल ने उत्तर दिया।

''किंतु राष्ट्रपति या प्रधानमंत्री पद तक तो भारत की महिलाएँ ही जा सकी हैं। आज तक अमेरिका की तो एक भी नहीं गई। वहाँ की महिलाएँ ऐसे बराबर कर दी गईं?'' हास्य ने तर्क दिया।

''वैसे महिला-पुरुष बराबर हैं, पर महत्त्वपूर्ण पदों के निकट पहुँचते ही उन्हें

पीछे धकेल दिया जाता है। अपनी-अपनी बराबरी है?'' व्यंग्य ने कहा।

''तरह-तरह के विवाह तो सुने थे, कॉण्ट्रैक्ट मैरिज भी यहाँ होती है, यानी प्रेमी-प्रेमिका एक निश्चित समय के लिए यानी पाँच या दस साल के लिए विवाह बंधन में रहते हैं, फिर स्वतंत्र हो जाते हैं।'' व्यंग्य ने कहा।

''जेल और परोल दोनों के अनुभव लेना कोई बुरी बात तो नहीं!'' हास्य का मत था, ''भारत में गंधर्व विवाह, प्रेम विवाह, अपहरण विवाह आदि की परंपरा तो रही है। इन दिनों प्रगति करते-करते बलात्कार, सामूहिक बलात्कार और फिर हत्या कर देने की शैली सफलतापूर्वक अपनाई जा रही है। अमेरिका में यह तो नहीं होता।'' व्यंग्य ने उत्तर दिया।

''किंतु कैलिफोर्निया तथा कुछ अन्य राज्यों के कानून, पुरुष को पुरुष से और महिला को महिला से विवाह कर लेने की स्वाधीनता देते हैं। इतना ही नहीं, उससे आगे बढ़कर जिस प्रकार पुरुष और महिला के युगल परिवार में शिशु के जन्म पर दोनों को लंबी छुट्टी दी जाती है, उसी तरह की दो-तीन वर्ष के अंतराल से दीर्घावधि छुट्टी की पात्रता लैस्बियन या गे लोगों को भी प्राप्त है।'' हास्य बोला।

''वाशिंगटन में एक गे (प्रसन्न नहीं समलिंगी) ने अदालत में मामला दायर किया कि मेरा सहयात्री पति की तरह बीस साल से मेरे साथ रह रहा था। पिछले दिनों उसकी मौत हो गई है, अत: उसकी सारी संपत्ति मुझ विधवा को मिलनी चाहिए। मुझे आप पति या पत्नी जो चाहें मान सकते हैं। बीस साल से जीवन साथी तो हम थे ही। हम दोनों ने एक-दूसरे के पक्ष में चैक जारी किए हैं, पैसे खर्च किए हैं। क्रेडिट कार्ड से जो भी विनिमय किया गया है, उसकी रसीदें भी मेरे पास हैं।''

''आगे क्या हुआ?'' हास्य ने पूछा।

जब उससे प्रश्न किया गया कि आप दोनों पुरुषों ने परस्पर विवाह करने के लिए कभी पंजीयन तो कराया नहीं था। कैसे मान लिया जाए कि आप पति-पत्नी के रूप में रह रहे थे?

तो उसने उत्तर दिया, ''पहले भी एक लैस्बियन पति-पत्नी का ऐसा ही प्रकरण कोर्ट सुलझा चुका है। उन दोनों महिलाओं में से भी एक की मौत हो गई थी और कोर्ट ने उसकी सारी संपत्ति जीवित जीवनसाथी को दिलवा दी थी।'' साथ ही उसने कहा, ''आप चाहेंगे तो कई अंतरंग, परस्पर गुथे हुए, हमारे फोटो भी प्रमाण के लिए मैं प्रस्तुत कर सकूँगा। यह भी कि तब तक गे विवाहों की मान्यता को कैलिफोर्निया के कोर्ट ने हरी झंडी नहीं दी थी, इसलिए हमने पंजीयन नहीं कराया था।''

व्यंग्य ने आश्चर्य व्यक्त किया कि भारतीय संविधान में ऐसी प्रजातांत्रिक

स्वाधीनता क्यों नहीं दी गई? स्वाधीनता हो तो ऐसी हो।

भारत में दिवालिया हो जाना लाभ का सौदा है, यहाँ विवाह करना और तलाक ले लेना अच्छे व्यापार की श्रेणी में आता है। यहाँ भी आमदनी अधिक देखी जाती है। एक पूर्व राष्ट्रपति की युवा पत्नी से अपने पति की मौत का दुःख अकेले नहीं झेला गया। पूर्व पति के शोक में सम्मिलित करने के लिए उसने एक अस्सी साल की उम्र के धनाढ्य व्यक्ति से विवाह किया। शोक व्यक्त करने का काम अब उस बूढ़े साथी को थमाकर वह स्वतंत्र हो गई।

पता नहीं, वह मन से शोक में डूबी या धन के शौक में, किंतु डूबी अवश्य। भारतीय परंपरा के अनुसार शायद डूब गई हो। यहाँ की प्रथा के अनुसार तो तैर गई। तर गई। प्रेम का विवेकपूर्ण व्यापार कभी दिवालिया नहीं होने देता।

अमेरिका में महिलाओं और पुरुषों का मिलन, दिन में बहुधा लंच या ब्रंच के लिए होता है, रात में डिनर के लिए। निष्काम मिलने के लिए कितना, यह शोध का विषय है।

यहाँ सार्वजनिक रूप से प्रेमी-प्रेमिका एक-दूसरे की पीठ खुजलाते हुए बस में, पार्क में या अन्यत्र देखे जा सकते हैं। जब जिल से पूछा गया कि क्या सचमुच आप अपने ब्वॉयफ्रेंड जैक से प्रेम करती हो?

तो उसने उत्तर दिया, "मेरी पीठ में खुजली चलती रहती है और मेरा हाथ वहाँ तक पहुँचता नहीं है, बताइए प्रेम करने के अलावा और मैं क्या कर सकती हूँ?"

और जैक बोला, इस प्रकार मैं भी कुछ गर्लफ्रेंड्स की पीठ पर हाथ फेरता रहता हूँ। "जिसकी पीठ पर फेरने का मन हुआ, थोड़ी घनिष्ठता बढ़ाई और हाथ फेर लिया।"

"भारत में कई साधुओं ने कन्याओं के सिर पर हाथ फेरने में दक्षता अर्जित कर रखी है। घोर अधर्मी हैं, पर रामनामी चोला ओढ़ लेते हैं। भेड़ की खाल ओढ़कर भेड़िए घूमते रहते हैं।" धीरे से हास्य फुसफुसाया।

गर्लफ्रेंड जिल से किसी ने पूछा, "क्या जब आप जैक के साथ मिलती हो तो आपको क्रिसमस का या 4 जुलाई का आनंद मिलता है (स्मरण रहे चार जुलाई यहाँ का स्वाधीनता दिवस होता है)?"

वह बोली, "जेक के साथ श्रम दिवस का अनुभव होता है तो जॉन के साथ क्रिसमस का आनंद मिल जाता है, किंतु स्वाधीनता दिवस का सुख तो लैरी ही दे पाता है"

उससे किसी ने पूछा, "आपके पास इतना पैसा कहाँ से आया।"

वह बोली, "मेरे पास व्यापार करने के लिए दिमाग तथा गुनाह करने के लिए शरीर है, पैसे की मुझे क्या कमी हो सकती है।"

और जब जेक से पूछा गया, "प्रेम करने का आपका अनुभव कैसा रहा?"

उसने आह भरते हुए कहा, "गधे बनना हो तो प्रेम कीजिए।"

एडवर्ड अस्सी साल का बूढ़ा है, उसके चेहरे पर ठीक उसी तरह की गहरी रेखाएँ उभर आई हैं, जैसे रेडियल टायर की सतह पर। उसकी हड्डी-हड्डी निकल आई है, फिर भी डेटिंग पर जाना उसकी नियति है। जब उससे किसी ने प्रश्न किया, "इस उम्र में भी आप डेटिंग करते हैं?"

उसने उत्तर दिया, "भगवान् ने आदम से एक हड्डी छीनी है और उसी से ईव को बनाया है। मेरी कोशिश है कि उस बात का बदला मैं लूँ और ईव में पहले उस हड्डी की खोज करूँ कि उस जात ने कहाँ छिपा रखी है। बाद में ही तो हड्डी को ले सकूँगा।"

उसी दिन संयोग से एडवर्ड के बेटे और जेक के बेटे में विवाद हो गया। एडवर्ड का बेटा अपने पिता की प्रशंसा कर रहा था, कह रहा था कि मेरे डैड तुम्हारे डैड से अच्छे हैं।

इधर जेक भी अपनी माँ की तारीफ करता हुआ बोला कि मेरी मॉम तुम्हारी मॉम से अच्छी हैं।

व्यंग्य ने शीतल का ध्यान इस बहस की ओर जब खींचा तो शीतल ने हास्य से पूछा, "फिर झगड़े का हल क्या हुआ?"

हल क्या होना था, एडवर्ड के बेटे ने जेक के बेटे की बात को सही बताया और कहा, "पर्याप्त सत्संग के बाद मेरे पिता भी यही बात कह रहे थे कि तुम्हारी मॉम सचमुच, मेरी मॉम से अच्छी हैं।"

"अपनी मॉम की ऐसी प्रशंसा सुनकर कौन सा बेटा झगड़ना चाहेगा। झगड़ा शांत हो गया।"

व्यंग्य और हास्य दोनों परस्पर चर्चारत होकर कह रहे थे कि अमेरिका तो प्रेम नगरिया है। तरह-तरह के उदाहरणों की तथा नए-नए प्रयोगों की साक्षी।

शीतल ने भी भारतीयों की शौर्यपूर्ण परंपरा की याद दिलाई। हम भी किसी से कम नहीं! हिंदुस्तान अमेरिका से कई कदम आगे है। अपने यहाँ प्रेम जानलेवा होता है, चाकू की नोक पर बलपूर्वक किया जाता है। सामूहिक बलात्कार और तत्पश्चात् हत्या की चार-छह घटनाएँ प्रतिदिन हो जाना सामान्य बात है। यहाँ भी शूर-वीरों की कमी कहाँ है?

शीतल से व्यंग्य द्वारा एक प्रश्न किया गया, ''अमेरिका में सबसे अधिक अविश्वसनीय क्या होता है ?''

शीतल ने उत्तर दिया, ''यहाँ की भाषा में तीन डब्ल्यू सबसे ज्यादा अविश्वसनीय होता है। वीमेन, वर्क और वेदर। हिंदी में कहें तो तीन 'म' भरोसेमंद नहीं। यहाँ की महिलाएँ, यहाँ का मौसम तथा यहाँ की मजदूरी। एक महिला आज एडवर्ड के साथ है तो कल जैक के साथ होगी। संभवत: परसों लैरी के पास चली जाए। इस मामले में अमेरिकी पुरुष भारतीय पुरुषों से भी निरीह होते हैं।''

एक भारतीय फिल्मी गाना है, 'आज मौसम बड़ा बेईमान है', वास्तव में यह गाना अमेरिका के लिए लिखा गया है। कब पानी गिर जाएगा, पता नहीं। कब धूप निकल आएगी, भरोसा नहीं और किस दिन ठंड पड़ने लगेगी। ऑस्टिन में तो कई महीने उसका ऐसा ही अनुभव रहा।

फिर मजदूरी, यानी बड़े-से-बड़े मैनेजर या उच्चाधिकारी से उसका मालिक कह सकता है कि आज तक आपने जो काम किया, उसके लिए धन्यवाद। हम आपके आभारी हैं, किंतु कल से आप हमारे लिए भारी हैं। कल से मेहरबानी कर कार्य पर आने का कष्ट न करें।

''अमेरिका में तो उपरोक्त तीन 'डब्ल्यू' और हिंदुस्तान में भी इसकी बराबरी करनेवाले कोई तीन तो होंगे ?'' शीतल ने पूछा।

''भारत में तीन एम। डब्ल्यू का उल्टा एम। हम पूरब, यह पश्चिम। वहाँ मसल पावर, मैन पावर और मनी। जिसके पास ये तीनों होते हैं, आदमी उनसे डरता है।'' व्यंग्य ने उत्तर दिया।

''इसीलिए नेता इनकी आराधना, साधना में लगे रहते हैं।'' हास्य बोला।

वैसे तो दुनिया में आते ही आदमी चक्कर में फँस जाता है। फिर लगाते रहो चक्कर इधर के, उधर के, न जाने किधर-किधर के ? यहाँ सारा संसार खुला हुआ है। अमेरिका के लोगों का खुलापन तो जगजाहिर है ही। सड़कों पर, मॉलों में, बाग-बगीचों में, अमेरिका के लोगों का खुलापन खुलेआम दिखाई देता है। सारे गमों को भूलकर वे मगन रहते हुए भी नगन होकर नाचना शुरू कर देते हैं। इसीलिए पिछले दिनों अमेरिका की अनेक खाप पंचायतों ने निर्णय लिया है, जिसे जैसे नाचना है नाचो, कोई रोक-टोक नहीं है। वैधानिक तौर पर अब पुरुष, पुरुष के साथ या स्त्री, स्त्री के साथ विवाह करें, नाचें। दिन में या रात में नाचें, कोई रोक-टोक नहीं है। समलैंगिक विवाह बंधनों में भी अब निस्संकोच बँध सकते हैं। जब तय ही कर लिया है कि हम नाचेंगे तो कौन रोक सकता है ? मगन होकर या

नगन होकर नाचें। खुला हुआ स्वाधीन देश है।

खुलेआम नाच शुरू हो ही गया है तो नाचो, जब तक मरजी हो, नाचो। कभी तो थकोगे। कभी तो दर्शक या वरिष्ठ जन थूकेंगे। पर क्योंकि वहाँ लोग सड़कों पर नहीं डस्टबिन में थूकते हैं, इसलिए यहाँ के लोगों को पता ही नहीं चलता कि लोग उन पर थूक रहे हैं। हिंदुस्तान से उन्हें सीखना चाहिए कि थूका कैसे जाता है? लोग सड़कों पर या उन्हें देखकर थू करना तो छोड़, उन पर सीधे ही जाकर थूकते हैं? अमेरिका में है ऐसी स्वतंत्रता। अपना ऐसा आदर्श प्रजातांत्रिक देश है, जिसमें कहीं भी थूका जा सकता है।

यहाँ लिव इन रिलेशनशिप में जो भी रहना चाहें, पूरी स्वतंत्रता से रह सकते हैं। स्वाधीनता कम तो नहीं होगी, निरंतर बढ़ती ही रहेगी। अब कुत्तों और पुरुषों या कुत्तों और महिलाओं के अंतर्संबंधों पर अगला निर्णय क्या होता है, इसपर दुनिया की निगाह टिकी हुई है।

अमेरिका में युवक-युवतियाँ पहले एक-दूसरे पर आसक्त होते हैं, फिर सिक्त होते हैं, तब कहीं जाकर तिक्त होते हैं। उसके बाद में एक-दूसरे से परित्यक्त। अलग-अलग रिक्त तलाक यहाँ का सर्वाधिक लोकप्रिय खेल है। तलाक करानेवाले वकीलों का धंधा सबसे अधिक चलता है। उनके विज्ञापन होते हैं—आइए, हम बहुत सस्ते में आपका तलाक करा देंगे।

समलैंगिकों के विवाहों में तलाक होते हैं कि नहीं, अभी ज्ञात नहीं।

''क्या बढ़िया नजारा है, लॉस एंजेल्स के एक सुरम्य पार्क में एक ब्वॉयफ्रेंड और एक गर्लफ्रेंड आनंद की चरम अनुभूति प्राप्त कर रहे हैं, लेकिन शीतल ने अपने दोनों साथियों को संकेत दिया कि वे मुखर न हों। उन दोनों ने इशारा पाते ही हाथ टेक दिए, कहने लगे कि पिट जाएँगे। किसी के व्यक्तिगत प्रसंगों में शायद यहाँ टाँग नहीं अड़ाई जाती।

फिर भी हास्य बोल ही पड़ा, ''यह खुला हुआ देश है। सब जगह खुला खेल फर्रूखाबादी है। ये दोनों खुले हुए हैं। दोनों में कुछ भी बंद नहीं है। जो जैसा चल रहा है, चलते रहने दो। वे तीव्रगति से अपने लक्ष्य पर आगे बढ़ रहे हैं, आप भले ही धीमी गति के समाचारों की तरह बढ़ो, पर चुपचाप आगे बढ़ जाओ। काला चश्मा लगाए हो न, फिर ठीक है। यही तो लाभ है काले चश्मे का! कहीं पे निगाहें, कहीं पे निशाना रख सकते हो। वे अपना काम पूरी तन्मयता से कर रहे हैं, आप अपना करो। आप सिर्फ वही निरीक्षण न करें, आस-पास के सुंदर फूल, वनस्पतियों के बीच साफ-सुथरा फुटपाथ भी देखते चलें। उधर ही क्या निहार रहे

हैं, इधर फुटपाथ पर भी तो निगाह डाल लीजिए, अन्यथा चश्मा टूट जाएगा, आप नीचे गिर जाएँगे। वैसे तो काला चश्मा आपकी शर्म का सुरक्षा गार्ड है, फिर भी यदि आ रही है, तो खुद ससम्मान वहाँ से हट जाइए। कोई कुछ नहीं कहेगा। वे दोनों निर्भीक होकर मोरचे पर डटे हैं। डटे रहने दीजिए। भारतवर्ष में कुत्तों, बैलों, भैंसों की अंतरंगता भी आप देखते हैं कि नहीं?

"यहाँ पर मेलों में, समुद्र किनारों पर, अनेक स्थलों पर, गानेवाले, गिटार बजानेवाले दिखाई देते हैं। दर्शक कार्यक्रम देखने के बाद अपनी श्रद्धानुसार एक डॉलर, दो डॉलर, पाँच डॉलर टिप देते हैं। जिसकी अपेक्षा कलाकार भी करते हैं। वे बार-बार घोषणा करते हैं, 'टिप्स विल भी एप्रीशियेटेड', यानी यदि आप भी आनंदानुभूति करते हुए कुछ आर्थिक सहायता दे सकते हैं तो दे दीजिए। यदि यहाँ पर आप अधिक श्रद्धावनत हैं, तो दस डॉलर, बीस डॉलर डाल दीजिए। कलाकार जब पूरे उत्साह से, पूरी तन्मयता से अपनी प्रस्तुति देने का मन बना ही चुके हैं, आप निश्चिंत रहें, वे अवश्य देंगे, आप उनकी प्रशंसा करें या न करें। वैसे यहाँ की प्रथा यह भी है कि मंच पर कलाकार खराब-से-खराब प्रस्तुति भले ही दे, हूटिंग कभी नहीं होती। दर्शक पिन पटक सन्नाटा बनाए रखते हुए बहुत शांति से सुनते हैं। पूरी एकाग्रता से कार्यक्रमों के साक्षी बने रहते हैं।"

"भारत के अधीर श्रोताओं, दर्शकों सरीखे थोड़े ही कि कलाकार को ठीक से सुने बिना ही हूट करना शुरू कर दिया। छात्र की उत्तर-पुस्तिका को पढ़ने का कष्ट क्यों किया जाए, नंबर पहले ही दे देते हैं। उसकी तकदीर में जितने होंगे मिल जाएँगे।" व्यंग्य बोला।

लेखक ने कहा, "हिंदुस्तान की कहावतें 'मियाँ-बीवी राजी तो क्या करेगा काजी' से आगे बढ़ती नहीं दिखाई देतीं। ये कहावतें अब बूढ़ी हो चुकी हैं, आधुनिक संदर्भों में कुछ नई बननी चाहिए। फिल्मी गाना भी अब बहुत पीछे छूट गया है, खुल्लम-खुल्ला प्यार करेंगे हम दोनों, दुनिया से अब नहीं डरेंगे हम दोनों।"

फिर शीतल ने व्यंग्य की ओर देखकर कहा, "तेरी क्या प्रतिक्रिया है?" वह बोला, "भारत में मेरे लिए यह विषय हो सकता है, अमेरिका में नहीं। विषयी अवश्य हूँ, पर विषपान करने को मजबूर हूँ, सहन कर लूँगा, पर इसे विषय नहीं बनाऊँगा।

"भारत में यह प्रसंग हम दोनों के लिए अभी तो अनुकूल है, भविष्य को किसने देखा है? अमेरिका में रंग में भंग करने मात्र के लिए। मगन, अगन और नगन की ऐसी युति अन्यत्र दुर्लभ है।

"अमेरिका एक बहुत बड़ा बाजार है, वस्तुओं का अधिक, स्त्री-पुरुषों का

और भी अधिक। यहाँ की मेधावी माताएँ अपने बच्चों को बचपन से ही प्रेम करने की व्यावहारिक शिक्षा और छूट देती हैं। भले ही प्रेम कितने ही प्रेमियों से करो, पर शादी बहुत सोच-समझकर करना। यानी कई दुकानों पर जा-जाकर सेब का स्वाद तो लो, किंतु जो रुचिकर या सर्वाधिक मीठा लगे, वही खरीदना। घर लाते समय सड़ी-गली वस्तुएँ मत ले आना, इसीलिए यहाँ पर प्रेम की असफलता आत्महत्या का कारण नहीं बनती। 'करत-करत अभ्यास के जड़मति होत सुजान।'

"भारतवर्ष भी धीरे-धीरे चीन की, अमेरिका की निगाह में बाजार बनता जा रहा है। सारी दुनिया के लिए सार्थक बाजार। बाजार में भावुकता काम नहीं आती। हिंदुस्तान में देवदास सरीखे नासमझ पैदा हो जाते हैं, अमेरिका में नहीं। तू नहीं और सही, और नहीं और सही।"

7

"अब तो त्योहार भी वैश्विक हो गए हैं। वेलेंटाइन डे, फादर्स डे, मदर्स डे ने भी भारत में घुसपैठ बना ली है। क्या पश्चिमी देशों में भी कोई भारतीय त्योहार लोकप्रिय है?" व्यंग्य ने पूछा।

"भले ही रक्षाबंधन, पितृमोक्ष अमावस्या, विजयदशमी, दीपावली या होली सप्ताह में किसी भी दिन पड़ें, इतने दिन से देख रहे हैं, भारतीय लोगों को अपने त्योहार सप्ताहांत, यानी शनिवार या रविवार को ही मनाने पड़ते हैं। त्योहारवाले दिनों में भी उत्सवप्रिय भारतीयों को काम करना पड़ता है। केवल 25 दिसंबर पर पंद्रह दिन की छुट्टी सबको मिलती है।" शीतल ने बताया।

"रक्षाबंधन और पितृमोक्ष अमावस्या तो वहाँ की जलवायु में पनपने वाले त्योहार हैं ही नहीं। विजयदशमी और दीपावली भी गौण ही माने जाते होंगे। प्रेमालाप, मस्ती और उछल-कूदवाले त्योहार धार्मिक माने जाते हैं, इसीलिए वहाँ के लोग उन्हें ही अधिमान्यता देते हैं। इसको भी अपनाता चल, उसको भी अपनाता चल, राही हैं, सब प्रेमनगर के, सबको गले लगाता चल। गले लगाकर चल, यानी हग कर चल।" हास्य ने कहा।

"वहाँ के बच्चों की बाप तो पुलिस है, पिता क्या, माता भी महत्त्वहीन है, फिर क्यों पितृमोक्ष अमावस्या? फादर्स डे के बारे में तो अनिश्चितता रहती है, क्योंकि पक्का पता नहीं होता, कौन सही पिता है, किंतु मदर्स डे तो विश्वासपूर्वक मनाया

जाता है। जहाँ कई गुमनाम माता-पिता बारी-बारी से बच्चों को देश की झोली में डालने में उत्साहपूर्वक योगदान कर रहे हों, वहाँ कैसा पिता और कैसा परमपिता? फिर पितृमोक्ष अमावस्या का भी क्या महत्त्व? यहाँ के संस्कार, आचार-विचार, यौनाचार…।'' व्यंग्य ने उत्तर दिया।

''ऐसा नहीं है, एक भारतीय त्योहार न सिर्फ अमेरिका में, बल्कि वैश्विक स्तर पर दिन दूनी, रात चौगुनी लोकप्रियता अर्जित कर रहा है। बहुत जल्दी भारत की पहचान यही त्योहार बनेगा।'' शीतल ने संकेत दिया।

''मैं समझ गया, जिस में रंगीनियत हो, उन्मुक्तता से गले मिला जा सके, प्रेम का व्यापार हो, वही भारतीय त्योहार वहाँ की जलवायु के अनुकूल होगा। मैंने ठीक पकड़ा न? हमने भी तो विदेश का वेलेंटाइन डे हाइजेक किया है।'' व्यंग्य ने उत्तर दिया।

''इसे प्रेमियों-प्रेमिकाओं के गले मिलने के भारतीय धार्मिक आयोजन के नाम से प्रचारित किया जा चुका है। यूरोप और अमेरिका के लोगों की कल्पनाशीलता की प्रशंसा करनी पड़ेगी। आश्चर्य नहीं होगा, यदि इस होली (पवित्र)पर्व के हित में वे आंदोलन कर पूरे सप्ताह की छुट्टी घोषित करा लें। होली का डाँड़ा पूरे विश्व में गड़कर रहेगा।'' हास्य ने विश्वास जगाया।

''लो, यह अखबार पढ़ो। पिछले वर्ष बेल्जियम के एक शहर में 31 अगस्त को होली मनाई गई। उसका प्रमुख आकर्षण एक नारा था, यदि आप प्रेम करना चाहते हैं, दिल से गले मिलने की उत्कट अभिलाषा लिये हैं, तो मात्र बीस डॉलर का टिकट लीजिए और प्रतिभागी बनकर आपके अपने कार्यक्रम को सफल बनाइए।'' शीतल ने जानकारी दी।

''फिर आयोजक के तो वारे न्यारे हो गए होंगे? जिस त्योहार में रंगीनियत हो, आनंद हो, टीनेजर्स के लिए तो ऐसी होली न सिर्फ सर्वाधिक पवित्र, बल्कि स्वर्ग का सुख देनेवाली सिद्ध हुई होगी?'' व्यंग्य ने पूछा।

''पढ़ो-पढ़ो, पहले आयोजक ने ही अकेले पाँच सौ हजार डॉलर (यानी पाँच लाख डॉलर) कमा लिये। फिर तो ऐसे रंगीन और धार्मिक व्यापार की दुकानें धड़ाधड़ खुलने लगी हैं। अब तो इंग्लैंड, दक्षिण अफ्रीका में भी इस होली फेस्टिवल की लोकप्रियता आसमान छूने लगी है। भोपाल पहुँचकर हम लोग भी रासलीला और रुपए के समंवित सुख की प्राप्ति हेतु किसी ऐसे आयोजन की रूपरेखा न बनाएँ?'' हास्य ने प्रस्ताव रखा।

''बेल्जियम के उस पहले आयोजन में ही दस हजार टीनेजर्स पहुँचे थे। जहाँ

इतनी बड़ी संख्या में लड़के-लड़कियाँ पहुँचे होंगे, क्या वहाँ युद्ध नहीं हुआ होगा? प्रेम और युद्ध एक ही सिक्के के दो पहलू हैं। जब किसी का भी सिक्का चलता है तो वह एक ओर ही तो नहीं गिरता। कई बार तो सिर्फ सिक्का ही नहीं, उसके पीछे चलते-चलते अपना सिक्का चलानेवाला भी गहरे गड्ढे में गिर जाता है।'' शीतल ने बात आगे बढ़ाई।

''प्रेम और युद्ध में नियमों का पालन नहीं किया जाता। जानता हूँ, युद्ध में लोग हताहत होते हैं, प्रेम में सिर फुटौव्वल होती है, किंतु हमारा आयोजन बहुत ही अनुशासित रहेगा। हम पुलिस का सहयोग लेंगे। बेल्जियम से पहले इसी भारतीय त्योहार को पाँच बर्लिनवासी युवकों ने सफलतापूर्वक आयोजित किया था, तब भी उन्हें अर्थ लाभ तो हुआ था, किंतु कुछ कम हुआ था, बेल्जियम के कार्यक्रम ने तो आयोजकों को मालामाल कर दिया। बताइए, हमारे पर्व को विदेशी हाइजेक कर लें और हम हाथ-पर-हाथ रखकर बैठे रहें? हम भी कुछ करेंगे।'' व्यंग्य ने निश्चय किया।

''जब ऊटा के स्पेनिश पार्क में जुलाई में, बेल्जियम में अगस्त में, इंग्लैंड में अक्तूबर में, बर्लिन में नवंबर में तथा दक्षिण अफ्रीका में दिसंबर में यह मनाया जा सकता है तो हम भी प्रतिमाह क्यों नहीं मना सकते? हमारे त्योहार पर विदेशियों का अधिकार! देश के प्रत्येक बड़े शहर में अपनी शाखाएँ खोल देंगे। रेव पार्टियाँ फीकी पड़ जाएँगी, बार बंद हो जाएँगे।'' हास्य ने व्यंग्य को आत्मविश्वास से भर दिया।

□

अगले दिन सुबह-सुबह हास्य और व्यंग्य शीतल से भी जल्दी उठ गए। एक निगाह लॉस एंजेल्स की खुशनुमा सुबह पर डाली। जल्दी-जल्दी मुँह धोया और दोनों हाथ धोकर शीतल के पीछे पड़ गए। हमें तो कितनी घटनाओं, कथाओं में बाँधकर रखा है। किंतु हमारा मत है, जब भी कोई व्यक्ति अपना विचार सामने रखता है तो यह भी समझा जाना चाहिए कि उसका पूर्व जीवन कैसा रहा? वह किन परिस्थितियों से निकलकर आया है, क्योंकि उसका पूर्व जीवन; वे सीढ़ियाँ हैं, जिन पर चलकर वह यहाँ तक पहुँचा है। हम चाहते हैं, तू अपनी कथा भी बता। तेरे मस्तिष्क में ही ऐसे उलटे-पुलटे विचार आखिर क्यों आते हैं? तेरे जन्मस्थान की भी तो कोई कथा होगी? एकाध बार अपने को भी तो कथा में खोल।''

''अच्छा, मैं तो खुद को खोलूँगा ही, एक बात कान खोलकर सुन लें, जब तक अमेरिका में रहें, कुरता-पायजामा भीतर अटैची में ही रखे रहें, हमारी राय है कि अब आप पैंट ही पहना करें। गनीमत यह है कि आपने दाढ़ी नहीं बढ़ा रखी

है, अन्यथा इस वेषभूषा को पहनकर बाहर निकलने से आपका सिर खुल सकता है।'' शीतल ने दो-टूक बात कह दी।

''क्यों ऐसा क्या है कुरता-पायजामे और दाढ़ी में?'' हास्य ने पूछा।

''कुरता-पायजामे और दाढ़ी में 9-11 छिपा हुआ है। इसी को यहाँ के निवासी हमले की जिम्मेदार वेशभूषा मानते हैं। व्यंग्य तो समझ लेगा, पर तेरी अकल मोटी है, अब समझा कि नहीं?''

''शीतल भैया ठीक कह रहा है, सुरक्षा से रहना है तो पैंट ही पहना करेंगे। क्लीन शेव रह लेंगे। इस वेशभूषा को पहनने के कारण कई भोले-भाले सरदार लोग भी पिट चुके हैं।'' व्यंग्य ने हास्य को चेता दिया।

''चल, आगे बढ़। दूसरों पर तो तूने हमारा सहारा लेकर भरपूर लिखा है, अपने जीवन के कुछ पराक्रमी अंश भी तो सुना। हाँ, उनमें फेंकने-फाँकने का काम नहीं होना चाहिए कि मैंने तो यह तीर मारा या वह पहलवानी की। जो सच-सच है, वही बताना। आजकल सभी लोग दूसरों की तो खिल्ली उड़ाते हैं और स्वयं को महान् बताते हैं। यात्रा पूरी करनी है तो कहानी तो कहनी-सुननी पड़ेगी। संपूर्ण जीवन ही नहीं, उसका छोटा अंश भी एक कहानी होता है। मजबूर होकर शीतल को हामी भरनी पड़ी। अपनी यात्रा कथा सुनाना भी एक महत्त्वपूर्ण काम है। वह भी जानता है, उसकी यात्रा कथा कहने योग्य है ही नहीं, महत्त्वहीन भी है। बड़े-बड़े लोगों की यात्रा कथाएँ ही कही जाती हैं। अपनी कथा क्या है, कथा कम, व्यथा अधिक। उसे सुनकर क्या करोगे?

''नहीं नहीं, उसे भी तो सुनें। प्रत्येक कथा कुछ-न-कुछ संदेश तो देती ही है। कुछ कदम आगे बढ़ाती है।'' व्यंग्य ने साहस दिया।

''वैसे यात्रा तो अनंत है। प्रत्येक जीव की यात्रा कई शताब्दियों की होती है। पहली यात्रा का समापन हुआ कि दूसरी की शुरुआत। कभी शारीरिक यात्रा तो कभी मानसिक यात्रा। यह एक अनवरत प्रक्रिया है।'' फिर भी जितनी छोटी-बड़ी उसे याद है, कहेगा। पर उसने एक शर्त रख दी, ''मेरी कहानी के बीच कोई रोक-टोक नहीं होगी। उसका प्रवाह न टूटे।'' दोनों ने तत्काल हाँ कर दी।

उसने कथा शुरू की। बचपन में पिताजी कहते थे कि उसकी जन्म-कुंडली के केंद्र में गुरु बैठा है। असल में पिताजी ने भी आधी-अधूरी बात ही बताई थी, यह नहीं बताया था कि वह खड़ूस गुरुजी जीवनपर्यंत छड़ी लेकर बैठा रहेगा और थोड़े-थोड़े अंतराल पर सटासट्ट-सटासट्ट जमाता रहेगा। यहाँ-वहाँ दौड़ाता रहेगा। पहले तो पिछड़ों के सिरमौर, आदिवासियों से सटे ग्राम खूदिया में वर्षों नंगे पाँव

भगाया। खूदिया से उठाया, तो हरदा में गिराया। हरदा से उठाकर भोपाल में ला पटका। हरदम छड़ी सिर पर नाचती रही। भिलाई और बैतूल तो बहुत कम समय रहा। विदिशा, भोपाल, इंदौर, उज्जैन, सागर की महीनों-वर्षों खाक छानी। भोपाल को तब जाकर स्थायी ठिकाना बनाया, किंतु देश में जगह-जगह की धूल फाँकी। बाद में मुंबई-दिल्ली भी अस्थायी पड़ाव हुए। अब बारी-बारी से कभी ऑस्टिन में, कभी मिशिगन में तो कभी लॉस एंजेल्स में पड़ा रहता है। बुझने से पहले सिगरेट का आखिरी कश सबसे तेज जलता है। टूटने से पहले चकरी बहुत जोर से घूमती है। दीवाली के दिन जमीन पर हो या आसमान पर, चकरी की नियति हम नहीं देखते क्या? कैसी पटकनी खाती है। जिंदगी की चकरी जो न कराए कम है।

जोर-जोर से बहुत ऊपर से पटके जाने के उसके ये अनुभव नए तो नहीं हैं। पहले भी उठा-उठाकर पटका जाता रहा है। हाँ, निरंतर ठुकन-पिटने, पटके जाने की शौर्यपूर्ण गतिविधियों ने उसे पर्याप्त मजबूती भी दी, उसके तन और मन पर घाव भी लगते रहे और समय के साथ भरते भी रहे। कुल मिलाकर अभी तक तो उसके हाथ-पाँव सुरक्षित हैं।

लॉस एंजेल्स की हाल ही की यात्रा को भी वह तब तक अधूरी मानता है, जब तक वह खूदिया तक की यात्रा का चक्र पूरा न कर ले। वह कहीं की भी बड़ी यात्रा करता, किंतु उसका पटाक्षेप अपने घर, यानी अपने गाँव में आकर ही करता। गाँव के लोग भी उसके आने की उत्सुकता से प्रतीक्षा करते। दुनिया भर की बात भैया से पता चल जाती है। भैया भी क्या करे? मजबूर है, उसके पाँव में चकरी बँधी है। घुमाती ही रहती है। जमाने भर में घूम आता है, फिर अपनी धरती पर लोट लगाता है। सरकार द्वारा प्रदत्त गरीबी की रेखा की परिभाषा उसके लिए हमेशा ही प्रतिकूल बनी रही। घर में भले ही विपन्नता का साम्राज्य स्थापित था, पर जमीन अधिक थी, इसलिए परिवार गरीबी की रेखा से ऊपर बना रहता। इस रेखा का आकलन हमेशा फसल के उत्पादन के समय देखा जाता था, परिवार में बच्चों की संख्या कितनी है, इस बात को कभी नहीं देखा गया। फसल भी कौन-कौन सी होती है, कितनी होती है, यह भी कभी देखा नहीं जाता था। सरकार के कारिंदे इतना लगान वसूल करते थे कि किसान दिवालिया हो जाता था, फिर भी गरीबी रेखा के ऊपर बना रहता था। वे स्वयं व्यवहार में भले ही कितने ही नीचे उतर जाते, पर किसान को हमेशा ऊपर चढ़ाए रखते थे। उतरने ही नहीं देते थे। कर्मचारियों के सामने सरकार की लाचारी देखकर सामान्य जन सरकार को ही गरीबी की रेखा के नीचे मानते थे। मातहत कर्मचारी सुबह घर से खाली जेब

आते, पर शाम को बैग भरकर ले जाते थे, पर वे गरीबी की रेखा के नीचे होते थे।

इन्हीं परिस्थितियों के बीच शीतल की पीठ पर आवश्यकता से अधिक सामान लदा रहता, ऊपर से वह डंडे खाता भी चलता, पर मालिक उसके काम से फिर भी कभी खुश नहीं रहता। शीतल संतोषी होने के कारण वह सब करता रहा। गधे बनकर काम करने का एक ही लाभ होता है, रात को नींद अच्छी आती है। यही उसका पिछला इतिहास है। फिर वह मालिक, मालिक ही नहीं, जो अधीनस्थ के अच्छे कार्य पर उसकी पीठ थपथपा दे। उलटे मीन-मेख निकालकर एक कोड़ा और रसीद करने की शाश्वत भावना रखनेवाला मालिक ही सही मालिक होता है।

यह कथा अनेक जिज्ञासुओं को प्रेरणा देगी। जीवन जीने में चाह की नहीं, चाय की आवश्यकता होती है, जितनी शक्कर पड़ेगी, चाय उतनी ही मीठी होगी। यदि और अधिक्र मिठास बढ़ती तो जिंदगी और निखर जाती, तब यह कथा बढ़िया क्लाइमेक्स लिये होती। यदि कथा कम मीठी है तो इसमें सुपात्र शीतल की गलती नहीं है, उनकी गलती है, जिन्होंने पात्र को कम मात्रा में वस्तु प्रदान की। बताइए, पात्र को सुपात्र ही नहीं समझा! समझदार लोग आती हुई वस्तु का अनादर नहीं करते।

अनुभव की बात ही यह है कि चाय में शक्कर कम पड़े तो वह फीकी रह जाती है और जिंदगी में पनहियाँ कम पड़ें तो वह भी रीती रह जाती है। बाद में रिक्तता जीवन भर सालती रहती है। 'कड़वी भेषज बिन पिए, मिटे न तन का ताप।' जीवन एक संताप ही नहीं, शाप भी है।

कई बार शीतल से उसके ये दोनों मित्र इस बात पर स्पष्टीकरण चाहते थे कि पनहियाँ औषधि कैसे हो सकती हैं? या चमरौधा नुस्खा कैसे हो सकता है?

तब शीतल के पास अपने विचार को विस्तार से बताने के अलावा कोई विकल्प नहीं रह जाता। वह कहता, "जब बीमारी मन या मस्तिष्क में प्रारंभिक अवस्था में प्रवेश करती है, तब एकाध बार हलका डोज दे देने से ही ठीक हो जाती है। कम पोटेंसी की दवा दे दो, आराम मिल जाएगा। फिर पलटकर शायद वह वापस न आए? हाँ, यदि उस रोग की शुरू से ही उपेक्षा की तो उसका बढ़ते जाना स्वाभाविक है, यदि लंबे समय तक कोई ध्यान न दिया जाए तो बीमारी को नियंत्रित करने के लिए ज्यादा प्रभावी औषधियाँ या कारगर नुस्खे आजमाने पड़ते हैं। कई बार वह लाइलाज भी हो जाती है।"

वह स्वयं ही घर-उपघर को छोड़कर, ग्रह-उपग्रह बना हुआ बस चक्कर लगा रहा है। पता नहीं कब तक, अभी और घूमते जाना है। किंतु जब तक चलना

है, अपनी आपबीती को तो दुनिया से साझा करना ही है। जिस दिन से उसने आँख खोली है, वह पर्यटक ही बना रहा। सर्वप्रथम तो माँ की गोद में बैठकर दुनिया देखी, फिर पैदल चलकर। सात वर्ष की उम्र तक सिर्फ बैलगाड़ी ही देखी, तब कहीं खटारा बस दिखी। जब जीवन के बारह बजने शुरू हुए, बारह के पेटे में आने लगा, तब कहीं पैसंजर, यानी शटल की तीसरी श्रेणी देखी। तीसरी श्रेणी में चलने की भी मजबूरी इसलिए थी, क्योंकि चौथी होती नहीं थी। संतोष करता रहा कि चलो, बैलगाड़ी से तेज चलने को रेलगाड़ी तो मिली।

जब कई हजार मील दूर नियति को भेजना था तो हितैषियों ने चीलगाड़ी में बैठा दिया। कुछ लोगों की निगाह में वह उड़ रहा है। बेचारा उड़ेगा तो क्या? कुछ दिन और कटे पंख फड़फड़ा लेगा। पर यह सुनिश्चित है, उड़-उड़कर भी डबडबाए नेत्रों से अपने प्रारंभिक नीड़ को ही देखेगा। उसी गाँव की तरफ जब-जब अवसर मिलेगा, मुड़ेगा। ईमानदारी से कहें तो वह एक भटकती आत्मा भर है। उसे चिरयात्री भी कहा जा सकता है। और वह ही क्यों, सारे-के-सारे प्राणी पर्यटक बनकर ही आते हैं। कोई अधिक घूमता है, कोई कम, किंतु सभी रो-गाकर, जूते खाकर, जमाकर, मेरा-मेरा करते हुए बहुत सारा जोड़कर और बाद में सबकुछ छोड़कर चले जाते हैं।

दुनिया गोल है और उसमें वह भी गोल-गोल लुढ़कता हुआ मिट्टी का ढेला है। किसी राहगीर ने लात लगाई तो उधर लुढ़क गया। किसी ने ठोकर दी तो इधर आ गया। भुर-भुराकर मिट्टी बनने से पहले अभी और कितना तथा कहाँ-कहाँ लुढ़कना है, यह तो नियति ही बता सकती है, किंतु अभी कई कुलाटियाँ खाना है, उलटा-पुलटा होना है। धरती तो अपनी गति से घूम रही है, घूमती रहेगी। क्या कभी किसी ने धरती को धक्का लगाया?

वह जब भी कोई बड़ी यात्रा पूरी करता तो पलटकर सर्वप्रथम अपने प्रारंभिक बिंदु, यानी अपने गाँव जरूर आता है। जिस प्रकार अपराधी कोई अपराध करने के बाद उस स्थल पर अवश्य आता है। देश-विदेश की मिट्टी पर यथासंभव खूब घूमता, चलता, किंतु बार-बार लौटता ही नहीं, लोटता भी यहीं की मिट्टी में। उसे सिर से भी लगाता। बचपन के अखाड़े की मिट्टी को वह कैसे भूल सकता है?

जंगलों-पहाड़ों से बहकर, जब पानी आता तो खूब उफान पर आती, किंतु उसके गाँव की नदी मात्र चार-पाँच महीने स्वस्थ रहकर ही अच्छी तरह प्रवहमान रहती, धीरे-धीरे दुर्बल होने लगती। धार टूटने लगती। सूखना शुरू कर देती।

फिर एक दिन उसका पानी मर जाता। सूखी खट्ट रह जाती। ग्रीष्म ऋतु

में उसके निशान मात्र बचे रहते कि वह किस रास्ते पर चली है? पानीदार होते ही फिर खिलखिलाने लगती। लेखक की उम्र कितनी भी सयानी हो जाए, इस सयानी नदी की एक वर्ष की उम्र से कितना साम्य रखती है? बैसाख की गरमी में रोहिणी नक्षत्र तक आदमी तो क्या पक्षी तक उसके पास नहीं फटकते। आर्द्रा के बाद मनुष्य को मिलाकर सारे जीव-जंतु उसके प्रति आर्द्र होने लगते, आशा से उस ओर देखने लगते हैं।

उसे आदर देने लगते। फिर एक दिन पहाड़ों पर, जब अच्छा पानी पड़ जाता तो बहुधा रात के अँधेरे में वह गाँव की साँकल का कुंदा खटखटा देती। सयानी नदी का पानी सारे ग्रामीणों के नेत्रों में खुशी से छलछला जाता। इतना शोर करते हुए वह आती कि प्रत्येक के कान में उसकी उपस्थिति दर्ज हो जाती। अब महिलाएँ कुएँ-बावड़ियों का रास्ता छोड़कर नदी का रास्ता पकड़ लेतीं। कौन रस्सी-बालटी से पानी खींचे? सिल्ला पर बैठकर जरा सा हाथ बढ़ाया कि पानी-ही-पानी। वहीं नहाना-धोना होने लगता। गाँव की टेकरी से उतरो, मवेशियों की गुठान से होते हुए सीधे नदी किनारे पहुँच जाओ। गाँव के किसी भी घर से आधे किलोमीटर से दूर नहीं। यह रही नदी। छोटा सा गाँव, नन्ही सी नदी। कोई भी बड़ी शिला (यानी वहाँ की सिल्ला) उठाकर बहते पानी के किनारे रख लो, वही आपका घाट बन गया। शीतल उस नदी में छककर नहाया है। जब भी अवसर मिलेगा, उसके साहचर्य में घंटे-दो घंटे गुजारने को अपना सौभाग्य समझेगा।

शीतल को परिस्थितियों और परिवेश ने एक विचित्र प्रजाति का प्राणी बनाकर छोड़ रखा है। उसके बारे में आज जब कोई पूछता है तो सामान्यत: कह दिया जाता है, वह तो ठोंक-बजाकर देखा जा चुका है, उसकी ओर से गारंटी हम देते हैं। अर्थ सिर्फ इतना है कि काफी लोग उसके बारे में जानते हैं कि वह भरपूर ठोंका-बजाया गया है। वस्तुत: उसे बचपन से ही यह सिद्धांत समझाया दिया गया था कि आदमी को ठुकाई-पिटाई से घबराना नहीं चाहिए। निरंतर ठुकते-पिटते जाना भी ईश्वर द्वारा प्रदत्त एक नियामत, एक वरदान है। जो व्यक्ति ठुकने-पिटने में निरंतर आनंद की अनुभूति करते हुए भी अपने गंतव्य मार्ग पर बिना डगमगाए चलता चला जाता है, उसे लक्ष्य तक पहुँचने से कोई ताकत रोक नहीं सकती।

जो दुचते-कुटते हुए भी अविचल अग्रसर होता जाता है, भगवान् उसी से खुश भी रहते हैं। असल में भगवान् ने अब तक उसके पक्के इरादों को ठोंक-बजाकर परख लिया है। ऊपरवाले को भी अपने इस कार्यकलाप का सुख मिलता होगा। देखो, मैं उसे संटी जमाता रहा, कान उमेठता रहा, मुक्के भी जड़े, उसी का परिणाम

है कि आज वह सीधे सट्ट रास्ते पर चल रहा है।

यदि उद्दंड रहकर मेरी अवज्ञा करता रहता तो बुढ़ापे में शायद अधिक जूते खाता। अच्छे काम को कल के लिए क्यों टालना? 'काल करे सो आज कर, आज करे सो अब।' बचपन में खा-पीकर निपटो-सुलझो, बाद के लिए क्यों बचाकर रखना? भगवान् का दिया अपने हिस्से का जो कुछ भी है, अपने को ही सेवन करना है। यह एक ऐसी शाश्वत संपत्ति है, जिस पर कोई भी अपना अधिकार नहीं जताता। अपनी संपत्ति है। लूटने के लिए तो पराई संपत्ति को देखता तक नहीं। पढ़े-लिखे लोग इतनी सी बात को नहीं समझते और तर्क-वितर्क करने लगते हैं। खैर भैया, न सुनो तो जैसा दिखे, वैसा करो।

ताजे खाद्य पदार्थ को बासी कर और सड़ाकर ढलती उम्र में खाओ, इसमें कौन सी समझदारी है?

शीतल को लगातार व्यावहारिक अभ्यास दिए जाने के कारण यह उसकी आदत में आ गया, जिसके चलते ही शायद जीवन में कभी वह रुका नहीं, झुका नहीं। कभी-कभी सोचता, क्या वही कुटा-पिटा है? नहीं, यह गलत है। हमने केवल अपना गम देखा है, दुनिया को सचमुच कितना कम देखा है। आज भी उससे अधिक दुचने-पिटनेवाले देखे जा सकते हैं। अपेक्षया वह सुविधाभोगी है, अन्य तो अभिव्यक्ति की सुविधा से भी वंचित हैं।

कई बार शीतल गुमसुम भी रहता, अपने से ही बात करता रहता, कभी दुनिया पर, कभी स्वयं पर ही हँसता चला जाता। धीरे-धीरे वह प्रभु प्रदत्त वरदान को आत्मसात् करता हुआ अधिकाधिक अंतर्मुखी होता चला गया।

प्रारंभ से ही उसके मन-मस्तिष्क में यह बात बैठा दी गई थी कि शहरों में जाने पर अनेक बुराइयाँ गले पड़ जाती हैं, वहाँ जाकर व्यक्ति चालाकियों के जाल में बहुधा फँस जाता है। इसलिए जब भी वहाँ जाने का अवसर मिले, व्यक्ति को वहाँ फूँक-फूँककर कदम रखना होगा। चौपाए पशु भले ही वहाँ कम दिखाई देंगे, लेकिन दो पाँववाले यत्र-तत्र ही विचरण करते पाए जाएँगे। हाँ, अधिकांश दोपायों ने ही चौपायों की सारी-की-सारी जिम्मेदारियाँ ओढ़ रखी हैं। वहाँ पहुँचकर समझ में आ जाएगा कि सीधे आदमी को पग-पग पर धोखों, षड्यंत्रों, चालबाजियों, चतुराइयों, चालाकियों से दो-चार होना पड़ता है।

जब-जब शीतल शहरों में गया, उसे वहाँ गाँवों की तुलना में अमीर अधिक दिखाई दिए, किंतु अमीर क्या होता है? पैसे सहित एक गरीब आदमी ही तो होता है?

जब-जब वह शहर के बारे में बैठे-बैठे स्वगत सोचता तो विश्लेषण करता कि शहर क्या है? अपने छोटे से गाँव का बड़ा स्वरूप ही तो है। कैसे?

तेरे गाँव की आबादी एक हजार है। वहाँ की तो जनसंख्या दस गुना, सौ गुना या हजार गुना होगी और भी अधिक हो सकती है। फिर तेरे गाँव के स्वरूप जैसा कैसे है?

देख भाई, यहाँ मनुष्य भले ही एक हजार हैं, किंतु साँड़, भैंसे, कुत्ते, बैल, साँप, गाय, बंदर, चूहे, बिल्ली आदि की संख्या मिलाकर तो काफी अधिक होगी। गाँव में सब समा जाते हैं। सभी के खाने-पीने की व्यवस्था रहती है। आबादी तो सबको मिलाकर मानी जानी चाहिए। पहले तो गाँव के पटवारी पालतू पशुओं की संख्या भी लिखते थे। वन विभाग के कर्मचारी वन्य पशुओं का लेखा-जोखा आज भी रखते हैं। यदि इन सबको मिला लिया जाए तो गाँव की संख्या बहुत बढ़ जाएगी। जंगली जानवर भी तो गाँव की ओर इसी लालच में मुँह करते हैं, शहरों की ओर नहीं। गाँवों के आस-पास रहते हैं तो उनका पेट भर जाता है। शहरवालों से वे डरते हैं। वे अच्छी तरह जानते हैं कि शहरों में उनकी एक भी चालाकी न चलेगी। वहाँ पहले से ही एक-से-एक खूँखार प्राणी बसते हैं। गाँवों में घुसकर ही वे अपनी क्षुधा शांत कर सकते हैं, शहरों में प्रवेश करना हमेशा बहुत महँगा पड़ सकता है। एक बार घुस गए तो बाहर साबुत निकलना असंभव होता है। शहरों में आदमी स्वयं ही चैन से रह ले, इतना ही काफी है। वह पेटू हो जाता है। उसकी लालसाएँ इतनी बढ़ती चली जाती हैं कि उन्हीं का अंत नहीं होता और वे कभी पूरी भी नहीं होतीं।

शहरों में भले ही उतने साँड़, भैंसे, बैल, साँप, बंदर पशु रूप में देखने को न मिलें, लेकिन अधिकांश लोगों ने ही इन रूपों को सफलतापूर्वक धारण कर रखा है। कई बार जानवर अपनी पूँछ से परखा जाता है और आदमी अपनी पूछ (परख) से। साँड़ की पूँछ पर कभी हाथ रखकर देखा है? या तो भागेगा या जोरदार लात मारेगा। सींग से मारना तो सामान्य बात होगी। और नर में जो साँड़ हो, उसकी पूछ (परख) को छेड़कर देखना, थोड़ा हाथ लगाकर देखना, वह साँड़ से भी अधिक खतरनाक सिद्ध होकर रहेगा। असली साँड़ तो थोड़ी देर बाद घटना को ही भूल जाएगा, पूँछ पर हाथ रखनेवाले को भी भुला देगा, पर आदमी! बदला लेने में साँप से भी अधिक विषैला सिद्ध होगा। जानवर तो अनपढ़, अविवेकी, असभ्य होता है। अपने अपमान की घटना को नोट करके नहीं रखता, आदमी की पूछ-परख में थोड़ी भी कमी हो जाए तो वह जमीन-आसमान एक कर देता है, क्योंकि पढ़-लिख जाता है।

वह अपनी पूछ को अपनी मूँछ मान लेता है। जैसे उसकी मूँछ पर ही हमला

कर दिया गया हो। सामनेवाला कैसे मरोड़ देगा? गोंद लगाकर नुकीली बनाए रखना है, वह स्वयं रखेगा। यदि किसी ने उसकी पूछ-परख को, यानी उसकी मूँछ को छेड़ा तो वह रौद्र रूप अपना लेगा, सामनेवाले को तहस-नहस करके रहेगा।

शीतल ने तो अपने न्यूनतम अनुभव में यही पाया कि साँड़ की पूँछ और मर्द की मूँछ को सामने वाला कोई छेड़ दे तो उसकी खैर नहीं।

जब शीतल अपने गाँव से निकट के कस्बे में पैदल या बैलगाड़ी पर बैठकर जाता तो पिताजी या बड़े भाइयों द्वारा उसे शहराती लोगों की कुछ खास तथा दंभी हरकतें रेखांकित कर दिखलाई जातीं। बैलगाड़ी यदि कस्बाई पढ़े-लिखे व्यक्ति के पास से ही निकल जाती तो कस्बे में जी रहे नागरिक को, गँवई शैली में जी रहे किसान के साथ उजड्डता से व्यवहार करने का स्वत: स्फूर्त अधिकार मिल जाता। अकारण ही वह पर्याप्त दूर चल रहे गाड़ीवान को डाँटकर कहता, "क्यों बे खापे। बैलों को क्यों नहीं सँभाल रहा, वे मुझ पर चढ़े जा रहे हैं। मुझे सींग मार दिया, लात लगा दी या मुझ पर गोबर कर दिया तो हरजाना वसूल कर लूँगा।"

भारतीय कुत्ते का स्वभाव भी काफी कुछ ऐसा ही होता है। नया प्राणी उसकी गली में, उसके घर की ओर चला जाए, फिर देखें? ग्रामीण आदमी को मौन रहकर ऐसा सबकुछ सुनने की आदत हो जाती है। वह मन-ही-मन स्वयं को छोटा मान लेता है, "अरे भाई, ये लोग पढ़े-लिखे, अधिक सभ्य हैं। इन्हें अपमानित करने का अधिकार है। यह भी कि गीले गोबर में पत्थर मारकर छींटें क्यों उड़ाना?"

हाँ, शीतल को बताया अवश्य जाता, "देख ली, शहर के लोगों की मनुष्यता, संवेदनशीलता, सभ्यता, वे गाँववालों को अपने से बहुत नीचा मानते हैं। जबकि खाने को अनाज हम ही देते हैं। हरी-हरी भाजी हम ही उपलब्ध कराते हैं, फिर भी हमें भाजी पाला ही समझा जाता है। हम खेतों से उगाकर उन्हें टमाटर देते हैं, ताकि उनके गाल टमाटर जैसे लाल सुर्ख रहें, फिर भी मार-पीटकर हमारे ही गाल लाल करने में वे पीछे नहीं रहते। ऊँच-नीच का भेद भगवान् ने बनाया है, वही दूर कर सकता है?"

कुत्ता होता है तो रोटी देखकर पूँछ हिलाना शुरू कर देता है, ये तहसील के बाबू शहरों में रहने क्या लगे, हमसे ही खा-खाकर हम पर गुर्राना नहीं भूलते। खाते भी हैं और गुर्राते भी हैं। गाँववाले जब भी किसी कस्बाई को होटल में कुछ खाने या चाय पीने के लिए घुसता देख लेते तो उसके प्रति आश्चर्य व्यक्त करते हुए उसे आवारा मानने लगते। क्या इनके घर में खाने की व्यवस्था नहीं होगी? लोग इधर-उधर मुँह क्यों मार रहे हैं?

फिर स्वयं ही इस प्रश्न का उत्तर भी दे लेते, ''अरे भाई, पैसा है, खर्च करने की स्वतंत्रता भी है, चारों ओर बाजार हैं, तो बाजारू मानसिकता आ ही जाती है।''

एकदम चुप्पी साधते हुए दोनों ने इस प्रारंभिक लघुतम यात्रा की कथा सुनी। यह कहानी अपने घर से चलकर अढ़ाई कोस तक यानी खूदिया से सिराली भर जाने तक की है।

हास्य-व्यंग्य दोनों ने कहा, ''अच्छा, इसी यात्रा के आधार पर कहावत कही गई है कि दिनभर चले अढ़ाई कोस।'' लेखक पर यह कहावत पूरी तरह फिट होती है।

''किंतु यह तो कथा की भूमिका भर है, कथा तो अभी कही जानी है। इस प्रस्तावना को हम कथा नहीं मानते।'' दोनों ने कहा।

''अब आज के लिए इतनी ही, कल भी तो कुछ करना है। अपनी शेष प्रारंभिक यात्रा कथा कल सुनाऊँगा।'' इतना कहकर शीतल मौन हो गया।

8

''पिछली कथा तो तेरी सबसे छोटी यात्रा कथा रही। इससे थोड़ी बड़ी तो बताता। बैलगाड़ी से और भी यात्राएँ की होंगी। थोड़ी लंबी भी तो की होगी, उसका वर्णन कर। हम भी तो सुनें, तब तेरी यात्राएँ कैसी होती थीं? हम बैलगाड़ी से शुरू करके, धीरे-धीरे रेलगाड़ी और चीलगाड़ी तक भी जाएँगे। चीलगाड़ी में सचमुच बैठकर अमेरिका तक आ गए, किंतु अपनी बचपन में की गई बैलगाड़ी की यात्रा में भी तो बैठा।'' व्यंग्य ने शीतल से कहा।

''बस अंतर यह है कि खूदिया में पालतू गाय-बैल देखता रहता था, अमेरिका में रहकर पालतू कुत्ते-बिल्ली देखे। कुछ अति उत्साही पालने-वालों ने सूअर, सफेद तोते, छिपकली, मकड़ी आदि भी पाल रखे हैं।''

जब आज की यात्रा में गति की बात होती है तो शीतल को भारतवर्ष और अमेरिका के संदर्भ में दो बातें कहने की इच्छा होती है। पहली तो यह कि अमेरिका में सड़क के नियम तोड़ते ही दुर्घटना होती है, जबकि हिंदुस्तान में नियम का पालन करने से एक्सीडेंट होता है। हाँ, हमारे ट्रक चालक अनुभवी मनीषियों ने गति को कम रखने की सलाह अवश्य दी है, यानी सोच-समझकर ही सड़क के नियम तोड़ो। जल्दी-जल्दी नहीं। क्योंकि धीमे चलोगे तो बार-बार मिलेंगे और तेज चलोगे तो

हरिद्वार मिलेंगे। अंग्रेजी में भी कहा गया है, 'बेटर टू बी लेट, दैन द लेट,' किंतु अभी तो उसे बहुत पुरानी अपनी बैलगाड़ी की ही यात्रा का वर्णन करना है। तो शीतल ने कहा, ''सुनो, पर बीच में व्यवधान न डालना।''

दोनों साथियों ने चुप्पी साध ली।

''रोचक है या नहीं, किंतु यह कथा थोड़ी औचक तो है। यह मेरे खुरदुरे, कीचड़ से लथ-पथ, किंतु रोमांचक जीवन की यात्रा कथा है।'' अनुभव से उसने समझ लिया है कि दुनिया में कुछ लोग डींगें हाँकने के लिए आते हैं तो कुछ लोग धूल फाँकने के लिए। जिनके पास ऐश्वर्य होता है, वे पींगें लगा सकते हैं, वे ही डींगें भी हाँक सकते हैं। शीतल के पास बतलाने को वैसा कुछ नहीं है, जो किसी को हाँक सके या किसी प्रकार की गलत ताक-झाँक कर सके। उसके पास सिवाय धूल फाँकने के अन्य विकल्प नहीं था। शीतल के पास यही विकल्प सुरक्षित था। जगह-जगह की धूल फाँको। इधर-उधर झख मारो।

वैसे इस कहानी में थोड़ा भी झूठ हो तो भगवान् अगले जन्म में शीतल को पड़ैला डोबला, भरती का बैल या खच्चर बना दे। युवावस्था तक बेचारे शीतल की निरंतर सपाटे खाने की कहानी रही। आधी उम्र तक जीवन में भटकने और चटखने का लोमहर्षक अनुभव उसे होता रहा। बुढ़ापा, यानी शांति से बैठकर पुराने दिनों के इतिहास के पन्नों को मात्र उलटाने-पलटाने का काल है। बुढ़ापे में व्यक्ति के लिए सबसे अच्छी खबर यही रहती है कि मौत निकट ही कहीं खड़ी हुई, उसकी बाट जोह रही होती है। इस पड़ाव पर एक कहावत उसे भरपूर राहत देती है कि जिस व्यक्ति ने अपनी युवावस्था की तकलीफों और मूर्खताओं पर हँसना नहीं सीखा, बुढ़ापे में उसके पास करने के लिए कुछ न होगा।

उसने बतलाना शुरू किया कि उसकी जिंदगी क्या थी? मात्र एक ढचर-ढचर बैलगाड़ी। घर में बौद्धिक संपन्नता तो थी, किंतु आर्थिक विपन्नता, यानी बेसमझी और निरर्थकता भी सगी बहनों की तरह साथ-साथ रहती थी। उसे याद आती है, अपनी बैलगाड़ी की थोड़ी लंबी यात्रा। जब भी दस-बीस मील की दूरी पर बसे किसी संबंधी के गाँव की यात्रा करनी होती तो बैलगाड़ी जुतवा ली जाती।

और फिर उसके पिता भगवान् का स्मरण करते हुए गाड़ीवान से कहते थे, ''अब गाड़ी चला।'' उन दिनों उसकी नानी बारह कोस दूर रहती थीं, सभी संबंधियों में सबसे अधिक दूरी पर उनका ही घर होता था। उतनी लंबी यात्रा वर्ष में एक-दो बार ही हो पाती थी। सवारी के बैल होते तो भी बैलगाड़ी से लगभग छह घंटे लगते थे। दीवाली के आस-पास जाते तो जंगल की वनस्पति का, सुदूर

तक फैली हरियाली का, जंगल के फूलों की सुगंध का आनंद लेते हुए यात्रा कब समाप्त हो जाती, पता ही नहीं चलता था। बीच-बीच में मोर की, टिटिहरी की आवाज जंगल के सन्नाटे में मधुर रस घोलती रहती। धूल भी फाँकनी पड़ती थी। यात्रा पूरी होते-होते सभी यात्रियों की वेशभूषा मटमैली हो ही जाती थी। बीच में नदी आती, उसके पानी के बीच से बैलगाड़ी निकलती। बैल बीच में रुककर खड़े-खड़े पानी भी पी लेते। बैलगाड़ी सहित उतार से होते हुए नदी में उतरने का रोमांच, फिर गीले लौह चकों का टेकरी पर गड़-गड़ करती आवाज में चढ़ जाने का सुख अब सिर्फ स्मरण और इतिहास की वस्तु बन गए हैं। अब वह उन अनुभवों को पाने के लिए तरसता है। अब तो मोटरसाइकिलों की दौड़ चहुँओर शुरू हो गई हैं, जीप और कारें मंच पर हैं, बैलगाड़ियों के जमाने का लगभग पटाक्षेप हो चुका है। आगे-आगे देखिए होता है क्या?

होने को तो बैल भी कम चालाक नहीं होते थे, जिनमें सवारी के वे दो बैल तो बहुत ही षड्यंत्रकारी थे। आदमी क्योंकि उन्हें जोत रहा था, नदी के बीच की हुई, गीली पूँछ के सपाटे, गाड़ी में सामने बैठे हुए लोगों को दिए बिना वे भी आगे नहीं बढ़ते थे। पूँछ और मूँछ पर ताले नहीं डाले जा सकते। पूँछ हिलाने के नाम पर दो-चार सपाटे तो लगा ही देते थे। कुछ सवार सिर्फ अपने कपड़े ही नहीं, हँसते-हँसते अपने मुँह तक पोंछने पर मजबूर हो जाते। कई बार तो उसके पिता ने पंचगव्य पीने का महत्त्व भी, सपाटे और गोबर का स्वाद लेनेवालों को समझा दिया। इस तरह सपाटे देने की क्रिया को गौपुत्र द्वारा संपन्न पवित्र कर्म बतलाया। शीतल ने भी कई बार बैलों की पूँछों के झपट्टों का स्वाद चखा है।

बैलों द्वारा किए गए इस षड्यंत्र पर कभी कोई नाराज नहीं होता था। यदि गाड़ीवान इस बात पर गुस्सा होकर एकाध आर लगा देता तो शीतल के पिता गाड़ीवान को डाँट लगाते, "क्या बैल ने जान-बूझकर पूँछ मारी है? यह तो उसका नैसर्गिक अधिकार है।" हाँ, मनुष्य के लिए प्रदूषण फैलाना बैल भी आवश्यक मानते थे।

एक अवश्यंभावी चालाकी, यानी बीच नदी में लघुशंका किए बिना वे आगे न बढ़ते थे। मानो वे मनुष्य को गौमूत्र पीकर स्वस्थ बने रहने का संदेश देते हों। शायद वे सोचते होंगे, नदी का कर्ज क्यों रखा जाए? जितना पानी पीते, उससे अधिक ही पूर्व संचित नीर नदी को वापस कर देते थे। तुरंत दान महापुण्य।

हाँ, दीर्घशंका नदी से बाहर निकलकर कुछ फासले पर ही करते। वहाँ भी पूँछ को माध्यम बनाकर गोबर का स्वाद भी कई बार यात्रियों को चखा देते थे।

आकर्षक स्प्रे पेंटिंग भी सवार जनों के सफेद कमीजों पर बैलों ने कई बार की है। उन दिनों यदि आज के बच्चे, बैलों को बीच नदी में अपने शरीर का जल प्रवाह करते हुए देख लेते तो शेम-शेम किए बिना न रहते।

अरे बैल तो नंगे हैं ही, आदमी कितना अधिक निर्वस्त्र हो गया है, उन्हें क्या पता है? और उनके पूर्वजों तक ने खुले खेतों में जा-जाकर जीवन भर जैविक खाद उपलब्ध कराया है। उन्होंने वर्षों जब सिंचाई की, खाद उपलब्ध कराया, तभी तो आज की लहलहाती फसलें देखी जा रही हैं।

बैल जोड़ियों को किसान भी अपने बच्चों के समान प्यार करते थे। अब तो मूक बैलों की जगह डकारते हुए ट्रैक्टर चल रहे हैं। बेचारे बैलों को कौन घास डाल रहा है? अब तो घरों में न बैलों के लिए जगह है, न ही नवागंतुक बच्चों के लिए। दो नंबर के सारे काम भी करते चलें, फिर भी दो-के-दो ही बने रहें। दुनिया का आनंद लेने का अधिकार सिर्फ हमें है। हमें भगवान् ने दुनिया में आनंद लेने के लिए भेजा है, अब किसी अन्य को हम आनंद की दुनिया में घुसने नहीं देंगे। ट्रेन की रिजर्व्ड बोगी में हम तो सुरक्षित प्रवेश कर चुके हैं, किसी और को घुसने नहीं देंगे।

विगत दिनों आदमी में हीनता का भाव देखा गया। क्योंकि हम दोपाए हैं और पशु चौपाया, इसीलिए पशु हमसे आगे निकल गए। इतना सोचते ही प्रतियोगिता की अदम्य भावना उसके मन-मस्तिष्क में कौंधने लगी। हम क्या नहीं कर सकते? भले ही और कहीं नहीं, यौनाचरणों में तो बाजी मार ही सकते हैं। देखते-ही-देखते उसने तीव्र गति से प्रगति की तथा सार्वजनिक रूप से संपन्न यौनाचार में पशुओं को सफलतापूर्वक पछाड़ कर रख दिया। यह स्वतंत्रता की बयार ऐसी चली है कि क्या पूरब और क्या पश्चिम सभी उसमें सराबोर हो गए। साँड़ बेचारे धरती पर मुँह दिखाना भूल गए, जमीन में धँसने लगे।

भारत में किसानों ने मशीनीकरण के वशीभूत पशुओं की संख्या कम की है या पशु ही आदमी के शौर्यपूर्ण कार्यकलाप देखकर हाथ जोड़कर दूर रहने लगे हैं। पता नहीं।

गरमी के मौसम में गड़वाट में खूब रबेद (गहरे तक धूल) होती, नानी के घर गोगिया पहुँचते-पहुँचते कपड़े धूल और पसीने में सन जाते थे। लेकिन मेजबान पक्ष के सभी लोग जिस तरह मिलने की उत्कंठा रखकर प्रेम से स्वागत करते, वह यात्रा के सारे कष्टों को भुला देता।

बच्चों को भूख लग सकती थी, अतः उनके खाने की व्यवस्था करके चलते। दसमी और अचार, साथ में सूखा सत्तू और थोड़ा गुड़ रख लेते, एक-दो बरतन यात्रा

पूरी करने को काफी होते थे। आस-पास अच्छा कुंड देखकर साफ पानी लिया। नदी के पानी में सत्तू और गुड़ घोला और दो मिनट में फास्ट फूड तैयार। नाश्ते का वैसा मजा आज लॉस एंजेल्स का कोई भी रेस्तराँ नहीं दे पाएगा। वह सोचता है, कोई लौटा दे मेरे बीते हुए दिन।

कभी छकड़ी बिना छत की होती तो कभी बाँस की चटाई से अर्धगोलाकार बनी होती। नानी क्योंकि अकेली बूढ़ी तथा विधवा थीं, उनका बँटाईदार समय पर और पूरी खोट कभी नहीं देता था। उसी नानी ने शीतल को अपने संरक्षण में रखकर पढ़ाया। लॉस एंजेल्स में भी उसने नानी शब्द सुना तो उसके आश्चर्य का ठिकाना न रहा। यहाँ भी बच्चों की साल-सँभाल करने के लिए नैनी या नानी होती है, जो पंद्रह डॉलर प्रति घंटा से कम नहीं लेती। यहाँ क्योंकि पति-पत्नी दोनों नौकरी करते हैं, अतः प्रतिदिन दस-बारह घंटों के लिए नानी ही बच्चों को देखती है। वे यात्राओं के बारे में दो कहावतें अवश्य बतलाते थे। यात्रा की शुभ शुरुआत ही आधी यात्रा की समाप्ति होती है तथा अंत भला तो सब भला। अंग्रेजी में तो इन्हें उसने बहुत बाद में पढ़ा, किंतु इन दोनों कहावतों को बचपन में ही आत्मसात् कर चुका था। मनीषी हर भाषा में होते हैं और अनेक ने अपने अनुभव से बिना कहीं कुछ पढ़े वही बात बहुत पहले कह दी है, जिसे 'लिटररी ईको' साहित्यिक अनुगूँज कहा गया है। इनमें ही सारी यात्राओं का सार संक्षेप निहित होता है, फिर वह छोटी-बड़ी कैसी भी यात्रा होती। समग्र जीवन की यात्रा भी इससे अलग कुछ नहीं। उसके पिता यहीं नहीं रुकते थे, वे यह कामना भी करते थे कि 'सर्वे भवन्तु सुखिनः सर्वे सन्तु निरामयाः, सर्वे भद्राणि पश्यन्तु मा कश्चित दुःख भागभवेत।' यानी दुनिया में सभी लोग सुखी हों, सभी संतुष्ट और प्रसन्न हों। यात्रा भले ही बैलगाड़ी की होती, वे इसे भी जीवन की बड़ी यात्रा का हिस्सा मानते थे। शाम के समय बैलों की पीठ पर वे हाथ फेरते हुए कहते कि ये ही हमारे हाथ-पाँव हैं, 'ये ही हमारा पेट भरते हैं।'

तेरे गाँव की कहानी तो पूरी हो गई। अमेरिका के गाय-बैलों की कहानी भी तुझे मालूम है! यहाँ महिला-पुरुष तो पीते ही हैं, ज्ञात हुआ है, यहाँ गायों को भी बीयर पिलाकर आनंद दिया जाता है। व्यंग्य ने टोका।

"लो भैया, गाय-बैलों को भी जब पीने-पिलाने का शौक लगा दिया गया है तो हम क्यों कसर छोड़ें? हम भी शौक पूरे कर सकते हैं। शीतल हमें लाया है, तो उसी की जिम्मेदारी बनती है।"

"लेकिन बीयर क्यों पिलाई जाती है? सिर्फ मक्का क्यों खिलाई जाती है? यह भी मालूम है।" लेखक ने पूछा।

अब दोनों चुप, न हास्य तनिक हँसे, न व्यंग्य ताना कसे।

तब शीतल ने समस्या सुलझाई। ''बीफ यानी गाय-बैलों के मांस की गुणवत्ता बदलने तथा उसकी मात्रा बढ़ाने के लिए मक्का और मदिरा का ही नहीं, बल्कि अन्य अनेक वस्तुओं का सेवन कराया जाता है, ताकि यहाँ के नागरिक उसका सेवन स्वाद सहित कर सकें।''

''अपने देश में तो अभी भी कई जगह बैलों से ही खेती होती है। गौ संवर्धन होता है, गौ संवर्धन से वहाँ मनुष्य सुख पाता रहा है। अमेरिका में गौ संवर्धन होता है इनसानों का पेट भरने के लिए। हिंदुस्तान में पूजी जाती है, यहाँ तली और भूजी जाती है। इस बात पर हँसें या रोएँ?'' हास्य बोला।

वे कुत्ते सौभाग्यशाली होते हैं, जो अमेरिका में जन्म लेते हैं, जबकि गाय वह सौभाग्यशाली होती है, जो भारत में जन्म लेती है।

जब हम सेनफ्रांसिस्को से लॉस एंजेल्स जाएँगे तो कई एकड़ में फैला एक बहुत ही विशाल फार्म दिखाई देगा। उस खेत में बड़े-बड़े शेड बने हैं और हजारों की संख्या में सफेद और काले रंग की कबरी गायें हैं। तब आपको लगेगा कि अमेरिका में इतना दूध जो होता है, इन गायों का ही निकलता होगा।

किंतु जब पता चलेगा तो आँखें खुल जाएँगी, ये गायें दूध देनेवाली नहीं, काटी जानेवाली सब्जी हैं। इन्हें जल्दी-जल्दी गाजर-मूली की तरह उगाया जाता है। यह विशाल फार्म, गायों की फसल की पैदावार को बढ़ाने के लिए है। गायों की खेती में बैलों के जैसे उर्वर बीज डाले जाते हैं, ताकि वे जल्दी उगें, बहुत तेजी से गाय-बैल मोटे-तगड़े हों और तीव्रता से संख्या में बढ़ें। यहाँ का गोवर्धन उनके मांस की मात्रा में बढ़ोतरी करने के लिए होता है। कैलिफोर्निया राज्य का यह फार्म अमेरिका के बड़े भू-भाग के लिए बीफ की अच्छी क्वालिटी की पूर्ति करता है। यही शायद सबसे अच्छी पैदावार देनेवाला माना गया है। कई साल से सर्वश्रेष्ठ पैदावार के लिए पुरस्कार पा रहा है। ऐसे अनेक गौसंवर्धन फार्म हैं, जिनके सहारे अमेरिका जी रहा है।

अपना देश और अमेरिका को देखने के बाद व्यंग्य बरबस बोल पड़ा, ''अपना देश गोलमाल करने के लिए, यानी माल को गोल करने के लिए जाना जाता है, जबकि अमेरिका स्वयं गोल-मटोल रहकर दुर्बलों को भूगोल से गोल करना जानता है।''

हास्य ने प्रतिक्रिया दी, ''उसने कितनों के बिस्तर गोल कर दिए। गाल, गोल, गोलों और गोलियों के प्रति उसका आकर्षण निर्विवाद है। अमेरिकन

लोग फुटबॉल, बेसबॉल, आइस हॉकी, बास्केट बॉल आदि गोल करनेवाले खेल अधिक खेलते हैं। दुनिया जानती है, वह बहुत बड़ा खिलाड़ी है, तभी तो इराक, अफगानिस्तान और पाकिस्तान में घुसकर गोल ठोंक देता है। उसकी खेल भावना जगत् प्रसिद्ध है। विदेशों में गोल ही नहीं बनाता, यह देश विभिन्न देशों के रीति-रिवाजों का घालमेल कर घोल भी बनाता है। अमेरिका को मेल्टिंग पॉट इसीलिए कहा जाता है, जहाँ आकर सभी देशों के विचार और रीति-रिवाज पिघलकर एक हो जाते हैं। यद्यपि चालीस-पचास साल से रह रहे भारतीय भी शिकायत करते हैं कि इस मेल्टिंग पॉट में वे समरस नहीं हो सके हैं, अभी भी खीर में कंकर बने हुए हैं।''

□

''ठीक है, यह कथा भी हमने मनमार कर सुन ली। अब यह बता, क्या तू कुछ जादू जानता है या एक-दो प्रेत साध रखे हैं, जो अमेरिका में आकर भी तेरे साथ आ जाते हैं। न सिर्फ भारतीय ही, अमेरिकी भी। किसी से बात करने में भी कभी संकोच नहीं करता यह शैली तूने कहाँ से सीखी?'' हास्य आश्चर्य प्रकट करता हुआ बोला।

शीतल ने उत्तर दिया, ''वह बर्फ सरीखा ठंडा भी नहीं है, तरल जल है, जिस पात्र में रख दोगे, वैसा ही रूप अपना लेगा।''

''यानी तू बहुरूपिया है रे?'' हास्य ने कटाक्ष किया।

शीतल ने बताया, ''लैपटॉप प्रेतों का बाप है। जो चाहो, वह जानकारी उपलब्ध करा देता है। जो चाहो, सीख लो।'' यह प्रेतों का बाप तो अभी आया है, तू पहले से ही कुछ धतकरम करता होगा, वरना तुझे अंग्रेजी नहीं आती।

''अच्छा, यह बता, अंग्रेजी के महत्त्व को तूने कब से पहचानना शुरू किया?'' व्यंग्य ने पूछा।

मत पूछ भाई, ''इस करुण कथा को मत पूछ, यह एक प्रशिक्षित गधे की कहानी है। उस व्यक्ति की कहानी, जिसे बचपन में सब गधा ही कहते थे। उसे मात्र तत्क्षण के लिए गर्दभ कह देते तो भी कोई बात नहीं थी, पूत के पाँव पालने में देखकर ही तो सब भविष्यवाणी करते थे, तू कभी घोड़ा तो क्या, खच्चर भी बननेवाला नहीं है। और सचमुच, जब-जब गधे से घोड़ा बन जाने की उसने चेष्टा की, हर बार भविष्यवक्ताओं की वाणी ही सच्ची सिद्ध होती रही। भारतीय समाज में भविष्यवक्ताओं की कमी कहाँ है?''

''तूने कैसे भविष्यवाणी को पलीता लगाया?'' व्यंग्य ने उत्सुकता से प्रश्न पूछा।

"तो सुन। जब वह अंग्रेजी की दो-चार क्लास पढ़कर पढ़े-लिखों की गिनती में आने लगा तो शहरी लोगों ने उसे सिंपलटन कहना शुरू कर दिया, मिस्टर सिंपलटन। उसे लगने लगा कि उसकी पदोन्नति हो गई है, अब वह गधा नहीं रहा, अब वह कुछ ऊँचे स्तर की चीज हो गया है। कई दिन तक वह आस-पास के लोगों पर रौब झाड़ा करता था कि अब मैं ऐसा-वैसा नहीं रहा, मुझसे सोच-समझकर बात करना। अब मैं सिंपलटन हो गया हूँ, गधा नहीं रहा। गाँव के लोगों पर इस बात का बड़ा रौब पड़ता था कि लोग उसे सिंपलटन साहब कहने लगे हैं। वह क्या जाने कि गधे का ही सम्मानित नाम गर्दभराज है और उसे भरपूर आदर देते हुए अंग्रेजी में गर्दभराज शब्द से ही संबोधित किया जा रहा है। वह इस नए संबोधन को अंग्रेजों द्वारा प्रदत्त सर या रायबहादुर उपाधि से कम नहीं मानता था। लोग क्या कहते हैं, क्या सोचते हैं, इसकी कभी परवाह नहीं। वह तो खुश था। कहने दो लोगों को। कुछ तो लोग कहेंगे। सिंपलटन का अर्थ वे जो कुछ लगाएँ, लगाते रहें, वह तो उसके अर्थ में अपनी पदोन्नति पाता रहा।"

भला हो सरदार वल्लभभाई पटेल का, जिन्होंने सभी छोटे-छोटे राज्यों का भारत में विलय करा दिया, अन्यथा प्रजा-जन तब के राजा के मंत्रियों से आज तक लुट-पिट रहे होते। मंत्रियों के पास गरीबों को लूटने-पीटने के अलावा काम ही क्या होता है? उनके पास स्वयं के घर भरने का तब भी अचूक मंत्र रहता था, आज भी रहता है। उनमें संपन्नता आ गई, यानी देश संपन्न हो गया। राजाओं, मंत्रियों की जुगलबंदी तो सार्वकालिक है। शीतल तो गधा बच्चा था, उसने सुना कि स्टेट मर्ज हो गई है, देश स्वतंत्र हो गया है और वह खुश हो गया। उसे क्या पता था कि प्रजातंत्र पद्धति का राज्य भी, सामान्य जन के लिए मर्ज ही सिद्ध होगा।

गुलामी की मानसिकता से कुटे-पिटे लोगों की तरह शीतल भी अंग्रेजी की श्रेष्ठता को भाँप चुका था। गुलामी की मानसिकतावाला हर व्यक्ति गरीब ही होता है या हर गरीब आदमी गुलामी की मानसिकतावाला मजबूरी में हो जाता है। वह अच्छी तरह समझ गया था कि अंग्रेजी बोलते ही वह साहब माना जाने लगेगा। अतः शुरुआती दिनों में ही एक दिन उसने भी अपनी अंग्रेजी के चमत्कार को परखा। उस दिन भरी बस के कंडक्टर पर सब गाँववालों के सामने ऐसा रूबाब जमाया कि कंडक्टर ने तुरंत स्वयं खड़े होकर शीतल को पहले अपनी जगह दी। थोड़ी देर बाद दबाव डालकर दूसरे यात्री से दिलाई, "लो भैया, यहाँ बैठ जाओ। नाराज क्यों होते हो?" उस दिन गाँववाले भी सब अच्छी तरह जान गए थे कि शीतल शहर में रहकर अंग्रेजी पढ़-लिख गया है।

हुआ यह कि बस खचाखच भरी थी। पाँव रखने को भी जगह नहीं थी कि शीतल हरदा से बस में घुसा। वह भी थका हुआ था, उसे बैठने को जगह चाहिए थी। बस जैसे ही थोड़ी दूर चली कि शीतल ने पहले कंडक्टर को धीरे से कहा, "क्यों भाई एकाध सीट है?"

कंडक्टर ने कड़ककर कहा, "अभी खड़े रहो, जब जगह होगी, सीट दे दूँगा। शीतल समझ गया कि हिंदी में पूछ लेने का ही यह दुष्परिणाम है। हिंदी में बात करना, छोटा आदमी बने रहने का ही परिचायक है।

वह गाँव के लोगों की मानसिकता को अच्छी तरह जान गया था। यहाँ के लोग अन्य किसी को पढ़ा-लिखा ही नहीं मानते, बस उन्हें ही उच्च शिक्षित और साहब मानते हैं, जो अंग्रेजी में बोल लेते हैं। थोड़ी दूर बस और आगे बढ़ी होगी कि शीतल को एक युक्ति सूझी। हिंदी में बोलने का गुनाह आज वह नहीं करेगा।

बस क्या था, आव देखा, न ताव, कुछ देर बाद वह योजना बनाकर जोर से चीखा—"कंडक्टर, ऑल इज ब्लडीफूल, आई गो ईडियट।"

कंडक्टर घबरा गया, समझ गया कि इस पढ़े-लिखे लड़के को जगह नहीं मिली है, इसीलिए वह नाराज हो रहा है। देखो, कितनी अच्छी अंग्रेजी बोलकर सीट माँग रहा है।

तत्काल उसने एक बैठे हुए यात्री से अनुरोध किया, "भैया खड़ा हो जा, ये साहब आ गए हैं, इन्हें तो जगह देनी ही पड़ेगी। तू नहीं देगा तो मुझे अपनी सीट देनी पड़ेगी।" और शीतल को ससम्मान बैठने की जगह मिल गई। शीतल समझ गया था कि स्वाधीन देश में अंग्रेजी का बड़ा भारी वर्चस्व है और वह अपने कर्णधारों की मेहरबानी से अनंत काल तक बना रहेगा।

उसकी अंग्रेजी का प्रभाव देखकर लोगों ने उसे सिंपलटन कहना छोड़कर उसे अरबी घोड़ा कहना शुरू कर दिया था। वह भी सोचता रहा, चलो अपनी मौलिकता तो बनी हुई है। इससे नीचे और कोई क्या उतारेगा? अमेरिका में गोरे और काले लोग, भारत में शहर के नागरिक और आदिवासी। पाकिस्तान में बहुसंख्यक और अल्पसंख्यक। भेड़िए और भेड़। घोड़ा और गधा। कानूनी तौर पर हर जगह समानता है। सब जगह रामराज्य आ गया है। सभी दिल से इसे मानते हैं। 'काजू भुना है प्लेट में, व्हिस्की गिलास में, लो, आ गया रामराज्य विधायक निवास में।' अदम गोंडवी ने क्या गलत कहा?

9

यह सच है कि गधे को कोई घोड़ा नहीं कहेगा, किंतु गधे की नियति, गधे से नीचे की और क्या हो सकती है? सम्मान भले ही न मिले, जो भी सामान या सम्मन मिलेगा, सही जगह पर वह पहुँचा देगा। कार्य के समय वह जमीन पर नहीं लोटेगा।

सब जानते हैं, जिम्मेदारी के प्रति अत्यधिक निष्ठा उसने आत्मसात् कर रखी है। बाद में भगवान् द्वारा प्रतिफल में प्रदत्त प्रसाद को सिर झुकाकर स्वीकार कर लेने की मानसिकता के फलस्वरूप मौन और शांत रहकर वह पदन्यास करता रहता है।

वैसी प्रभावी अंग्रेजी बोलना तो वर्षों पूर्व छोड़ दिया, किंतु अब उसके सिर पर दूसरी मुसीबत सवार हो गई है। जब अमेरिका जाकर भारतीय उच्चारण में सभाओं में वह बोला तो लोग उस पर हँसे और जब हिंदुस्तान आकर अमेरिकी शैली में उच्चारण किया तो लोग उस पर हँसे। जब-जब उसने अरबी घोड़ा बनने की कोशिश की, वह हर जगह गधा ही सिद्ध हुआ। उसने अब तक बहुत निकट से समझ लिया है कि दुनिया सचमुच गोल है। वह खूंदिया में आता तो अपने मित्रों रामदास, गुलाब, लखन आदि से मिलकर आस-पास की दुनिया का पता लगाता, ऑस्टिन जाता तो थॉम वुडरफ से, डॉ. बर्मन से एनॉय डिशान से उस परिवेश के हालचाल जानता। लॉस एंजेल्स में रहता तो लैरी से, बॉब से, लूकस से या डेरीन से गप्पें लड़ाकर, बतियाकर वहाँ की दुनिया को जानने की कोशिश करता। लॉस एंजेल्स के लाब्रीया पार्क में वरिष्ठ अमेरिकन लेखकों कवियों की सभाओं का सदस्य बनकर बिना नागा नियमित जाता और अंग्रेजी की अपनी गद्य-पद्य रचना सुनाता। बेटा-बहू भी उसे बहुत कुछ जानकारी देते ही। लिखने के लिए भरपूर जानकारी भी तो चाहिए।

"देख भाई, अभी तक तो तेरी कथा में हमारा सहयोग नहीं के बराबर रहा है, इसीलिए उसमें नीरसता बढ़ रही है। वैसे तू कोई नई बात तो कर नहीं रहा है। जमाने से जो अन्य लेखक कर रहे हैं, तू भी कर रहा है। छोटी-छोटी कथाओं को जोड़कर महाकथा कह दे, हमें इसमें भी कोई आपत्ति नहीं, लेकिन हमें क्यों लाया है? हमारे काम का कोई अंश तो पकड़ में आए?" व्यंग्य बोला।

"यार, तुम्हारी शिकायत सही नहीं है। कई जगह तो तुम दोनों को मैंने ससम्मान स्थान दिया है। क्यों भाई हास्य, मैं सही कह रहा हूँ?" शीतल ने व्यंग्य की बात का प्रतिकार किया।

"ठीक है, कहीं-कहीं व्यंग्य को कथा में आमंत्रित कर लिया है, लेकिन मेरी तो पूरी तरह उपेक्षा किए जा रहा है। अभी तक जो कुछ मैंने सुना, उससे एकदम असंतुष्ट हूँ। तेरी आगे आनेवाली प्रस्तुति बेहतर होनी चाहिए।" हास्य ने भी विरोध जताया। "चल, आगे की लघुकथा कह।"

शीतल शुरू हो गया। "असल में मेरे पिता गांधीजी के भक्त थे। और क्योंकि उन्हें वाद्ययंत्रों पर गाने का भी शौक था, इसीलिए जब से मैंने होश सँभाला था, मेरे कानों में गांधीजी के दो भजन गूँजते रहते थे— एक तो था 'ईश्वर अल्ला तेरे नाम सबको सन्मति दे भगवान्' और दूसरा भजन हुआ करता था—'वैष्णव जन तो तेने कहिए, जे पीर पराई जाणे रे।' मेरे घर में तब गांधी बाबा की पूजा होती थी। मेरे पिता को भी पूरा विश्वास था कि महात्माजी के मार्गदर्शन में इस देश में एक दिन रामराज्य अवश्य आएगा।

"पर राम की जगह क्रोध, काम और जाम का राज्य हो जाएगा, ऐसा कभी नहीं सोचा था। आगे चलकर समाज में मात्र दाम का राज होगा, ऐसे स्वर्णिम भविष्य से वे बेखबर थे। सीधे-सादे लोगों को उस समय तक यह कल्पना भी नहीं थी कि बाद में गांधीजी के दर्शन में ही विकर्षण पैदा कर दिया जाएगा तथा उनके सद्विचारों में घर्षण और अवनति का कारण ढूँढ़ लिया जाएगा। गांधीजी के पीछे पंक्तिबद्ध रहकर अनेक महत्त्वाकांक्षी अनुगामियों ने, सत्तासीन होकर अधिनायक बनने के सपने सँजोए थे। उनमें से कई तो अधिनायक बनने की बजाय खलनायक बन गए।"

बीच में हास्य ने टोका, "क्षमा करना शीतल, तेरी भाषा को हम नापसंद करते हैं। इतने लंबे-चौड़े वाक्यों की बजाय यह क्यों नहीं कहता कि वे गांधीजी के पीछे लाइन में लगे थे और उनकी आँखें बंद होने की प्रतीक्षा कर रहे थे। आज भी तो वही हो रहा है, जिसकी छवि अच्छी है, उसे आगे कर देते हैं और पीछे रहकर अपने सारे दुष्कर्म करते चलते हैं।" अच्छा, चल आगे चल।

"इसीलिए जीते-जी गांधीजी का सम्मान, उपेक्षा में बदलने लगा था, बाद में तो अवसान ही हाथ लगा। अधिनायक बनने की तिकड़म ने कई को श्रेष्ठ खलनायक बना ही दिया था। प्रतीक्षारत महत्त्वाकांक्षियों के धैर्य का बाँध टूट रहा था, यदि गांधीजी की गोडसे हत्या नहीं करता, तो आस-पास के लोग उन्हें अप्रासंगिक बना देते। कचरे की टोकरी में डाल देते। सत्ता पाने के बाद राजा किसकी परवाह करता है और किसी वरिष्ठ का पत्ता काटे बिना सत्ता हाथ में आती भी नहीं है। उस फकीर के उत्तराधिकारियों के सत्तासीन होते ही देश में वे बड़े-बड़े नोट इज्जत पाने लगे, जिन पर उस फकीर का चित्र बना हुआ था। गांधीजी के नाम पर वोट तथा उनके

चित्रवाले नोट, यत्र-तत्र माँगे जाने लगे। वे स्वयं थे तो उनके भजनों को भी सम्मान प्राप्त था। बाद में उनके तथाकथित वैष्णवी अनुयायियों तथा उनके उत्तराधिकारियों ने धीरे-धीरे भजनों से हटाकर, अपना ध्यान भोजन पर केंद्रित कर लिया। अब जो सचमुच उत्पीड़ित और दु:खी हैं, वही गांधीजी की जय बोलने वाले उत्तराधिकारियों तथा उन अफसरों को नोट देता है, जिनमें गांधीजी के चित्र होते हैं। इन नोटों को माथे पर लगाते हुए तथा उनका भरपूर सम्मान करते हुए ये महापुरुष उन्हें ससम्मान अपनी जेबों में सुरक्षित रख लेते हैं। नोट प्राप्त करने के बाद ही नस्तियों पर उन पीड़ितों दुखियों के पक्ष में अपनी नोटिंग करते हैं।''

''किसी भी रूप में इन्हें गांधीजी तो मिले, इस बात से खुश होते हैं कि नहीं?'' हास्य ने हस्तक्षेप किया।

''नोट लेनेवालों के चेहरे भी खिले और उन्होंने पराई पीर भी हरी। ये सच्चे और सुयोग्य राष्ट्रपुत्र, राष्ट्रपिता का अपमान कैसे कर सकते हैं?

''जब गांधीजी भगवान् के सान्निध्य में रहकर देश को आगे ला रहे थे। पाठशालाओं में भी ये भजन गाये जाते थे। लेकिन कुछ समय बाद ही गांधीजी पर फायर कर दिए गए और शालाओं से वे भजन बाहर कर दिए गए। मुझे ये भजन इस आशा में अपने ग्रामीण पिता ने याद करा दिए गए थे कि अन्य बच्चों में भी ये अच्छे संस्कार डालेंगे। एक-दो साल बाद उसका पहली कक्षा में प्रवेश भी होगा और जहाँ भी वह पढ़ेगा ये भजन प्रार्थना में गाए जाएँगे। किंतु हाय री शीतल की किस्मत! पहली कक्षा में प्रवेश होने के पहले ही गांधीजी को भगवान् के पास भेज दिया गया। इधर गांधीजी भगवान् को प्यारे हुए और उधर जय बोलनेवालों के वारे न्यारे हुए। अब किसी की आँख की शर्म नहीं रही।

''बाद में तो ईश्वर या अल्लाह किसी से भी उनके भक्तों ने सन्मति प्रदान कर देने की प्रार्थना नहीं की। एक कुमति अवश्य अधिग्रहीत कर ली कि सबसे पहले इन भजनों को शालाओं से बाहर किया जा सके। इसी तरह गांधीजी ने तो उनके वैष्णव अनुयायियों को पराई पीर जानने और उसे दूर करने की जिम्मेदारी दी थी। पर उन समाजसेवियों ने स्वयं की पीड़ा जानी और उसे निस्संकोच हरते भी चले गए। आज भी वही हर रहे हैं। और कुछ अधिक ही कर रहे हैं। उनका तर्क यह रहता है कि जब तक स्वयं की पीड़ा नहीं जानेंगे, दूसरों की क्या पहचानेंगे?

''अब क्योंकि गांधीजी रहे नहीं थे, भजन भी नेपथ्य में चले गए थे। अत: वे दूसरों की पीड़ा भी क्यों समझते? इस तरह धीरे-धीरे भगवान् को विद्या-मंदिरों से बाहर कर दिया गया, खाली कुरसी पाते ही, जोर से जय बोलनेवालों तथा उनका

नाम ले-लेकर विजय पानेवाले प्रभावी जनों ने भीतर आसन जमा लिये। साबरमती के आश्रम की सादगी को भुलाकर अपन कक्षों को आलीशान तरीके से सजाया। कुरसी के पीछे गांधीजी को दीवार पर टाँग दिया। आज भी गांधीजी के सिद्धांत और स्वयं गांधीजी भी टँगे हुए ही दिखाई देते हैं।

"भगवान् को बड़ा सुख मिलता होगा कि चलो स्कूलों से तो छुट्टी मिली। किंतु तब भगवान् से बात करना आसान होता था, क्योंकि देश के मंदिर के पुजारी महात्माजी हुआ करते थे। पापात्माओं के लिए समय आसान नहीं था। अब भक्तगण गांधी छाप नोटों के पुजारी बन गए हैं। जिधर देखो, उधर गांधी-ही-गांधी, कितने गांधी उठ खड़े हुए हैं। भाषा त्यागी, वेशभूषा को तिलांजलि दी, अब नाम को पकड़े हुए हैं।

"तब लोग कम थे। अकसर अनुयायी हुआ करते थे, अन्यायी नहीं। इन दिनों भगवान् गरीब लोगों या बच्चों से नहीं, ऐसे ही परम प्रतापी अनुयायियों से घिरा रहता है, इसीलिए थोड़ा परेशान भी है। इस देश में चुनाव तो चलते ही रहते हैं।

"लोकसभा के, विधानसभा के, नगर निगमों के, मध्यावधि चुनाव, दलों के भीतर के, फिर कर्मचारियों के। चुनाव आते ही उम्मीदवार प्रभु के आस-पास मँडराने लगते हैं, इसीलिए अपने सरीखे टटपुंजिए लोगों को वह एप्वाइंटमेंट नहीं देता। लगभग सभी प्रत्याशी बस एक बार और मौका पाने के लिए प्रार्थनाओं में जुटे रहते हैं। प्रत्येक मंदिर हर समय भावी उम्मीदवारों की भीड़ से पटा हुआ देखा जा सकता है। वह तो इतना अच्छा है कि भगवान् छिपा रहता है, अन्यथा लोभ-लालच देकर भी पटाकर रखनेवाले उसे छोड़ते नहीं। साम, दाम, दंड, भेद—सभी दाँव आजमाकर अपने पास ही रखते हैं। कैद करके रख लेते हैं।"

यह सच है कि किसी भी रोग से मुक्ति पाने के लिए दवा के साथ-साथ दुआ भी चाहिए, किंतु सारी दवाएँ हवा हो रही हैं।

धरती गोल है, दुनिया भी गोल है और शीतल का जीवन भी जब गोल होने के कगार पर है तो उसे अपने प्रारंभिक बिंदु पर तो पहुँचना होगा। जिसने गोल होने के पहले अपने प्रारंभिक बिंदु को नहीं खोजा या पहचाना, वह कहीं भी जुड़ नहीं पाएगा। 'उड़ि जहाज को पंछी फिर जहाज पे आवें। हम कौन थे, क्या हो गए हैं और क्या होंगे अभी।'

तब वह जमीन के काँटों से अधिक जुड़ा रहता था। बीच में लंबे समय तक अपनी जमीन भी छोड़ी, ऊपर-ऊपर खूब उड़ा। चुक गया है, ऐसा भी नहीं है। हवा में मन भरकर उड़ लिया। फिर उड़ लेगा। आसमान में खूब ऊपर तक उड़ना

उसका सपना था। इसके पहले कि थककर वह टपक पड़े, उसे लैंड करना ही पड़ेगा। उसके जीवन की वास्तविकता और सार्थकता उसे समझनी होगी।

तब साइकिल ही एकमात्र महत्त्वपूर्ण सवारी मानी जाती थी। निश्चिंत होकर साइकिल चलाते हुए लोगों को वह देखता तो सोचता कितने ठाठ से ये लोग जी रहे हैं। वह देखता कि यत्र-तत्र लड़के साइकिल भी चला रहे हैं और बीड़ी-सिगरेट भी धौंक रहे हैं।

सोचता, क्या उन्हें अपने बड़े भाइयों या पिताजी का तनिक भी भय नहीं है? कोई-न-कोई तो घर जाकर शिकायत कर ही देगा। लाड़-प्यार करते हुए माँ-बाप ने शायद इन्हें यह सब करने की छूट दे रखी है।

देखो, एक कलारी भी सार्वजनिक स्थान पर बिना किसी लाज-शर्म के धंधेबाजों ने खोल रखी है। ग्राहकों को न तो अपने बड़े-बुजुर्गों की आँख की शर्म है, न उन चार जनों की, जो देख लेंगे या सुन लेंगे तो जमाने भर में थूकेंगे।

मेरे गाँव में तो बिना कोई कानूनी धारा लगाए उन चार अज्ञात लोगों द्वारा देखा जाना भी बच्चों के शरीर में सिहरन पैदा कर देता था। गाँव के वे चार लोग भगवान् से भी अधिक सर्वव्यापक थे। वे स्वयं भले ही कुटिल रहते थे, पास-पड़ोस के बच्चों को सीधा-सरल बनाने पर आमादा थे।

घर से बाहर निकलते ही पाया जाता कि दिनभर में कई बार वे टकराते हैं और हरदम जैसे आज का सी.सी.टी.वी. कैमरा लिये रहते हैं। शीतल भले ही उन्हें जानता न हो, किंतु उनका जन्म ही शायद शीतल और शीतल सरीखे छोटे बच्चों की सारी गतिविधियों पर नजर रखने के लिए ही हुआ करता था। वे राडार की तरह घूमते हुए डर बनाए रहते थे। वे भले ही कहते कुछ नहीं थे, किंतु उनके स्वयं निर्मित गुप्तचर विभाग द्वारा नियुक्त सी.आई.डी. आँखें बराबर शीतल का पीछा करती रहती थीं। शीतल उस दिन कहाँ गया था? उसने क्या किया? इस बात की पल-पल की खबर घरवालों को पता चल ही जाती थी। गाँव छोटा होता और परिवार बड़ा, तो ऐसा होना दैनंदिन प्रक्रिया हो जाती। शीतल ही क्यों, गाँव के किशोर वय तक के किसी भी बच्चे पर इन चार लोगों की निगाह रहती। बल्कि उन्हें आवश्यकता पड़ने पर कान उमेठने और थप्पड़ जमाने तक का नैसर्गिक अधिकार भी प्राप्त रहता था। उन दिनों इन बच्चों को उन चार लोगों की आँखों की शर्म भी रहती थी। उन चार लोगों की आँखें, वस्तुतः आँखें नहीं, गुरुजी की छड़ी होती थी।

उपरोक्त प्रकार की अनेक श्रेष्ठ प्रथाओं के बावजूद भी उसे लगता था कि गाँवों में गतिहीनता है। वहाँ मात्र स्वयंभू इंस्पेक्टर ही गतिशील दिखाई देते थे। शेष

सब गतिहीन। जो चहल-पहल पास के कस्बे में थी, वह उसके गाँव में कहाँ? शहर में तो और अधिक जीवंतता होगी। किंतु यह एक कड़वी सच्चाई तब भी थी कि कोई शौक पालना तो दूर शहर में खड़े होने के लिए भी पैसा लगता था।

शीतल सोचता, मनुष्य के जीवन में जिस दिन अर्थ का प्रवेश हुआ होगा, क्या उसे इतिहास का काला दिन माना जाए? क्योंकि अधिकांश काले कारनामों की जड़ में वही काला धन होता है, जिसे तरह-तरह के साबुन लगाकर सफेद करने में आदमी सारी शक्ति लगा देता है। वे दिन कितने उल्लासमय रहते होंगे, जब आदमी के जीवन की सार्थकता या निरर्थकता, अर्थ पर आधारित नहीं होती होगी।

तब सर्वेगुणा परिश्रमा माश्रयन्ति अथवा मेधामाश्रयन्ति रहे होंगे, पर अब तो सर्वेगुणा कांचनामाश्रयन्ति ही रह गए हैं।

तब उसकी जिंदगी इस नए सिद्धांत को अर्थहीन सिद्ध कर देनेवाली, पूर्णतः नकार देनेवाली, प्रेरक प्रयोगशाला थी। 'पास न फूटी कौड़ी, पर हार गठावन दौड़ी।' मन से भले ही रईस थे।

बचपन में लंबे समय तक वह ऐसे प्रशिक्षण केंद्र में रहा, जहाँ पैसे को हेय समझा जाता था। रुपया-पैसा क्या है? हाथ का मैल। ऐसे गंदे मैल को क्यों एकत्र करना? घर में अस्वच्छता ही बढ़ाना है। अरे, ये साधन-संपन्न लोग क्या हैं? ये सुखी नहीं कहे जा सकते। हमसे अधिक चिंताओं-परेशानियों से जूझते हुए लोग हैं। इन्हें धन को सँभालकर रखने की चिंता सताती रहती है। रात-रात भर इन्हें नींद नहीं आती, कहीं कोई कुछ चुराकर न ले जाए? हम लोग कितने सौभाग्यशाली हैं, जो बिल्कुल निश्चिंततापूर्वक सोते हैं, यहाँ से कोई क्या ले जाएगा? उसे अपने वडीलों द्वारा एक आदर्श सिद्धांत बताया जाता, "अधमा धन मिच्छन्ति, धनं मानं च मध्यमा, उत्तमा मान मिच्छन्ति, मानोति महतां धनम्" अर्थात् जो लोग केवल धन की इच्छा रखते हैं, वे अधम कोटि के होते हैं। जो धन और मान दोनों की इच्छा रखते हैं, वे मध्यम कोटि के हैं। उत्तम कोटि के वही हैं, जो अपने सम्मान को सर्वोपरि मानते हैं। एक सीख यह भी दी गई थी कि न इतने मीठे बनो कि खा जाएँ सब भूखे और न इतने कड़वे बनो कि जो खाए, वह थूके।

पढ़ने की उम्र हुई तो गाँव में स्कूल नहीं था। माता-पिता ने बड़े कस्बे, हरदा में अस्थायी डेरा डलवा दिया। विधवा नानी के संरक्षण में तीन भाई और एक बहन रहने लगे। उन दिनों लड़के-लड़की एक साथ नहीं पढ़ते थे। स्वाभाविक है, लड़कों के स्कूल में उसका प्रवेश करा दिया गया। स्कूल में टाट-पट्टी पर बैठता। लगभग सारे लड़कों के पाँवों में जूते-चप्पल होते, परंतु उन्हें क्लासरूम के कोने

में जूते-चप्पलों को छोड़कर नंगे पाँव पालथी मारकर बैठना पड़ता। कभी-कभी बच्चे निगाह भी डाल लेते कि जूते-चप्पल सुरक्षित तो हैं ? शीतल अपने पाँवों के जूते-चप्पलों की चिंता से तो मुक्त रहता, पर परायों द्वारा वे अपने सिर पर न जमाए जाएँ, इस चिंता से अवश्य ग्रस्त रहता। यदि किसी के भी जूते-चप्पल चोरी हो जाते तो सबसे पहले उन लोगों की निगाह शीतल के पाँवों पर पड़ती। उन दिनों छोटों को नियंत्रण में रखने के अनेक रामबाण इलाज हुआ करते थे।

सात-आठ साल की उम्र में हरदा से पच्चीस-तीस मील चलकर बरसात के मौसम में अपने गाँव तक बार-बार पहुँचने का अनुभव बहुप्रतीक्षित, बड़ा खुशनुमा और रोमांचक होता। बैसाख-ज्येष्ठ तक बैलगाड़ियों की आवाजाही से धूल उड़ाती सड़कें एक-दो बार के जोरदार पानी के गिरते ही कीचड़ से सन जातीं। तब बैलगाड़ियों के लिए रास्ते भी बंद हो जाते। चर्चा अवश्य होती थी कि घर में कभी घोड़ा गाड़ी थी। फिलहाल तो एक घोड़ा भी न था। एक कुत्ता अवश्य था, किंतु वह भी पला हुआ नहीं, स्वयं ही डला हुआ था। स्वनियुक्त। बची-खुची रोटियाँ खा लेता था। विपन्नता की जकड़न में फँसे परिवार के लिए कोई किसान उदारता भी क्यों दिखाता कि हमारा घोड़ा इस यात्रा में उपयोग कर लें ? सबसे भली रहती अपनी ग्यारह नंबर की गाड़ी।

रक्षाबंधन की अथवा कृष्ण-जन्माष्टमी की छुट्टियाँ यदि दोनों रविवार मिलाकर एक सप्ताह की पड़ जाती तो हरदा से अपने गाँव की यात्रा, स्कूल से आने के बाद शाम को सुनिश्चित कर ली जाती। सूचना करने का कोई साधन नहीं था, किंतु उधर माता-पिता को भी पूर्वाभास हो जाता कि हफ्ते भर की छुट्टियों में बच्चे आ सकते हैं। एक बड़ी बहन और दो बड़े भाइयों समेत शीतल खुशी-खुशी हरिणशावक सा उछलने-कूदने लगता।

माता-पिता के पास चार दिन रहने का सुख प्राप्त करने की ललक जो होती। तब पहाड़ पर चढ़ने जैसी उस कष्टप्रद यात्रा को पूरी करने का अपूर्व उल्लास उसके मन में न जाने कहाँ से आ जाता ?

सुबह होते ही चारों चल देते अपने गंतव्य की ओर। सबसे छोटा होने के कारण उमंग में और यात्रा में शीतल सबसे आगे रहता। अपने वरिष्ठों के उपदेशों से ओत-प्रोत शीतल लंबे समय तक धूनी रमानेवाले भोले बाबा के समान ही बना रहा। नियति ने अन्य विकल्प ही नहीं दिया। हरदा से सिराली तक का रास्ता तो ठीक-ठाक होता, किंतु सिराली से अपने गाँव तक का रास्ता कीचड़ से पूर्णत: आच्छादित रहता।

छह इंच से एक फीट गहरे कीचड़ में वह पाँव जमा-जमाकर चलता। काँटे बड़े बदमाश होते। कभी-कभी कीचड़ में एकदम नीचे की ओर छुपकर बैठे रहते। बबूल के लंबे-लंबे काँटे अवसर की ताक में विराजमान रहते और अपने अस्तित्व का आभास कराए बिना नहीं मानते थे। देर तक कीचड़ सनी, गीली नर्म पगथलियों के आर-पार निकलने की असफल कोशिश भी करते, पर उनकी यात्रा हमेशा आधी-अधूरी रहती। उस स्थिति में अर्राकर बैठ जाने के अलावा और कोई विकल्प नहीं होता। यद्यपि साथ में चल रहे भाई-बहनों में कोई बबूल के काँटे को निकाल भी देता। किंतु राह के काँटों को देख-देखकर या उन पर केंद्रित होकर कितनी देर बैठा जा सकता था? जल्दी ही उनकी उपेक्षा कर आगे की यात्रा शुरू कर दी जाती।

नंगे पाँव कीचड़ सना रास्ता पार करते-करते बीच में एकाध फिसलन भरा टुकड़ा-भी आ जाता। वहाँ दीया तले अँधेरा हो जाता। दूर का रास्ता तो दिखाई दे जाता, पर पास की फिसलन अनदेखी रह जाती, जो धड़ाम से चारों खाने चित गिराए बिना न मानती। एकाध बार पीठ के बल साष्टांग दंडवत करने का नवीन अनुभव भी प्राप्त हो जाता।

कोई देखनेवाला नहीं होता तो शीतल स्वयं उठकर चल देता, कोई देख लेता तो सुबक-सुबककर रो भी देता।

फिर उसे दिलासा दी जाती, पास में ही तो नदी आ रही है, एक बार और स्नान हो जाएगा, मिट्टी भी साफ हो जाएगी। यह भी कि शास्त्रों में कहा गया है कि मिट्टी का लेप लगाकर स्नान करने से पवित्रता और बढ़ जाती है। इस तरह रपट पड़े की हर-हर गंगे होती रहती।

रोकर करे या हँसकर करे, रास्ता तो शीतल को ही पूरा करना होता, अतः लँगड़ाता-लँगड़ाता, फिर चल देता। उसे क्या पता था कि जीवन की लँगड़ी गाड़ी को चलाने की यह शुरुआत भर है, रिहर्सल मात्र है। अब एक पाँव कीचड़ में से निकालता, फिर दूसरा पाँव फँसाता। अब दूसरा निकालकर सबसे पहले हाथों से जमीन के काँटे टटोलता, तब पहला पाँव कीचड़ में धँसाता। इस बार गड्ढा और गहरा होता और पिंडली भी धँस जाती। जरा सी असावधानी हो जाती तो पाँव कीचड़ में और गहरा धँस जाता। इस बार काफी प्रयत्न कर उसे बाहर निकालना पड़ता। कई बार पानी भी पाँवों को धो देता।

ऐसी स्थिति में भी भगवान् को धन्यवाद देना न भूलता कि उसने पहनने के लिए जूते-चप्पल नहीं दिए। यदि होते तो हाथ में उन्हें भी उठाकर न चलना पड़ता? एक अतिरिक्त बोझ होता कि नहीं? ऐसी यात्राओं के प्रताप से कभी भी जूते-चप्पल

उसे हाथ में नहीं उठाने पड़े। बचपन में न कभी पाँव में पहनकर चला, न बाद में किसी पर हाथ में लेकर दौड़ा। उसने ऐसी अनगिनत पदयात्राएँ पूरी कीं। आज भी यही खराब आदत उसे जकड़े हुए है। तब ही जीवन का सही दर्शन उसकी समझ में आ गया था। जीवन क्या है ? जी-वन। जंगल और कीचड़ भरा दुर्गम रास्ता। घर पहुँच जाने पर माँ गरम पानी में दोनों पाँवों को बहुत देर तक डाले रखने का निर्देश देगी। कहेगी, इससे थकान कम होगी, नीं; अच्छी आएगी।

इसी बीच उसे अपनी क्लास में घटित एक मनोरंजक घटना याद आ जाती, जिसे वह भाई-बहनों को सुनाता। काँटों से खेलने के पलों के बीच भी हँसी के पल आ ही जाते। पाँचवीं कक्षा से अंग्रेजी भाषा की पढ़ाई शुरू हो गई थी। अकबर अली सर ड्रिल कराते थे। उन्होंने सभी लड़कों को एक लाइन में खड़ा किया और उनसे ही गिनती कराना शुरू कर दिया। तरीका यह होता था कि गुरुजी सामने खड़े रहते थे और दाहिने सिरे से लड़के अंग्रेजी में गिनती बोलना शुरू करते थे। पहले ने बोला, वन, दूसरे ने टू, तीसरे ने थ्री, चौथे ने फोर, इस तरह गिनती आगे बढ़ती गई। एक नियम यह भी था कि पहला छात्र बोलते समय गरदन दाहिनी ओर मोड़ता, ताकि दूसरा उसे ठीक से सुनकर आगे की सही गिनती बोले।

जब तक दस यानी टेन तक गिनती हुई, सबकुछ ठीक-ठाक चला, किंतु इलेवन के बाद गड़बड़ हो गई। रामू ने तो सही गिनती गिनी इलेवन, पर जब चंदू की बारी आई तो वह आगे की अंग्रेजी शब्दवाली गिनती भूल गया।

उसने पूरी ताकत से बोला, टुलेवन। टुलेवन सुनते ही पूरी क्लास ठठाकर खिलखिला पड़ी। गुरुजी भी हँसे बिना न रह सके।

किसी भी लंबी यात्रा को पूरा करने के लिए कथाएँ कारगर होती हैं। इस यात्रा में भी वही हुआ। 'एक ने कही और दूसरे में मानी, गुरुनानक कहें दोनों ही ज्ञानी।' यात्रा भर गुरुनानक की अपेक्षानुसार सारे भाई-बहन ज्ञानी बने रहे।

पूर्वजों द्वारा प्रदत्त दो-तीन एकड़ में फैले हुए लंबे-चौड़े घर और शताधिक एकड़ जमीन के स्वामी होने के कारण शीतल के पिता का जाति समाज में भरपूर सम्मान तो है, किंतु भूख से बिलबिलाते हुए चूहे घर में दंड पेल रहे हैं। वे भी मात्र संगीत की स्वर लहरियों को श्रवण कर भूख से कुनमुनाते हुए अपना सिर धुनते रहे होंगे। बँधी मुट्ठी लाख की। अच्छा हुआ इस बँधी मुट्ठी को परिवार के वरिष्ठ जनों ने कभी खोला नहीं। भले ही बच्चों के रहन-सहन से वास्तविकता, परत-दर-परत खुलती चली जाती। घर में बड़ी जमीन के होते हुए भी बच्चों के भविष्य की जमीन पाँवों के नीचे से खिसक रही थी। किसी साल इंद्र देवता की मेहरबानी

से फसल अच्छी हो जाती। फसल अच्छी होती तो ही घर में पैसा आता, अन्यथा पूरा साल कड़की सहित निकलता।

बचपन से ही शीतल सोचता रहता, क्या जीवन अर्थ सहित है तो सार्थक और अर्थ रहित है तो निरर्थक? क्या अर्थ न हो तो जीवन का कोई अर्थ नहीं? उसकी ममतामयी माँ भूखा तो नहीं सोने देती थी, खाने की कुछ-न-कुछ व्यवस्था तो कर ही देती थी। वह आगाह भी कर देती थी कि पेट भरा होगा और फिर किसी के घर जाओगे तो वह भी खाने का पूछ लेगा, भूखे पेट जाओगे तो कोई पूछनेवाला नहीं होगा।

हाँ, बचपन में उसे नंगे पाँव लंबी-लंबी पद यात्राएँ करने की तथा गाने की स्वाधीनता थी। न्यूनतम एक या दो सूती वस्त्र पहनकर सर्दी, गरमी और बरसात सारे मौसम निकाल देने की छूट थी। परिवार में धन के नाम पर संतान धन का अवश्य प्राधान्य था।

एक-एक बेटा घर का कुल दीपक और भविष्य का खजाना माना जाता था। इस प्रकार आशावान कुल दीपकों और खजानों से घर भरा पड़ा था। यह कल्पना कभी नहीं की गई कि कोई कुल दीपक अँधेरा बढ़ाने की प्रतियोगिता में भी खड़े हो सकते हैं तथा कुछ खजाने परस्पर प्रतिस्पर्धा के चक्कर में लूटे-लुटाए भी जा सकते हैं। भविष्य के इन्हीं कोषों पर आँखें गड़ाए बड़ा परिवार खरामा-खरामा रेंग रहा था।

उसे आश्चर्य इस बात का होता था कि शीतल के परिवार की आर्थिक स्थिति को अनदेखा करते हुए भी उसके पिता के समक्ष पूरा गाँव नतमस्तक क्यों रहता है? दूर दराज से कोई भी सम्मानित व्यक्ति, गाँव में किसी के घर भी आता तो सबसे पहले शीतल के पिता के पास ही प्रणाम करने आता। गाँव में कोई भी झगड़ा-फसाद हो जाता तो वादी-प्रतिवादी गाँव के इन एक न्यायाधीश के पास ही आते। ग्राम न्यायाधीश भी एक कोशिश हमेशा करते रहते कि कोई प्रकरण थाने में न जाने पाए? वे वादी-प्रतिवादी दोनों पक्षों को आगाह कर देते थे कि रिश्वत खिलाने का बहुत शौक हो तो थाने चले जाएँ। हो चुकी है घाट पर पूरी व्यवस्था, शौक से डूबे, जिसे भी डूबना है।

बंदर द्वारा बिल्लियों के झगड़ों के जैसा न्याय उन लोगों को पढ़ाया। समझाया जाता, बस वैसा ही न्याय थानेदार के यहाँ यानी सरकारी तंत्र में मिलेगा। तब भी सामान्य नागरिक, सरकारी तंत्र की न्यायकारी व्यवस्था को वैसी ही प्रभावी मानते थे, जैसी आज मानते हैं। सरकारी तंत्र यानी चोरों-उचक्कों, डाकुओं का समन्वित शिविर। अत: गाँववाले भी गाँव की चौपाल पर होनेवाले निर्णय को ही शिरोधार्य कर लेते थे।

आज जब वह तीन समर्थ और सुयोग्य बच्चों का पिता ही नहीं दादा और

नाना का स्थान ग्रहण कर चुका है, तब भी कम-से-कम एक वाक्य तो शीतल के पूर्व जीवन को हिकारत से देखनेवाले जानकार सिर पर हथोड़े की तरह ठोंक ही देते हैं। कल तक हमारे सामने नंगा खेलता था। ठीक से कपड़े भी नहीं होते थे। आजकल हवा में उड़ रहा है।

उम्र में बड़े और निकट से देखनेवालों के लिए यह कहने का पर्याप्त आधार भी है। कहनेवाले अपनी जगह गलत नहीं हैं।

जब वह भोपाल में नवीं कक्षा में पढ़ रहा था, तब उसके पास स्कूल जाने के लिए एक ही चड्डी थी। प्रतिदिन उसे ही पहनकर वह जाता। उस चड्डी में उसके पुट्ठे पर एक दिन एक टोंका हो गया। फिर क्या था, मसखरों को हँसी-ठिठोली करने का अच्छा बहाना मिल गया। एक शरारती मित्र ने उस छेद को जान-बूझकर दोनों उँगलियों से विपरीत दिशा में खींचकर फाड़कर और बड़ा कर दिया। उसने नम्रतापूर्वक विरोध तो किया, किंतु तब तक उसके दोनों पुट्ठे अपनी तकदीर पर और दुनिया के सामने खुलकर हँसने लगे थे।

मित्रों का साथ देने के अलावा उसके पास कौन सा रास्ता बचा था? वह भी बहुत देर तक सब सहपाठियों के साथ स्वयं जोकर बना हँसता, खिलखिलाता रहा। एकांत में भले ही रोता रहा हो, पर सार्वजनिक रूप से अपनी विपन्नता पर ठहाका लगाने में उसने कभी कंजूसी नहीं दिखाई। जब विपन्नता अधिक गले पड़ी तो उसने उस पर व्यंग्य करना सीख लिया।

धीरे-धीरे वह विपन्न होने की मानसिकता स्वयं ही दूर भागने लगी। उसे लगा कि आर्थिक रूप से कुछ भी हो, मानसिक रूप से तो बड़ा संपन्न है। फिर जो व्यक्ति अपने दारिद्रय को भी बेफिक्री से हँसकर हवा में उड़ाता रहा हो, क्या अवसर मिलने पर उसे स्वयं को, उड़ने का अधिकार नहीं? भगवान् किसी को युवावस्था में पंख देता है, किसी को बुढ़ापे में। यदि विवेक न हो तो युवावस्था में पंखों से लटककर जान भी दी जाती है और जो अपने पाँव धरती पर जमाए रखना नहीं भूलता, बुढ़ापे में पंख लगाकर कई निराश जनों को वह प्रेरणा भी देता है। अरे यह पुराना खग जब ऊँचाई पर जाकर सफलतापूर्वक आसमान में इतनी ऊँचाई तक उड़ सकता है तो हम क्यों नहीं? यह भी कि इसने यात्रा की शुरुआत तो बड़ी गहरी खाई से की है। जीवन जीने के आनंद की सही, अनुभूति तो उसे सत्तर वर्ष की उम्र पार करने के बाद हुई, जब निश्चिंततापूर्वक वह लिखने-पढ़ने की स्थिति में आया। अब न किसी से कोई अपेक्षा रही, न किसी मंत्री या बॉस का डर रहा। दो रोटी खाने की व्यवस्था अब तक उसने कर ली है। उसकी आवश्यकताएँ आज

भी कितनी हैं? पिछले दिनों तक उसके स्फुट विचार किसी कागज के टुकड़े पर या किसी अखबार के हाशिए पर देखे जा सकते थे। कागज की मितव्ययिता से उपयोग करने की आदत जो बचपन से पड़ गई थी।

उसकी आवश्यकताएँ न्यूनतम क्यों हैं? इसके पीछे भी उसके जीवन का इतिहास है। पहली कक्षा से ही उसे माता-पिता से दूर रहकर पढ़ाई करना पड़ा। उसको बचपन में कभी जिद करने की कोई स्वाधीनता नहीं मिली। बच्चा सिवाय माता-पिता के अन्य किसी के सामने जिद करने का साहस भी तो नहीं कर सकता। माता-पिता की गाँव में रहकर खेती सँभालने की मजबूरी थी, वे गाँव छोड़ नहीं सकते थे और गाँव में पाठशाला नहीं थी, जहाँ शीतल पढ़ाई कर सकता था।

जहाँ-जहाँ वह रहा, उसे घुट्टी में पिला दिया गया था कि जैसी भी रोटी मिले, बिना किसी ना नुकर के लिया करो और जैसे भी कपड़े हों बिना किसी बहस के पहन लिया करो।

इस मानसिकता का असली लाभ तो उसकी पत्नी को मिला। एक ठीक-ठाक पद पर रहने के बाद भी शीतल को कोई शौक नहीं है। न खाने का, न पहनने का। कोई भी शौक उसके लिए शॉक से कम कभी नहीं रहा। इसीलिए अच्छे लोगों के बीच में आज भी बैठता तो भी शायद सबसे नीचे के स्तर पर जीते रहने में भी खुश रह लेता। जब कभी वह कैसे भी कपड़े पहनकर चल देता तो पत्नी उसे टोकती, अरे, आज तो उस समारोह में अतिथि बनकर जा रहे हो, वेशभूषा तो ठीक से पहन लो? श्रीमतीजी द्वारा बताए गए कपड़े वह पहन तो लेता, किंतु उस समय वह शायर और नवाबवाली घटना भी श्रीमतीजी को सुना देता।

10

"कुछ हिंदीवालों ने तुझे चने के झाड़ पर चढ़ा दिया है। जबकि तेरी औकात को तो हम समझते हैं। 'कहीं की ईंट, कहीं का रोड़ा, भानुमति ने कुनबा जोड़ा।' तेरा लेखन कितना मौलिक है, यह तो हम जानते हैं। शताब्दियों से जो कुछ लिखा जा रहा है, वही बात तू लिख रहा है। किन-किन भाषाओं से शब्द और विचार तूने चुराए हैं, यह जानकारी तो हमारे पास है। क्या सारे पाठक मूढ़ हैं, जो यह भी नहीं समझते, तू इतना सब कैसे लिख लेता है? काफी बढ़िया क्वालिटी का लिखता है। बड़ा ऊँचा खिलाड़ी है रे। रामनाम जपना पराया माल अपना के सफल कार्यान्वयन में तेरा जबाब नहीं। कोई करे न करे हम दोनों

तो तेरे चौर्य कर्म को सादर प्रणाम करते हैं।'' हास्य ने शीतल को अपनी औकात में रहने की और हवा में न उड़ने की सलाह दी।

''देख भाई, मैं खड़े चने से दूर ही रहता हूँ। झाड़ तक जाने का तो प्रश्न ही नहीं उठता। मेरे जीवन में जब दाँत थे, तब चने नहीं थे और जब भगवान् ने चने दिए, तब तक मेरे दाँत तिरोहित हो चुके थे। चने का आटा खाने पर मेरा जोर इसलिए है, क्योंकि गरीबी में वह कम मात्रा में गीला होता है। मधुमेह का रोग ही अपने आप में गरीबी में गीला आटा होता है। जब चना सस्ता था और मैं खाता था तो लोग कहते थे, भूखा मर रहा है इसलिए चने खा रहा है। आज महँगा है और मैं खा रहा हूँ तो लोग कहने लगे मैं शौक से खा रहा हूँ। कुछ तो लोग कहेंगे, लोगों का काम है कहना।'' खीसे में से मुट्ठी भर चने निकालकर फाँकते हुए शीतल ने कहा।

हास्य-व्यंग्य दोनों बड़े राजनीतिज्ञ हैं। एक पिटाई कर देता है तो दूसरा पुचकार लेता है। अब व्यंग्य ने हास्य को चुप रहने का इशारा किया और स्वयं शुरू हो गया। ''अच्छा कड़वे लेखन के रोग के साथ तुझे मधुमेह का रोग लग गया?

''जब तेरा बचपन कंटकाकीर्ण रहा तो तेरी आर्थिक स्थिति कैसे सुधरी? क्या विचारों का चौर्य कर्म करते-करते, उसी कला को धन-संपत्ति के हित में मोड़ दिया? और देखते-ही-देखते साहित्य की भाँति समाज में भी प्रतिष्ठित हो गया?''

''देखो भाई लोगों, मैं पहले ही कह चुका हूँ, मेरी कहानी सबसे थोड़ी अलग तो है तो सुनो—खर्च करने के सीखने की उम्र तक पैसा उसने देखा ही नहीं था और जब पैसा आया तो वह पैसे को कहाँ या कैसे खर्च करे, यह उसे नहीं आया। बचपन की परिस्थितियों ने उसे ऐसा ढाल दिया था, जैसे उसकी कोई आवश्यकता ही न हो। बचपन का किया हुआ कोई अभ्यास जीवन भर भूलना कठिन होता है। उस उम्र की ग्राह्यता जीवन भर भूली नहीं जा सकती। यह उम्र वह कोरी स्लेट होती है, जिस पर एक बार लिख गया तो फिर मिटना-मिटाना मुश्किल होता है। अच्छे दिन तो आए, किंतु कहीं पुराने दिन फिर से न लौट आएँ, इसी चिंता में वह अन्यमनस्क बना रहता। जब तक दरिद्र रहा, हमेशा चिंतित रहता था कि ये दिन कब समाप्त होंगे और जब आर्थिक स्थिति ठीक हुई तो भयभीत रहने लगा कि कहीं पुराने दिन फिर से न लौट आएँ? सँभल-सँभलकर चलो।''

''कुछ-कुछ तो हम समझे हैं, फिर भी बहुत कुछ जानना शेष है, अपनी बचपन की कुछ और कथा बता, यहाँ तक कैसे आया? यह वर्णन भी कर।'' व्यंग्य बोला।

उसके बचपन की रीयल रील उसके मस्तिष्क में घूम गई। उसके गाँव में

तब फिल्म को खेल कहते थे, पहले तो बिना बोलनेवाली फिल्में ही थीं, धीरे-धीरे बोलनेवाली फिल्मों का बड़ा शोर होने लगा, क्योंकि वे आ गईं।

शायद जीवन में पहली बार मालापुर मेले की टट्टा टॉकीज में भी घर से बोरा लाकर बिछाकर, बड़े भाई के साथ उसने भी शान से एक चलता-फिरता कोई खेल देखा था। उसे तभी की वह घटना भी याद है, जब एक ग्रामीण महिला डरकर फिल्म से भागी थी। असल में जैसे ही फिल्म शुरू हुई और परदों पर स्त्री-पुरुषों के चेहरे आने-जाने लगे तो महिला बहुत जोर से चिल्लाई, "अरे, मख बाहर निकालो, यहाँ तो भूत पलीत सामन आइ रिया ह," परदे पर चलते-फिरते पात्रों को वह महिला वस्तुतः भूत-प्रेत समझ बैठी थी। हारकर टट्टा टॉकीज के कर्ता-धर्ताओं ने उसे जल्दी-जल्दी बाहर निकाला था।

जब वह हरदा में पढ़ने आया था, तब वहाँ दो टॉकीज हुआ करती थी। उनमें एक थी प्रताप टॉकीज। पाँच वर्ष वह हरदा में रहा। तब की तत्कालीन सोच थी कि किसी भी बच्चे को फिल्में देखने का यदि शौक लग गया है, यानी बच्चा बिगड़ने लगा है। बच्चा बिगड़ेगा भी और अपनी आँखें भी खराब करेगा। यह सोच उसके निकट के परिवेश में व्याप्त थी। अच्छा ही हुआ पैसा नहीं था, इसलिए न तो बिगड़ा, न आँखें खराब कीं। पैसा बड़ी खराब वस्तु होती है, बिगाड़कर ही दम लेती है। वह नहीं बिगड़ा।

तब ताँबे का छेदवाला तथा बिना छेदवाला एक पैसे का सिक्का चलता था। साल भर में जोड़-जोड़कर दो आने इकट्ठे करना कोई बहुत कठिन काम नहीं था, किंतु फिल्म देखने के बाद कोई घर जाकर शिकायत कर दे तो अपनी ही फिल्म खिंच जाए। चार-छह चाँटों से कम की कल्पना नहीं की जा सकती थी। फिल्म देखने का यह लाभ अवश्य था कि बाद में चाँटे-घूँसे खाने से शरीर की मांसपेशियाँ मजबूत हो जाती थीं। जो बलिष्ठ बनना चाहते थे, वे चाँटे-घूँसे खाने से परहेज नहीं करते थे। शीतल का इस तरह की शारीरिक वर्जिश में विश्वास नहीं था। इसीलिए पूरे पाँच वर्ष में मात्र एक बार घरवालों से छुपकर, दो आने का टिकट लेकर सबसे आगे बैठकर उसने मैटिनी शो में एक फिल्म देखी थी।

उस दिन वह बहुत ढीठ हो गया था और प्रण कर लिया था कि भले ही सौ जूते खाने पड़ें, तमाशा घुसकर देखेंगे और उसने फिल्म देखी। अपना प्रण पूरा करके ही दम लिया। फिल्म का नाम शायद 'आन' था। बाद में भगवान् ने उसकी सुनी, किसी से घर शिकायत नहीं करवाई और वह धुने जाने से बचा रहा।

उन दिनों स्कूल में भी उसे वैसा स्वर्णिम अवसर हाथ लगा, जो उसे पहले

कभी नहीं लगा था। वह था—लगभग प्रतिदिन पिटाई का अवसर। उन दिनों अध्यापक लोग पढ़ाते कम, पीटते अधिक थे। उन दुर्लभ दिनों में किसी दिन सुबह पिटने से बच जाते तो शाम को शीतल की पूजा हो जाती थी। कभी-कभी तो हमारे आदरणीय गुरुजी यदि किसी अन्य व्यस्तता के कारण उस दिन ठुकाई करना भूल जाते थे तो आगाह कर देते थे, कल दुगुनी पिटाई के लिए तैयार रहकर आना।

अमेरिका में तो तीन साल का बच्चा तक दादा-दादी को धमकी दे देता है कि मेरा कान क्यों पकड़ा? अभी 911 पर टेलीफोन कर दूँगा। भविष्य के इसी भय से कई माता-पिता हम दो से आगे नहीं बढ़ते। संतान बढ़ाने के मामले में वे अपने ही कान पकड़ लेते हैं।

तो बचपन में शीतल के मित्र नहीं के बराबर थे। प्रतिदिन पिटनेवाले के पास कौन रहे? नदी सूखी रहे तो पक्षी भी दूर चले जाते हैं। जहाँ मरुस्थल हो, वहाँ बस्ती नहीं होती। जहाँ सूखा पड़ा हो, वहाँ कोई क्यों रहना पसंद करेगा? और आर्थिक असुरक्षा के बीच भी दो-एक बार वह लुटा। शरीर की चड्डी भर किसी ने इसलिए नहीं छीनी कि वह पहरा देता रहा। विपन्नता के बीच भी कई ऐसे कलाकारों से उसका सामना होता गया, जिन्होंने दाँव-पेच लगाकर उससे धागे में लटकती दवात और होल्डर तक सफलतापूर्वक नोच लिये। धीरे-धीरे बचपन से ही एकांत में रहने की उसकी आदत पड़ गई। परिणाम यह हुआ कि प्रौढ़ होने पर भी नए लोगों से घनिष्ठ होने में वह डरता रहा, किंतु अब लोग थे, जो उससे घनिष्ठता बढ़ाने को उत्सुक होने लगे थे। शायद अब वह गुड़ बन चुका था, गुड हो गया था, जो चींटों को बरबस अपनी ओर खींच रहा था।

साहित्य का अधिक एकांत, उसे ज्यादा सार्वजनिक बनाता रहा। एकांत में लिखता, रचना प्रकाशित होती और वह चर्चा में आ जाता।

जब तक जंगल में गन्ना बन खड़ा रहा, किसी ने उसे देखा तक नहीं। उसकी मिठास तब तक गुप्त थी।

उन दिनों भले ही वह उपेक्षित रहा हो, तंगी झेलता रहा हो, अपने को दुर्भाग्यशाली मानता रहा हो, इस सीमा तक प्रताड़ना सही हो कि आत्महत्या करने का असफल कदम तक उठा ले? किंतु आज वह सोचता है, वे दिन ही सही शिक्षक थे। यदि वे दिन वह नहीं देखता तो क्या आज ये दिन देख सकता था? वे दिन ही उसके उत्कर्ष के सही चढ़ाव थे। कुछ और नीचे से चलता तो यात्रा का अनुभव कुछ ज्यादा ही होता? तुलसीदासजी पहले ही लिख गए हैं, 'इन आँखों का यही विशेष, वह भी देखा, यह भी देख।'

आज सत्तर वर्ष की उम्र में अपनी ममतामयी माँ का स्मरण करता है। वह वस्तुतः माँ नहीं थी। एक मशीन बना दी गई थी। जो सत्तर वर्ष की उम्र तक तो अनथक अविराम चलती रही। बात-बात में लड़खड़ाने लगी थी, अब बैठ जाती तो उठने में कष्ट होता। धीरे-धीरे बिस्तर से लग गई और अंत में बिस्तर ही क्यों दुनिया को ही छोड़कर चली गई। कभी संपन्न माता-पिता की एकमात्र लाड़ली रही थी। पौने छह फीट ऊँची, भरे हुए बदन वाली, स्वस्थ गोरी-चिट्टी, सुंदर।

बड़ी खेती और सात भाइयों के बड़े परिवार में सबसे छोटे लाड़ले बेटे के साथ विवाह कर दिया। उसे क्या पता था कि पाणिग्रहण संस्कार के मंत्र का उच्चारण उस भोली-भाली को यंत्र बनाकर ही छोड़ेगा। आज विवाह है और कल से ही वह कल बन जाएगी।

शीतल का अवतरण क्रमांक छह पर हुआ। शिशुपन से ही उसने देखा कि माँ अलस्सुबह चार बजे उठकर सबसे पहले घट्टी पीसती। उस दिन जितना भी छह-सात सेर, एक कुड़ा गेहूँ पिस सकता था, प्रभाती राग के स्वर में गाते हुए पूरी तन्मयता के साथ खुशी-खुशी पीसती। फिर बड़े मटके में दही बिलोती। एकाध सेर मक्खन निकालती। छाछ की कढ़ी बनाती, कुछ बोदे पड़ियाओं (भैंस के बच्चों) को पिलाने के लिए छोड़ देती। बरसात के मौसम में आदिवासी कन्याएँ हरा घास काटकर गाय-बछड़ों के लिए लातीं तो एवज में माँ उन्हें उनकी ही छोटी-छोटी मटकियों में भरकर छाछ दे देती। फिर परिवार के सभी सदस्यों का भोजन बनाती। सभी को खुशी-खुशी भोजन कराती। सबके बाद में स्वयं भोजन करती, फिर एकाध घंटे का विश्राम कर पाती। फिर शाम के भोजन की व्यवस्था में जुट जाती। रात में सोने से पहले रामायण-महाभारत की एकाध कथा भी सुना ही देती। वर्षों उसके जीवन का यही क्रम बना रहा।

बचपन में गरीबी में रहने का उसे भरपूर सौभाग्य मिला। जिसे यह अनुभव नहीं हुआ, वह भी दुर्भाग्यशाली ही रहा होगा। यह भी अच्छा हुआ, बुढ़ापे में वह सौभाग्य नहीं रहा। बुढ़ापे में यदि होता तो वह दूसरा दुर्भाग्य होता। बचपन की गरीबी सौभाग्य होती है, बुढ़ापे की दुर्भाग्यवाली। उसने जीवन में काम और बात में संतुलन बनाए रखा। वह जानता था कि काम ही काम से बात नहीं बनती और बात ही बात से काम नहीं बनता।

उसके बचपन के शौक ऐसे थे, जिनमें न हींग लगे न फिटकरी। बचपन के पाँच-छह साल पिताजी को गाते और हारमोनियम बजाते सुना, इसलिए छुट्टियों में जब घर आता तो महीने-पंद्रह दिन वह भी गाने-बजाने का शौक पूरा कर लेता।

माता-पिता के लाड़-प्यार के कारण गाँव छोड़कर जाना नहीं चाहता था; लेकिन पढ़ाई करना गाँव में संभव नहीं था। परिवेश के प्रभाव में गाना-गुनगुनाना एक सामान्य बात थी।

हरदा और भोपाल में रहकर सभाओं तक में उसके भजन या गाने सुने जाते। उसके गाने की प्रशंसा तो सब करते, किंतु खाने की चिंता उसे स्वयं ही करनी होती। वह छोटी उम्र में ही अच्छी तरह समझ चुका था कि संगीत से उसकी दरिद्रता जानेवाली नहीं। यह कला उसका गला दबाकर रहेगी। यदि वह इसे जीविकोपार्जन का माध्यम बनाएगा तो उसे जीवन में भूखे ही रहना होगा। उसके संगीतकार पिता जीते-जागते उदाहरण हैं। श्रोताओं या दर्शकों की प्रशंसा से उसने किसी का पेट भरते नहीं देखा। उससे मन की भूख भले ही मिट जाती हो, पेट की क्षुधा कभी शांत नहीं हो सकती। कामचलाऊ अर्थार्जन की कला तो आनी ही चाहिए।

कभी-कभी मंदिर में भी चला जाता और भगवान् से वही प्रार्थना करता कि हे भगवान्! मुझ पर सरस्वती और लक्ष्मीजी दोनों की मेहरबानी रहे। संगीत, पुस्तकों का अध्ययन और एकांत चिंतन उसे भरपूर मानसिक संतोष देते।

खेलों में सिर्फ वह खेल खेल सकता था, जिसमें एक भी पैसा खर्च न हो। कबड्डी और खो-खो के अलावा और कौन से ऐसे खेल हो सकते थे, जिनमें पैसा खर्च न होता हो? प्राय: कबड्डी खेलते-खेलते उसके घुटनों में चोटें लगती रहतीं। घाव और चोटें तो वह और उसके परिवार जन बरदाश्त कर सकते थे, गेंद, हॉकी या क्रिकेट का बैट खरीदनेवाला खर्च असह्य माना जाता था। राणा सांगा को तो अस्सी घाव लगे थे, लेकिन वे रणस्थल से कभी नहीं भागे? पिता द्वारा बार-बार दिया जाता यह प्रेरक उदाहरण उसके शारीरिक घावों को यथावत बनाए रखने में बड़ा सहयोगी होता। अभी तो दो-चार ही हुए हैं।

उसका जन्म छोटे, किंतु सुरम्य परिवेश लिये हुए गाँव में हुआ। काली जमीनवाली धरती की अनादिवासियों की उस क्षेत्र की शायद सबसे अंतिम बस्ती, जिसमें आधे लोग आदिवासी ही थे। उसके घर से आधी मील दूर से ही पहाड़ और पूर्णत: आदिवासी बस्तियाँ शुरू हो जातीं। तब आदिवासी तो बेचारे जूते-चप्पल पहनते ही नहीं थे, अन्य लोगों के लिए भी पादत्राण, आवश्यक नहीं होते थे। न तो वे बातें फेंक सकते थे, न जूते-चप्पल। इसीलिए सरकारी मुंशी या बाबू उनसे डरते नहीं थे। तब तक उसके गाँव में कोई बस तक नहीं जाती थी, पथिक पैदल, बैलगाड़ी या घोड़े पर चढ़कर यात्राएँ करते थे।

जब वह चार साल का रहा होगा, तब किसी धनाढ्य व्यक्ति ने एक नई

साइकिल कसवाई थी, जिसे देखने के लिए पूरा गाँव उमड़ पड़ा था। तब साइकिल के मालिक ने बिना किसी से धक्का लगवाए उस साइकिल को चलाई थी। धक्का लगाने के बहाने कई नवयुवकों ने उसे नई-नवेली दुलहन की तरह छूने की कोशिश की, लेकिन उन्हें समझदार लोगों ने इसलिए रोक दिया कि कहीं उसकी चमक कम न हो जाए और वह गुस्सा न कर बैठे?

बरसात के मौसम में हरीतिमा से आच्छादित और यत्र-तत्र फूटे जल स्रोतों से खिलखिलाती धरती। नन्ही सी पथरीली पहाड़ी नदी का दूर-दूर तक शोर। कम पानी के प्रवाह में भी इतनी ऊर्जा? आदमी घुटने-घुटने बहते हुए पानी में खड़ा न हो सके। धड़ाम से गिर जाए। आज भी बरसात के दिनों में जब गाय, बछड़े, भैंसें, घोड़े नदी के उस पार चरने के लिए जाते हैं, तब जीवित रहने के लिए घास या वनस्पति तो बाद में खाते, पहले अपने जीवन को पानी की उग्र और जानलेवा धार से सुरक्षित निकालने के लिए संघर्ष करते।

उसने बहुत गौर से उस नवजात बछड़े को भी देखा, जो धरती पर आते ही अपनी दोनों आँखें खोलकर सबसे पहले दुनिया को अच्छी तरह देखता है। पास में बहुधा डंडाधारी आदमी ही खड़ा दिखाई देता है। वह जल्दी ही समझ लेता है कि दुनिया में कदम रखना ही सिर्फ काफी नहीं? जितनी जल्दी हो सके, अपने पाँवों पर खड़े होने का अभ्यास करना होगा।

मनुष्य तो सुविधाभोगी है, साल भर में भी पाँव चलाना सीखेगा तो कोई कुछ नहीं कहेगा। हमें तो उसी दिन चलना पड़ेगा। आदमी पास में लकड़ी रखकर हम सरीखे अनेक को चलता करना जानता है। वह कभी भी अपने पाँवों पर खड़ा हो या न हो कोई कुछ कहनेवाला नहीं। तुझे तो आज ही और अभी अपने पाँवों पर खड़ा होना है। वह पहले दिन से ही समझ लेता है कि पेट भरने की व्यवस्था उसे स्वयं ही करनी पड़ेगी। अतः बेचारा बार-बार गिरता है, उठता है। गिरते-पड़ते एकाध घंटे में ही अपने पाँवों पर खड़ा हो जाता है।

बरसात के मौसम में कभी-कभी दुर्बल चौपाए तो जलधार में साथ बहकर पता नहीं कहाँ पहुँच जाते हैं? बहते-बहते कहीं पेड़ की ऐसी जड़ या झाड़ी में उलझ जाते, जहाँ से धरती पर लौटना ही संभव नहीं हो पाता। शीतल अपने जीवन को उन गाय-बछड़ों के जीवित रहने के संघर्ष में ढालकर देखता। सिर्फ घर के भरोसे उसका भविष्य क्या रहेगा? उसे भी इन बछड़ों की तरह नदी पार कर किसी दूरदराज के अपरिचित जंगल में जाना होगा। अपनी जीविका की तलाश करना होगा।

अपने अस्तित्व को बचाए रखने के लिए गाय-बछड़ों की यही जिजीविषा उसे

जीवन भर प्रेरणा देती रही। गरमी के आते ही मौसम सायं-सायं करने लगता। दोपहर में पक्षी तक किसी घने बरगद पीपल या आम्र कुंज के पत्तों में छिपकर लू-लपट से अपने-प्राण बचाते। उन्हें मात्र सुबह-शाम उन्मुक्त रहकर चहचहाने की स्वाधीनता होती। यदि कोई पंखेरू, अक्खड़ मौसम की क्रूर गरमी और हवा के विरुद्ध खुले वातावरण में कुछ अभिव्यक्त कर देने का, चहचहाने का साहस कर लेता तो उसका हश्र शीतल की मानिंद फड़फड़ाने और घायल हो जाने सरीखा हो जाता।

तत्कालीन सामाजिक परंपराओं के अनुसार किसी के घर में क्रिकेट की टीम होती थी तो किसी के घर में हॉकी की। उसका परिवार भी कम तो नहीं था? फुटबॉल की टीम बन सके, इतने उसके भाई-बहन ही थे। प्रायः सभी परिवार एक-दूसरे से उन्नीस नहीं पड़ते थे। आजकल तो शतरंज की टीम बनाने से भी परिवार हिचकते हैं। मजबूरी में एक-एक बच्चा मोबाइल या लैपटॉप पर खेल खेलता रहता है। समाज की प्रचलित आशाओं-अपेक्षाओं के अनुसार उसके परिवार में भी पहली संतान का दिल खोलकर स्वागत किया जाता था। पहला ही पुत्र हो जाए, तब तो क्या कहने? बुढ़ापे के सहारे की लाठी। यह बीसवीं सदी की बात थी। इक्कीसवीं सदी में तो और प्रगति हुई। अब भले ही पुत्र एक हो, पर वह भी लाठी का सहारा नहीं, कई जगह तो लाठी का प्रहारा होने लगा है। बूढ़ा कितना भी बोल्ड हो, कुछ दिन बाद ही बुढ़िया को लेकर ओल्ड होम में चला जाता है।

तब गाजे-बाजे से पहले पुत्र के शुभागमन की सूचना समूची बस्ती को दी जाती थी। उसके परिवार में भी वही हुआ।

दूसरा शिशु आता तो पहले सरीखी खुशी नहीं रहती। अगली संतानों में वही प्रसन्नता क्रमशः कम होती चली जाती। और यदि आर्थिक विपन्नता ने परिवार में अपने पाँव पसार रखे हों, तब तो प्रत्येक नवागंतुक के जन्म पर मातम ही छा जाता। यह और कहाँ से झोली में टपक पड़ा? पहला ही बेटा हो तो अधिक खुशी और यदि कुछ बेटों के बाद एक बेटी हो, तब भी खुशी, अन्यथा बेटी के आने पर अप्रसन्नता ही आती? बेटी यानी पराए घर की लक्ष्मी। जहाँ श्रमिकों की संख्या ही बढ़ानी होती, तब तो घर में अनगिनत बच्चे लाए जा सकते थे, अन्यथा प्रत्येक नवागंतुक के आने से खुशी ही होती होगी, यह तो भगवान् ही जाने। हाँ, परिवार पर बढ़े हुए बोझ की अनुभूति अवश्य होती होगी।

दुनिया की प्रत्येक दौड़ में पिछड़े रहने की तरह, परिवार के बच्चों की दौड़ में भी शीतल का अवतरण बहुत पीछे हुआ। माँ तो बेचारी एक-एक के पालन-पोषण में ही व्यस्त रहती। कब सुबह हो जाती और कब शाम, इसका उसे पता ही

नहीं चल पाता था। पिता तक को बच्चों के जन्मदिन बताने के लिए उनकी जन्म कुंडली देखनी पड़ती थी। एक-दो संतान हों तो जन्मदिन भी याद रहे ? तब न कोई जन्मदिन की बधाई देता था न ही किसी के विवाह की वर्षगाँठ की। जब जीवन का एक-एक दिन निकालना चुनौती भरा होता हो, तब जन्मदिन या विवाह की वर्षगाँठ याद रखना कितना कठिन होता है ? जन्म की घटना होती या विवाह का समारोह, सब ट्रेन की यात्रा में पीछे छूटते हुए स्टेशन मात्र होते।

शायद उसकी तपस्या से खुश होकर भगवान् ने उसकी सुनी। बचपन से ही सरस्वतीजी और लक्ष्मीजी दोनों का आशीर्वाद वह चाहता था। सुना था, जहाँ एक होती है, वहाँ दूसरी नहीं ठहरती। फिर जिसने शिशुपन से ही फक्कड़ रहने का बढ़िया प्रशिक्षण ले लिया हो, दो टिक्कड़ खाकर पानी पीकर सो जाने में ही जिसने संतोष पाना सीख लिया हो। उसे थोड़ा भी मिल जाए, तो वह सोचता है, बहुत पा लिया। ऐसा नहीं था कि तब भी वह खर्च करना नहीं चाहता था, किंतु पास में कुछ होता तो खर्च करता ? हिसाब-किताब रखने की आवश्यकता ही नहीं पड़ी। शायद इसीलिए वह बुढ़ापे में कभी हिसाबी-किताबी नहीं रहा। वह कंजूस कैसे हो सकता था ? पैसा होता तो पैसे बचाता या कम खर्च करता ? जब ठन-ठन पाल मदनगोपाल हो तो कंजूसी कैसी ?

जब शीतल ने पढ़ना शुरू किया था, तब उसका एक सहपाठी हर्ष भी था। छोटे परिवार का नन्हा सा लाड़ला बेटा। घर में नौकर-चाकर सभी साधन-सुविधाएँ। स्वाभाविक था, हर्ष भी शीतल को साथ रखना चाहता था, अनुचरवत कोई रहे तो अपनी श्रेष्ठता का बोध ही होता। उसका सम्मान करने में नहीं। उसे न भी होता होगा तो हर्ष के पिता शीतल की ओर संकेत करते हुए कभी-कभी बेटे को निर्देश दे देते थे। गंदे बच्चों की सोहबत में उठना-बैठना ठीक नहीं। जब तक उसने चार पैसे कमाना शुरू नहीं किए थे, उसका दीर्घानुभव ऐसे ही मौन रहकर चिंतन करते रहने का बना रहा। उसके उपस्थित होते ही सामनेवाला अपनी श्रेष्ठता की अनुभूति कराए बिना नहीं चूकता था। उसकी नियति मौन और साक्षी रहकर सभी कुछ कड़वी दवा सा पी जाने के अलावा और क्या हो सकती थी ? शायद इसी कड़वी दवा ने उसका शारीरिक, मानसिक और आर्थिक स्वास्थ्य लंबे समय तक ठीक रखा।

खेल क्योंकि हर्ष के पास थे, अभ्यास के लिए जब भी कभी नौकरों के साथ खेलता, हमेशा जीत जाता। उसी आत्मविश्वास के साथ वह शीतल से भी खेलता। सोचता, आज अनुचर के साथ खेलते-खेलते दस बार जीता हूँ। आज तो शीतल को हराकर ही मानूँगा। किंतु जब हर्ष शतरंज की चालें शीतल के सामने चलता तो

बहुधा हार जाता। खेल खत्म होते-होते शीतल अपने प्यादे से हर्ष के वजीर को ही नहीं, राजा को भी शह और मात दे देता।

तब हर्ष पूछता, "मैं घर में इतनी बार खेलता हूँ, एक बार भी नहीं हारता, हर बार जीतता ही हूँ, पर तुझसे क्यों नहीं जीत पाता?"

शीतल उत्तर देता, "वे समझदार हैं, जो तुझसे बार-बार हार जाते हैं। वे अच्छी तरह जानते हैं कि बॉस से किसी भी खेल में जीत जाने का अर्थ अंतिम विजय नहीं होता। वह तो खेल के बीच का स्थगन, अर्धविराम या अंतराल भर है। निर्णायक विजय तो बॉस की ही होनी है, अतः प्रत्येक खेल में वे तेरे अहं को बनाए रखते हैं। समझदार अधीनस्थ अपने स्वामी को जिताए रखकर हौसला बढ़ाते रहते हैं।"

शीतल और हर्ष सहपाठी तो थे ही। भले ही कभी-कभी साधन-संपन्न होने के फलस्वरूप हर्ष, शीतल की उपेक्षा कर जाता हो, उस पर हँस भी देता हो, किंतु जब भी कभी राय लेता तो शीतल बिना किसी लाग-लपेट के अपना मत दे देता। हर्ष बहुत देर तक शीतल की बात पर चिंतन करता। शीतल के पास कहने के लिए कुछ तो है? जो कुछ भी कहना होता, साफ-साफ कह देता। हर्ष को भगवान् ने हर्षातिरेक में जीने की सुविधा दी है, शायद पूर्वजन्म के उसके कर्म अच्छे रहे हों, अपने ठीक न रहे हों? उसे ऐश करने का पूरा अधिकार है। शीतल के लंबे मौन पर वह कभी-कभी मुखर हो जाता। जब कभी एकाकी होता तो कहता, "आओ शीतल, हम लोग साँप-सीढ़ी खेलें, शतरंज खेलें, कैरम खेलें।" उसके पास तरह-तरह के और भी खेल थे। खेलों का तो लगभग खजाना ही था।

शीतल समझने लगा था कि जीवन भी एक खेल ही है, जिन परिवारों में सारे दाँव-पेच सिखाने के लिए साधन उपलब्ध होते हैं, वहाँ बच्चों को प्रारंभ से ही प्रभावी प्रशिक्षण दे दिया जाता है, तभी तो वे सफल राजनीतिज्ञ सिद्ध होते हैं। दुनिया के क्रीड़ांगन में अच्छे कोच के बिना अच्छी तकदीरवाले इक्का-दुक्का ही मैदान मार पाते हैं। शिशुपन से ही बताना पड़ता है कि सामनेवाले को इकलंगा लगाकर कैसे गिराया जाता है? टाँग कैसे खींची जाती है? झटका कैसे देते हैं?

व्यंग्य ने बीच में टोका, "क्या धोबी-पछाड़ दाँव लगाकर सामनेवाले को कूटते नहीं आना चाहिए? जुआ खेलते समय शकुनि की शैलीवाली चाल चलने में निष्णात होना आवश्यक है। राज-पाट चाहिए तो लूटपाट करनी आनी चाहिए। जिन्हें बचपन से ही सबकुछ सिखा दिया जाता है, वे लोग दुनिया में सफलता पा जाते हैं।"

"किसी विपन्न को जन्मदिन की बधाई देना भी किसी तीखे व्यंग्य से कम नहीं होता। और ऐसे में यदि कोई उत्तर दे भी तो क्या प्रतिक्रिया हो सकती है?

किसी भिखारी को जन्मदिन की बधाई देकर देख लें। शुभकामना तो दी जा सकती है, बधाई कदापि नहीं। और यदि उसने भी कह दिया—ऐसा ही जन्म आपको भी प्राप्त हो तो आप क्या सोचेंगे ? वैसे उस बेचारे को कोई बधाई देगा भी क्यों ? बधाई तो वह उपहार होता है, जो देने वाले को कुछ-न-कुछ हमेशा देता रहता है। जिससे कोई अपेक्षा हो उसे तो यह उपहार दिया जा सकता है, जो हमेशा उपेक्षा में जीता रहा हो, वह बधाई के अर्थ को क्या समझे ? शीतल किसी को क्या दे सकता है, अतः बधाई भी उसे क्यों दी जाती ?'' शीतल ने समझाया।

वह हर्ष समेत कई मित्रों, परिचितों के जन्मदिन मनाते हुए देखता रहा और उन्हीं में भरपूर खुशी लूटता रहा। प्रौढ़ होने की उम्र तक उसके जीवन में बधाई का जैसे कोई स्थान ही नहीं था। हिकारत से देखने से लेकर बधाई देने तक का रास्ता सामनेवाले के लिए बहुत लंबा होता है। किसको पड़ी है कि वह लंबी यात्रा करे ?

''यही मेरी पूर्व जीवन की कथा है। अब तो संतुष्ट हो कि मैं यहाँ तक कैसे आया ?''

''ठीक है भाई शीतल, तेरे उस जीवन से हमें पर्याप्त सहानुभूति है, लेकिन तकदीर का लिखा कोई टाल नहीं सकता।'' यह कहकर दोनों विश्राम करने चले गए। शीतल अभी भी कहीं डूबा हुआ बैठा था।

11

4 जुलाई, यानी अमेरिका का स्वाधीनता दिवस आ रहा है। श्रवण कुमार ने इस सप्ताहांत पर विशेष यात्रा का कार्यक्रम इसीलिए बनाया है, क्योंकि 4 जुलाई गुरुवार को पड़ रहा है, अतः 5 जुलाई की छुट्टी लेने भर से बाहर जाने के लिए चार दिन मिल जाएँगे। यहाँ की प्रथा है, वीकेंड (सप्ताहांत) पर शहर से बाहर जाना। और इस बार शीतल लॉस एंजेल्स में है। चलो, सेन फ्रांसिस्को, सांटा क्लारा-सांटा बारबरा आदि घूम आते हैं।

शीतल ने पूछा, ''ये कितनी दूर होंगे ?''

बेटे ने उत्तर दिया, ''कोई छह घंटे की ड्राइव है।''

''छह घंटे की ड्राइव का अर्थ ?''

''पचहत्तर-अस्सी मील प्रति घंटे की दूरी लगा लें ?''

''इतनी दूर अकेले ही चला लोगे ?''

"हाँ, क्या हुआ, चलाते ही हैं, वरना दूसरी ड्राइवर भी तो साथ में है (बेटे का इशारा पुत्रवधू की ओर था)।"

और कुछ ही समय बाद देखा गया कि सीट बेल्ट लगाए हुए बेटा कार चला रहा था। बहू भी सीट बेल्ट बाँधे बेटे की बगल में बैठी हुई जी.पी.एस. को सामने लगा रही थी। पुत्रवधू ने कह दिया था, पीछे बैठे लोगों को भी सीट बेल्ट बाँध लेना चाहिए, किंतु बुजुर्ग भारतीय हैं, एक बार बेटे का कहा तो मान लेते हैं, बहू का कहना मानने को अपमानित होना मानते हैं, इसलिए बिना सीट बेल्ट बाँधे हुए बैठे रहे। बेटा कह देता तो अलबत्ता सीट बेल्ट बाँध भी लेते?

भारतीय परिवार, भारतीय परंपरा का ही पालन करते हैं, यहाँ तक कि अमेरिका के नियमों को भी तोड़ देने को तत्पर रहते हैं। भारत में टू वे ट्रैफिक प्रथा अभी शुरू नहीं हुई है। बड़े लोगों के आदेशों का पालन करना बच्चों का कर्तव्य है, किंतु बच्चों की राय पर ध्यान न देना बड़ों का बड़प्पन है। शीतल और श्रीमती शीतल ने अपना बड़प्पन यथावत बनाए रखा। अपने बड़प्पन को कहीं आँच न लगने दी।

हास्य और व्यंग्य मौन रहकर स्थिति का आकलन करते रहे। "अच्छा शीतल, यह बता कि भारत के लोगों और अमेरिका के लोगों की तुलना की जाए तो कौन अधिक स्वाधीनता का अनुभव करते हैं?" व्यंग्य ने पूछा।

"स्वाधीनता दिवस हो या नहीं, यहाँ के लोग अपने व्यक्तिगत जीवन में भी अधिक स्वतंत्रता अनुभव करते हैं। प्रत्येक सप्ताहांत पर लोग भ्रमण करने के उद्देश्य से बाहर निकल जाते हैं। यहाँ शनिवार और रविवार दो दिन की छुट्टी होती है। कोई नदी या समुद्र में, नाव या स्टीमर पर सैर करने चले जाते हैं तो कोई अन्य सुंदर स्थलों पर। अधिकांश परिवार अपनी-अपनी बड़ी नाव (मोटर बोट) रखते हैं।" बेटे ने बताया।

"तभी वहाँ के लोग हवा में उड़ते या पानी पर तैर रहे होते हैं। जमीन पर इनके पाँव क्यों टिकेंगे?" हास्य ने चुप्पी तोड़ी।

"क्या यहाँ कोई बेकार नहीं रहता? आसमान में वायुयान या हेलिकॉप्टर कौओं-गिद्धों सरीखे यत्र-तत्र उड़ते दिखाई देते हैं, जिधर देखें, उधर कार-ही-कार! ऐसी एक-एक परिवार में कितनी-कितनी कारें होती हैं?" व्यंग्य ने प्रश्न किया।

व्यंग्य द्वारा पूछे गए प्रश्न का उत्तर शीतल ने दिया, "एक कार ब्वॉयफ्रेंड की और एक गर्लफ्रेंड की होती ही है और जिस उम्र से वे कार चलाने लायक हो जाते हैं, कार ले ही लेते हैं। इसीलिए इतनी कारें दिखाई देती हैं। रोमांच का आनंद लेने

या करतब दिखाने के लिए बाइक भी रख लेते हैं। यद्यपि उसका उपयोग मस्ती करने के लिए किया जाता है।''

''यहाँ ब्वॉय हो या गर्ल, अस्सी-नब्बे साल की उम्र तक ब्वॉय या गर्ल ही बने रहते हैं। यानी ब्वॉयफ्रेंड और गर्लफ्रेंड। प्रौढ़ या बूढ़े कभी कोई होते ही नहीं। दोनों पाँव कब्र में हैं, पर लव मेकिंग और डेटिंग के लिए हरदम एक पाँव पर खड़े रहते हैं। आत्मा-परमात्मा के बारे में चर्चा या कोई ज्ञान नहीं। क्या यही यहाँ की सर्वाधिक प्रिय एवं लोकप्रिय दिनचर्या है?'' व्यंग्य ने अगला सवाल दागा।

''भगवान् के संदेश को ये लोग ही ठीक से समझ पाए हैं, हम नहीं। दुनिया में सबसे प्रेम करो। अतः जिससे चाहते हैं, प्रेम करने लगते हैं। यह देश ही नहीं सारे पश्चिमी देश प्रेममय हैं। और अब तो भारत भी वैसा ही बनता जा रहा है। मीरा बाई ने बहुत छोटी उम्र में वह भजन तो हिंदुस्तान में लिखा था, पर सभी उम्र की महिलाओं ने जीवन में उसे यहाँ उतारा है। यही भारतीय काव्य की महत्ता है। जानते हो वह भजन कौन सा है?''

फिर हास्य स्वगत ही सस्वर गाने लगा, ''ए री मैं तो प्रेम दीवानी मेरा दरद न जाने कोय।''

''सच बात है, यहाँ की प्रेम दीवानियों का दर्द न आज तक कोई समझ पाया है, न भविष्य में समझ पाएगा।'' व्यंग्य ने पुष्टि की।

''दर्द बढ़ता ही गया, ज्यों-ज्यों दवा की। यदि उस दर्द को तू ही समझ पाया हो तो कुछ तो कर। ऐसे हाथ-पर-हाथ धरकर क्या बैठा हुआ है?'' हास्य ने चुनौती दी।

व्यंग्य गौर से देख रहा था कि शीतल का बेटा श्रवण कुमार कार को 75 से 80 मील प्रतिघंटे की गति से चला रहा है। जी.पी.एस. के भीतर बैठी जी.पी.एस. में बैठी आंटी अंग्रेजी में रास्ता बता रही थी। चार मील सीधे चलो, फिर दाहिने हाथ पर मुड़कर 101 पूर्व की सड़क पकड़ लेना। इस सड़क पर 80 मील सीधे चलना है। गंतव्य अभी 300 मील आगे है। वहाँ पहुँचने में चार घंटे लगेंगे। और वह आंटी मौन हो जाती है।

''बड़ी मीठी-मीठी आवाज आ रही थी, बंद क्यों हो गई, उससे कहो न कि वह बोलती चले।'' व्यंग्य ने श्रवण कुमार से कहा।

''यहाँ के लोग काम की बातें ही करते हैं, व्यर्थ में गप्पें नहीं लड़ाते। जब उसे कुछ कहना होगा, फिर कह देगी। जब तक सीधे रास्ते पर चल रहे हो, कोई रोक-टोक करनेवाला नहीं है। वह भी नहीं। जहाँ जरा सा भटकोगे कि वह बोल उठेगी, रोक देगी।''

"हाँ भैया, हम भी अब तक अच्छी तरह समझ गए हैं कि यहाँ लोग काम में ही लिप्त रहते हैं। काम के अलावा शायद और कोई काम ही नहीं है?" व्यंग्य ने उत्तर दिया।

"ऑफिस में काम में व्यस्त, बाद में काम में लिप्त। कई बार ऑफिस में व्यस्त भी और लिप्त भी। प्रशंसनीय परंपरा है, जब तक घनिष्ठता नहीं होती, व्यक्तिगत जीवन के बारे में कोई चर्चा नहीं की जाती। वैसी खोजी पत्रकारिता कोई नहीं करता, जैसे भारत में आम व्यक्ति करता है।" हास्य ने नहले पर दहला ठोंक दिया।

आत्मनिरीक्षण करने को तो सभी जगह व्यर्थ माना जाता है, पर भारत में घर में क्या पक रहा है, इसे अनदेखा कर आस-पास क्या पक रहा है, इसकी चिंता ज्यादा की जाती है। वहाँ दीपकों की संख्या अधिक रहती है, जिनके नीचे अँधेरा रहता है। और यहाँ पर वे स्वयं में ही इतने डूबे रहते हैं कि कोई प्रकाश फेंकता रहे, सिर उठाकर सामनेवाले को भी नहीं देखते। वे सुबह से शाम तक कई प्रकार के कामों में लिप्त रहते हैं। एक-एक के कई ब्वॉयफ्रेंड या गर्लफ्रेंड हो सकते हैं। इसीलिए ऑफिस से निकलने के बाद वे कहीं भी जाएँ? क्या बॉस और क्या मातहत। कार्यालय या फैक्टरी के बाद कोई साहब नहीं, कोई नौकर नहीं, सभी परस्पर मित्रवत् व्यवहार करते हैं। हिंदुस्तान में तो एक बार जो बॉस बन गया, मंत्री बन गया, जीवन भर अपने पद से उतरना नहीं चाहता। सामनेवाले अधीनस्थ को मात देता रहता है और हत बुद्धि का बताता रहता है। एक बार मातहत बना नहीं कि जीवन भर मात खाता रहता है, स्वयं को हतभाग्य मानता रहता है। व्यावहारिक रूप से कुरसी से भले ही उतर जाएँ, वे जीवन भर मन से कुरसी को नहीं हटने देते। इसीलिए प्यादे रहकर भी राजा या वजीर की शह पाना अपना सौभाग्य समझते हैं, ताकि दुनिया की शतरंज में सामनेवाले हाथियों, ऊँटों, घोड़ों सभी को धूल चटाने का काम करते रहें। मानसिक रूप से जीवनपर्यंत पद के भूत को अपने गले में टाँगे रहते हैं। शायद यह भूत उन्हें सुख देता रहता है। पद या कुरसी अब भले ही पास न हो, कुरसी देवी के सामीप्य की अनुभूति करते हुए मुदित बने रहते हैं। भूतपूर्व निदेशक, भूतपूर्व मंत्री या कोई और पूर्व का भूत। बस चले तो स्वयं को अभूतपूर्व घोषित करके ही दम लें? मैं भूत भी हूँ, यह आभास देकर सामनेवाले व्यक्ति को डरा कर रखा जा सकता है। भूतपूर्व होने का संतोष और सुख अलग होता है। ये स्वयं कभी भूतपूर्व चमचे कहलाना पसंद नहीं करते, भूतपूर्व गुंडे या भूतपूर्व डाकू। यदि ऐसा कुछ कह दें तो सामनेवाला थोड़ी तो राहत महसूस करे।

शीतल को याद आया। पहली बार अकेला 2001 में आया था। वाशिंगटन

में अर्थ टेक्नोलॉजी फोरम में इंजीनियरिंग विषयक चार शोध पत्र एक साथ पढ़ने। 17–18 दिन में वापस भारत लौट गया था। तब न्यू जर्सी यानी न्यूयॉर्क में पहले के रूप में पड़ाव एक परिचित राजन गुप्ता के घर डेरा डाला था। उनके निवास पर दो दिन रहा। तभी मीनिया पोलिस में सुनील देशपांडे के निवास पर भी दो दिन रहा था। तब मेट्रोपार्क स्टेशन पर जब–जब उतरता, भारतीयों की बहुत बड़ी संख्या देखकर मन को बहुत संतोष मिलता। बोस्टन में मनीष मोतियानी के घर भी रुका। इस यात्रा में नाइग्रा प्रपात, वाशिंगटन, न्यूयॉर्क, मीनिया पोलिस, बॉस्टन, मेसाचुसेट्स टेक्नोलॉजी संस्थान आदि देखकर वापस चला गया।

दूसरी यात्रा 2006 में ऑस्टिन की हुई, जहाँ बेटा आई.बी.एम. के लिए काम कर रहा था। यहाँ पर वह और श्रीमती दोनों आए थे। लगभग पाँच माह रहकर वापस चले गए। तब भी नासा, ह्यूस्टन, ऑरलैंडो यानी डिज्नीलैंड तथा आस–पास की जमीन के भीतर गहरी गुफाएँ देखी थीं। यहीं पर थॉम वुडरफ वर्ल्डपोयट से एवं अन्य अंग्रेजी कवियों से दोस्ती हुई। अपने तीसरे कविता–संग्रह की हिंदी की अनुवादित 67 अंग्रेजी कविताएँ यहीं का योगदान है। यहाँ भी शैतान का घर बनने देने की बजाय उसने खाली दिमाग को अनुवादक बना डाला और 17 अंग्रेजी गद्य रचनाओं का संग्रह 'माई स्वीट सेवंटीन' तैयार कर लिया, जिसे आउटस्कर्ट्स प्रेस पब्लिकेशन कॉलोरेडो ने प्रकाशित किया। अमेरिका की रिफाइंड सेवेज पोइट्री ने तथा लंदन की लेखनी साहित्यिक पत्रिकाओं ने अंग्रेजी कविताएँ प्रकाशित कीं। ऑस्टिन के ईएक्स टी.वी. पर एक कवि गोष्ठी में 19 अमेरिकन कवियों के साथ उसकी पाँच कविताएँ प्रसारित हुईं। इंटरनेशनल लाइब्रेरी ऑफ पोइट्री में 10 कविताएँ सुरक्षित कीं, यहीं का एडिटर्स चॉइस अवार्ड भी कविता 'सिंग ऑन' पर घोषित हुआ। कुल मिलाकर यह कि बोझा ढोते रहने की आदत यहाँ भी बनाए रखी।

तीसरी बार 2007 में विश्व हिंदी सम्मेलन के प्रादेशिक प्रतिनिधि मंडल में मध्य प्रदेश शासन ने किन्हीं विशेष परिस्थितियों या मजबूरीवश उसे भेजा। यह यात्रा मध्य प्रदेश शासन के खर्च पर हुई। तब उसका बेटा मिशिगन में था। उसका विवाह कुछ माह पूर्व ही हुआ था। उस यात्रा में भी वह अकेला आया था और 15 दिन रहकर लौट गया।

चौथी यात्रा 2009 में हुई, तब वह और श्रीमतीजी, सेंट जोसेफ (मिशिगन) में बेटे–बहू के पास लगभग तीन माह रहकर गए। तब उसने मिशिगन (यू.पी. यानी अपर पेनिनसुला) का मेकिनोज पुल देखा था। न्यूयॉर्क के ब्रुकलिन ब्रिज पर भी पद यात्रा की थी। उसे एक प्रश्न बार–बार सालता है कि दुनिया के पच्चीस बड़े–बड़े

पुलों में एक भी हिंदुस्तान के पास क्यों नहीं है? इधर पुल तैयार होता है, उधर सत्तापक्ष और विरोधी पक्ष के बीच सेतु न बनकर युद्ध के स्वर सुनाई देने लगते हैं। आरोप-प्रत्यारोप होते हैं कि पुल के शिलालेख पर (काल पात्र पर) उनका नाम क्यों नहीं है? अमेरिका में पुल तैयार करवानेवाले यंत्री का नाम प्रमुखता से होता है, जबकि भारत में उद्घाटन करनेवाले मंत्री का। भारत में ब्रिज खेलते-खेलते जनप्रतिनिधि अपना कार्यकाल सफलतापूर्वक पूरा कर लेते हैं और बुढ़ापे में ब्रिज (धार्मिक नगरी) में रहने की कामना रखते हैं। उस पवित्र नगर में रहने को न मिले तो ब्रिज के दर्शन ही कर लें? सारे पाप धुल जाएँगे। किंतु जब तक सत्ता में हैं, विपक्ष के सहयोग से पुल नहीं बनने देंगे। सारा श्रेय हम अपनी ओर पुल करेंगे। इस तरह पुलअप करते रहने में ही अपना सारा कार्यकाल खपा देंगे। उसे दुष्यंत कुमार बरबस पुनः याद आ जाते हैं। 'पक्ष और प्रतिपक्ष दोनों ही मुखर हैं, बात इतनी सी है कोई पुल बना है।'

पिछले दिनों अमेरिका की पाँचवीं यात्रा की। यह यात्रा भी लगभग छह माह की रही। इस यात्रा में भी उसने सेन फ्रांसिस्को का गोल्डन गेट ब्रिज, बे एरिया का बे ब्रिज देखा। लॉस एंजेल्स पहुँचने वाले दिन ही साहित्यिक झुकाव वाले अवधेश अग्रवाल मिलने आ गए। अमेरिका में हिंदी में हो रहे काम की जानकारी अवधेश अग्रवाल से मिली। ओहायो के कवि और कथाकार अमरेंद्र कुमार ने कुछ लोगों को इ-मेल के द्वारा उसके लॉस एंजेल्स में पहुँचने और रहने की जानकारी दी। सांटा क्लारा से डॉ. शकुंतला बहादुर का टेलीफोन आया। शिकागो से डॉ. रेखा मैत्र ने दूरभाष पर ही अपनी कई कविताएँ सुनाईं तथा सुनीं। कभी भोपाल में ही रहे इन दिनों ओहायो में रह रहे विश्वा के संपादक रमेश जोशीजी से विस्तार से बातचीत हुई। डॉ. श्याम त्रिपाठी तथा डॉ. अंशु जौहरी से टेलीफोन तथा इ-मेल से संपर्क होता रहा। श्री अवधेश अग्रवाल के प्रासाद में रचना पाठ का भी कार्यक्रम हो गया। रमेश जोशीजी भी साथ में थे। तीस-चालीस भारतीय श्रोता थे।

उन्हीं दिनों ऑस्टिन से थॉम वुडरफ वर्ल्ड पोयट का टेलीफोन आया, बातचीत हुई। 2006 से उनसे इ-मेल से तो लगातार संपर्क बना हुआ है। वह लगभग प्रति सप्ताह अपनी एक नई कविता भेजते ही हैं। लॉस एंजेल्स के अमेरिकी लेखकों-कवियों में डॉड्स मुसेर, ब्रैंडा येट्स आदि पच्चीस कवि-लेखकों से घनिष्ठता हुई। लॉस एंजेल्स के उस पार्क में हर दूसरा सैर करनेवाला व्यक्ति स्क्रिप्ट राइटर, संगीतकार, प्रोड्यूसर, अभिनेता या फिल्म से जुड़ा हुआ मिलेगा। लॉस एंजेल्स फिल्म जगत् का वैश्विक तीर्थ माना जाता है।

लॉस एंजेल्स से 120 मील दूर सेन डियेगो का अजायबघर है। भारतवर्ष में किसी भी शहर में शायद इतना बड़ा जू न हो? शनिवार-इतवार को इसकी कार पार्किंग में हजारों कारें देखी जा सकती हैं। 2013 में एक व्यक्ति का अजायबघर देखने का टिकट 44 डॉलर था। पार्क के प्रारंभ में ही द्वार पर दाहिनी और बाईं ओर दो मोरों ने पींगें देकर नवागंतुकों का स्वागत किया।

व्यंग्य ने गौर से देखा, ''कहीं ये मोर के रोबो तो नहीं हैं? क्योंकि अमेरिका पाकिस्तान में ड्रोन हमले कर सकता है, इराक पर रोबो फौजी भेज सकता है, क्या पता यहाँ भी दो बैठा दिए गए हों?''

आस-पास ही प्राक्रतिक झरने दर्शकों का मन मोह रहे थे। तारों की जालियों से घिरे पहले हिस्से में ही लंबी चोंचवाले लगभग दो-दो फीट के पाँवों वाले विभिन्न रंगों के फ्लेमिंग थे। इस देश के हाथ बहुत लंबे हैं, यदि फ्लेमिंगों के पाँव भी इतने लंबे हों तो क्या आश्चर्य? विशेषत: गुलाबी, पीले, सफेद। सफेद सिरवाली कोयल भी पहली बार ही देखी। यहाँ के लोगों की खोपड़ी विचित्र है ही। पानी में अठखेलियाँ करती विभिन्न रंगों की बत्तखें। हरे बाँस का सघन वन। जेबरा, घोड़े और गधे के बीच का पट्टेवाला प्राणी। तरह-तरह के हाथी, चीते, शेर, सिंह आदि थे। बीच में व्यंग्य ने सबका ध्यान खींचा, ''शेर को पास से देखो तो सही, उसमें तो गीदड़ वाले गुण हैं? न दहाड़ना, न गुर्राना, न आँखें तरेरना बस अपने बड़े परिक्षेत्र में छिपकर बैठ जाना। अन्य जानवरों में भी जानवरों जैसी फुरती या चालाकी नहीं देखी जा रही। अधिकांश तो सोए हुए हैं, जो चल रहे हैं, वे भी लड़खड़ाते हुए। यदि जानवर ही एक-दूसरे पर न झपटें, आक्रमण न करें तो वे जानवर कैसे माने जा सकते हैं?''

''हाँ और आज जब इनसान मानसिक उन्नयन करते हुए एक-दूसरे पर खूनी आक्रमण कर रहे हैं, तब जानवर वहीं के वहीं निढाल क्यों बने हुए हैं? यहाँ के इतने प्रभाव में हैं, या तो उन्होंने पी रखी है या नींद की गोलियाँ ले रखी हैं। खुलेआम लॉ ऑफ द लैंड का उल्लंघन करते हुए ब्वॉयफ्रेंड गर्लफ्रेंड सरीखे एक-दूसरे के आलिंगन में बिद्ध एक भी नहीं था। जानवरपन अभी भी शेष है?'' हास्य बोला।

''क्या उन्हें नहीं मालूम कि अब तो लैस्बियन या गे रहकर समलैंगिक संबंधों को भी कानूनी मान्यता मिल चुकी है, पर वे शायद इस बात से अनभिज्ञ हैं। आखिर जानवर जो हैं। दर्शक अपने साथ कुत्ते-बिल्लियों को भी शायद इसीलिए निश्चिंततापूर्वक जानवरों के पिंजरों के सामने ले जा रहे हैं कि उन्हें जानकारी थी कि ये अजायबघर के जानवर नहीं मिट्टी की मूरत हैं।'' व्यंग्य ने जबाब दिया।

एक खूँखार रीछ तो एक दर्शक से बोला भी—''मुझे दूर से देखकर ही क्या

आनंदित हो रहा है ? पास तो आ ? डर मत। हम जानवर भले ही हों, इतनी प्रगति नहीं कर पाए हैं। यहाँ के आदमी के सरीखा गे नहीं हो पाया हूँ।''

फिर एकदम काले रंग के पीले-सुनहरे बंदर, कुछ सफेद दाढ़ीवाले बंदर। कुछ बंदर तो सूअर के आकार के हैं, जिन्हें टफ्टेड कौपचीन नाम दिया गया है। उसके बाद तो कई रंगों और प्रजाति के बंदर देखे गए। तोते भी सफेद नाकवाले, नीली चोंचवाले और न जाने कौन-कौन सी प्रजाति के थे। हर जगह लिखा था—'पशुओं, जानवरों के खाने के लिए कुछ भी न दें, वे सभी विशेष आहार (डाइट) पर हैं। शायद अजायबघर के भागवानों को यह जानकारी होगी कि इनसान तो अभक्ष्य खाकर अपनी बुद्धि भ्रष्ट कर ही लेता है, जानवरों को तो वैसे भक्षण से मुक्त रखा जाए ? साँप और अजगर नहीं देखे। भारत में ही क्या कम हैं, चप्पे-चप्पे पर दिखाई देते हैं।

दर्शकों के लिए तीन राउटों (मार्गों) पर डबल डैकर बसें तैनात थीं। प्रत्येक बस में कहीं से भी बैठकर यात्री कहीं भी उतर सकते थे। एक बार अजायबघर में प्रवेश पा जाने के बाद बस में किसी को भी अतिरिक्त पैसे खर्च करके टिकट लेने की आवश्यकता नहीं होती थी। तीनों रास्तों से चलकर दर्शक मुख्य द्वार तक आकर उतर सकते थे। यहाँ की प्रथा है कि किसी भी पार्क या दर्शनीय स्थल के भीतर दर्शनीय स्थल से संबंधित खिलौने या आकर्षक वस्तुएँ विक्रय हेतु रखी जाती हैं, ताकि आगंतुक स्थायी यादगार बनाने हेतु उन्हें खरीदकर ले जाएँ। इस देश की व्यापारिक मानसिकता तो जग जाहिर है ही ?

अभी जब वे लॉस एंजेल्स से सेन फ्रांसिस्को जा रहे थे, तब यात्रा के बीच में ही एक ऐसा स्थल भी आया, जहाँ दोनों ओर के सभी वाहन खड़े कर दिए गए। भरी दोपहर में दिन में लाइट चमकाते हुए बीचोबीच कॉप रास्ते रोके खड़े हैं।

लगभग आधा घंटा हो गया। 75-80 मील की गति से चलते रहनेवाले सैकड़ों वाहन एकाएक खड़े हो जाएँ और इतनी देर तक खड़े रहें तो बेचैनी होना स्वाभाविक है। कई लोगों ने उतर-उतरकर देखा—क्या हो गया है ? इसी बीच एक हेलिकॉप्टर खेत के बगलवाली सड़क पर आकर उतरा। यात्रियों को समझ में आ गया कि कोई दुर्घटना हो गई है और दुर्घटनाग्रस्त व्यक्तियों को चिकित्सकीय मदद देने के लिए हेलिकॉप्टर आ पहुँचा है। देखा कि एक कार पलटी हुई पड़ी थी और आस-पास फायर ब्रिगेड की गाड़ी, पुलिस की गाड़ी और एंबुलेंस तैनात थी।

दुर्घटनास्थल के आस-पास मात्र कुछेक राहतदाता पर अनेक लाल-पीली बत्तियाँ चमचमा रही थीं, ताकि अन्य लोग पास में न आ सकें।

"भारत में शुभाकांक्षी दर्शकों की ऐसी अनियंत्रित भीड़ होती कि वही साँस ले सकते हैं, दुर्घटनाग्रस्त व्यक्तियों की साँस अलबत्ता उखड़ जाती है।" व्यंग्य ने फिर कहा।

ज्ञात हुआ कि जब भी कोई दुर्घटना होती है, कोई दर्शक भी 911 पर टेलीफोन कर दे तो पाँच मिनट में फायर ब्रिगेड की गाड़ी, पुलिस की गाड़ी और एंबुलेंस दुर्घटनास्थल पर पहुँच जाती हैं। हेलिकॉप्टर से रोगी को तत्काल अस्पताल ले जाया जाता है। इनसान की जान सबसे अधिक मूल्यवान मानी जाती है।

सांटा मोनिका का समुद्र तट भी देखा। लकड़ी का विशाल पुल जिस पर जगह-जगह गिटार बजाते हुए स्वतंत्र कलाकार अपनी प्रस्तुति देते हुए मिल जाएँगे। उनके आस-पास कार्यक्रम के आकर्षणानुसार भीड़ भी जुट जाती है। सभी कलाकार कार्यक्रम के समापन पर अपेक्षा करते हैं कि उन्हें कुछ आर्थिक सहायता दी जाए, जो उन्हें दर्शक देते भी हैं।

सबसे महत्त्वपूर्ण घटना इस बार की यह रही कि उसने कैलिफोर्निया के जंगलों की आग को बहुत निकट से देखा। जीवन में आग का बने रहना आवश्यक है। दुष्यंत कुमार ने लिखा भी है, 'मेरे सीने में नहीं तो तेरे सीने में सही, हो कहीं भी आग लेकिन आग जलनी चाहिए।'

एक अन्य शायर ने भी लिखा है, 'यह इश्क नहीं आसाँ इतना ही समझ लीजे, एक आग का दरिया है और डूब के जाना है।'

अच्छा हुआ कि शायर इसे बहुत पहले लिख गए और शीतल ने भी समय रहते पढ़ लिया था, नहीं तो आग के दरिया में उसका डूबना सुनिश्चित था। वैसे बचपन से ही जो आग के दरिया में डूबता रहा हो, यदि एक बार और डूब लेता तो क्या फर्क पड़ जाता? पर इस दरिया के किनारे-किनारे ही वह रहा।

जब जला भी तो अपने मित्रों की खातिर—'झुलसे हुए बदन से नफरत न कीजिए, हम दोस्तों की आग बुझाने में जल गए।'

बचपन में उसने अपने गाँव के खेतों-खलिहानों में लगी हुई आग को बहुत निकट से देखा है। तब सारे गाँववाले पानी की बालटियाँ, कोठियाँ ले-लेकर आग बुझाने दौड़ पड़ते थे। पानी पास में नहीं होता था तो पलाश के पेड़ों की हरी-हरी डालें तोड़ लिया करते थे और उनसे आग बुझाते थे। कहीं आग पूरे गाँव को ही अपनी चपेट में न ले ले? इस भय से सारा का सारा गाँव आग बुझाने दौड़ पड़ता था। तब गाँव में ऐसी पार्टीबाजी भी नहीं थी कि प्रतिपक्षी दल के हितैषी का खलिहान जल रहा है तो हम क्यों दौड़ें?

□

बच्चे तो बारी-बारी से कार चला रहे थे, शीतल अपने भीतर खो चुका था। गहरे तक अंदर चला गया। जब उसमें कुछ समझदारी आई, उसकी उम्र सातेक साल की रही होगी। दुनिया की नंगई देखने की उसकी शायद वह पहली यात्रा थी। तब राजा को ही चार मंजिल का महल रखने का अधिकार था, शेष प्रजा में से किसी को भी अपना घर दो मंजिल से ज्यादा उठाने की अनुमति नहीं थी। किसका साहस था, जो अपने घर की ऊँचाई बढ़ाकर राजा का सम्मान घटा दे।

वहीं कुछ संपन्न लोग सजी-धजी घोड़ागाड़ी में मूँछों पर ताव देते हुए कुछ इस तरह विचरण करते थे, जैसे सारी धरती के अधिपति वही हैं। और वह तपती हुई गरमी में फटी चड्डी पहनकर नंगे पाँव सूखी खट्ट और नुकीली छोटी-बड़ी निकट की पहाड़ियों पर चढ़ता-उतरता था और काँटों-खोबड़ों से उलझता-सुलझता हुआ निर्द्वंद्व चलता रहता था। बरसात के मौसम में शोर करती, हहराती, दूर-दूर तक गुँजाती, सतपुड़ा श्रेणियों से निकलती स्यानी नदी में कई बार तो नंग-धड़ंग स्नान करते हुए भी उत्साहपूर्वक बचपन निकाला। प्रत्येक स्थिति में स्यानी नदी के प्रवहमान जल सा आस-पास के परिवेश पर हँसता-खिलखिलाता वह आगे बढ़ता रहा। वैसी यात्राएँ किए हुए कितने वर्ष हो गए।

और इस पकी उम्र में कैलिफोर्निया के सघन वनों, उत्तुंग शिखरों, खतरनाक मार्गों पर पहुँचकर ऊपर-नीचे होता चल रहा है। जीवन में ऐसे अनगिन उतार-चढ़ावों पर ठोकर खाने, गिरने उठने के बाद अब जाकर चलने को समतल भूमि मिली है। पर अब समतल भूमि पर भी डरते-डरते धीमे-धीमे चलते हुए, एक-एक पाँव सँभालकर रखना पड़ता है। इस उम्र में शारीरिक चोट बहुधा फ्रेक्चर थमा देती है। मन में फ्रेक्चर हो जाए, ऐसे किसी कार्यकलाप से वह दूर ही रहा। युवावस्था में फिसलने से बचता रहा। नौकरी में ठोकर तो खाई, पर धड़ाम से नहीं गिरा। अभी तक तो गिरने से भगवान् ने बचा रखा है, आगे अब क्योंकि उछलने-कूदने की, किसी के सिर पर सवार होने की शक्ति नहीं बची है, वह आशा करता है कि आगे की यात्रा संतोषदायी ही होगी। बस ऐसी ही यात्राओं के बारे में विभिन्न पुस्तकों में विवरण दे दिया करता है।

पकी उम्र के इस पड़ाव पर आकर वह सोचता है, उसने अपने ज्ञान का विस्तार क्यों किया? जैसे-जैसे उसका ज्ञान बढ़ा, वह अधिक खतरनाक और विषैला होता चला गया। कहावत है कि अल्प ज्ञान का होना खतरनाक है, फिर अधिक ज्ञान का होना तो ज्यादा खतरनाक हुआ न? बच्चे के रूप में वह अधिक प्रसन्न रहता था,

क्योंकि दुनिया का उसे ज्ञान नहीं था। जैसे-जैसे उसकी समझ बढ़ी, सकी परेशानियाँ बढ़ीं। बचपन में उससे कोई आशा नहीं की जाती थी। अत: वह निश्चिंत रहकर खाता-पीता और सोता था। जब तक वह पढ़ नहीं सकता था, बहुत खुश था।

शासन प्राय: प्रभावी दु:शासन ही होता है, उसकी नीति को काटोगे तो आपको संरक्षण देगा। अपना कोड़ा गाहे-बगाहे उसकी पीठ पर इसलिए छोड़ता रहा, क्योंकि रेवड़ की शैली में वह नहीं चला। वह स्वेच्छाचारी घोड़े की तरह अलग होकर चला। भेड़ों, बकरियों, पशुओं के रखवालों को देखा है? वे नहीं चाहते कि भीड़ से अलग कोई जानवर जाए और उनकी निर्देश परिसीमा का उल्लंघन करें। हाँ, उन पर विशेष निगाह रखी जाती है, जो या तो दूध देते हैं या सींग मारते हैं। प्रजा को सामान्यत: भेड़ों, बकरियों, पशुओं से अलग नहीं माना जाता। वे लोग अवश्य ऐश्वर्य से रहे, जो इन पंक्तियों में सम्मिलित रहे—'गजब है, सच को सच कहते नहीं, वे कुरान, उपनिषद् खोले हुए हैं।''

कहा भी गया है कि बुढ़ापे में आदमी जीवन में घटी दुर्घटनाओं का भंडार घर बन जाता है। उनके पास बताने को अच्छे अनुभव कम ही होते हैं। बूढ़ा लेखक और बता भी क्या सकता है? हमने यह कष्ट उठाया, उस तकलीफ से गुजरे। जो अनुभव युवा वर्ग को हो रहे हैं, उनके समकक्ष कोई अनुभव तो बताने से रहा? बेचारा दिन में सूरज की रोशनी में पढ़ता है तो भी इतने मोटे लेंस से कि कागज में आग लग सकती है। फिर पुस्तक के अक्षर यदि 24 फॉण्ट के हों, तभी वह आसानी से पढ़ सकता है। हाँ, क्योंकि वह नई पुस्तकें पढ़ भी नहीं पाता, उसके बारे में निश्चिंततापूर्वक लिखा जा सकता है। यह भी कि बुजुर्गों के विरुद्ध कुछ भी लिखे, लेखक को पिटने का भय नहीं रहता। जब उससे खुद ही नहीं उठा जाता तो किसी पर हाथ क्या उठाएँगे? पुराने राग ही अलापना जानते हैं, नया राग तो सीख नहीं सकते, न बता सकते हैं।

इसलिए शासन के लिए वे बासी कढ़ी से अधिक महत्त्व नहीं रखते। इसीलिए हारकर अब शासन तंत्र की तथा उस तंत्र से मिली भगत करनेवाले षड्यंत्र, अमोघ मंत्र की, वह निरंतर प्रशंसा करने लगा है। जिनके हाथ लंबे होते हैं, वे हाथ दिखाते हुए सारे निर्णय अपने पक्ष में करा लेते हैं। हर जगह वही हाथ साफ करते, हाथ मारते हैं। अत्याधुनिक दुनिया में चलना भी जानते हैं और अच्छे-अच्छों को रोबो जैसे चलाना भी। गर्लफ्रेंड्स और कारों के नए-नए मॉडल्स पर आधिपत्य कर लेना, उनके नवीन अनुभवों से उन्हें आप्लावित करता है। क्या खा-खिलाकर, दुर्बल मानसिकतावाले लोग जालसाजी, हेरा-फेरी की ऐसी ही किसी शूरोचित गतिविधि

के कार्यकलाप संपन्न कर पाएँगे? फिर अपने बड़े बाप किस दिन काम आएँगे? नई उम्र में हमें नहीं बिगड़ने देंगे तो क्या बुढ़ापे में सहयोग करेंगे? इसीलिए 'काल करे सो आज कर, आज करे सो अब,' के सिद्धांत पर उन्हें निर्भय होकर चलते रहना चाहिए।

11

भारत में तो वरिष्ठ जनों की शिकायतों पर शासन द्वारा चिंतन करना अपना बहुमूल्य समय और कागज बिगाड़ना मानता है। बताइए, शासन उनके लिए और क्या करे?

चुनाव आते ही नेता डींगें हाँकने लगते हैं, "सरकार उन्हें पेंशन या निर्वाह भत्ता देती है कि नहीं? सस्ते में इलाज करवाती है कि नहीं? अरे उनकी हींग लगती है न फिटकरी और वे तीर्थों के दर्शन भी कर लेते हैं। सरकार नए-नए ओल्ड होमों का निर्माण करवा रही है। रेलवे टिकट खरीदने में वरिष्ठ जनों को प्राथमिकता देती है। अमेरिका की तरह हम भी कोशिश करेंगे कि उनकी हजामत, यानी हेयर कटिंग सस्ते में हो जाए। थियेटर में भी आधी राशि ही ली जाया करे। अब क्योंकि हिंदुस्तान के भी बेटे-बहू आर्थिक उन्नति और भविष्य को ध्यान में रखकर माँ-बाप से दूर रहने लगे हैं, इसलिए उनके सहारे हेतु शाम को घुमाने के लिए अमेरिकी शैली में एक-एक सहायक सस्ते में उपलब्ध करा दिया करेगी। सरकार और कितना करे? फिर भी इन दादाओं, नानाओं के पास इतनी शिकायतें हैं कि समाप्त होने का नाम ही नहीं लेतीं। सरकार प्रतिदिन शाम को इनके हाथ-पाँव दबाने से तो रही।"

इन बूढ़ों की शिकायतों को सुन-सुनकर ही तो भविष्य के लिए और भी अच्छी-अच्छी योजनाएँ तैयार कर ली गई हैं। विश्राम घाटों में सस्ती लकड़ी उपलब्ध करा दी जाती है। अब तो विद्युत् दाह घरों की भी भरपूर व्यवस्था हो रही है। मरणोपरांत उनके कार्यों में विलंब नहीं होगा। बाद में तो शिकायत का कोई अवसर दिया ही नहीं जाएगा।

जिंदगी धरती की तरह गोल है। धरती का व्यास, परिसीमा आदि तो सुनिश्चित है, जीवन के नहीं। ये कितने भी छोटे-बड़े हो सकते हैं। और जिस प्रकार धरती पर लावा बहा देने वाले, अपने षड्यंत्रों से कँपकँपी छुड़ा देनेवाले, भीतर तक हिला देनेवाले, भू को जंगल बनाकर पानी-पानी कर देनेवाले शनि, मंगल, राहु, केतु

आदि ग्रह आस-पास मँडराते ही रहते हैं, मनुष्य के संपूर्ण जीवन पर यानी शीतल पर भी इनकी खराब निगाह रही है। बेचारे को अब तक बंधक ही बनाकर रखा। पता नहीं मुक्त होने का शुभ दिवस जल्दी आ जाए!

जो लोग जमीन पर बने रहते या अपनी जमीन को छोड़कर बहुत ऊपर नहीं उड़ते, उन्हें कम चोट लगती है, वहीं जो जितने ऊपर जाकर गिरते हैं, उतनी ही अधिक चोट उन्हें लगती है। आदमी जब गिर जाता है, तब उसे राम याद आता है। धरती पर रहकर भी बुढ़ापे में जब शरीर में राम नहीं रह जाता, तब भी राम की नाव में बैठकर ज़िंदगी की नदी को पार करना चाहता है। तब उसे तुलसी बाबा याद आते हैं, 'जहाँ काम तहं राम नहीं, जहाँ राम नहिं काम, तुलसी कबहुं न रह सकें, रवि रजनी एक ठाम।'

'जीवन में आदमी करता क्या है? शिशुपन में निश्चिंत रहकर सपने देख लेना, जागकर हँस लेना, खेलना या रोना ही मुख्य काम होते हैं। बड़ा होते ही चिंताएँ उसे घेरकर धीमे-धीमे चिता के पास सरकाने लगती हैं। समझदार होते ही पहले भविष्य की योजना पर चिंतन, बाद में कर्म करता है। शिशुपन को छोड़ते हुए जब वह बचपन में प्रवेश करता है तो आस-पास के बड़े लोगों से तरह-तरह के प्रश्न पूछता है।' यही सब शीतल सोचता रहा।

□

जब सांटा क्लारा से लॉस एंजेल्स वापस जा रहे थे, तब लॉस एंजेल्स से लगभग 80 मील पहले उन्होंने पहाड़ों से धुआँ उठता देखा। फ्रेजियर पार्क से कुछ पहले पीस वेली रोड के नजदीक लीबेक बस्ती के पास पेड़ों में लगी आग की लपटें स्पष्ट रूप से दिखाई देने लगीं। पाँच-पाँच लेन में जानेवाली तथा आनेवाली कारों के काफिले तीव्र गति से भागे जा रहे थे। पीछे की ओर से आसमान में कई हेलिकॉप्टर उसी स्थल पर आ रहे और वहाँ से जा रहे थे। पूछने पर ज्ञात हुआ कि ये पीछे से पानी भर-भरकर ला रहे हैं और आग पर डाल-डालकर चले जाते हैं। प्रत्येक हेलिकॉप्टर के नीचे अलबत्ता एक-एक होज पाइप लटकता हुआ देखा जा रहा था। आग बुझानेवाली दमकलें और एंबुलेंस भी सायरन बजाती हुई लगातार वहाँ पहुँच रही थीं।

घाटी शुरू होने से पूर्व एक बोर्ड पर लिखा था—"सभी कार धारकों को सूचना दी जाती है कि अपने-अपने ए.सी. बंद कर लें। आगे जाकर इंजन अतितप्त (ओवरहीट) हो सकते हैं।" और सचमुच यह देखा गया कि कुछ कारें आगे बढ़ने में असमर्थ हैं। जंगल में लगी आग की आँच सभी कार यात्रियों द्वारा महसूस की

जा रही थी। कैलिफोर्निया के जंगलों की यात्रा इस बार अविस्मरणीय रही। लॉस एंजेल्स से इन चार दिनों में सेन फ्रांसिस्को, गोल्डन गेट ब्रिज, योसेमाइट नेशनल पार्क, मुइरवुड्स, नेशनल मॉयूमेंट्स, बिग सुर, कारमेल, ऑकलैंड बे एरिया, सिलिकॉन वेली, सांटा-क्लारा, प्वाइंट रेज आदि देखे।

प्रतिदिन औसतन 400 किलोमीटर की यात्रा भी की और भरपूर घूमे भी। कार कभी बेटे ने चलाई तो कभी बहू ने। दो रात एंजिल कैंप के एक होटल में तथा दो दिन सांटा क्लारा में अंशुमन शर्मा के घर ठहरे थे। मुइरवुड्स के जंगल तक जानेवाला चार मील का घुमावदार रास्ता भी कम रोमांचक नहीं है। बिल्कुल सर्प की चाल के समान टेढ़ा-मेढ़ा रास्ता है। बहुत अनुभवी ड्राइवर ही वहाँ कार चला सकता है।

□

एक सप्ताहांत सांटा बारबरा की यात्रा की। लॉस एंजेल्स से लगभग सौ मील की दूरी पर यानी डेढ़ घंटे की दूरी पर यह शहर बसा है। एल.ए. से निकलते ही सड़क की कई सूचना पट्टियों पर शहरों के नाम लिखे रहते हैं, जिन पर दूरियों का उल्लेख रहता है। उनमें सांटा क्लारा, सांटा मोनिका, सांटा बारबरा, सांटा अनिटा, सांटा अना, सांटा केटेलिना, सांटा क्लॉज आदि लिखे हुए थे, व्यंग्य को कई दिन तक यह बात समझ में नहीं आई, किंतु जब उसने सांटा बारबरा का विशाल संग्रहालय देखा, तब समझ में आया कि ये सब लोग ईसाई धर्म की नींव के पत्थर हैं, जिन पर क्रिश्चिनिटी का इतना बड़ा प्रासाद खड़ा हुआ है। कोई धर्मगुरु सत्रहवीं शताब्दी में सक्रिय रहा तो किसी धर्मगुरु ने उन्नीसवीं सदी में ईसाई धर्म को फैलाया। यहीं पर 120 वर्ष पुराना रबर का विशाल पेड़ भी देखा, जो भीतर बने पार्क में दर्शनीय बना हुआ है।

व्यंग्य ने कहा, ''यहाँ पर संतन कहा सीकरी सो काम, का कोई काम नहीं, यहाँ तो सीकरी के बिना काम ही नहीं चलता। सी यानी समुद्र, जिसमें फिश भरपूर होती है और फिश करी यहाँ की प्रिय वस्तु है। अतः सीकरी के बिन यहाँ के संत-असंत जी नहीं सकते।''

हास्य कहने लगा, ''पुरानी बोतल में नई शराब परोसने में अमेरिका का जवाब नहीं। अमेरिका किसी भी पुरानी या थोड़ी भी आकर्षक वस्तु को करीने से प्रस्तुत करके दर्शनीय बना देता तथा संग्रहालय में रख देता और इसी प्रस्तुतीकरण के दर्शकों से टिकट के रूप में पैसे भी वसूल कर लेता है। भले ही उस पैसे को संग्रहालय के रख-रखाव हेतु खर्च भी कर देता होगा। किंतु सजाकर प्रस्तुत करने की और धंधा करने की कला में अमेरिका सिद्धहस्त है।''

"भारत में भी एक-से-एक पुराने सैकड़ों दर्शनीय स्थल हैं, किंतु हम लोगों को प्रस्तुत करना, उसे आकर्षक बनाना नहीं आता। हिंदुस्तान में उपेक्षित जगहों की कोई कमी नहीं। बस यही मूलभूत अंतर है।" व्यंग्य कहने लगा।

लगभग सौ मील की पूरी यात्रा पेसिफिक समुद्र के किनारे बनी सड़कों पर ही होती है। बहुत ही सुहावना मौसम रहता है। पूरे वर्ष में तापमान 18 डिग्री सेल्सियस से ऊपर और 30 डिग्री सेल्सियस के नीचे बना रहता है। जाते समय थोड़ी ऊँचाई पर बना हुआ रास्ता लिया, जबकि आते समय समुद्र के ठीक बगलवाला मार्ग। सभी रास्तों पर कहीं चार-चार तो कहीं-कहीं पाँच-पाँच लेन। यानी एक साथ समानांतर चार-चार पाँच-पाँच वाहन सड़क पर दौड़ सकते हैं। पाँच जानेवाले तथा पाँच आनेवाले। इन सड़कों पर दोनों ओर शोल्डर भी। यानी जाने-आनेवाली दोनों सड़कों पर, अगल-बगल एक-एक विशेष सड़क और ये शोल्डर सड़क इसलिए रखी जाती है कि यदि कोई वाहन बिगड़ जाए या टिकट देने के लिए कॉप पकड़ ले तो थोड़ी देर यहाँ खड़ा रहे। यहाँ वाहनों के खड़े होने से नियमित यातायात में कोई बाधा नहीं पड़ती। शोल्डर सड़क आवागमन में बिना व्यवधान खड़े किए, रुके हुए या रोके हुए वाहनों को अपने कंधे पर उठाए रखता है।

यहाँ यातायात या पुलिस के अधिकारी शेरिफ कहलाते हैं, सामान्य जन के लिए सचमुच शरीफ।

एल.ए. से किसी भी दिशा में चले जाएँ, कुछ ही मील आगे चलेंगे कि पहाड़ शुरू हो जाते हैं। फिर ऊँचे-ऊँचे पहाड़ों के बीच से हरियाली और पानी के ऊपर पुलों से गुजरते हुए मनमोहक यात्रा का आनंद लेते जाइए।

लंबी-लंबी यात्राओं में अमेरिकी सरकार मात्र कार धारकों का ही हित देखती है। सैकड़ों मील चले जाइए, एक भी पंचर नहीं होता, न ही पंचर ठीक करनेवालों की कोई दुकान। अमेरिकी सरकार गरीबों को शायद निगल जाना चाहती है। भारतीय केंद्र सरकार तो है ही, राज्य सरकारें भी पर पीड़ा हरने वाली सरकारें हैं। गरीबों के दारुण दु:खों को दूर करनेवाली सरकारें हैं।

व्यंग्य कहने लगा, "भारतीय सरकारें पंचर जोड़नेवालों की संख्या बढ़ाना चाहती हैं तथा उनका पेट भरना चाहती हैं, इसीलिए हर एक-दो किलोमीटर पर पंचर जोड़नेवालों को सड़क किनारे बैठा दिया जाता है। वे व्यस्त भी बहुत रहते हैं। गरमी के मौसम में यह व्यस्तता और बढ़ जाती है। उनके सामने पंचर ठीक करानेवाले वाहनों की कतारें लगी रहती हैं। कई बार तो पूरी सड़क को रोककर किसी बाहुबलीका वाहन खड़ा रहता है। वाहन सड़कों को ही ऐसी कारीगरी से

बनाया जाता है कि दो-चार किलोमीटर चलने के बाद कम-से-कम एक पहिया तो पंचर हो जाए। गुमटी लगाने वाले हाथ-पर-हाथ रखकर न बैठे रहें। पंचर जोड़नेवाली गुमटियों में सिर्फ पंचर जोड़ने की ही व्यवस्था नहीं रहती, यात्रियों की सुविधा को ध्यान में रखते हुए स्कूटरों, कारों के सेकेंड हैंड ट्यूब-टायर भी उपलब्ध रहते हैं, जो दूर से ही रस्सियों पर लटके हुए देखे जा सकते हैं। गुमटियों के पास ढाबे या चाय के ठेले देखे जा सकते हैं। पंचर जोड़ने का काम जल्दबाजी में कभी नहीं किया जाता। जल्दी का काम शैतान का। इसीलिए पास के ढाबे या ठेले पर आराम से चाय पिएँ, बिस्कुट-समोसा हो तो उनका भी आनंद लें और फिर आराम से पंचर ठीक कराएँ।''

इसी बीच हास्य बोल पड़ा, ''सड़कों पर कीलों, नुकीले लौह टुकड़ों, नट-बोल्टों का जगह-जगह पड़े रहना इस बात का परिचायक है कि इस देश में औद्योगीकरण कितनी तेजी से हुआ है? बरसात के मौसम में पानी से भरे बड़े-बड़े गड्ढे कार-स्कूटरों में पंचर ही नहीं करते, ट्यूब-टायरों की भी अच्छी खबर लेते हैं, परिणाम में ये सड़क किनारेवाले आनंद की अनुभूति करते हैं। यात्रा का आनंद मात्र वाहन धारक ही क्यों उठाएँ, गुमटीवालों को क्यों नहीं मिलना चाहिए।''

☐

उस दिन एक बिंदु ऐसा मिल गया, जिस पर हास्य और व्यंग्य दोनों ने मिलकर शीतल और श्रवण कुमार के बीच ही खींचतानवाली स्थिति पैदा कर दी, जैसे ही उस दिन सुबह-सुबह चाय की टेबल पर शीतल, उसका बेटा श्रवण कुमार, हास्य और व्यंग्य चारों बैठे कि व्यंग्य ने अपनी कुटिल चाल चल दी।

''कहो भाई शीतल, आज के समाचार लिये तुम्हारे रुपए के क्या हाल-चाल हैं? डॉलर तो उसे लगातार पीटता जा रहा है। रुपया तो ऐसा पहलवान रह गया है, जिसका जन्म शायद रौंदे जाने के लिए ही हुआ है। प्रारंभ से लेकर आज तक डॉलर ने रुपए को अपने बराबर खड़ा ही नहीं होने दिया। कल पैंसठ था, आज सत्तर हो गया, कल अस्सी भी हो जाएगा, पता नहीं सँभलकर कभी खड़ा होगा भी कि नहीं?''

''अच्छा, यानी रुपया मेरा रह गया है और डॉलर तेरा। महँगी वस्तु पर सभी अपना अधिकार जताते हैं। मीठा-मीठा गप और कड़वा-कड़वा थू। मधुमेह हो जाएगा।'' शीतल ने उत्तर दिया।

''यह बात नहीं है, श्रवण कुमार सोचता होगा, अच्छा हुआ, जबकि तू सोच रहा है, बुरा हुआ।'' हास्य ने कहा।

"बात यह नहीं है, शीतल के दोनों हाथों में लड्डू हैं। डॉलर बेटे का है, रुपया उसके बाप का।" व्यंग्य ने स्पष्ट किया।

"तू कब समझेगा कि डॉलर गोरा है, रुपया काला। भारत के कई कर्णधार स्वयं ही समझते हैं कि उनके पास काली लक्ष्मी है, तभी तो गुपचुप तरीकों से विदेशी बैंकों में जमा किए रहते हैं। कर्णधारों की अपनी स्वार्थी और बेईमान मानसिकता के कारण प्रारंभ से ही गोरों से काले पिटते आए हैं। वही परंपरा आज भी जारी है।" शीतल ने कहा।

"ये भी ऊपर से साफ, स्वच्छ और गोरे दिखाई देते हैं। अंदर से कुछ और। सच्चाई तो यह है कि ये दिखने में ही गोरे हैं? ये मूल अमेरिकन भी कहाँ हैं? दुनिया की ट्रेन की अमेरिकी बोगी में फ्रांस से, इंग्लैंड से, जर्मनी आदि से आकर जबरन आधिपत्य जमाए हुए लोग हैं। खाली जगह देखकर अपना वर्चस्व बनाने के लिए कई मूल अमेरिकनों को मौत के घाट उतारा और यहाँ आकर बस गए। निवासी तो नेटिव अमेरिकन (जो रेड इंडियन कहलाते थे)हैं।" हास्य ने स्पष्ट किया।

"रेड इंडियन वहाँ के मूल निवासी हैं, इसका अर्थ है, इंडियन ही यहाँ भी रहते थे। बहुत बड़ी जात है भारतीयों की।" शीतल ने तर्क दिया।

"अमेरिका में भी संवैधानिक तौर पर तो काले-गोरे का भेद है ही नहीं। बस इतना ही फर्क है कि साफ-सफाई और छोटे काम करने का तथा गरीबी और भुखमरी में रहने का आनंद श्यामवर्णी लोगों के पास है (शायद वे भी तकदीर पर और पुनर्जन्म में विश्वास करनेवाले बन जाएँ, जिनकी नियति इस जन्म में भले ही जूते खाना बनी रहे, अगले जन्म में मेवा खाने को मिल जाएगा), जबकि ऐश्वर्य से रहने का और महत्त्वपूर्ण बने रहने का बोझ विश्व के गोरे लोगों ने उठा रखा है।" व्यंग्य ने स्पष्ट किया।

"जिस प्रकार भारतीय राजनीति पर ऊपर से सफेद झक्क रहनेवाले, किंतु भीतर से काली लक्ष्मी के पुजारी काले लोगों ने कब्जा जमा रखा है, वैसे ही जी-8 में रहकर, पूरी दुनिया को निर्देश देनेवाले आठों देश कौन से हैं, मालूम है? एक भी काला नहीं? क्यों? क्योंकि इंडियन बेचारे ब्लैक हैं, रेड भी हों तो क्या?" शीतल ने प्रश्न पूछा।

"आप भले ही न जानते हों, मुझे तो अच्छी जानकारी है, ये आठों गोरे अपने हित के लिए नहीं परमार्थ के लिए आगे आए हैं। यही विश्व का कल्याण करनेवाला एकमात्र संगठित राजनीतिक समूह है।" व्यंग्य ने उत्तर दिया।

"सचमुच संतवत बेदाग और पवित्र राजनीतिक समूह। विश्व को आगे

खींचकर ले जानेवाला या विश्व से बहुत कुछ खींचते जानेवाला?'' हास्य बोला।

''यह अंतरराष्ट्रीय लाला समूह है, केवल ला-ला में विश्वास करता है। अपना हित देखता है। बस वही मोटा असामी बना रहे, बाकी सब दुबलाते रहें। अपने भले के लिए दूसरों को झँझोड़ देने में, लुढ़का देने में यहाँ तक कि तोड़ देने में भी संकोच नहीं करता। वैसे तुझे यहाँ आए हुए अभी चार दिन भी नहीं हुए हैं और डॉलर को तू अपना समझने लगा। यह कैसे कह सकता है कि रुपया मेरा रह गया और डॉलर तेरा हो गया? आज तक डॉलर या डॉलर का मालिक किसी का हुआ है?'' शीतल ने पूछा।

''मैंने रुपए को कभी पराया, कभी पातक नहीं समझा, मैं तो यहाँ तक मानता हूँ कि यदि डॉलर डाल-डाल रहेगा तो रुपया पात-पात। डाल पर खड़े होकर हम ऊँचे बने रहने का गर्व कर सकते हैं, उस पर लटक भी सकते हैं, किंतु जब वह टूटेगी तो हमें चोट ही पहुँचाएगी, फाँस भी चुभाएगी, नीचे भी गिराएगी, हमारा पत्ता ही हमें सुखद हवा देगा। अपने पत्तों के हरेपन की अनुभूति हम ही कर सकते हैं। हाँ, सभी पत्ते खोल नहीं देने चाहिए, कुछ छुपाकर भी रखने चाहिए।'' व्यंग्य ने उत्तर दिया।

''कोई हमारे रुपए को क्या लुढ़काएगा? हम ही अपनी गलत चाल के कारण नीचे लुढ़क रहे हैं। स्विस बैंक की ओर सारा रुपया लुढ़काकर हम निश्चिंत हैं। अतिशय सहनशील और शांतिप्रिय हैं। विरोधी दुष्ट के प्रति भी आक्रामक नहीं हो सकते। हाँ, अपनों के लिए हिंसक होने में गर्वानुभूति करते हैं। हमारे बाहुबली भी वर्षों राजनीति में बने रहते हैं, क्योंकि निर्बलों, वंचितों, बूढ़ों, अबलाओं तक को लुढ़काने में, खदेड़ने में पीछे नहीं रहते।'' हास्य ने अपनी प्रतिक्रिया दी।

''पैंसठ से सत्तर तो हम भी हो रहे हैं, ऐसे में लुढ़कते रहने के अलावा रास्ता ही कौन सा बचता है? तुम चिर युवा हो, लुढ़कते हुओं को थाम सकते हो, कुछ करो।'' शीतल ने उत्तर दिया।

''खड़े तो हो जाते हो, कड़े क्यों नहीं हो? अभी से ही क्यों स्वयं को सड़े हुए मानते हो।'' व्यंग्य ने कड़ा रुख अपनाया।

''मैं ही क्या एक 95 वर्षीय अमेरिकन बुजुर्ग की पीड़ा सुनो। जब मैं बर्नसाइड पार्क से प्रातः भ्रमण कर अपने निवास पार्क लाब्रीया जाता हूँ तो वह अपने घर के सामने व्हील चेयर पर बैठे हुए मिल जाते हैं। उनके पीछे उनकी नैनी (परिचारिका) बैठी रहती है। मुझे प्रतिदिन हँसकर वह गुड मॉर्निंग कहते हैं। मैं भी भारतीय शैली में दोनों हाथ जोड़कर गुड मॉर्निंग कह देता हूँ।''

उनका अगला प्रश्न होता है, ''हाऊ आर यू।'' अब मैं सिर्फ फाइन कहकर

तो आगे नहीं बढ़ सकता? मैं भी थोड़ी देर अच्छी-अच्छी बात कर उन्हें खुश कर देता हूँ। उन सज्जन की एक पीड़ा यह है, जब वे किसी विदेशी को गुड मॉर्निंग कहते हैं और उन्हें प्रतिउत्तर नहीं मिलता तो सामनेवाले की असभ्यता उन्हें दुःख देती है।'' शीतल ने उन बुजुर्ग की पीड़ा बतलाई।

''दुनिया में किसी भी निर्बल व्यक्ति की यही नियति हैं। सबल होगा तो उसे खुद गुड मॉर्निंग कहेंगे। पवन बढ़ावत आग को दीपक देत बुझाय,'' व्यंग्य बोला।

''मैंने उन सज्जन से कहा कोरियन, ''मेक्सिकन या जापान के लोग होंगे, जिन्हें अंग्रेजी नहीं आती होगी। भारतीय बच्चे तो अंग्रेजी समझ-बोल लेते हैं तथा वे असभ्य भी नहीं हैं। वे सज्जन भी स्वीकार करते हैं कि भारतीय लोग परिश्रमी, सभ्य और अनुशासनप्रिय होते हैं।''

''आदमी का क्या वह तो लुढ़कता ही रहता है, फिर बूढ़े आदमी को तो एक-न-एक दिन तो लुढ़कना ही पड़ता है। आदमी लुढ़क जाए तो चिंता की कोई बात नहीं, रुपया नहीं लुढ़कना चाहिए और लुढ़के भी तो अपनी ओर आए, स्विस बैंक या किसी अन्य दिशा में नहीं।'' हास्य ने कहा।

''रुपए को ही नहीं, यह व्यापारी देश-दुनिया भर को अपने पाँवों में लुढ़काए रखने की मंशा रखता है। कोई भी बाहुबलीक्या करता है? तुम्हारे क्षेत्र का सांसद या विधायक क्या करता है? अनंतकाल तक स्वयं अंगद के पाँव जैसा जमा रहे, बाकी सब उसके सामने लोट-पोट होते रहें। मिमियाते रहें।'' व्यंग्य फुसफुसाया।

''अमेरिकन डॉलर भी जीवनपर्यंत विश्व का दादा बने रहना चाहता है। उसी ने ओसामा और अलकायदा को बाकायदा सींच-सींचकर इसलिए पल्लवित-पुष्पित किया, ताकि उनकी सहायता लेकर उसकी बराबरी पर खड़े होनेवाले देशों को कमजोर कर सके। उसने आतंकवादियों से लव अफेयर व्यर्थ में तो नहीं बढ़ाए थे? उनके पास जा-जाकर, उनके कान भरकर भावी प्रतिद्वंद्वियों के किलों में सेंध लगाई। धीरे-धीरे तोड़-फोड़ करने में उन्हें भी आनंद आने लगा। दुनिया भर में निर्द्वंद्व होकर तोड़-फोड़ करने लगे। रूस को तोड़ने के बाद वे भस्मासुर बनने लगे, उन्होंने वर्ल्ड ट्रेड सेंटर को ही तोड़ दिया। अब यदि अपनी बिल्ली अपने ही सामने गुर्राने लगेगी तो उसका इलाज तो करना ही पड़ेगा? अब यह उन्हें धीरे-धीरे लुढ़का रहा है। किंतु अब वे रक्तबीज की तरह फैल चुके हैं, कहाँ-कहाँ उन्हें नष्ट करेगा?'' शीतल ने बाहुबलियों की मानसिकता बतलाई।

''अपने ही देश में कई डाकुओं ने आत्मसमर्पण किया और राजनीति में उतरे, किंतु रक्तबीज की तरह राजनीतिज्ञों को प्रेरणा देकर डाके डालनेवालों की संख्या

लगातार बढ़ाते गए। इस समय तो देश उनकी ही गिरफ्त में है।'' हास्य ने कहा।

''हमारे धर्म ग्रंथ कहते हैं, 'दुर्बल को न सताइए जाकी मोटी हाय, उसकी जलती आग से लौह भस्म हुइ जाय।' यदि देश के भले लोगों को तंग किया जाएगा तो शोषकों के लिए भी परिणाम अच्छे नहीं होंगे।'' शीतल ने अपना मत दिया।

''यह ग्रंथों की वस्तु रह गई है, सच्चाई तो यही है कि जो लात खाकर संतोष कर लेते हैं, वही बेचारे पिटते रहते हैं। चलो, कम लात खाई। जैसे शीतल संतोष करता रहता है।'' हास्य ने कहा।

''दुनिया के बाहुबली जीवन भर इसी कोशिश में लगे रहते हैं कि पैसा और शक्ति वे अपने पास केंद्रित किए रहें, उनके पास से वे कदापि गोल न हों। यद्यपि सरकारें भी कम चालाक नहीं हैं, अधिकांश सरकारों ने उसे गोल कर दिया है। जो सरकार जनता से लुढ़का-लुढ़काकर अपनी गुल्लक में अधिक-से-अधिक एकत्र करती है, वही सरकार मजबूत मानी जाती है।'' शीतल ने कहा।

''आदमी की नियति लुढ़कते रहना है, बूढ़ा हुआ और लुढ़का। कभी दुनिया को बहुत प्रभावित नहीं करता, धन की विशेषता ही होती है कि वह कभी बूढ़ा नहीं होता और बूढ़े लोग ऐसे चिरयुवाओं को सदा अपने साथ रखना चाहते हैं। हम दोनों को तू भी तो स्वार्थवश अपने साथ लाया हुआ है।'' व्यंग्य ने बताया।

''आदमी देह है और धन उसकी आत्मा। मनुष्य नया होकर जन्म लेता है, फिर बढ़ता जाता है, एक दिन बूढ़ा हो जाता है, यह उसकी विडंबना है, जबकि आत्मा बूढ़ी जन्म लेती है, किंतु जवान होती चली जाती है, यह भी एक प्रहसन है।'' शीतल ने फिलॉसफी झाड़ी।

''जो भी हो रुपए का, डॉलर के सामने इस तरह लोट-पोट हो जाना देश के लिए चिंता खड़ी करता है।'' व्यंग्य ने चिकोटी काटी।

''वैसे तो आप दोनों वैश्विक हैं, देश की सीमा से बहुत ऊपर। न सिर्फ वैश्विक बल्कि सार्वदेशिक सार्वकालिक भी। यह भी कि दुनिया भर में जो भी वंचित, शोषित या उपेक्षित हैं, उनके पक्ष में खड़े होना आपको अपना धर्म समझना चाहिए। आपका दायित्व मनुष्य जाति के हित में काम करने का है। देश की सीमाओं में न बँधकर भी उपेक्षित के पक्ष में तो खड़े होगे कि नहीं ? आप 'तो काम के न काज के दुश्मन अनाज के' सिद्ध हो रहे हो।'' शीतल ने उन्हें उनका महत्त्व समझाया।

''हम हिंदी के हास्य-व्यंग्य हैं, अंग्रेजी के हर परिक्षेत्र का अतिक्रमण करने लगेंगे तो पिट नहीं जाएँगे। कुछ क्षेत्रों में ही पाँव रखें तो ठीक होगा, फिर तेरे साथ विदेश यात्रा पर आए हैं। तेरे पक्ष में तो बोलना पड़ेगा। भीष्म पितामह ने भी तो

क्योंकि कौरवों का नमक खाया था, इसलिए उनके पक्ष में युद्ध लड़ा था कि नहीं?''

''भीष्म पितामह का उदाहरण देकर तुमने यह भी बतला दिया है कि तुम्हें भी इच्छा मृत्यु का वरदान मिला है, पर क्या मैं कौरव हूँ, जो मेरे पक्ष में खड़े हो? ऐसा थोड़े ही होता है कि हर बात पर ही-ही-ही-ही करने लगे? लो रुपया गिर गया! ही-ही-ही-ही। अपनी कीमत बढ़ाने के लिए कभी-कभी गंभीर भी होना पड़ता है।'' शीतल ने व्यंग्य का छिछोरापन बताया।

''हम दोनों भी पर्याप्त रूप से गंभीर हैं, तभी तो तेरे साथ सात समुंदर पार अमेरिका चले आए। और क्या यह डॉलर बनाम रुपया हिंदुस्तान के लिए स्वयं में गंभीर समस्या नहीं है? हिंदुस्तान के लिए कम भारत सरकार के लिए अधिक। रुपया ज्यादा उतरा तो सरकार उतर जाएगी।'' व्यंग्य ने अपना मत बताया।

''डॉलर तो स्थिर है, रुपया ही बेचारा उतरता रहता है। कभी ज्यादा उतरता है, कभी कम। पर एक बात दोनों देशों में समान देखी कि कई धनवान लोग संपन्न होकर भी फटे पुराने उतरे हुए कपड़े पहनकर रहते हैं। यह कभी नहीं दिखाते कि वे करोड़ों डॉलर या रुपयों के मालिक हैं।'' शीतल ने कहा।

''यह बात तो सच है, भारत का कंजूस लाला तिजोरी में सोने की गिन्नियाँ रखता है, पर आयकर विभाग के अधिकारियों के सामने फटे-पुराने वस्त्र पहनकर अपने को दरिद्र ही दिखाता है। यहाँ भी धन संपन्न और सुदर्शन लड़के-लड़कियाँ न्यूनतम तथा घुटने पर फटे हुए, चारों दिशाओं में धागे लटकते हुए वस्त्र पहनकर विचरण करने में गर्वानुभूति करते हैं।'' हास्य बोला।

''हम लोग तो हास्य-व्यंग्य हैं, हमें तो हलके से लिया जाता है, किंतु तू तो गंभीर है, देश के गंभीर लोगों की आर्थिक स्थिति ठीक करने के लिए कुछ ठोस काररवाई करनी चाहिए कि नहीं?'' व्यंग्य ने शीतल पर जाल फेंका।

''तू तो मुझ पर ऐसे चढ़ाई कर रहा है, जैसे मैं इसका जिम्मेदार हूँ। जब अपच होने पर भी शौकीन लोग रुपया-ही-रुपया खाएँगे तो वे भले ही खड़े रहें, रुपया तो नीचे गिरेगा ही न? क्या कर सकते हैं, नीचे-ही-नीचे गिरता जा रहा है, दुःखी तो बहुत हूँ, पर मैं उसे उठा भी तो नहीं सकता! भारत के पहलवान की दुर्दशा देखकर मुझे अच्छा नहीं लग रहा। दुःख ही मनाया जा सकता है?'' शीतल बोला।

वार्त्तालाप सुनकर श्रवण कुमार लगातार मुसकराता जा रहा था। उसके चेहरे पर विजयी बने रहने की खुशी स्पष्ट रूप से दिखाई दे रही थी। अभी और गिरना चाहिए। अभी तो सत्तर प्रतिशत ही गिरा है, अभी तो और गिरेगा। डॉलर सुपरफास्ट एक्सप्रेस है, रुपया स्थानीय शटल।

''भोथरे हथियार, कालातीत औषधियाँ, सड़ा अनाज दूसरे देशों के साथ भारत को भी बेचकर अमेरिका संपन्न होता जाए और दूसरे देशों को विपन्न और अस्वस्थ बनाता जाए, क्या यही तुम्हारी आकांक्षा है। तुम में देशप्रेम नाम की चीज नहीं है। असल में 'परम स्वतंत्र न सिर पर कोई, मन को रुचे करें वह सोई', इसीलिए इस देश की तरह आप लोगों के विचार भी हो गए हैं।'' शीतल ने दुःखी मन से श्रवण कुमार को कहा।

''यदि रोगियों की रक्ताल्पता को ध्यान में रखकर रक्त देने की परमार्थ की भावना बलवती हो रही हो तो भी भारतीय लोगों का खून अमेरिका में स्वीकार्य नहीं होता। यदि पिछले एक साल में उन्होंने भारत की यात्रा की है तो उनका खून प्रदूषित माना जाएगा। अमेरिका में दो-तीन साल लगातार रह लेने पर भारतीयों का खून लिया जा सकता है।'' श्रवण कुमार ने कहा।

''अमेरिका की यह सोच गलत नहीं है। एक तो बलात्कार होते नहीं। परस्पर सहमति से सबकुछ होता है, अतःआपस में निपट-सुलझ लेते हैं। फिर यहाँ की सरकार समूह द्वारा की जाती वैसी परमार्थी भावना नहीं चाहती, जैसी प्रायः भारतवर्ष में देखी जाती है। असल में भारतीय खून में सामूहिक भावना कूट-कूटकर भरी पड़ी है, बलात्कार को संपन्न करने में डॉक्टर, पुलिस, नेता सभी की सहयोगी भावना के दर्शन यहाँ नहीं होते।'' व्यंग्य ने कहा।

हास्य बोल पड़ा, ''यहाँ के समाचार-पत्र की रिपोर्ट थी कि भारतीय पशु, जो घास खाते हैं, उसके परिणामस्वरूप साँस लेने, डकार लेने और गोबर करने में वे खतरनाक गैस का उत्सर्जन करते हैं। उसी से प्रदूषण बढ़ जाता है, आदमी के रक्त से तो बढ़ेगा ही।''

''भारत ने कुछ वर्ष पूर्व अमेरिका से खाद्य गेहूँ आयात किया था, उसके साथ गाजर घास मुफ्त में मिली थी। होटलों में रोटी के साथ सब्जी की तरह। वह गाजर घास तो शुद्ध है। देवताओं को चढ़नेवाली दूर्वा की तरह।'' व्यंग्य का मत था।

''नेटिव अमेरिकन को जनरल बोगी में बैठाकर स्वयं ए.सी. में यात्रा कर रहे हैं, अब किसी को घुसने नहीं देना है, इसी सोच के अंतर्गत लोग हमेशा दरवाजे बंद रखते हैं, घर में किसी को आमंत्रित तो करते ही नहीं, भटका हुआ कोई गलती से रास्ता या पड़ोसी के बारे में पूछने पहुँच जाए तो न दरवाजा खोलते न, कोई उत्तर देते हैं। बाहुबल से जैसे देश में आ जमे, अपन घरों में भी सुरक्षित बैठे हैं।'' शीतल ने कहा।

''दरवाजे शायद इसलिए नहीं खोलते हों कि कहीं डॉलर बाहर भाग न जाए?

या नेटिव अमेरिकन ही घर में न आ जाएँ? वहाँ की स्थिति ऐसी है कि घर के भीतर किराएदार पंसरे पड़े हैं और मकान मालिक सपरिवार रात-रात भर ठंड में सड़क पर खड़े हैं। नेटिव अमेरिकनों का जीवन देखा है? डरे हुए रहते हैं, हजारों को पहले मौत के घाट उतारा, जो बचे हैं, वे उपेक्षित और निर्वासित जीवन जी रहे हैं।'' हास्य ने कहा।

व्यंग्य बोला, ''भारत बहुत उदार है, हमारे दरवाजे तो हमेशा खुले रहते हैं। अतिथि या नवागंतुक के लिए भी। आतंकवादियों के लिए, बांग्लादेशवासियों के लिए भी। विदेशी विध्वंसक शक्तियाँ किसी भी भाग में तोड़-फोड़ कर चली जाती हैं, पर भारतीय सत्तासीनों की त्यौरियाँ रुपए के मूल्य की तरह गिरते ही देखी हैं, डॉलर की तरह चढ़ते कभी नहीं देखीं।''

''भारतीयों को तुच्छ समझे जाने का शौक है। अंग्रेज भारत में आए, शासन किया, भारतीय गौरवान्वित हुए, क्योंकि उन्होंने भारतीयों को तुच्छ समझा। बड़ी मेहनत करके अमेरिका आए, लगातार आ रहे हैं और यहाँ भी तुच्छ समझे जाने में सफलता पा रहे हैं। जब नेटिव अमेरिकन को ही आयातित लोग तुच्छ समझते हैं तो क्या भारतीयों को अपने से श्रेष्ठ मान लेंगे?'' हास्य बोला।

''भारतीय देवी-देवताओं का अपमान करने में अमरीकियों का कोई जबाब नहीं। वे जानते हैं कि भारतीयों में असीम सहनशक्ति है। कभी किसी देवता के कपड़े पर बने चित्र की चड्डी बनाकर उसका प्रचार करते हैं तो कभी जूते के सोल में किसी भगवान् की फोटो चस्पाँ कर देते हैं। ये अकसर वे दया के पात्र होते हैं, जिन्हें यह भी नहीं बतलाया जाता कि उनका सही पिता कौन है? तब परमपिता को जानने का प्रश्न ही कहाँ उठता है?'' व्यंग्य ने कहा।

''उस दिन पार्क में एक बुजुर्ग यहूदी पति-पत्नी मिल गए। चर्चा-ही-चर्चा में उन्होंने बताया कि यदि अमेरिका में पुलिस न हो तो यह धरती विश्व की अपराधस्थली क्रमांक एक हो जाए। यहाँ की जेलें स्थानीय अपराधियों से ही भर जाएँ। ये लोग भगवान् को नहीं पूछते केवल पुलिस से भयभीत रहते हैं। आज भी आप जेल के आँकड़े ले लीजिए, सर्वाधिक कैदी अमेरिकी ही मिलेंगे। अमेरिकी यानी आयातित, नेटिव अमेरिकन नहीं।'' शीतल ने बताया।

हास्य ने भारत की प्रशंसा में कहा, ''यहाँ के लोग भगवान् को तो बहुत मानते हैं, पर पुलिस को नहीं पहचानते। कई लोग बाहुबलियों से घनिष्ठता करते हैं और उन्हें भगवान् मानने लगते हैं, इसीलिए पुलिस की उपस्थिति में निर्भीक होकर अपराध करते हैं। भगवान् की जय-जयकार करनेवाले, घेरनेवाले इतने अधिक होते

हैं कि उस बेचारे को पल भर का चैन नहीं रहता। फिर प्रकट होने की फुर्सत कहाँ से निकालेगा? पर भगवान् के डर से नरसंहार भी रुके रहते हैं।''

''ऐसा नहीं है, भगवान् के आदेश पर ही नरसंहार भी होते हैं। खुदा के बंदे भगवान् के भक्तों को मारते हैं, भगवान् के भक्त खुदा के बंदों को। इराक पर हमला करने का कारण भी यही था। राष्ट्रपति बुश को भी भगवान् ने स्वयं ही आदेश दिया था कि इराक पर हमला कर। इस बात को किसी अन्य ने नहीं, बुश ने स्वयं स्वीकार किया था।'' व्यंग्य ने बताया।

''जब ओसामा बिन लादेन ने 11 सितंबर को वर्ल्ड ट्रेड सेंटर पर हमला किया तो उन्हें दुःख इस बात का हुआ कि अपने पाले-पोसे साँप ने हमें ही डस लिया। उसे तो हमने दुश्मनों पर वार करने के लिए तैयार किया था। नमकहराम कहीं का।'' हास्य ने कहा।

''असल में 'खाई खोदे और को, ताको कूप तयार', वाली कहावत चरितार्थ हो गई।'' शीतल ने शास्त्रोक्त बात कही।

''फिर कितने वर्ष तक घात लगाकर बैठे रहना पड़ा है। तब जाकर उसका तिया-पांचा कर सके। मियाँ की जूती, मियाँ का सिर करने में कितने साल लग गए!'' हास्य ने उत्तर दिया।

''अमेरिका के बाहुबलीनापाम बम डालकर, ड्रोन हमले कर अपने से बहुत दूरस्थ देशों में अशांति बनाए रखना चाहते हैं, वहीं स्वयं एकांत तथा शांति चाहते हैं। उनके स्वास्थ्य की बढ़ोतरी में, समलैंगिकता में, पारिवारिक विघटन में कोई व्यवधान डाले, बस यही वे चाहते हैं।'' व्यंग्य ने कहा।

''वे स्वयं को सारी दुनिया से अलग समझते हैं। विश्व के सारे देशों की टेक्नोलॉजी मीट्रिक या एस.आई. शैली में रहेगी, पर ये मील, गैलन, पौंड, अपनाकर, स्वयं गज बन-बनाकर अपने बनाए फीट पर ही चलेंगे। ताकि शेष दुनिया इनके फुटप्रिंट, यानी पदचिह्नों पर चले। ये बिजली का स्विच ऊपर से चलाएँगे, सड़क पर दाहिनी ओर चलेंगे। पुरुष पुरुष की, महिला महिला के विवाह को संवैधानिक मान्यता दे देंगे, शायद इन्होंने हिंदी की कविता आत्मसात् कर रखी है, 'लीक छोड़ तीनों चलें सायर सिंह कपूत'।'' हास्य बोला।

''अब यह तो तू ही तय कर कि ये शायर हैं, सिंह हैं या दुनिया के कपूत।'' व्यंग्य ने कहा।

''आज काफी बहस हो गई, कल के लिए भी तो कुछ रखें? आज यहीं समाप्त करते हैं।'' कहकर शीतल उठने लगा, परंतु इसी बीच श्रवण कुमार ने शीतल

से कहा, "पिताजी घूमने की एक उम्र होती है, बचपन में हमें जितना दुनिया को देखना था, नहीं देख पाए।"

शीतल ने उत्तर दिया, "हमारे पास साधन कम और व्यस्तताएँ अधिक थीं, इसलिए हम तुम्हारी इच्छाएँ पूरी नहीं कर सके, तुम्हारी स्थिति तो हमसे बहुत बेहतर है। अपने बच्चों को उनकी इच्छानुसार घुमा देना। किंतु धरती पर घुमाने के लिए, दुनिया में लाना पड़ता है। अभी तो बेचारे ब्रह्मांड में ही चक्कर काट रहे, भटक रहे हैं।"

और उस दिन के कार्यक्रमों का पटाक्षेप करते हुए शीतलम् करोति कल्याणम् कहते हुए वह चल दिया।

13

एक दिन व्यंग्य ने दोनों सहयात्रियों से प्रश्न पूछ लिया, "यदि पूरा विश्व एक मोहल्ला हो तो यह कहावत किस देश की सरकार पर लागू होती है कि 'गरीब की लुगाई सबकी भौजाई'।"

हास्य स्वभाव से मसखरा है ही, चुप भी नहीं रहता, बीच में ही बोल पड़ा—"अपने देश की अन्नपूर्णा पर क्यों निशाना साध रहा है?"

शीतल ने असहमति जताते हुए कहा, "और भी तो कितने गरीब देश हैं, क्या उन देशों पर यह बात लागू नहीं होती?"

हास्य ने उत्तर दिया, "जिसके बहुत बच्चे होते हैं, वे किसी के भी विरुद्ध कड़ा रुख नहीं अपना सकते। सबकी सुनते हुए शांति से रहना उनकी मजबूरी होती है। उनके बच्चे मोहल्ले भर में सब सेठों-साहूकारों के यहाँ काम करने जाते हैं। बच्चे अधिक, घर में गरीबी भरपूर। यदि काम नहीं करेंगे तो खाएँगे क्या? कई बार तो घर का मुखिया ही कहता है, बढ़ती रहने दो संख्या, भूखे मरेंगे तो अपने आप इधर-उधर भागेंगे, काम करेंगे। इधर-उधर काम पर जाना उनकी मजबूरी है। किसी से भी बिगाड़ा हो जाए तो वह बच्चों को नौकरी-चाकरी से या अपने स्कूलों-कॉलेजों से निकाल सकता है। इसलिए बड़े सेठों-साहूकारों से बनाकर रखना पड़ता है।

"माता-पिता का जीवन संघर्ष देखकर और उन्हें आर्थिक सबलता, स्वतंत्रता देने के लिए भारतीय युवकों-युवतियों ने स्वयं को लोहा और अमेरिका को चुंबक

मान रखा है। जिसके संपर्क में आकर वे स्वयं चुंबक बन सकते हैं। अर्थ तथा भविष्य की संभावनाओं के गुरुत्वाकर्षण से खिंचे चले आते हैं। किंतु अपने बच्चों को यहाँ के संस्कारों से बचाने में लग जाते हैं। हिंसा सेक्स की फिल्मों तथा गाली-गलौच तथा यहाँ के अवांछित परिवेश आदि से दूर रखते हैं। किंतु 'काजल की कोठरी में कैसे हुं सयानो जाय एक लीक काजर की लागि है, पे लागि है' पैसा साथ में ये सब विकृतियाँ भी लाता है।'' शीतल ने कहा।

व्यंग्य पुनः मुखर हुआ, ''इसीलिए कई परिवारों ने आत्मसम्मान से जीने के लिए बच्चों की संख्या में कटौती करना शुरू कर दिया है।''

''बच्चूलाल किंतु समझदारों में सिरमौर है। जब भी कोई उससे पूछता है, कोई संतान नहीं है? वह उत्तर देता है, मुझे भारत देश नहीं बनना। बच्चे होंगे तो दुनिया से दबकर रहना पड़ेगा। जिस प्रकार कई राजनीतिज्ञ किसी सीढ़ी से चढ़ने के बाद उसे हटवा देते हैं, ताकि कोई दूसरा उस सीढ़ी का लाभ उठाकर उनकी बराबरी तक आ न जाए। वह भी कोई बच्चा नहीं चाहता। वह बच्चों को बोझ समझता है। बच्चों को सीढ़ी बनाकर भले ही वह बड़ा हुआ हो, किंतु अब बच्चे उसकी स्वतंत्रता, उसके आमोद-प्रमोद में बाधक हैं। वह गर्लफ्रेंड तो अनेक रखना चाहता है, पर बच्चा एक भी नहीं।

''बड़ा होकर वही स्वयं को बच्चा मानता है। यह उसके बचपने का नहीं परिपक्व सोच का परिणाम है। गर्लफ्रेंड मीठी होती हैं, संतान कड़वी। वह मीठा-मीठा खा जाना चाहता है और कड़वे की उपेक्षा करता है। वह अपने जीवन के लिए शायद हमेशा की संगिनी चाहता है। उसकी इच्छा अवश्य पूरी होगी। अधिक मीठा खाएगा तो डायबिटीज को तो चिर संगिनी के रूप में जल्दी पा ही जाएगा। आश्चर्य नहीं होगा कि गर्लफ्रेंड और डायबिटीज दोनों का संतुलन बनाकर उसे बाद में चलना पड़े? वैसे तो नीम के पेड़ की हवा भी स्वास्थ्यवर्धक होती है। कभी-कभी नीम की पत्तियाँ खाने से भी परहेज नहीं करना चाहिए, किंतु अब वह आम ही खाकर खास बने रहना चाहता है। वेट लिफ्टिंग करता है, पर बच्चे उसके लिए बोझ हैं। हाँ, यदि बच्चे जन्म से ही कमाऊ पूत हो जाएँ तो उनका स्वागत करने को वे तैयार हैं।'' हास्य ने अपना विचार बताया।

''पुराने लोग वेट लिफ्टिंग नहीं करके बच्चे लिफ्टिंग करते रहे। बिना यह समझे हुए काम में जुटे रहे कि अत्यधिक उत्पादन हो गया तो क्या? भगवान् ने जीवन दिया है तो खाने को भी देगा। सभी परस्पर सहयोग करते हुए खुशहाल बने रहेंगे। नए लोगों को अधिक सुविधाएँ हैं, नए-नए उपकरणों की सहायता से

उत्पादन नियंत्रण कर सकते हैं। परंतु उत्पादन से पूरी तरह बचने की चतुराई में व्यस्त हैं। 'अति सर्वत्र वर्ज्येत' के शाश्वत संदेश को पढ़ने की किसी को फुर्सत नहीं है। जिंदगी एक खंभा बन गई है, भूत उस पर मात्र चढ़ रहे, उतर रहे हैं।'' शीतल ने मत दिया।

''कुछ युवक, जिन्होंने भारत और अमेरिका दोनों देशों में जीकर देख लिया और सार संक्षेप यह पाया कि कहीं भी रहो, जीवन जूते खाते रहने की प्रयोगशाला मात्र है, उन्होंने संकल्प ले लिया है कि बच्चे पैदा करके उन्हें वैसा खराब अनुभव क्यों दिलाया जाए? अतः हम दो और हमारा कोई नहीं पर जीवन को चला रहे हैं।'' हास्य ने कहा।

''सही है, पिता तो बूढ़ा होकर झुक गया है, क्या समझेगा? महत्त्वाकांक्षाओं और उपलब्धियों के दोनों सिरे जोड़ने के प्रयत्न में बेटा स्वयं ही पिस रहा है। बच्चे होंगे तो कई सवाल होंगे, उन सवालों को हल करने का समय क्यों निकालें? भूमि को बंजर रखते हुए बस हल चलाते रहने की ललक है। अब किसान अपने खेत को तो सँभालकर रखना चाहते हैं, किंतु बंजर बनाकर। फसल हो गई तो उसकी रखवाली कौन करेगा? इसी चिंता में वह खेत को हमेशा के लिए काला बनाए रखना चाहता है। खेत को काला रखने को वह भविष्य का काला होना नहीं मानता। माना कि बंपर फसल हो, पर क्या कम अनाज की, बीज की ही रखवाली करने में अशक्त है? फिर नीड़ बनाकर क्यों रखता है? और वह सड़कों पर पार्कों में खुला साँड़ बनकर अपनी भूमिका निभाता रहे।'' व्यंग्य बोला।

शीतल ने समझाया, ''यह तो दुनिया का चक्र है। पहले मनुष्य और जानवरों में अधिक अंतर नहीं होता था। जीवन के सभी क्रियाकलाप दोनों खुलेआम किया करते थे। भारत जैसे देश ने दुनिया को सबसे पहले सभ्यता का पाठ पढ़ाना शुरू किया, आदमी की नंगई को ढकने में भरपूर सहयोग दिया। कुछ चिंतन किया, कुछ ग्रंथ लिखे। आदमी को सावधान किया कि तेरी नंगई कब तक चलती रहेगी? मनुष्य की कुछ मर्यादाएँ हैं। वह पशु से अलग है। भले ही प्रकृति के निकट रहे, पर उसे निरापशु नहीं हो जाना चाहिए। यहाँ तक कि पशु के साथ भी उसे पशुत्व का व्यवहार नहीं करना चाहिए। दुनिया को सबसे पहले सभ्यता की सीख देनेवालों में हिंदुस्तान भी था। उसकी बाजारू बनने की न कभी मानसिकता रही, न कभी उसने चेष्टा की। उसके गुलाम बन जाने का, उस पर मुगलों, अंग्रेजों तथा अन्य शक्तियों द्वारा शताब्दियों राज्य करने का कारण एकमात्र यही था कि वह नर्म तथा शांतपूर्ण भू-भाग था, षड्यंत्रकारी कभी नहीं रहा। सारे बच्चे खरगोशों के समान

कोमल और झाड़ियों में छिपनेवाले होते थे। वह जानता है, आज भी वही सोच रखता है कि हिंसा करनेवाले विध्वंसक होते हैं, रचनात्मक नहीं।''

''अपनी सीमाओं से बाहर जाकर उसने लूटपाट हिंसा या आक्रमण कभी नहीं किए। इसीलिए विश्वशक्ति नहीं बन सका। उसने क्योंकि उलटे-सीधे धंधे नहीं किए, संतोषी रहकर चिंतन-मनन किया, धंधाखोर व्यापारी नहीं बना, लूट-खसोटकर पैसे कमाने को उसने असभ्यता माना, इसीलिए दुनिया में शायद वह पिछड़ा रहा। वह भी हथियार बनाता, परस्पर शत्रु देशों के बीच दोनों पक्षों को शस्त्र उपलब्ध कराता रहता और फिर मुरगों की लड़ाई देखने का आनंद लेता रहता। जो मुरगा हार जाता, उसे अपनी थाली का स्वादिष्ट व्यंजन बना डालता, पर वह असफल रहा।'' व्यंग्य ने कहा।

''अब वह दुनिया की नस-नस से परिचित होकर बहुत समझदार हो गया है। जब अमेरिका से इतना प्रभावित है तो हथियार बेचने में धंधा करनेवाली चतुराई भी सीख लेनी चाहिए। तलवार कभी कोई पक्षपात करती है? उसके लिए सारी गरदनें बराबर होती हैं। अमेरिका तो शत्रुओं और मित्रों पर समान निगाह रखता है। एक साथ दोनों को हथियार बेच सकता है। रूस जो पहले दोस्त था, अब दुश्मन हो गया है या तालिबान, जो पहले मित्र था अब शत्रु हो गया है। सभी को हथियार बेचने को आज भी तत्पर है। हिंदुस्तान समझता तो है, पर कार्यान्वयन नहीं करता कि राजनीति और धंधे में कोई स्थायी शत्रु या मित्र नहीं होता।'' शीतल बोला।

''ज्ञानार्जन कराने के बाद युवा पीढ़ी को दुनिया भर की छाँह दिलाने के मामले में वह सबसे विशालाकार बरगद हो गया है, क्या इसीलिए जल्दी एक बड़ी ताकत बनकर उभरेगा? उसकी छाँह में अन्य बस्तियाँ लाभान्वित हो रही हैं। उसकी क्षमता में कोई कमी नहीं। किंतु जब होड़ लेने का सवाल होता है तो उसकी दिशा निराली है। तू मेरे श्रम की थाली छीनकर उसमें हेमबर्गर (गौमांस) खा रहा है, अब मैं तेरी बेशर्मी की थाली छीनकर उसमें गोबर खाऊँगा।'' व्यंग्य ने कहा।

''अब वह अमेरिका से खुलेपन की प्रेरणा ले रहा है। अमेरिका के श्रमवाले चेहरे को ढाँककर उससे न सीखकर बेशर्म चेहरे की नकल कर रहा है। माना कि वह खुला हुआ देश है। वहाँ के नागरिक खुलेआम कहते हैं, हम कुछ भी ढकना-छुपाना नहीं चाहते। यहाँ सबकुछ खुला है। भारतवर्ष के शहरों के युवक-युवतियाँ भी मुँह ढककर चलने लगे हैं। मुँह ढके रहने में ही भलाई समझते हैं। जाँबाजी के कई ऐसे कार्य कर रहे हैं, जिनके बाद वे चाहते हैं कि उनके मुँह ढके रहें। वे श्रम करना नहीं सीखते, बेशर्म बने रहना सीख रहे हैं।'' शीतल ने व्यक्त किया।

"शरीर के दस द्वारों में अभी तो एकमात्र द्वार बंद कर रखा है। मुँह नहीं खोल रहे हैं। कुछ समय बाद सबकुछ खुला कर देने की योजना है। वे अमेरिकी बन रहे हैं। पहले पशु और मनुष्य लगभग समान थे, फिर भेदभाव बढ़ा, मनुष्यता ज्यादा गोरी होने लगी, पशुता अधिक काली हुई। काले-गोरे का भेद काफी बढ़ गया। मनुष्यता ने पशुता से काफी दूरी कर ली थी। अब भेदभाव समाप्त हो रहा है। लगता है, चक्र पूरा हो रहा है। बराबरी करने में लगता ही क्या है, बस निर्वस्त्र होने की देर है! श्रम करने में शरीर से पसीना निकलता है, बेशर्म होने में मात्र सीना उघरता है।" व्यंग्य ने कहा।

"अमेरिका में कई लोग सड़क पर या पार्कों में पड़े रहते हैं। वे बेघर होते हैं, इसीलिए प्रत्येक राहगीर से एक-एक डॉलर टैक्स वसूल करने की कोशिश करते रहते हैं। पच्चीस या पचास सेंट वे भी स्वीकार नहीं करते, उनका भी आखिर स्टैंडर्ड है? आई एम होमलैस प्लीज गिव मी वन डॉलर। हिंदुस्तान में तो कई लोग गुफाओं में रहते हैं। गुफाओं में वे राम के सहारे जी लेते हैं। यहाँ इन्हें रम का सहारा लगता है। अधिकांश लोग घर बसाना इसलिए नहीं चाहते, क्योंकि वे बार में जाने के आदी हो जाते हैं। किसी घर में नहीं रहते, रेस्टोरेंट या बार के सामने पड़े रहते हैं। पार्क या सड़कों पर पड़े-पड़े अकेले ही बड़बड़ाते रहते हैं। कोई राहगीर सामने से निकलता है, तब तो अवश्य बड़-बड़ाकर कुछ माँगते हैं, यद्यपि राहगीर उसे अनसुना कर देना ही उचित समझते हैं।" शीतल ने कहा।

"हिंदुस्तान में लोग घर-बार बसाने में विश्वास रखते हैं। घर में बच्चे नहीं होंगे तो आस-पास घूम रहे सूअर के बच्चे घरों में घुसेंगे। अमेरिका में बच्चे भले ही नहीं रखे जाएँ, कुत्ते अवश्य पाल लिये जाते हैं। वैसे कुत्ते बहुधा बड़े लोगों की तुलना में अधिक स्वामी-भक्त, अधिक समझदार होते हैं। यहाँ के कुत्ते किसी पर भौंकते नहीं, उन्हें ट्रेनिंग दी जाती है कि वे अनुशासित बने रहें। भारत में सामनेवाले पर लगातार भौंकते रहने की ट्रेनिंग दी जाती है।" व्यंग्य बोला।

बहुत देर तक चुपचाप सुनते रहने के बाद हास्य ने मुँह खोला—"इतने दिनों की चुप्पी के बाद व्यंग्य बोला है, किंतु बहुत अच्छा बोला। उसके विचार एकदम टेप करने योग्य हैं। मैं भी किसी दिन बोलूँगा, पर आज इतना ही। रात्रि विश्राम कर लें, कल की कल सोचेंगे। कल आनेवाली चिंताओं का बोझ अभी से ही सिर पर क्यों रख लूँ?

□

शुक्रवार को प्रतिदिन की तरह सुबह-सुबह हास्य-व्यंग्य, शीतल और शीतल

का पुत्र श्रवण कुमार चाय की टेबल पर बैठे थे। तभी कुछ खुसुर-फुसुर शुरू हुई।

श्रवण कुमार बोले, "इस बार फिर चार दिन का वीकेंड (सप्ताहांत) मिल रहा है। क्यों न अवसर का लाभ लेकर दुनिया के अधुनातन तीर्थ, लास वेगास की यात्रा कर ली जाए?"

श्रवण कुमार के इस पवित्र विचार का श्रवण करते ही दोनों सिपहसालार स्वर्ग में खो गए। प्रसन्नता की वीणा के तार हास्य और व्यंग्य के शरीर में नख से शिख तक झनझना उठे। स्वर्ग में अप्सराओं के नाच, मुजरे और संगीत सभा की कल्पना में वे आकंठ डूब गए।

शीतल तो जन्म-जन्म के ठंडे ठस्स हैं, कहने लगे, जैसा बहुमत का निर्णय होगा, तद्नुसार हम भी चल देंगे। हास्य तो छिपा नहीं पाया, प्रमुदित मुद्रा में बोल ही पड़ा—"क्या बात है? लास वेगास की यात्रा! वह तो धरती पर रहते-रहते स्वर्ग की यात्रा है, वहाँ रहने का सुख ही निराला होगा। किसी धर्म में लिखा भी है—स्वर्ग में पहुँचोगे तो सुंदर-सुंदर हूरों का सत्संग प्राप्त होगा। शायद उसी स्वर्ग का नाम लास वेगास है।"

"अमेरिका को धक्का लगा कि दुनिया भर के भक्त, रामेश्वरम में भगवान् से, मक्का मदीना में खुदा से, वेटिकन सिटी में जीसस के सामने बार-बार जाकर क्यों प्रार्थना करते हैं? उनके चरणों में लोटकर स्वर्ग की ही तो कामना करते हैं। क्यों न अमेरिका आगे बढ़कर एक ऐसा स्थल विकसित कर दे, जहाँ भक्त आएँ और उन्हें स्वर्गानुभूति होती रहे। इसीलिए सभी श्रद्धालुओं को अतीव सुख देने के लिए लास वेगास शहर विकसित कर दिया। देखते-ही-देखते धरती पर एक स्वर्ग उतर आया," व्यंग्य ने अपना मत दिया।

"परमात्मा के परम सुख की प्राप्ति लास वेगास जाने पर ही होती है, आज तक दर्शन कर चुके श्रद्धालुओं का यही मानना है। क्या हम लोग पूरे चार दिन वहीं रहेंगे?" हास्य ने उत्सुकता से पूछा।

"तुम यह न भूलो कि तुम भारतीय हो। पूर्व जन्म के संचित कर्म जितने होंगे, तद्नुसार उतने ही दिन का स्वर्गारोहण कर सकते हो। अमेरिका और विशेषत: लास वेगास के निवासियों ने पहले के जन्म में निश्चय ही पुण्य के बहुत से काम किए होंगे, तभी तो यहाँ आजीवन रहने के लिए यह स्वर्ग मिला हुआ है।" व्यंग्य ने उत्तर दिया।

जब वे डायनिंग टेबल पर बैठे-बैठे चाय की चुस्कियाँ ले रहे थे, तब चर्चा को सुनते हुए शीतल की पुत्रवधू ने पास से निकलते हुए अपना मत दिया, "जब

स्वर्ग और नर्क की बात की जा रही हो तो आपको ही क्यों सारी दुनियावालों को यह समझते देर नहीं लगती कि भारत अब नर्क हो गया है, जबकि अमेरिका स्वर्ग। वहाँ का जन सामान्य रिश्वतखोरी और लालफीताशाही से परेशान है। नेता पैसे खाकर दल-बदल करेंगे और आम आदमी को दिल से ईमानदार रहने की सीख देंगे।''

शीतल तो खामोश रहा, किंतु पिता का मूड भाँपते मात्र पितृभक्त श्रवण कुमार ने बीच का रास्ता निकाल लिया। ''दोनों देशों में स्वर्ग भी है और नर्क भी। यह कहना गलत है कि पूरब में नर्क-ही-नर्क है और पश्चिम में स्वर्ग-ही-स्वर्ग।''

हास्य ने राजनीति खेली—''पुत्रवधू के वक्तव्य से मैं पूर्णतः सहमत हूँ। यदि कहीं सचमुच स्वर्ग है तो वह अमेरिका में ही है।''

''फिर लास वेगास तो स्वर्ग में भी परम सुख देनेवाला है। अच्छा हो कि पूरे समय हम वहीं रहें?'' व्यंग्य ने अपना मत दिया।

''नहीं-नहीं, पूरे समय हम वहाँ नहीं रहेंगे। अधिक समय रहोगे तो तुम दोनों वहाँ अपनी जड़ें जमा लोगे। एक बार बड़ी गद्दी पर बैठ जाओगे तो नीचे उतरने का नाम नहीं लोगे। अमेरिका के लोगों ने भारत के तीर्थों की गंदगी, धर्म के नाम पर होती लूट-खसोट और भक्तों की दैन्यता को देखकर उन्हें तीर्थ नहीं माना, किंतु लास वेगास को असाधारण चकाचौंध देकर चहुँओर से डॉलर की नदियाँ प्रवाहित कर तीर्थों का तीर्थ बना दिया है। पूरब के तीर्थ तो आप लोगों ने देख लिये, अब पश्चिम का तीर्थ भी देख लो। हाँ, एक जानकारी और दे दूँ, यहाँ से भी आलीशान स्वर्ग चीन ने विकसित कर लिया है, अब और संपन्न लोग अमेरिका की बजाय चीन की ओर जाने लगे हैं।'' श्रवण कुमार ने समझाया।

शीतल सहसा काव्यमय भाषा में बोल उठा, ''अपने देव-देवियाँ अनगिन, मंत्र पुण्य के कर्म गिनो, यहाँ यौन स्वातंत्र्य, लॉटरी-सट्टा, संग में कैसीनो।''

हास्य ने प्रतिक्रिया व्यक्त की, ''असाधारण पारदर्शिता में यहाँ का विश्वास हैं। यहाँ चलती-फिरती कई अप्सराएँ कपड़ों को पहनना तक आवश्यक नहीं समझतीं। देहयष्टि और सुंदरता की पूजा यहीं होती है। किसी भी दिखावे या आवरण की क्या आवश्यकता?''

''यह त्रिभुजी यात्रा होगी। लॉस एंजेल्स से सात-आठ घंटे की ड्राइव पर ग्रेंड केनियन, यानी एक विशाल खाई है, उसे देख लेंगे। ग्रेंड केनियन नेशनल पार्क एक हिल स्टेशन है। एक दिन वहाँ रहेंगे, बाकी समय लास वेगास। ग्रेंड केनियन से चार घंटे की ड्राइव पर लास वेगास है, वहाँ से चार घंटे की ड्राइव कर अपने घर लॉस एंजेल्स आ जाएँगे।'' श्रवण कुमार ने कार्यक्रम की योजना बताई।

व्यंग्य कहने लगा—"यह तो मेरे मनोनुकूल प्रस्ताव है। कोई माने या न माने मेरे मन में तो वह तीर्थ बहुत पहले से समाया हुआ है। जिस प्रकार भारत के किसी बड़े तीर्थ स्थल की यात्रा किए बिना भारत को नहीं समझा जा सकता, उसी प्रकार लास वेगास जैसी पवित्र नगरी के दर्शन किए बिना अमेरिका की आध्यात्मिकता भी नहीं समझी जा सकती। चलो, यह भी हो जाएगी।"

श्रवण कुमार ने कहा, "ग्रेंड केनियन यानी एक विशाल खाई। भगवान् द्वारा प्रदत्त एक विशाल 280 मील लंबी, 15 मील चौड़ी और 1 मील गहरी खाई है। कहा जाता है लाखों वर्ष पहले यहाँ कोई महानद था, जिसके जल प्रवाह ने चट्टानों को तोड़कर वर्तमान स्वरूप में ला दिया है। कहा जा सकता है कि लास वेगास मनुष्य द्वारा निर्मित अनेक छोटी-छोटी खाइयों से मिलकर बनी एक बड़ी खाई है। इसमें डूबे तो आदमी का अता-पता न चले। पहली के मात्र दर्शन किए जा सकते हैं, क्योंकि उसमें उतरने के लिए असाधारण शारीरिक बल और विरल साहस लगता है, जबकि लुटाने को भरपूर पैसा हो तो लास वेगास की अनेक हरी-भरी और आकर्षक खाइयों का आनंद लिया जा सकता है, उनमें कई बार चढ़ा-उतरा जा सकता है।"

"भैया, हमने तो अपने गाँव के बगलवाली मकड़ाई की नदी की खाई ही देखी है, वह इतनी बड़ी भले ही न हो, ऐसी तो है।" शीतल ने कहा।

"जब मौत के बाद आदमी भगवान् के सामने जाएगा तो भगवान् पूछेगा, तूने दुनिया में रहकर पाप कर्म क्यों नहीं किए? क्या मैं तुझे क्षमा नहीं कर सकता था? मुझ पर तेरा बिल्कुल भरोसा नहीं है? (गुनाह क्यों न किए? क्या खुदा रहम नहीं था?) लास वेगास की यात्रा करने के बाद ही शीतल के पास अब उपयुक्त उत्तर होगा कि तेरी दया पर मुझे पूरा विश्वास था, तभी तो मैंने लास वेगास की यात्रा की।" हास्य ने चिकोटी काटी।

श्रवण कुमार ने समझाया, "इस शहर को सिनसिटी (पापों का शहर) कहते हैं। यहाँ पर खुलेआम जुआ खेलने, सट्टा लगाने, शराब पीने आदि की अनुमति है। अमेरिका की सबसे चकाचौंध भरी बस्ती यही है। रात का अँधेरा होते ही लास वेगास बुलेवर्ड की रंगीन दुनिया तीर्थयात्रियों के होश उड़ा देती है। सही रूप में निशाचरों को देखना हो तो लास वेगास में रात में ही भ्रमण करना चाहिए। अमेरिका व्यापारी देश है। सर्वाधिक धनी भी है, किंतु फिर भी धन कमाने की ललक कभी कम नहीं हुई।"

व्यंग्य ने श्रवण कुमार से पूछा, "मेरी रुचि मात्र उस आदि में है। इस आदि में क्या-क्या सम्मिलित है, उसका प्रसाद कैसे पाया जा सकता है? सत्यनारायण

की कथा के समान विस्तार से मुझे समझाएँ। जहाँ तक मैं समझा हूँ, बड़ी प्रसादी इस आदि में ही निहित है।"

"जो-जो भी आदिम सोच है, वह सब सम्मिलित होगा। आदिकाल से लेकर आज तक यानी आदम और हव्वा के मिलन से लेकर आज तक दुनिया में जैसी द्यूतक्रीड़ा, लूट-खसोट, नग्न नर्तकियों के हाव-भाव और उसके बाद नोच-खरोंच हुई होगी आदि में वही प्रसादी है। जहाँ तक मुझे जानकारी है—जुए, सट्टे, देह-व्यापार आदि समाज स्वीकार्य पवित्र धंधों से यहाँ पैसा कमाने की छूट है।" हास्य ने उत्तर दिया।

शीतल ने कहा, "मियादी बुखार की तरह आदि-व्याधि का विस्तार समझ लें। मेरे दाएँ-बाएँ चलनेवाले तुम दोनों के लिए यह चार दिन की चाँदनी से अधिक नहीं होगी।"

व्यंग्य ने लास वेगास को अर्थ का कुंभ बतलाते हुए कहा, "भले ही चार दिन की चाँदनी हो, लेकिन उसकी याद तो जीवन भर की अँधेरी रातों में बनी रहेगी। भारत में बारह वर्ष में एक बार कुंभ आता है, जहाँ चारों ओर मनुष्य-ही-मनुष्य दिखाई देते हैं। उस कुंभ में मन का आह्वान होता है। इसलिए उस कुंभ का महत्त्व नगण्य है। लास वेगास में प्रतिदिन कुंभ होता है, जहाँ तन और धन दोनों का आह्वान किया जाता है। अत: यह अर्थवान है।"

इस तरह चाय की टेबल पर ग्रेंड केनियन और लास वेगास पर यात्रा शुरू करने के पहले ही विस्तार से चर्चा हो गई।

अगले दिन कार्यक्रमानुसार यात्रा प्रारंभ की। लॉस एंजेल्स की सड़कों पर आदमी कम दिखाई देते हैं, कारें अधिक। लॉस एंजेल्स हॉलीवुड का तीर्थ है, लास वेगास मेनवुड का। हाला, हाली से ही निर्मित शब्द है। जाम की कोई कमी नहीं। आने-जानेवाली छह-छह समानांतर सड़कों पर एक-दूसरे से सटी हुई कारें दौड़ रही हों, फिर कार के जाम। यहाँ के निवासियों के सिर पर भी सवार रहते बार और जाम। लॉस एंजेल्स सीमा के भीतर तो चींटी की गति से यात्रा होती है। बीस मील निकलने में हमेशा एक घंटा लग ही जाता है। शहर से बाहर निकलने के बाद ही वाहन गति पकड़ पाते हैं। लगातार इतनी दूर एक साथ कार ड्राइव कर लेना हिंदुस्तान में तो बहुत कठिन है, किंतु यहाँ की अनुशासित यातायात व्यवस्था में यह एक सामान्य चलन है। जिस प्रकार एरिजोना के रेटल साँपों की पूँछ तेजी से हिलती रहती है, ठीक उसी प्रकार यहाँ की ट्रैफिक पुलिस की कार के पीछे भी नीली-पीली बत्तियाँ झिलमिलाती रहती हैं। प्रत्येक दस-बीस मील के भीतर

यातायात का उल्लंघन करनेवाले एक-दो कार चालकों को ट्रैफिक पुलिस भी बत्ती दे ही देती है। उसी संभावित बत्ती को ध्यान में रखकर एक-दो मील पहले से ही प्रत्येक कार चालक सतर्क हो जाता है।

जगह-जगह सड़क पर गति सीमा 55 से 75 मील प्रतिघंटा लिखी होती है। कार ड्राइवर जब इस गति से ऊपर उड़ने लगते हैं, तब ही टिकट के पात्र माने जाते हैं। वैसे तो ट्रैफिक पुलिस स्वयं ही बड़ी गन होते हैं, फिर भी स्पीडगन और पिस्टलगन हाथ में लेकर नियमों के उल्लंघन करनेवाले को दबोचते हैं। भारत में इस गति पर चलना अपनी दुर्गति को आमंत्रित करना होता है। यहाँ हाइवे पर ट्रैफिक पुलिस टिकट देने के लिए उपस्थित भले ही नहीं रहती, स्वर्ग के लिए टिकट की व्यवस्था स्वत: ही हो जाती है।

खूदिया, फिर भोपाल से चला हुआ यह काफिला लेक हवासु सिटी और किंगमेन बस्तियों से होते हुए लगभग 450 मील की दूरी तय कर कस्बे फ्लैगस्टाफ पहुँचा। रात्रि विश्राम हेतु फ्लैगस्टाफ बस्ती के एक होटल में रुका। रात्रि विश्राम कर अगले दिन सुबह-सुबह डेढ़ घंटे की यात्रा पूरी कर ग्रेंड केनियन के लिए रवाना हुआ। लॉस एंजेल्स कैलिफोर्निया राज्य का बड़ा शहर है। इस राज्य के ऊँचे-ऊँचे पहाड़ हरियाली और जंगल विश्व में अद्वितीय हैं। इस अकेले प्रदेश का क्षेत्रफल आधे दक्षिण भारत के बराबर है, जबकि आबादी मात्र 5 करोड़ है।

लॉस एंजेल्स कैलिफोर्निया राज्य में, फ्लेगस्टाफ और ग्रेंड केनियन एरिजोना प्रदेश में, जबकि लास वेगास नवाडा प्रांत में स्थित हैं। चार दिनों में तीन राज्यों की सैर करना है। समग्र कैलिफोर्निया राज्य यानी उसके शहर लॉस एंजेल्स, सेन फ्रांसिस्को, बीचों (समुद्र तटों) के बीच, यानी अनगिनत समुद्र तटों, फूलों, हरियाली, सुंदरता, नदी, पहाड़, ऊँचे-ऊँचे खजूर के पेड़ों, बड़ी-बड़ी झीलों, घने जंगलों से घिरे हैं। वही घने जंगल जहाँ गरमी के मौसम में अकसर आग लग जाती है और अत्याधुनिक संसाधनों के बाद भी कई-कई सप्ताहों तक बुझ नहीं पाती। ये जंगल सेन फ्रांसिस्को से लॉस एंजेल्स की यात्रा करते समय आते हैं। लॉस एंजेल्स से लास वेगास या ग्रेंड केनियन की यात्रा पर नहीं।

एरिजोना प्रदेश आते-आते हरियाली गायब होने लगती है। मात्र मिट्टी के, मुरम के पहाड़वत बड़े-बड़े टीले। हरियाली के नाम पर कहीं-कहीं तुलसी के छोटे-छोटे रोपों के समान पौधे। न दूर-दूर तक पानी, न पेट्रोल पंप, तीन-तीन सौ मील तक सीधी-सीधी सड़क। सड़क के दोनों ओर बंजर जमीन। इस मरुस्थल और बंजर जमीन के मालिक यहाँ के मूल निवासी हैं, जिन्हें नेटिव अमेरिकन कहा जाता

है। सारे विदेशी आक्रमणकारी उपजाऊ और हरी-भरी भूमि के मालिक बन बैठे हैं।

इसके पीछे एक कहानी है। पाँच-छह सौ वर्ष पूर्व कोलंबस भारत की खोज में समुद्र के रास्ते निकला था। जब उसकी नाव एक तट से टकराई तो उसे लगा उसने भारत पा लिया है, वह बहुत खुश हुआ। जब वह बस्ती में आया तो उसने गेरूए रंग के लोगों को पाया। उसने इन आदिवासी लोगों को रेड इंडियन नाम दे दिया। वास्तव में वह तट भारत का नहीं अमेरिका का था।

आजकल इन्हीं लोगों को नेटिव अमेरिकन कहा जाता है। जिस प्रकार अफ्रीका से लाए गए गुलामों को नीग्रो न कहकर सम्मानपूर्वक अफ्रीकन अमेरिकन कहा जाता है, इन मूल अमेरिकी निवासियों को रेड इंडियन न कहकर नेटिव अमेरिकन कहा जाता है। नीग्रो या रेड इंडियन दोनों का संबोधन अपमानजनक माना जाता है। काले धन के मालिकों ने इंडियन संबोधन को वैसे ही अपमानजनक बना रखा है। पुत्रवधू सारा वर्णन करती रही।

रास्ते में कई जगह इंडियन ज्वेलरी (आभूषण) या इंडियन क्राफ्ट (हस्तकला) की छोटी-छोटी दुकानें मिल जाती हैं, किंतु ये सभी इन्हीं रेड इंडियन या नेटिव अमेरिकन की होती हैं। ये रेड इंडियन भारतीय नहीं, मूल अमेरिकी लोग होते हैं।

यह स्थिति देखकर व्यंग्य को एक कवि की पंक्ति याद आ गई, वह बोल उठा—''घर के मालिक बाहर सड़क पर खड़े हैं, किराएदार घर के भीतर पसरे पड़े हैं।''

हास्य ने कहा, ''भारत और अमेरिका में यही तो समानता है कि जिसकी लाठी उसकी भैंस। जो दशा वहाँ के सीधे-सादे, अनपढ़ मूल आदिवासियों की है, वही हालत यहाँ के मूल आदिवासियों की है। इन्हें भी कई वर्षों की लंबी लड़ाई के बाद वे जमीनें दे दी गईं, जो बंजर थीं। जिस प्रकार भारत में बस्तर के, मकड़ाई के निवासी हस्तशिल्प और प्रतिदिन के उपयोग की बाँस की वस्तुएँ बनाकर बेचते हैं, यहाँ के नेटिव अमेरिकन भी वैसा काम करके अपना जीवनयापन करते हैं।

मरुस्थल में गरमी बहुत पड़ती है, तापमान 40 डिग्री सेल्सियस से अधिक हो जाता है, किंतु सौभाग्य से उस दिन दो-तीन बार बरसात हो गई, जिससे मौसम ठीक-ठाक बना रहा। ग्रेंड केनियन के कुछ दर्शनीय स्थलों पर तो इतनी धुंध थी कि कार से उतरना भी उचित नहीं समझा गया। दूसरे किनारे पर रुई के बड़े-बड़े ढेर सरीखे बादल खड़े हुए थे, जो अन्यत्र जगह चट्टानों पर यत्र-तत्र दौड़ते-भागते दिखाई दिए। कहीं सँकरी, कहीं चौड़ी, एक मील गहरी खाई को अनेक रंगों से जैसे सजाया-सँवारा गया हो! नीचे मटमैले पानीवाली नदी भी दिखाई देती। जहाँ

तक निगाह जाती, उन-उन रंगों की चौड़ी पट्टी करीने से पेंट कर तैयार की हुई सी लगती। विश्वास नहीं होता कि यह प्रकृति प्रदत्त हो सकती है।

इसका पूरा नाम ग्रेंड केनियन नेशनल पार्क है, इसलिए यहाँ मनुष्य निर्मित हरियाली, बनाकर रखी गई है। क्योंकि आस-पास तो मरुस्थल है। जब ग्रेंड केनियन की खोज पर 22 मिनट की एक फिल्म दिखाई जा रही थी तो उसमें तीन तरह की चट्टानें बताई गई थीं, जिनमें से एक चट्टान का स्वरूप कुछ-कुछ मंदिर सा था तथा इस चट्टान को विष्णु चट्टान का नाम दिया गया है। क्यों ? यह शोध का विषय है।

जब साथी व्यंग्य से शीतल ने पूछा, क्या भारत में इतनी बड़ी खाई कहीं हो सकती है तो व्यंग्य के मुँह से निकला—"कदापि नहीं। इस देश का क्षेत्रफल भारत से पाँच गुना बड़ा है, ऐसी बड़ी खाइयाँ केवल यहाँ ही हो सकती हैं।"

किसी लेखक ने ग्रेंड केनियन पर लिखा है कि किसी भी भाषा में इसका वर्णन संभव नहीं है। इसकी सुंदरता का बखान विश्व का कोई भी लेखक या कवि पूरी तरह नहीं कर सकता।

जो-जो सैलानी आता है, वह कुछ फोटो अवश्य खींचकर ले जाता है। एक युवक खतरे उठाकर, किनारे पर जाकर भी सुंदर दृश्य कैमरे में समेट रहा था।

व्यंग्य ने देखकर प्रतिक्रिया व्यक्त की—"सुंदरता को अपने साथ रखने के लिए खतरे उठाने पड़ते हैं।

हास्य भी कहाँ पीछे रहनेवाला था, बोला, "सुंदरता को अपनाने के लिए लोग अपने प्राण तक न्योछावर कर देते हैं। शायद यह सैलानी इसी तैयारी से आया है।"

वे सभी अपराह्न तक ग्रेंड केनियन हिल स्टेशन पर रहे। लगभग तीन बजे यहाँ से लास वेगास के लिए रवाना हुए। हिल स्टेशन से उतरते ही पत्थर मुरम से पटी पड़ी सूखी बंजर धरती दिखाई दी। जहाँ तक दृष्टि जाती, मरुस्थल-ही-मरुस्थल। चार घंटे की यात्रा पूरी कर सब लोग लास वेगास पहुँचे।

वहाँ सर्कस-सर्कस केसिनो में अट्ठाईसवें तल पर कमरा दिया गया था। श्रवण कुमार भी व्यंग्य की ओर देखकर बोल उठा, "शायद कमीनों और हसीनों से मिलकर कसीनो बना है।"

व्यंग्य ने कहा, "यद्यपि अमेरिका के प्रत्येक शहर में केसिनो हैं, किंतु यह शहर तो केसीनो से ही पटा पड़ा है और यहाँ प्रत्येक केसीनो के आस-पास कमीनों और हसीनों के मेले लगे हैं।"

सड़क किनारे अनगिनत महिलाएँ और पुरुष, चमकीले तथा चिकने विज्ञापन पोस्टकार्ड सहित खड़े रहते हैं। इनमें पतों सहित लड़कियों के रंगीन नग्न फोटो

होते हैं। प्रत्येक राहगीर पुरुष को सम्माननीय ग्राहक और गुणग्राहक माना जाता है। इसीलिए भले ही वह 15 साल का किशोर हो या 90 साल का बूढ़ा, ग्राहकी हेतु फोटो ग्राहक को ही उपलब्ध कराए जाते हैं। लास वेगास शहर में अनेक इंद्र सभाएँ प्रायोज़ित रहती हैं, जिनमें सभी नवागंतुकों का स्वागत होता है, जो जितना खर्च कर सके, वह उतना बड़ा इंद्र।

सर्कस-सर्कस, मिराज केसिनो, सीज़र्स पैलेस, पैरेडाइज्ड, सनसेट आदि नामों के सैकड़ों जुआघर हैं। प्रत्येक में अतिथियों के रुकने के लिए कई-कई सौ कमरे रहते हैं। शहर तो चाहता है, इस रंगीन शहर की रंगीनियत में प्रतिभागिता करने अधिक-से-अधिक ग्राहक आएँ। यहाँ किसी प्रकार का खेल या व्यापार नाजायज नहीं है।

प्रत्येक केसिनो (जुआघर) में सैकड़ों स्लॉट मशीन होती हैं, जिनके स्लॉट में डॉलर डाले जाते हैं। अमेरिका में भिखारी भी एक डॉलर से कम लेने में अपना अपमान समझते हैं, ये मशीनें भी। अधिक की कोई सीमा नहीं। दस, बीस, पचास, सौ कितने भी डॉलर खेल के मुँह में डाले जा सकते हैं। मशीन एक-एक कर काफी कुछ खा जाती है, पर एक बार में बस एक ही नोट।

सिद्धहस्त खिलाड़ी भरपूर खाकर आते हैं और घंटों खेलते रहते हैं। अमेरिका में खाते रहने और बैठे रहनेवालों की भी कोई कमी नहीं। उनका मोटापा इतना बढ़ जाता है कि उन्हें पेट की चर्बी को शल्य चिकित्सा करवाकर बार-बार कम करना पड़ता है। कई शौकीन खेलने के नशे में इतने मगन हो जाते हैं कि घंटों खाना भूल जाते हैं और बड़े खिलाड़ी तो नशे में बने रहने के लिए बीच-बीच में पीते ही रहते हैं। कई सारे नशे एक साथ जुड़ जाते हैं। खेलने का नशा, वाइन का नशा और आस-पास बोतलें थामे सुंदरियों का नशा। नशे में भी पारदर्शिता का आनंद भर लिया जा सकता है। जाम को तो छुआ जा सकता है, जामवाली को छूने के अतिरिक्त डॉलर लगते हैं। जब मुफ्त में मिल रही है तो पीने में क्या कंजूसी?

जब तक साँस तब तक आस। दस बाजियाँ हार गए, कोई बात नहीं, ग्यारहवीं में शायद तकदीर साथ दे जाए। पीने के लिए कहीं उठकर जाना भी नहीं है, नाम मात्र की या नगण्य ड्रेस पहने एक से बढ़कर एक सुंदरी, तश्तरी में करीने से सजाकर एक से एक ऊँची मदिरा मुफ्त में पिलाती है। बड़ी बाजी लगानेवालों के कक्ष में तो आस-पास महँगी वाइन बहती रहती है। जो हुजूर पाँच-पाँच, दस-दस हजार डॉलर की एक-एक बाजी लगाते हैं, सबसे अधिक ध्यान उन्हीं का रखा जाता है।

टुच्चे तो एक-एक सेंट की बेट भी लगाते हुए मशीनों से घंटों मन बहलाया

करते हैं। एक-एक डॉलर तक की बेट लगानेवाले हजारों खिलाड़ी मशीनों पर अकेले ही खेलते रहते हैं, कोई उन्हें पानी तक के लिए नहीं पूछता। बूढ़े लोगों के आराधना करने और ध्यान लगाने के लिए कितने अच्छे पूजाघर बना दिए गए हैं।

इधर खिलाड़ी व्यक्ति ने डॉलर डाले, उधर खिलाड़ी मशीन ने गप किया। वैसे तो आदमी भी डॉलर गप करने की मशीन हो गया है, किंतु इन मशीनों को डॉलर गप करने का हुनर भी उसने सिखला दिया है।

जैसे ही मशीन डॉलर गप करती है, सामने लिखा आता है—'गुड लक', जो लगभग हमेशा ही बैड लक सिद्ध होता है। अब जिस पर पुश बटन लिखा होता है, उस बटन को धक्का दिया जाता है। यानी खिलाड़ी ने खेल खेलना शुरू कर दिया है। खिलाड़ी के मन के घोड़े तो दौड़ना शुरू हो ही जाते हैं, मशीन से भी ऐसी आवाजें आने लगती हैं, जैसे घोड़े दौड़ रहे हों।

अचानक घोड़े के गिरने की आवाज आती है। स्पष्ट है, घुड़सवार भी गिर ही जाता है। यानी यह बाजी खत्म। अब दूसरी बाजी लगाएँ। फिर तकदीर आजमाएँ? आप बैल बने हुए हैं, कंधे पर जुआ रखा है, दौड़ते रहिए केसिनो के खेत में, कभी तो बंपर फसल आएगी?

व्यंग्य ने कई केसिनो की दीवारों पर नजर दौड़ाई, किंतु कहीं भी घड़ी नहीं देखी। जब हास्य से इसका कारण पूछा तो उसने बताया, केसिनो के मालिक नहीं चाहते कि खिलाड़ी कभी भी समयाभाव की अनुभूति करें। घड़ी तन्मयता भंग करती है।

रात्रि तीन-चार बजे तक खूब गहमागहमी रहती है। फिर केसिनो ऊँघने लगते हैं। सुबह छह-सात बजे उपस्थिति न्यूनतम होती है, फिर बढ़ना शुरू होती है। सुबह ग्यारह-बारह बजे से अगले दिन की सुबह चार बजे तक मेला लगा रहता है।

प्रत्येक जुआ का खेल जुआ घरवाले शकुनि की राय से ही खेलते हैं, जिसमें हर बार कौरवों की ही विजय होती है। बीच-बीच में खेल में बने रहने के लिए एक-दो बार की विजयी बाजी भले ही पांडवों का उत्साह बढ़ाती रहे, किंतु अंतिम पराजय पांडवों की ही होती है। कोई भी धंधा नुकसान उठाने के लिए नहीं किया जाता।

अकसर तो लास वेगास राजा को रंक ही बनाता है, पर कभी-कभार रंक को राजा भी बना देता है। उसी दिन लास वेगास तीर्थ के दर्शन कर भोपाल का काफिला जब शहर के बाहर एक पेट्रोल पंप से गैस भरवा रहा था तो एक लंबा-तगड़ा अमेरिकन अपनी कार को बगल में खड़ा कर नीचे उतरा और श्रवण कुमार से दस डॉलर की भीख माँगने लगा।

श्रवण कुमार ने पूछा, "दस डॉलर क्यों चाहिए?"

उसने नम्रतापूर्वक उत्तर दिया, "कार में गैस खत्म हो गई है (यहाँ पेट्रोल को गैस कहते हैं)।"

श्रवण कुमार ने झिझकते हुए पाँच डॉलर दिए।

शीतल ने पूछा, "पाँच डॉलर देने में भी संकोच क्यों किया जा रहा था?"

श्रवण कुमार ने उत्तर दिया, "इन पाँच डॉलरों का भी सदुपयोग नहीं होगा। यह केसिनो से बुरी तरह हारकर आया है, फिर वहीं जाकर इन पाँच डॉलरों से अपनी तकदीर आजमाएगा। शायद रंक से वह राजा हो जाए?"

लास वेगस के पास एक लंबी टनल है, जिसमें सैकड़ों ब्वॉयफ्रेंड-गर्लफ्रेंड घोर गरीबी का जीवन इसलिए जी रहे हैं कि जुए में सबकुछ दाँव पर लगाकर ठन-ठन पाल मदन गोपाल बने हुए हैं। भीख माँगने में इसलिए संकोच नहीं करते कि शायद भिक्षा में प्राप्त वही एक डॉलर उन्हें मालामाल कर दे? महात्मा बुद्ध के मध्यम मार्ग पर चलने-वाले शीतल ने लास वेगास को दूर से नमस्कार किया। जीवन की यात्रा को सफल बनाने के लिए ऐसे भठों, शठों को भी नमस्कार करते रहना चाहिए। यह कहते हुए लॉस एंजेल्स की तरफ चलने का संकेत दिया कि साधारण मनुष्य बने रहने की भावना भी कम असाधारण नहीं होती।

14

"अच्छा, हास्य और व्यंग्य मित्रो! अब तक आपने काफी अमेरिका घूम लिया है, यदि आप दोनों की एक प्रतियोगिता करा दी जाए कि अपनी रुचि की एक-एक घटना या गतिविधि बताएँ, जिसने आपका ज्ञानवर्धन किया हो? पूरा सेमेस्टर पढ़ने के बाद परीक्षा होती है कि नहीं? इन छह महीनों में आपने क्या-क्या पढ़ा? क्या इस अर्धवार्षिक परीक्षा हेतु आप तैयार हैं?"

दोनों समवेत स्वर में बोले, "क्यों नहीं? जो-जो हमने देखा है, वह बताते चलेंगे।"

"तो फिर देर किस बात की है? मुझे भी तो पता चले कि आप ज्ञान के भरपूर कोष से संपन्न होकर जा रहे हो तथा यहाँ आपका आना सार्थक रहा। अब मैं कुछ नहीं बोलूँगा, बस आपके ही तर्क-वितर्क सुनूँगा। तैयार हो जाओ।"

"यार शीतल हम तो पहले ही दिन समझ गए थे कि अमेरिका हिंदुस्तान

से बहुत आगे है। पर सोचते रहे, क्या इसकी टाँग नहीं खींची जा सकती? अपने आपको बड़ा तीसमार खाँ समझता है, क्या चकाचौंध है, बस मॉल देख लो?'' व्यंग्य ने प्रस्ताव रखा।

''मैं तेरे साथ में हूँ, टाँग तो खींचूँगा ही। पर जब तक वह गिरेगा नहीं, उसकी प्रगति थमेगी कैसे? देख भाई, हम दौड़कर तो आगे बढ़ने से रहे, वहीं ठोकर खाकर गिर पड़े तो बात बनेगी, हमें तभी संतोष होगा।'' हास्य ने अपना मत दिया।

''एक काम तो बहुत बढ़िया हो रहा है। यहाँ भर-भर के भारत से युवक-युवतियाँ आ रहे हैं। उनमें से अधिकांश वापस भी नहीं जाएँगे, कुछ ही दिन में सुपरिणाम सामने आने लगेंगे। भारत की जनसंख्या का ग्राफ नीचे आएगा और अमेरिका का ऊपर। यह भारत के हित में बड़ी जीत नहीं है? अपनी सरकार का सिरदर्द कम होगा। कितने वर्षों से बेचारी कोशिश कर रही है कि जनसंख्या दर नीचे आए, पर काहे की, वह तो ऊपर और ऊपर ही जा रही है। शिक्षा के व्यापारियों ने जब जड़ को पकड़ लिया तो समस्या का हल स्वयं ही होने लगा। न रहेगा बाँस, न बजेगी बाँसुरी। छोटे-छोटे कस्बों में सौ-सौ इंजीनियरिंग कॉलेज खोलो, सबको रेवड़ी की तरह बी.ई. बाँटो और अमेरिका का रास्ता बता दो। अच्छे माल के साथ कचरा भी बाहर फेंको, अच्छे माल की आड़ में देश के बाहर कचरा निर्यात करने की परंपरा पहले से ही है, उसे बढ़ाई नहीं जानी चाहिए। भारत में भी तो अपने घर का कचरा, दूसरे के घर के सामने फेंकते हैं कि नहीं? इसी को सही मार्गदर्शन कहते हैं।'' व्यंग्य बोला।

''लड़के-लड़कियों को व्यावसायिक शिक्षा दो, अमेरिका की चकाचौंध बताओ और भारत से टालो। इसमें पेरेंट्स और गवर्नमेंट की मिलीभगत है। अब वे यहाँ आकर अपना परिवार बढ़ाएँ या नहीं, हिंदुस्तान में तो जनसंख्या का दबाव कम हो जाएगा। गाजर-घास भी हमें अमेरिका ही ने तो भेजी है। याद है, पी.एल. 480? क्या हम 420 भी नहीं हो सकते? हम दूसरे प्रकार की भेज देंगे।'' व्यंग्य ने उत्तर दिया।

''भारत सरकार उस महंत के समान है, जिसकी स्पष्ट सोच राष्ट्रीय हित में है। जब पूछा गया कि महंतजी, अखाड़े में चेलों की संख्या बहुत बढ़ रही है, क्या किया जाए? तो महंतजी ने उत्तर दिया—कोई चिंता की बात नहीं है, भूखे मरने लगेंगे तो अपने आप भाग जाएँगे।'' हास्य ने सरकारी नीति की प्रशंसा की।

''पर महंतजी ने यह नहीं बताया कि अखाड़े में अपराधी बचेंगे या सज्जन? क्योंकि सज्जन लोग यदि मार-मारकर बाहर भगा दिए जाएँगे या स्वयं ही पीड़ित

होकर चले जाएँगे, तब शेष क्या बचेगा? राजनीतिज्ञों का अखाड़ा?'' व्यंग्य ने प्रश्न किया।

''भारतीय सज्जन आदमी को राजनीति और समाज के पहलवान खिलाड़ियों को झेलने की आदत हो जाती है। जब तक सहन कर सकेगा, करेगा, वरना अपने बच्चों के पास अमेरिका चला जाएगा। राजनीति के खिलाड़ियों, बाहुबलियों के बच्चे तो लूट-खसोटकर यहाँ भी ऐश से रह लेते हैं, इसलिए उन्हें अमेरिका जाने की क्या जरूरत? उन्हें घुट्टी में पिला दिया जाता है कि लड़ने-झगड़ने की आदत डालो, पढ़ने की नहीं? लड़ते-लड़ते एक दिन चुनाव लड़ लोगे। स्वयं ही दादा बन जाओगे। अमेरिका जैसे वैश्विक दादा का मुँह क्यों ताकते हो? तुम अपनी दुनिया बनाओ, उसके दादा बनो? पराए संरक्षण में क्यों रहना चाहते हो? खुद की या अपने घर के दादा के आभामंडल का लाभ ही सुख-संपत्ति दे देगा और गलती से अमेरिका चले गए तो वहाँ की पुलिस सुधार ही देगी।'' हास्य ने उत्तर दिया।

''तूने ठीक बात कही, किसी भी बच्चे का जन्म यदि अमेरिका में होता है तो वह अमेरिकी नागरिक बन ही जाता है और यहाँ पर सुख-सुविधाएँ ज्यादा हैं ही। जमीन बड़ी है। अभी तो गुंजाइश है। अकेला कैलिफोर्निया प्रदेश आधे दक्षिण भारत से बड़ा है। भारतीय बच्चों के तो पूर्वजन्म के कर्म अच्छे नहीं रहे होंगे, अतः सज्जनों के घर पैदा हो गए, नौकरी के लिए देश-विदेश में दर-दर भटक रहे हैं। अच्छे कर्म होते तो किसी नेता के घर जन्म नहीं ले लेते। यदि नेता के घर जन्म ले लेते तो भविष्य निखारने, नौकरी करने यहाँ क्यों आते? वहीं भविष्य सुधर जाता। वहीं रहकर राजपाट करते।'' व्यंग्य ने पूछ लिया।

''यह सच है, सज्जनों का तो वहाँ रहकर जो बिगड़ा है, बिगड़ा ही है, उनके बच्चों का भविष्य तो यहाँ रहकर निखर जाए? यहाँ नेताओं को वैसी सुरक्षा व्यवस्था नहीं रहती, उनके लिए अलग से कमांडोज तैनात नहीं रहते, इसीलिए यहाँ सभी नागरिक सुरक्षित रहते हैं।'' हास्य ने कहा।

''युवा वर्ग के यहाँ आने से वहाँ संक्रमण की स्थिति में भी कमी आएगी। वहाँ युवा लोग सिर्फ नेता और अभिनेता बनने का सपना देखते हैं, क्योंकि मीडिया में मात्र इन्हें महिमा मंडित किया जाता है। जनता को स्वर्णिम स्वप्न दिखाकर सोना कमाने की होड़ में रहने की प्रेरणा देते हैं। अमेरिका में खिलाड़ियों के, उद्यमशीलता के, व्यापार के, बेरोजगारी को समाप्त कर देने के प्रयास के समाचार अखबारों की प्रमुख खबर बनते हैं।'' व्यंग्य ने मत दिया।

''फिर भी दो क्षेत्रों में है तो काँटे की टक्कर, जो लंबे समय तक बनी रहेगी।

अमेरिका विज्ञान में तो भारत संतान में आगे बना रहेगा,'' हास्य ने विश्वास जताया।

''चिंतन, मनन और अध्ययन के लिए तो हिंदुस्तान को उपयुक्त समझा जाता है, परंतु परिश्रम, अनुशासन और अर्थाजन के लिए अमेरिका को। इसे भले ही कोई ब्रेन-ड्रेन कहे, भारतीयों की यही सोच प्रणम्य है। यह भी सच है कि अमेरिका में आकर ही भारतीय विज्ञान या अन्य क्षेत्रों में नोबेल पुरस्कार ले सकते हैं। वहाँ रहकर तो इक्का-दुक्का ही ले पाते हैं।'' व्यंग्य ने कहा।

''लगभग सभी नोबेल पुरस्कारों के विजेता, गोरे लोगोंवाले जी-8 समूह के वैज्ञानिक ही होते हैं। जैसे भारत में साहित्यिक पुरस्कारों के सुयोग्य पात्र वामपंथी ही होते हैं। जिस प्रकार आतंकवाद का ठेका एक धर्म विशेष ने ओढ़ रखा है, उसी तरह साहित्य की श्रेष्ठता का चोला एक विचारधारा विशेष ने पहन लिया है। आखिर शिविरबद्धता भी तो कोई चीज होती है?'' हास्य ने कहा।

''अमेरिका ने विश्व में दादागिरी करने की बढ़त कई दशक पहले ले ली थी। खुद ने जापान के हिरोशिमा और नागासाकी शहरों पर अणु बम गिराकर लाखों जापानियों को स्वर्ग का रास्ता बताया था, किंतु कुछ साल पहले जब भारत ने परमाणु परीक्षण किया तो भारत पर तरह-तरह की पाबंदियाँ लगा दी थीं, ताकि वह ही विश्व का बाहुबली बना रहे। उसे अपना एकच्छत्र दबदबा चाहिए।'' व्यंग्य ने कहा।

''भारत में कर्णधारों द्वारा यत्र-तत्र संस्तुतीकरण तथा उनके चमचों द्वारा उन्हीं राष्ट्रीय नायकों का जगह-जगह स्तुतीकरण होता है, जबकि अमेरिका में योग्य और समाज के हित चिंतकों का प्रस्तुतीकरण होता है।'' शीतल आखिर बोल ही दिया।

''पार्कों में फव्वारे, जगह-जगह रेस्टरूम (मूत्रालय और शौचालय), सर्वत्र पेयजल, यात्रा में वनस्पति फूलों का अक्षय भंडार अमेरिका की विशेषता है। बस कष्ट वाली बात यह है कि सभी तरह की स्वच्छंदता होने के बावजूद भी यहाँ लोटा लेकर सुबह-सुबह सड़क पर खुलेआम बैठने की सुविधा नहीं है। भारत में जगह-जगह अनरेस्ट (आंदोलन हड़तालें), कहीं सूखा, कहीं बाढ़, दोनों में जन-धन हानि, प्राकृतिक विपदाएँ, फिर उल्लास सहित मंत्रियों का सपरिवार हवाई सर्वेक्षण काफी कुछ प्रेरक होता रहता है।'' हास्य ने टिप्पणी की, रुककर यह भी कहा कि अलग-अलग तरीकों से हग करने (हगने) की क्रिया दोनों जगह बहुत लोकप्रिय है, सड़कों पर देखी जा सकती है।''

''अमेरिकी व्यक्ति की औसत लंबाई भारतीय से लगभग चार सेंटीमीटर अधिक है। यह बात सर्वेक्षण में आई है। उम्र की लंबाई भी औसतन दस वर्ष अधिक है। भारतीयों का विश्वास पुनर्जन्म में है, इस जीवन में ठीक से नहीं जी सके तो

अगले जीवन में जी लेंगे, इसी उम्मीद में भारतीय जी रहे हैं।'' व्यंग्य ने कहा।

भारत के लोगों से मिलिए, वे ऊपर से स्वस्थ भले ही दिख रहे होंगे, पर अंदर-ही-अंदर बीमार हैं। नब्जिया वैद्य क्या देखे, मुझे दिल की बीमारी है। उसका एकमात्र कारण है कि सारे जहाँ का दर्द हमारे जिगर में है। वे दूसरों के दर्द के भार से दबे जा रहे हैं। उन्हें स्वयं पकाना न आता हो पर आस-पास क्या पक रहा है, इसकी अच्छी जानकारी रखते हैं। और अमेरिकी स्त्री हों या पुरुष भारतीयों से अधिक स्वस्थ दिखाई देंगे, क्योंकि वे न पति की अधिक चिंता करते है, न बच्चों की। बच्चे भी 15-16 वर्ष के बाद कहाँ जाते हैं, किससे घनिष्ठता करते हैं, इसका दर्द वे पालकर नहीं रखते, इसीलिए कोई दर्द नहीं। हाथ-पाँव में भी नहीं और दिल में भी नहीं।

''असल में भगवान् ने भारत को पकड़ लिया है कि बस यही देश है, जो मेरे प्रति भक्ति भावना रखता है, इसीलिए यहाँ के नागरिक छोटी उम्र से ही बीमार पड़ने लगते हैं। चिकित्सा सुविधाओं के अभाव में राम-राम भजते रहते हैं। अमेरिका पुनर्जन्म में कम विश्वास करता है, इसलिए इसी जन्म में वे लंबी पारी खेल लेते हैं।'' हास्य बोला।

''यहाँ सारे कुत्ते पले हुए ही मिलेंगे। उन कुत्तों को पालक समय का ध्यान रखकर उन्हें पानी या दूध पिलाता और खाना खिलाता है। कुत्तों के बच्चों को अपने बच्चों की तरह पालते हैं और हिंदुस्तान में कई लोग अपने बच्चों को कुत्तों की तरह भी नहीं सँभालते ?'' व्यंग्य ने कहा।

''बहुधा सुंदर, षोडषियाँ छोटे-छोटे कुत्तों को सीने से दबाकर उन पर प्रेम बरसाते हुए देखी जाती हैं, तो युवकों का ऐसे असह्य क्षणों में कुत्तों से ईर्ष्या करना स्वाभाविक होता है।'' अमेरिका में मन-ही-मन कहते हैं, ''काश! हम कुत्ता न हुए ?'' हास्य बोला।

''अमेरिका में पीछे आते यात्री को आगे चलनेवाला रुककर रास्ता देता है। जैसे जल्दी-जल्दी बंद होनेवाले गेट पर जो भी पहले पहुँच जाता है, गेट को खोले रखता है, जब तक पीछेवाला अंदर न आ जाए ? जेबरा क्रॉसिंग में सड़क की बाहरी सीमा पर भी यदि पदयात्री का पाँव भर हो तो भी दोनों ओर की सभी कारें थम जाती हैं। लाभग्रहीता सामनेवाले को धन्यवाद देकर ही पाँव बढ़ाता है। भारत में ऐसी सदाशयता दिखाने का समय किसी के पास नहीं है। मैं दौड़कर सबसे पहले निकल जाऊँ। पीछेवाला भाड़ में जाए। पीछेवाला इसीलिए आगेवाले को पकड़कर रखता है। न यह चल पाता है, न वह। दोनों इसी बात से सुखी रहते हैं।''

"भारत के नेता रैलियाँ करके, काफिले बनाकर रास्तों को धूल-धूसरित करके धूल उड़ाते रहते हैं और बेचारा जन सामान्य धूल खाता रहता है। इसीलिए औसत भारतीय की उम्र आम अमेरिकी व्यक्ति से दस वर्ष कम होती है। धूल खाने से खून थोड़े ही बढ़ता है?"

"नए तरीकों के प्रेम-प्रसंगों में तो हिंदुस्तान भी बहुत तेजी से अमेरिका का बाप होने लगा है। नए-नए रिकॉर्ड बनाए जा रहे हैं। वहाँ गैंग रेप तो क्या रेप भी नगण्य होते हैं। पुलिस की काररवाई से सारे अपराधी डरते हैं। यहाँ ऊँची पहुँचवाले रेप से उठकर गैंग रेप तक सफलतापूर्वक पहुँच जाते हैं।" व्यंग्य ने बताया।

"भारत में धर्मग्रंथ कहते हैं, 'लाडते पंच वर्षाणि, दस वर्षाणि ताडते', अर्थात् बच्चे को पाँच वर्ष तक लाड़ करो, बाद में दस वर्ष के बाद ताड़ना दो और जब वह पंद्रह साल का हो जाए तो उसे मित्रवत् मानना शुरू कर दो।

और यहाँ तो तीन साल के बच्चे को भी डाँट दिया तो वह धमकी देता है 9-1-1 की।

"भारत में जगह-जगह गड्ढे हैं और अमेरिका में जगह-जगह लिफ्ट।"

"आपका नाती-पोता यदि दस-बारह साल वहाँ रह जाए और फिर भारत आए तो कुछ दिन बाद ही वह माँ-बाप से कहेगा—हम किसी गंदे देश में आ गए, वापस वहीं चलें। उसका आशय भी शायद यही हो कि यह देश केवल बाहुबलियों और रसूखदारों के रहने योग्य है। स्वच्छ मानसिकतावालों के लिए नहीं।" हास्य ने उत्तर दिया।

"सामान्य अमेरिकी एक मक्खी या मच्छर को भी मारना पसंद नहीं करते, किंतु अच्छे पैक में पका-पकाया मिले तो गाय, बैल, सूअर सभी को खाना पसंद करते हैं।

"एक दिन एक भारतीय बुजुर्ग सज्जन अपनी पत्नी के साथ उसी पार्क में पैदल पदयात्रा कर रहे थे। पति आगे-आगे चल रहे थे और पत्नी पीछे-पीछे। वहीं पर सारे स्थानीय पति-पत्नी एक-दूसरे के कंधों में बाँहें डाले-डाले या कमर में हाथ डाले हुए चल रहे थे।

"सड़क, बिजली और पानी की सुविधाएँ वहाँ साधारण लोगों के लिए भी होती हैं, यहाँ असाधारण जनों के लिए। भारत में नेता ही पानीदार रह सकते हैं। आम आदमी के चेहरे का पानी मर चुका है। वह अँधेरे में रहने का आदी हो चुका है, क्योंकि बिजली मंत्रियों के घरों में कैद हो जाती है। सड़कें भी राजधानियों की बाँदी हैं।" व्यंग्य ने कहा।

''अमेरिका में नहाने के बड़े मजे हैं। घर-घर बाथ टब हैं, गरम पानी, ठंडा पानी, कितना भी बहाओ, कोई रोक-टोक नहीं।'' शीतल ने कहा।

''इसीलिए रात-दिन कुछ भी करो और आकर नहा तो सकते हो? न भी नहाओ तो कपड़े मैले नहीं होते। बाहर से तो साफ-सुथरे दिखाई देते ही हैं, दुनिया के सामने यही आवश्यक है।'' बोल पड़ा।

''भारत में भ्रष्ट जन ही सबको पानी पिला सकते हैं। उन्हें स्वयं डूबने को चुल्लू भर पानी ही चाहिए, वही उनके पास नहीं होता।'' व्यंग्य ने मत दिया।

अब हास्य ने कमान सँभाली—''भले ही कार्यान्वयन में अमेरिका आगे हो, योजनाकार के रूप में तो भारत का जवाब नहीं। किसी भी विषय पर बहस करके सामनेवाले को धूल चटा सकता है। इसीलिए जहाँ तक मेधा का सवाल है, तर्क-वितर्क में भारत से कोई जीत नहीं सकता। उस दिन भी अमेरिका टिक नहीं पाया।

''वह किस्सा मेरे सामने का है, मैं सुनाता हूँ।

''एक दिन दुनिया के दोनों सबसे बड़े प्रजातांत्रिक देशों में अपनी-अपनी महानता को लेकर बहस हो गई।''

अमेरिका कहने लगा, ''बड़े-बड़े आतंकी मुझसे घबराते हैं। दुनिया मेरा लोहा मानती है। अतः मैं तुझसे बड़ा हूँ।''

भारत ने भी अपनी मूँछ मरोड़ते हुए कहा, ''मैं तेरे बड़प्पन को नहीं मानता। तू हमारे सामने टिकता कहाँ है? तू अपनी मूँछें मेरे सामने ऊँची मत रखना, हाँ, मैं भी तुझसे कम नहीं हूँ?''

''मेरी नाक पर यदि पानी नहीं ठहरता तो इसमें गलत क्या है? मेरे आस-पास समुद्र लहरा रहा है। अतः पानीदार कौन हुआ, तू कि मैं? अच्छा, यह भी बता बड़ा जमींदार कौन है?''

''मेरी सहायता के लिए भी हिंद महासागर, अरब सागर, खंभात की खाड़ी आदि खड़े हैं, मैं भी कम पानीदार नहीं हूँ। वैसे तुझे बता दूँ, राजे-रजवाड़ों-जमींदारों का समय चला गया है, वैश्विक स्तर पर सभ्यता बढ़ी है। अब एकतंत्र में या तानाशाही में किसी का विश्वास नहीं रहा।''

''एकतंत्र में या तानाशाही में तो हमारा विश्वास भी नहीं है। हमारी भूमि पर भी चुनाव होते हैं। हम भी बुलेट में नहीं, बैलेट में भरोसा रखते हैं।'' अमेरिका ने कहा।

''बुलेट का भय बताकर ही तो तू दुनिया पर अपना सिक्का जमाता और स्वयं को बड़ा बताता है। देश के प्रत्येक नागरिक को बैलेट प्राप्त हो या नहीं, किंतु बुलेट

अवश्य दे रखी है ? वह भी एक नहीं, मशीनगन, स्टेनगन आदि कई-कई गोलियों से युक्त।'' भारत ने कहा।

''किंतु हमारे देश में भी मतदाता के वोट से ही राष्ट्र का संचालनकर्ता चुना जाता है।''

''यदि वैश्विक स्तर पर दोनों देशों में चुनाव हो जाए, तो बता किसके पास अधिक मतदाता हैं ? किसकी विजय होगी ? बता।''

हारकर अमेरिका को चुप्पी साधनी पड़ी।

ऐसी चर्चा करते हुए एक दिन और निकल गया।

□

अगले दिन हास्य ने एक गंभीर बात कह दी—''मेरे समान खिलखिलाता अवश्य रहता है, निश्छल रहकर भी भोला-भाला बचपन, स्वाभाविक रूप से मेरे समान ही सवालों का उद्गम स्थल है।''

''फिर युवावस्था क्या है ? क्या यह उम्र प्रश्नाकुल नहीं रहती ? क्या यह मेरी उम्र है ?'' व्यंग्य ने अपनी टँगड़ी मारी।

''युवावस्था का समय समस्याओं से जूझते हुए प्रश्नों को हल कर लेनेवाला पड़ाव होना चाहिए।'' शीतल ने मुँह खोला।

''और बुढ़ापे के बारे में तेरा क्या मत है ?'' हास्य ने पूछ लिया।

''बुढ़ापा के बारे में मैं विस्तार से बताता हूँ। एक कहावत है—'जाके पाँव न फटी बिवाई, वह क्या जाने पीर पराई ?' बच्चे कुछ सात्त्विक, कुछ काम का सुनते रहें, इसलिए इस उम्र में पूजा भले ही कम करें, किंतु घंटी अधिक बजानी चाहिए। सुबह-सुबह अलार्म की घंटी, स्कूल की घंटी, जगह-जगह खतरों की घंटी, यानी बाद में बच्चों को घंटियों के सहारे ही जीना है। सायरन, हॉर्न, हूटर, घंटी सब एक ही प्रजाति के हैं। जो बच्चे शिशु की श्रेणी में होते हैं, वे घंटी की आवाज सुन-सुनकर ही संतोष कर लेते हैं कि पास में कुछ चल रहा है। अपना अनुभव और बच्चों के साथ होते वार्त्तालाप की बानगी भी सुन लीजिए। यह मेरा व्यक्तिगत अनुभव है।'' शीतल बोला।

बुढ़ापा प्रश्नों के समाधान अपने अंक में लिये शांत सरोवर होता है। इस उम्र में सिर पर दो-चार लोटे जल डालकर हर-हर गंगे, जय नर्मदे की श्रद्धानुभूति कर स्नान किया जाए, भगवान् का थोड़ा स्मरण, फिर भोजन के पश्चात् आराम। लेकिन कठिनाई यह होती है कि तब तक आप नाना या दादा बनने तक की गलती पर गलती

कर चुके होते हैं और बच्चे बोलना शुरू कर देते हैं। इसीलिए हरदम छोटे-छोटे बच्चों के निशाने पर रहते हैं। उनके पास प्रभु प्रदत्त तरकश होता है, जिसमें असंख्य तीर रहते हैं। वे तब अवश्य जागे रहते हैं, जब आप सो रहे होते हैं। जब वे सो रहे होते हैं तो आप उन्हें नहीं उठा सकते। उन्हें उठाना सोते हुए शेर को जगाने के समान होता है। वे उठे कि आपके काम, आपकी दौड़-भाग बढ़ी। किंतु जब आप सो रहे होते हैं, उन्हें आपको जगाने का पूरा अधिकार मिला रहता है। कई बार तो आपके लिए वे अपनी माँ से शिकायत भी करते हैं, कब तक नानाजी-दादाजी सोते रहेंगे? क्या ये कुंभकरण के नए संस्करण हैं?

"तो सुनो, हास्य और व्यंग्य बुढ़ापे की मजबूरी भी सुनो, शीतल ने अपनी आप बीती सुनाई।" नानाजी-दादाजी भी यद्यपि सोते-सोते पूरा वार्त्तालाप सुन रहे होते हैं, फिर भी चुप्पी साधकर कुंभकरण बने रहते हैं, जागकर नन्हे-मुन्नों के तीरों का सामना कौन करे? पकी उम्र में नींद तो कम आती ही है, फिर भी आँखें बंदकर नानाजी-दादाजी अपनी बुराई सुनकर भी अनसुनी किए रहते हैं। बच्चों की खोजी निगाह भी उन पर एकटक जमी रहती है। जरा हिले-डुले नहीं कि वे मान लेते हैं कि दादाजी उठ चुके हैं। और फिर निश्चिंत हो उनकी घेरा बंदी शुरू हो जाती है। बहुत देर से पहला तीर निकालने की योजना बन रही थी, सो निकाल लिया। उस दिन ऐसा ही हुआ—"अच्छा नानाजी एक प्रश्न पूछूँ?"

आपकी क्या मजाल, जो उनको तीर दागने से रोक सकें? यदि रोक दिया तो वे जो बदनामी करेंगे, वह टी.वी., रेडियो के कुप्रचार से अधिक होगी। क्योंकि टी.वी., रेडियो की बदनामी तो घर के बाहर की दुनिया में होती है, जिसे दुनियावाले सुन भले ही लें, आपके मुँह पर नहीं कहते। पर ये शरारती नाती-पोते अपने साथियों को यह कहे बिना नहीं मानते कि नानाजी या दादाजी को कुछ नहीं आता। ये तो एकदम भोंदू हैं? हम जो भी कुछ पूछते हैं, वे उत्तर ही नहीं देते, बताइए इतने बड़े होकर भी इन्हें कुछ नहीं आता?

इस उम्र में बच्चों के द्वारा की जाने वाली बदनामी बड़ी घातक होती है। इसलिए समझदार दादा या नाना मन को काबू में करके हामी भर ही देते हैं, पूछो बेटे, पूछो और फिर तरकश से एक के बाद एक तीर निकलना शुरू हो जाते हैं।

"नानाजी हमें कोई कहानी सुनाओ, जिसमें हमें मजा आए।" बच्चे बोले।

"सोचता रहा, कौन सी सुनाऊँ, फिर याद आया, अच्छा एक शायर का किस्सा सुना देता हूँ, कैसे उसने दाल-सब्जी अपनी सफेद झक्क शेरवानी को खिलाई? (इस बहाने कपड़ों का महत्त्व भी परोक्ष रूप से बच्चे समझ लेंगे)"

''क्या सचमुच शायर ने दाल-सब्जी अपनी शेरवानी को खिलाई?'' बच्चों ने उत्सुकतावश पूछा।

''और नहीं तो क्या मैं झूठ बोल रहा हूँ?'' शीतल ने उत्तर दिया।

''फिर तो सुनाओ, अच्छी कहानी होगी।''

''तो सुनो, हुआ यह कि एक नवाब के बेटे की शादी थी। हजारों अतिथियों के साथ उन्होंने उन शायर को भी आमंत्रित किया। प्रीतिभोज होने के नियत समय पर शायर अपनी सामान्य वेशभूषा में कार्यक्रम में सम्मिलित होने पहुँच गए। जैसे ही अति सामान्य वेशभूषा में शायर को दरबानों ने देखा। उन्होंने शायर को भीतर जाने से रोक दिया। पता नहीं कौन भिखारी प्रीतिभोज में घुसा आ रहा है?

''शायर ने लाख कहा, 'मैं नामी शायर हूँ और मुझे नवाब साहब ने खास तौर पर दावत में बुलाया है।' पर दरबानों ने बेचारे की एक न सुनी।

''तैश में जनाब शायर महोदय घर आए, एकदम नई शेरवानी और नया पायजामा पहनकर दावत में पहुँचे। दावत में भी वे सीधे ऐसे स्थान पर खड़े हुए, जहाँ से नवाब द्वारा सीधे ही वह देखे जा सकें।''

''प्रारंभिक दुआ-सलाम के बाद शायर महोदय ने एक ऐसी विचित्र गतिविधि शुरू कर दी कि सब लोग दावत छोड़कर उन्हें ही देखने लगे। शायर महोदय ने एक कटोरी सब्जी उठाई और अपने दाहिने कंधे पर उड़ेल ली। सारी शेरवानी शोरबे में सन गई। फिर दाल की कटोरी उठाई और बाएँ कंधे पर उड़ेल दी। शेरवानी का बचा-खुचा सफेदपन था, वह भी दालमय हो गया। नवाब साहब स्वयं शायर के पास आए, कहने लगे, 'आज आपको क्या हो गया है? यह आप क्या कर रहे हैं?'

''शायर महोदय ने कोई उत्तर नहीं दिया। बस इतना कहा, 'जनाब नवाब साहब, इस दावत में मेरी नहीं मेरे कपड़ों की इज्जत हो रही है, इसीलिए मैं खुद नहीं खा रहा, अपने कपड़ों को खाना खिला रहा हूँ।' ले शेरवानी पुलाव खा। ले अचकन गुलाब-जामुन खा और बिना किसी की ओर ध्यान दिए कपड़ों पर सारा खाना उड़ेलते जा रहे थे।

''जब नवाब साहब स्वयं शायर महोदय के पास आए और यह सब करने का कारण पूछा तो तफसील से उन्होंने पूरी घटना सुनाई। कहा, 'आपके दरबार में इनसानों की नहीं, कपड़ों की इज्जत होती है साहब।'

''नवाब साहब को अपने मातहतों पर गुस्सा तो आया, किंतु क्या कर सकते थे, जो हो गया सो हो गया। घड़ी का काँटा वापस तो घूम नहीं सकता था। नवाब साहब ने शायर महोदय से क्षमा माँगी और अन्य अतिथियों से मिलने-जुलने लगे।''

''यह तो बढ़िया कहानी थी, इससे यह सीख तो मिलती ही है कि वेशभूषा समयानुकूल होनी चाहिए। कहाँ क्या पहनना है, इसके बारे में भी सोच-विचार करना चाहिए।''

''अच्छा नानाजी, सब देशों की एक भाषा होती है, हमारी राष्ट्रभाषा कौन सी है? राष्ट्रभाषा न कहें तो भारतीय भाषा, जिसे हम अपनी कह सकते हों। घर में तो हिंदी बोलते हैं, पर स्कूल में तो अंग्रेजी पढ़ते हैं।''

''बेटे, राष्ट्रभाषा?—अंग्रेजी।''

''आप तो मजाक कर रहे हैं, क्योंकि फिल्मों में और आस-पास तो हिंदी ही बोली जाती है।'' ''हाँ बेटे, यही तो दोमुँहा चेहरा है इस देश का, फिल्मों की या आस-पास बोली जानेवाली भाषा राष्ट्रभाषा नहीं होती। हिंदी अब नाचने-गाने की, मसखरी-मखौल उड़ाने की व मनोरंजन की भाषा रह गई है। हिंदुस्तान में ऐंठ से जीने की, गंभीर विमर्श करने की, लिखने-पढ़ने की, अफसरों की भाषा ही असली भाषा मानी जा रही है और वह इंग्लिश बन चुकी है।''

''नानाजी, आप हँस तो नहीं रहे हैं। हमारी मैडम एक-एक शब्द ऐसे बोलती हैं, जैसे उनकी पीठ पर कोई एक-एक घूँसा जमा रहा हो। पर बोलेंगी अंग्रेजी ही।''

''बेटे, नौकरी करना है तो अंग्रेजी में बोलो। धंधे के लिए तो फिल्मों में हिंदी में बोलते हैं, पर कभी सितारों को सामान्य चर्चा में हिंदी बोलते सुना है? जब वे बाहर हिंदी में बोलना शुरू करते हैं तो शर्म से जमीन में धँसने लगते हैं। सितारे तथा उच्च पदस्थ श्रेष्ठि वर्ग आसमान में विचरनेवाले लोग होते हैं। धरती पर कहाँ रहते हैं? कभी-कभार टूटकर हिंदी तक गिर सकते हैं। टूटकर जब हिंदी पर गिरेंगे तो वह मूर्च्छित नहीं होगी। बेचारी हिंदी अधमरी तो वैसे ही हो चुकी है।''

''अच्छा नानाजी, हमारी वेशभूषा क्या है?''

''बेटे, पैंट-शर्ट और टाई। ठंड में कोट भी।''

''पर नानाजी पिक्चरों में तो धोती-कुरता पहने हुए अधिकांश भारतीय दिखाई देते हैं?''

''बेटे, फिर वही पिक्चरों की बात हुई न? थोड़ी देर का स्वाँग है वह सब। बिना पढ़े-लिखे लोग धोती-कुरते पहनते थे। फिर धोती-कुरते की इज्जत तो पहननेवालों ने पहले ही तार-तार कर दी है। महात्मा गांधी, सरदार वल्लभभाई पटेल की वेशभूषा की नकल करते हुए कपड़े पहनकर लोगों ने कई चुनाव जीते। लेकिन वही कहावत हर बार सही सिद्ध हुई कि चुना हुआ प्रत्येक जन प्रतिनिधि भविष्य का दागी व्यक्ति होता है। सफेद झक्क धोती-कुरते दागदार होते चले गए। धोती-

कुरते पहनकर चुनाव जीत लिये, कुछ दिन तो उन्हें सफेद झक्क रखा, सत्ता का रंग चढ़ते ही स्वयं तो रंगीन होने लगे तथा भीतरी व्यक्तित्व पर कालिख चढ़ने लगी।''

''बच्चे लोगो! आप तो स्वाधीन देश में जनमे हो। शीतल यानी वह स्वयं अंग्रेजों द्वारा शासित देश के गुलामी के दिनों की पैदावार है। यह अलग बात है कि जब वह चारेक साल का हुआ था तो मेहरबानी करके गोरे चले गए। वस्तुतः अंग्रेज तो कभी गए ही नहीं, गोरे गए थे। काले अंग्रेज शासन में बैठे-बैठे इस बात का ढिंढोरा ही पीटते रहे कि 'हिंदी हैं हम, वतन है हिंदोस्ताँ हमारा।' काले अंग्रेज इस ढिंढोरे को पीटते-पीटते शासन में बने रहे। वस्तुतः उन्होंने ढिंढोरा नहीं पीटा, अशिक्षित भारतीयों को ढोरों की तरह पीटा। इस तरह काले अंग्रेजों ने कम पढ़े-लिखे भारतीयों पर या ग्रामीणों पर पचास-साठ साल अच्छी तरह राज्य किया। इस काल में उन्होंने अच्छी फसल ही नहीं काटी, भारत भूमि पर काले अंग्रेजों के इतनी बड़ी संख्या में पौधे रोप दिए कि अब वे मजबूत ही नहीं फलदार और बीजदार पेड़ बनकर तने हुए खड़े हैं। अब कोई इनका क्या बिगाड़ सकता हैं या इनमें से किसे काट सकता है? शासकीय पदों के लिए या कहें शासन का पेट भरने के लिए काले अंग्रेजों की बंपर पैदावार हो रही है। इन कर्णधारों ने प्रगति यहाँ तक कर ली है कि हिंदी पढ़ोगे तो दोयम दर्जे के आदमी बने रहोगे। अब तो 'हिंदी वतन बदर है, हिंदोस्ताँ हमारा।'

''तो हास्य और व्यंग्य मित्रो! बड़ा होते ही आदमी के पीछे महत्त्वाकांक्षाओं की कई प्रेतात्माएँ लग जाती हैं, कुछ अच्छी, कुछ खराब। उसके जीवन में गति बढ़ने लगती है। जन्म और मौत तो अनवरत यात्रा के पड़ाव भर हैं। उसे क्या मालूम कि यह उसका जन्म तो है, किंतु यही मौत तक की यात्रा करने का प्रारंभिक बिंदु भी है तथा जब पिछली बार उसने मौत को गले लगाया था, उसी क्षण अगले जीवन को प्राप्त करने के लिए उसने यात्रा शुरू कर दी थी। अब जीवन के खाली स्थान को भरने के लिए, करना है कुछ काम, श्वास चलेगी, जब तलक, तनिक नहीं विश्राम।''

''शीतल भैया, तूने बातचीत में आज मेरा सहयोग लिया, इस बात के लिए धन्यवाद। किंतु कुछ बातें संभव है बच्चों के सिर पर से निकल गई होंगी। तू बोल रहा था, इसलिए मैंने तुझे टोका नहीं।'' व्यंग्य ने अपना मत दिया।

'' 'चाइल्ड इज द फादर ऑफ मेन', यह कहावत तो सुनी होगी। दिन-प्रतिदिन यह कहावत सच होती जा रही है। आजकल बच्चों के पास जानकारियों का भंडार रहता है। जो हम नहीं जानते, बच्चे जानने लगे हैं।'' शीतल ने बताया।

हास्य ने शीतल के उत्तरों को अनमने ढंग से उचित ही माना।

15

जीवन एक गोल चक्र है, किसी का छोटा होता है, किसी का बड़ा। धरती पर आगमन का प्रथम बिंदु और दुनिया से प्रस्थान का अंतिम बिंदु प्रयाण के समय शायद दोनों एक हो जाते हैं। दोनों एकाकार। परिसीमा पूरी हो गई। अब भला इसी में है कि चुपचाप अपने घर चल दो। चलते-चलते व्यक्ति थकता नहीं है। घर से बाहर रहने की भी तो एक सीमा होती है।

शीतल ने दोनों मित्रों से कहा, "ठीक है, अब हम भी विश्राम करना चाहते हैं, अपना घर देखना चाहते हैं।" दोनों मित्रों ने कहा, "ले ले अपनी लकुट कमरिया, बहुत ही नाच नचायो।" "छह माह की यह विदेश यात्रा भी समाप्त हुई। चलो, अब तुम दोनों को सिर्फ तीन दिन के लिए अपने गाँव ले चलता हूँ। छह महीने अमेरिका में रह लिये तो क्या तीन दिन मेरे गाँव में नहीं रह सकते? वहाँ के मित्र भी तो आस लगाए बैठे होंगे कि शीतल आएगा और देश दुनिया के हाल-चाल बताएगा।"

वापसी का टिकट तय था। तीनों ने अपनी वापसी की यात्रा शुरू कर दी। चीलगाड़ी में बैठते ही उसे बचपन की बैलगाड़ी की यात्रा की याद आ गई। सिराली से, हरदा से या गोगिया से जब बैलगाड़ी अपने गाँव खूदिया के लिए चलती थी तो बैलों को हाँकने की आवश्यकता नहीं पड़ती थी, शायद उन्हें भी अपने घर की याद सताती थी। आर लगाने या पूँछ पकड़ने की जरूरत ही कहाँ पड़ती थी? वे स्वयं ही एक दमाक में अपने घर पहुँच जाना चाहते थे। घंटों की यात्रा मिनटों में कैसे निकल जाती थी, पता भी नहीं चलता था। वैसा ही कुछ इस बार भी हुआ। वापसी की यात्रा मालूम भी न पड़ी। थी तो उतनी ही लंबी, समय भी उतना ही लगा; लेकिन घर पहुँच जाने की खुशी ने उसे हलका बना दिया। इस यात्रा में भारीपन बिल्कुल न लगा।

पहले मुंबई पहुँचा, फिर भोपाल। वह जब-जब भी तीन-चार महीनों से अधिक के लिए अमेरिका जाता है, एक सप्ताह तो जेट लेग से जूझते हुए निकलता है। रात-रात भर जागना और दिन-दिन भर सोना किसी भी अमेरिकी यात्रा के आरंभ और अंत की मजबूरी है। अमेरिका आने पर जेट लेग थोड़ा छोटा होता है। चार-पाँच दिन में ही व्यक्ति सामान्य हो जाता है, लेकिन वापस हिंदुस्तान आकर तो पूरा एक सप्ताह दिन में नींद घेरती है। वहाँ की रात और यहाँ का दिन। दो-तीन दिन मुंबई में बेटी के घर रह लिये। तीनों दिन रात-रात भर जागकर और दिन में सोने में निकल गए। लंबी यात्राओं में जीवन के सारे क्रम बिगड़ जाते हैं। जीवन

के कई सिद्धांत और नियम भंग हो जाते हैं। कहाँ तो रात साढ़े दस बजे सो जाना और सुबह पाँच बजे उठ जाना होता है और यहाँ दिन भर आलस्य और निद्रा की चपेट में जकड़े रहना। रात में जब सारी दुनिया सो रही होती है, तब पागलों सरीखे जागते रहना। पुस्तकें अवश्य साथ दे देती हैं। लैपटॉप पर थोड़ी देर काम कर लें। समय पर नींद न आना भी एक बड़ी सजा है।

मुंबई में पहले दिन ही दिन में ही घोड़े बेचकर ऐसा सोया कि उसे श्रीमतीजी ने तीन घंटे बाद उठाया।

''कब तक सोते रहोगे?''

किसी सुखद स्वप्न से जागते हुए वह नींद से जागा। कहने लगा, ''अरे मैं सूर्योदय से पहले उठनेवाला अभी तक सोया हुआ हूँ? कितनी तेज धूप हो गई है। सुबह के कितने बज गए।''

श्रीमतीजी उत्तर देती हैं, ''भारत में आते ही आपको दिन में तारे दिखाई देने लगे हैं। यह धूप मुंबई की है। नवंबर की शाम के चार बजे हैं, आसमान से झरता हुआ झीना घाम ही तो है। हम तो चाहते हैं, यहाँ अराजकता की शाम हो और सुशासन की सुबह।''

घर से बाहर निकलकर शाम को पत्नी सहित पास के एक पार्क में जाता। उस बगीचे का आकर्षण श्रीमतीजी के लिए सिर्फ इसलिए होता, क्योंकि जैसा भी है, उसके अपने भारत का बगीचा है। लॉस एंजेल्स के पार्क लाब्रीया में आंध्र, तमिलनाडु, बिहार, महाराष्ट्र, उत्तर प्रदेश की चार-छह महिलाएँ ही होती थीं, जिनके बीच भी भाषा की समस्या रहती थी। सभी को हिंदी नहीं आती, न सभी को अंग्रेजी। नए लड़के-लड़कियाँ तो फटाफट अंग्रेजी में बात कर यहाँ की वेशभूषा अपनाकर सबमें घुल-मिल जाते, महिलाएँ अपनी सीमाओं में बँध जातीं। साड़ी पहने हुए दो-चार भारतीय महिलाएँ अवश्य श्रीमतीजी से टूटी-फूटी हिंदी में बात करने के लिए मिल जाती थीं। भारत आने पर अपनापन लगा। अपना घर फिर अपना घर है।

कुछ मुंबई में, थोड़ा भोपाल में, धीरे-धीरे जेट लेग खत्म होने लगा। जब तक जेट लेग चला, थोड़ी सोने-जागने की असुविधा रही। अब क्या करना है, आनन-फानन में अगले ही दिन अपनी जड़ों की ओर निकल गया। वह देखना चाहता था कि गाँव के पुराने, सरल संस्कारों की जड़ों को पानी बराबर दिया जा रहा है कि नहीं! कहीं वहाँ भी मट्ठा डालनेवाले तो सक्रिय नहीं हो गए हैं।

भोपाल से हरदा पहुँचा। पहली बार उसने अच्छी तरह नई-नवेली सड़क के दर्शन किए। गाँव पहुँचते ही जो अभी काल के गाल में समाने से बचे हुए हैं, ऐसे

अपने-पुराने मित्रों को बारी-बारी से याद करेगा। असल में वह भी जान गया है कि उसकी भी चला-चली की बेला शुरू हो गई है। चलो, देश के स्वाधीन होने के पैंसठ साल बाद अपने ही क्षेत्र में कुंद होकर बैठे हुए लोगों को एक रास्ता तो मिला। अभी तक वहाँ के लोग ही ढोर-डंगर मवेशी बने हुए अपनी पायगा में बंद थे। अब बरसात के मौसम में भी बिना कीचड़ में पाँव खपाए कुछ दूर जा तो सकेंगे। चौंसठ वर्ष तक तो सारे जन प्रतिनिधियों ने ग्रामीणों को भर-भरकर आश्वासन दिए, खूब सपने दिखाए। पहली बार यह बापड़ी सड़क दी है, कुछ कर के दिखाया है।

इतने साल तक यहाँ के किसानों ने कभी-कभी चोरों को तो कभी डाकुओं को ही वोट दिए, जिन्होंने अपने साम्राज्य ही चाक-चौबंद किए। ग्रामीण बेचारे लगातार लूटे या खसोटे जाते रहे। कितनी बार योजनाएँ बनीं, कई बार बड़ी-बड़ी राशि का आवंटन भी हुआ, किंतु उस पैसे से खेतों की सिंचाई नहीं हुई, फसलें नहीं लहलहाईं, नेताओं के, बड़े अफसरों के जीवन हरे-भरे होते चले गए। सड़कों के लिए राशि चली भी, पर बागी, रास्ता ही भूलती गई और सारी-की-सारी, बार-बार कुछ प्रभावी लोगों की जेबों में घुसती चली गई।

पहली बार कोई ढंग का मुख्यमंत्री आया है, जिसने इस उपेक्षित क्षेत्र की सुध ली है। सिंचाई भी होने लगी है, किसानों के चेहरों पर पहली बार पानी देखा जा रहा है। अब तो गाँव के छोरे-छोरियाँ तक नई-नवेली सड़क पर, कांकड़ के बाहर तक हाथ में हाथ डाले घूमने जाने लगे हैं। शहरों में क्या-क्या हो रहा है, लोग कहाँ-कहाँ जा रहे हैं? उन्हें इसकी सारी खबर टी.वी. से, अखबारों से मिल जाती है, क्या वे अपने गाँव की सड़क पर भी बेफिक्री से न घूमें? उसके गाँव को क्या दो प्रतिशत अमेरिका बनने का भी अधिकार नहीं?

सत्तर साल की उम्र में पहली बार शीतल ने अपने गाँव की पक्की सड़क देखी। पिछले तक तो अंजर-पंजर ढीले कर देनेवाली यात्रा ही करनी पड़ती थी। जिस दिन से छोटे भाई ने मोबाइल पर बताया है कि सड़क ठेठ गाँव तक बन गई है और अब आप आसानी से आ सकते हो। खबर सुनकर उसका मन सात साल के बच्चे सा उछलने-कूदने लगा था। सोच रहा था अच्छा क्या अपने वाहन से अब ठेठ घर तक आसानी से पहुँच जाएगा? एक दिन की यात्रा के बाद अब एक सप्ताह तक हाथ-पाँवों की सिंकाई नहीं करनी पड़ेगी?

रास्ते में दोनों प्रबुद्ध मित्रों को शीतल ने बता दिया था कि वहाँ कम बोलकर मित्रों की बातों को सुनना ठीक रहेगा। यथासंभव चुप ही रहना, गाँव के लोग तुम्हारी फेंका-फेंकी को नहीं समझ पाएँगे। उनके पास किताबी ज्ञान भले ही न हो,

दुनिया का ज्ञान हम से कम नहीं है। उनके ज्ञान का क्षेत्र अलग है। साथ रहना है तो उनके क्षेत्र में जाना होगा, समरस होने के लिए उनके स्तर पर बने रहना होगा।

"ठीक है, हम चुप रह लेंगे। अच्छी तरह समझ लेने के बाद ही उनके स्तर पर आकर बात करेंगे।" हास्य-व्यंग्य दोनों ने आश्वस्त किया।

अब शीतल, व्यंग्य और हास्य तीनों यात्रा की पूर्ण समाप्ति पर अपने-अपने घर पहुँचने की तैयारी में थे और चर्चा के लगभग अंतिम दौर में थे।

शीतल ने दोनों से पूछा, "बताओ यात्रा कैसी रही? पूर्व से पश्चिम तक खूब भ्रमण कर लिया। क्या किसी निष्कर्ष पर पहुँचे?"

"बचपन एक स्लेट होती है, जिस पर बच्चा लिखता है। काली स्लेट को थोड़ी-थोड़ी सफेद करता है, किंतु बड़ा होते-होते कागज पर लिखना शुरू कर, सफेद को काला करने लगता है। इस बात का गूढ़ निहितार्थ समझ सकते हो तो समझो?" व्यंग्य ने ही प्रश्न कर डाला।

"मैं तो एक ही बात समझा हूँ कि बचपन के भोलेपन की मुसकराहट सामनेवाले के काले मन को उज्ज्वल बना देती है, किंतु युवा होते-होते दूसरी बात समझ में आने लगती है कि काले कारनामों से भी व्यक्ति की साख बढ़ती है और काला हो या सफेद, वर्चस्व बढ़ानेवाला धन ही होता है। कई बार वह बड़ा होकर सफेद को काला करना सीख जाता है। निहितार्थ यह भी है कि कौन सा ऐसा जीवन है, जिसमें आदमी को सफेद और काला दोनों नहीं करने पड़ते? अत: काला ही अधिक कर लिया तो क्या अंतर पड़ता है?" हास्य ने उत्तर दिया।

"बारी-बारी से जीवन में दोनों को करने के बाद काले और सफेद की पहचान तो हो जाती है। धन ही नहीं, तन का भी रंग होता है। कुछ प्रजातियाँ ऐसी होती हैं, जिनका अपना गहरा रंग होता है, जिसे वे लाख प्रयत्न करने पर भी नहीं बदल सकतीं।

जैसे कौआ या हंस। कुछ के वंश में वहाँ की मिट्टी-पानी में केवल वही फल-फूल सकते हैं, जैसे गरम जलवायु में काले मनुष्य तथा ठंडे देशों में गोरे आदमी। कोई कितना भी रंग बदले, पर अपना मूल रंग जा नहीं सकता।" व्यंग्य ने मत दिया।

"परंतु कुछ लोग ऊपर से सफेद पर भीतर से काले होते हैं, जबकि कुछ तन से काले और मन से उजले होते हैं। रंग में कोयल काली है, किंतु कितना मधुर गाती है। मोर भी काला-नीला होता है, किंतु नाचता है, पींगें भरता है। फिर निरर्थक तो कुछ भी नहीं। कौओं की भी श्राद्ध पक्ष में पूछ हो ही जाती है। उन्हें

भी आग्रहपूर्वक भोजन के लिए आमंत्रित किया ही जाता है।'' शीतल ने राय दी।

''अमेरिका में नहीं देखा? शारीरिक बलिष्ठता में काले सबसे आगे हैं, वे अधिक स्वस्थ रहते हैं, उन्हें बीमारियाँ कम घेरती हैं, खेलों में कितने आगे रहते हैं, किंतु राजनीति के खेल में हमेशा फिसड्डी रहे, लंबे समय तक पूरी दुनिया पर राज्य गोरे लोगों ने ही किया, काले लोगों ने कभी नहीं। आज भी परोक्ष रूप से दुनिया पर वही हावी हैं। बलिष्ठ होकर भी काले ही पिटते रहे, फिर वे भारतीय हों या अफ्रीकी। ऊपर का गोरापन मात्र एक छलावा है। भीतर सुलगता काला, विध्वंसक लावा है।'' व्यंग्य ने चुटकी काटी।

''भारतीय सौभाग्यशाली हैं कि वे न काले हैं, न गोरे। 'जीयो और जीने दो' का सिद्धांत अपनाए हुए संतुलित जीवन जीने में विश्वास करते हैं। भगवान् बुद्ध के सम्यक् ज्ञान पर यानी 'अति सर्वत्र वर्ज्यते' के सिद्धांत के समर्थक हैं।'' शीतल ने समझाया।

गाँव पहुँचकर सभी ने मुँह-हाथ धोए, चाय-पानी का दौर हुआ। आधा घंटा यहाँ-वहाँ की चर्चा की। शाम के चार बज चुके थे, इसी बीच शीतल ने भीलट बाबा जाने का मन बनाया। मित्रों को आगाह भी कर दिया कि अब मेरे साथ मेरे वे मित्र होंगे, जो पूरी निश्चिंतता के साथ जीवन जीते हैं। वे पैसे और पदवाले नहीं हैं, पर उनके जीवन की निराली मस्ती है। तुम दोनों तो व्यवहार की भाषा में जानते और उपयोग भी करते हो, पर गाँववालों के पास फुर्सत नहीं है कि तुम्हें गले में लटकाए-लटकाए घूमें, जैसे मैं घूमता रहता हूँ।

दूर से दिखाई दे रही है न, भीलट देव की चौपाल। देख लो, सभी मित्र बैठे हैं कि नहीं? दोनों ने हामी भरी।

जाते ही शीतल ओटले पर बिछी हुई दरी पर बैठ गया। दोनों साथियों ने भी शीतल का अनुकरण कर लिया। जैसा देश, वैसा भेष। सभी लोगों के चेहरों पर प्रसन्नता की लहर दौड़ गई। अच्छा हो गया भैया, आप आ गए।

''भैया, अब तो आप सत्तर के हो गए हो, पर देश-दुनिया घूमते रहते हो। अच्छी बात है।'' राधेश्याम ने पूछा।

''जिंदगी जी का जंजाल है, चक्करघानी है। जैसी उलझा दे, फँसा दे, नचा दे। बस उलझते-सुलझते नाचते रहो। जिंदगी चिड़िया है, चीलगाड़ी है, पता नहीं कब फुर्र हो जाए, इसपर हमारा-आपका कोई बस है। कब दूर निकल जाती है, पता ही नहीं चलता। कल तक बच्चे थे, उछल-कूद कर लेते थे। जवानी में किसी को दुलत्ती भी जमा देते थे। पीछे पड़नेवाला सहमकर पीछे हट जाता था, अब तो

हाथ-पाँव ही नहीं उठते। अब उम्मीद मत करो कि बचपनवाली उछल-कूद कर लूँगा।'' शीतल ने पुरानी यादें दुहराईं।

''रहने दो भैया, क्या करना है अब उछल-कूद करके। आप तो जुगत से बैठो। इस उम्र में उछल-कूद करोगे तो हाथ-पाँव और कर लोगे। अब खुद भी चैन से बैठो और परिवार जनों को भी शांति से बैठने दो। ऊपर बैठो, खाट ला दें, कुरसी-वुरसी तो हमा गाँववालों के पास कहाँ से आई? हाँ, नीचे मत बैठो। नीचे बैठने के लिए तो हम हैं।'' ओम ने कहा।

''ऊपर क्यों बैठूँ? अब तो धीरे-धीरे जमीन पर लेटने के ही दिन आ रहे हैं, जहाँ से रवाना हुए थे, धीरे-धीरे उसी बिंदु तक पहुँच जाने का रास्ता पकड़े हुए हैं। हम भी, आप भी और वे भी।'' शीतल ने दो वाक्यों में ही जीवन का दर्शन समझा दिया (यद्यपि अंदरूनी तौर पर वह समझ रहा था कि कुछ दशक कुरसी पर अकड़कर बैठते-बैठते जमीन से ऊपर बैठने की आदत पड़ गई है, नीचे बैठने से उसके हाथ-पाँव भी उसे रोकते हैं, पर सँभलकर वह दरी पर बैठ ही गया)।

''हाँ भैया, हमने तो चुनावों में कई भले आदमियों से पूछा था—''क्या फिर से खड़े हो गए? अरे, इस बार तो बैठ जाओ। बढ़ती उम्र में बार-बार खड़े होने से पाँव दुखने लगते हैं। पर वे नहीं माने, इस बार फिर खड़े हो गए। आखिर पटखनी खा ही गए न?'' लखन ने कहा।

''खुद बैठ जाओ तो इज्जत बनी रहती है, कोई पछाड़कर या दबाव डालकर बैठा दे तो हाथ-पाँव ही नहीं, मन भी टूट जाता है। पर लोग हैं कि स्वयं के अनुभव से ही सीखते हैं। चुनाव लड़ना भी एक नशा है।'' राधेश्याम बोला।

मरने का या मर-मरकर जीने का अनुभव तो खुद ही लेना पड़ता है, कोई दूसरा नहीं देता। कुछ अनुभव हैं, जो दूसरों से लिये जा सकते हैं। पर शीतल के पाँव में तो चकरी बँधी है, बुढ़ापे में भी एक जगह बैठ नहीं सकता। नौकरी थी तो सरकार आदेश देती थी, तबादले कर-करके एक प्रदेश में ही इधर-उधर भगाती रहती थी। वह इधर व्यंग्य रचना लिखता था और उधर प्रत्येक साल नए शहर में दिखता था। अब तो वह रिटायर भी हो गया है। भगवान् से अब हाथ जोड़कर प्रार्थना करता है कि 'अब हौं नाच्यो बहुत गोपाल।' अब तो पिंजरे का मिट्ठू मत बनाकर रखो। छड़ी का डर बताकर कब तक उस बेचारे को चित्रकोटि, दूध-रोटी थमाते रहोगे? पर अब बच्चे उसे दिल्ली, मुंबई, अमेरिका दौड़ाते रहते हैं। कहीं भी चैन नहीं। कितनी बार दौड़े, कहाँ-कहाँ दौड़े?

आजकल शीतल सुबह उठते ही ईश्वर को हाथ जोड़कर, सिर नवाकर स्मरण

करता है, ताकि दिन भर में उससे कोई गलत काम न हो, जो उसकी नींद में व्यवधान डाले, क्योंकि जाने-अनजाने जब भी उसने कोई मूर्खतापूर्ण कदम उठाया है, उसे आंतरिक चेतावनी मिली है। चेतावनी मिलने के बाद भी उसने यदि अक्खड़पन दिखाते हुए बेवकूफी का काम किया तो उसके माथे पर बाहर से दनादन पड़े। रात-रात भर नींद नहीं आई। और आदमी समझता नहीं है, दुनिया की सबसे बड़ी सजा क्या है? सारी रात बेचैन रहकर गुजार देना। तब भी न्यायोचित तरीकों से परिवार के लिए अर्थार्जन करनेवाली दिन भर की गतिविधियों के बाद सोने के समय भी भगवान् को धन्यवाद देना नहीं भूलता था कि हे भगवान्! आज का दिन ठीक ढंग से निकल गया, यह सब तेरी मेहरबानी का ही प्रतिफल है। बस ऐसी ही सद्बुद्धि देते रहना।

व्यंग्य से चुप नहीं रहा गया। वह बोल पड़ा, ''मान लिया कि सुबह और शाम भगवान् का स्मरण करता रहा, पर दिन में दो-चार बार उनकी भर्त्सना भी तो करता रहा, क्या यह सच नहीं है? काम के या परिस्थितियों के दबाव में अच्छे-अच्छे अपनी शालीनता गँवा देते हैं और बेचारे निर्दोष भगवान् को गाली देते रहते हैं। मैं क्या करना चाहता था और नौकरी में कौन सा काम थमा दिया।''

हास्य ने भी चुप्पी तोड़ी—''कर्मचारी कर्मचोरी तो कर सकता है, मुँहजोरी नहीं कर सकता। तर्क-वितर्क में यदि अफसर से छोटा कर्मचारी कभी जीत जाए तो समझो वह बहस अधूरी ही हुई है।''

''लोग अपने कर्तव्य भूल जाते होंगे, सोचते होंगे कि भगवान् का स्मरण कर लिया, यानी दिनभर के सारे काम वह खुद आकर संपन्न कर देगा। सुबह याद कर लिया, यानी सुबह वह स्वयं उपस्थित हो जाएगा और शाम तक मेरे साथ रहकर काम कराएगा। शाम को उसका स्मरण कर लिया, यानी अपनी जिम्मेदारी पूरी हो गई। अब मैं सोता हूँ, भगवान् तू भी किसी रैन बसेरे में चला जा। मैंने ऐसा नहीं किया, अपने काम की जिम्मेदारी मैं खुद सँभालता रहा हूँ। खराब काम की जिम्मेदारी मेरी, अच्छे काम का श्रेय उसे।'' शीतल ने अपनी कार्यशैली बतलाई।

''आज समझ में आया, शीतल तो महान् हो गया है। धरती पर आया हुआ कोई दिव्य पुरुष।'' व्यंग्य बोला।

''चलो, मेरे साथ रहने का थोड़ा प्रभाव तो हुआ।'' हास्य ने उत्तर दिया।

व्यंग्य सविस्तार शीतल के बारे में कहने लगा—''सत्तर वर्ष की उम्र पार करते-करते उसके हाथ-पाँव ढीले होने लगे हैं। इस उम्र में उसके ही क्या सबके होने लगते हैं। सोचता है, जीवन में जितने जूते खाने थे, खा चुका। अब सब

जिम्मेदारी ऊपरवाले पर डालकर प्रफुल्लित बने रहकर शेष समय निकालना है।''

''हाथ से मारनेवाले का हाथ पकड़ा जा सकता है, बोलनेवाले की जबान नहीं, अत: कहते रहो, जो चाहो।'' कहकर शीतल चिंतन में चला गया।

फिर सोचने लगा, उसका जीवन कुम्हार के उस घड़े सा रहा है, जिसे भीतर से भी हाथ पड़े हैं और बाहर से भी। वह गोल-गोल चकरघिन्नी ही खाता रहा, किंतु शायद उन हाथों के बार-बार और सही जगह पड़ने का ही परिणाम है कि आज वह प्यासे लोगों की कुछ प्यास तो बुझाता है। जब दुनिया में उसे लोगों ने पानी पिलाया, तो उसने भी उन्हें भरपूर पिलाया। उसने भी रंग बदले, रूप बदले और जीवन भर बजता रहा। दुनिया ने उसे बजाया भी। आज वह साक्षी होकर जीवन के बड़े ग्रंथ के एक-एक पुराने पन्ने पर भी चिंतन कर रहा है। अब वह अखाड़े से लगभग बाहर है। उसे स्वत: हो भी जाना चाहिए। वह उन पद-लोलुप राजनेताओं के समान नहीं रहना चाहता, जिन्हें हाथ पकड़कर ही बाहर निकाला जा सकता है, स्वेच्छा से वे कभी अखाड़े से बाहर नहीं जाते।

व्यंग्य ने कुछ देर बाद चुप्पी तोड़ी— ''देख भाई शीतल, तू कोई बड़ा आदमी तो है नहीं कि हम तुझे व्यंग्य का पात्र बनाएँ? हाँ, हास्य का पात्र अवश्य है, क्योंकि तेरा टेपापन अभी भी गया नहीं है। खापों के बीच बैठकर अभी भी खाप पंचायत कर लेता है।''

''अब तो गाँव भी धीरे-धीरे शहर बनते जा रहे हैं। गाँव में भी खापे नहीं रहे। प्रगति हो रही है, पर जिन लोगों ने पुराने समय के अनुभव लिये हैं, वे अब दुर्लभ हैं। अब शहरों की घटनाओं की चर्चा तो सब जगह होती है, गाँवों की नहीं की जाती। गाँवों के पुराने किस्सों को सुनने का भी एक आनंद है। कोई एकाध घटना इन लोगों से सुनवा। हमने अमेरिका तो बहुत देख लिया, अपने खूदिया गाँव को ही ठीक से नहीं देख सके हैं।'' हास्य ने ओम से कहा।

अमेरिका में ही क्या कुबेर हैं? हमारे गाँव में भी कुबेर रहे हैं। अपने गाँव के लक्ष्मीदास के घर जो डाका पड़ा था, वह घटना सुनाता हूँ। बड़ी दिल दहला देनेवाली घटना हुई थी। यह घटना तुम तीनों को सुना रहा हूँ, ताकि यह समझ लो कि सिर्फ पैसा जोड़ोगे तो लूटनेवाले भी आ ही जाएँगे। घर के आएँ या बाहर के। यहाँ के लोगों को तो मालूम है। बात तीस साल पुरानी है। यहाँ भी धन के प्रति वैसी ही आसक्ति रखनेवाले दिग्गज रहे हैं, जैसे अमेरिका में हैं। फिर लाख रखवाली करते रहो, चौकीदार होने के बाद में भी वे लुटे ही हैं।

तब हमारे गाँव के लक्ष्मीदास के चर्चे भी दूर-दूर तक फैले हुए थे। जो

लोग दुबई जाकर शेखों के शिकारी पक्षी फाल्कन को देख चुके थे, वे कहते थे, लक्ष्मीदास ने कितने फाल्कन पाल रखे हैं? वस्तुत: अनेक चित्रों में दुबई के शेखों की कलाइयों पर, सिरों पर एक बड़ा पक्षी बैठा हुआ दिखाया जाता है, यह पक्षी बाज से भी अधिक शक्तिशाली होता है। यह शेखों के इशारों पर नाचता है। शिकार करने से कभी बाज नहीं आता।

जिस प्रकार भारत का राष्ट्रीय पक्षी मोर है, दुबई का राष्ट्रीय पक्षी फाल्कन है। मोर भी साँपों का शिकार कर सकता है, पर दुबई में फाल्कन का शिकार वर्जित है। किसका साहस, जो फाल्कन का शिकार कर ले? हाँ, उसे शिकार करने की पूरी स्वतंत्रता रहती है। इसे बहुत कुछ खिला-पिलाकर प्रशिक्षित किया जाता है, ताकि वह शेखों के इशारे पाते ही अपने शिकार पर टूट पड़े और उसका तिया पाँचा कर दे। इसकी आँखों पर शेख लोग सदा पट्टी चढ़ाए रहते हैं। यानी फाल्कन कभी अपनी आँखों से नहीं देख सकता, शेख जिस किसी को देखने के लिए कहेगा, उसे ही देखेगा। बाद में तो उसे अच्छी तरह देखता ही है। आँखें तरेरकर तो उसकी ओर कोई देख ही नहीं सकता। ऊपरवालों का तनिक इशारा पाते ही फाल्कन जिन्हें देखना होता है, सही ढंग से देख लेता है। अपनी आँखें तरेरे रहता है।

जब कई कबूतरों या चिड़ियों का शिकार करना होता है तो इस फाल्कन नामक पक्षी की आँखों से पट्टी निकाल दी जाती है। फलक से ढूँढ़-ढूँढ़कर वह पक्षी पकड़ता और उनका संहार करता है। आकाश में बहुत ऊपर तक उड़ता है, रेगिस्तान में भी बहुत दूर तक देख ही नहीं सकता, शिकार को वहाँ से पकड़कर भी लाता है। कई भारतीय भी कबूतरबाजों से अपरिचित नहीं और यहाँ भी फाल्कनों की कमी नहीं। लोग व्यर्थ में ही तो शेखियाँ नहीं बघारते। हिंदुस्तान के कई जन प्रतिनिधि समाज में शिखर पर बैठकर शेख बने हुए हैं और फाल्कन पाले हुए रहते हैं।

तो लक्ष्मीदास को शेखियाँ बघारनेवाला शेख ही माना जाता था। लक्ष्मीदास के पास भी ऐसे कई दोपाए बाहुबलीफाल्कन हुआ करते थे, जिनकी सहायता से वह दूर-दूर तक मैदान मारा करता था। आजकल तो प्रत्येक प्रभावी बाहुबलीस्वयं ही शेख है, जो फाल्कनों की सहायता से बहुत बड़े क्षेत्र पर दबदबा बनाए रखता है। पर फाल्कन हो या किसी बड़ी-से-बड़ी राजधानी की मालकन, अमरता किसी की भी सुरक्षित नहीं होती तथा हमेशा नाक भी ऊँची नहीं रहती है।

हुआ यह कि उस बार गाँव की संपन्नता अचानक बढ़ गई थी। लक्ष्मीदास की तो और भी ज्यादा। गए महीने ही गाँव में चने की फसल खूब हुई थी। जिसकी खुशी में बीती रात ही भरपूर घी और पूरणपोली का तथा बेसन के भजियों का सार्वजनिक

महाभोज हुआ था। सभी ने मन भरकर तबीयत से खाया। लक्ष्मीदास ऐसे कार्यक्रमों से दूर ही रहता था, वह कभी सम्मिलित नहीं होता था। वह सबके सामने बैठकर ऐसी व्यर्थ की वस्तुएँ क्यों खाए? वह अँधेरे एकांत में रहकर जरूरतमंदों के स्वर्णाभूषणों को पहले गिरवी रखता था, बाद में चट कर जाने की, यहाँ तक कि उनकी खेती भी निगल जाने की जुगत में दिन-रात निमग्न रहता था। उसके लक्ष्य ऊँचे होते थे। उसका काम लोगों को मात्र फाँदना होता था और कुछ नहीं। जो दूसरों को फाँदना जानते हैं, उन्हें कभी-न-कभी फाँ से पा पर भी आना पड़ता है। कल तक कई गरीबों को फाँदकर चल रहे थे आज पड़े-पड़े स्वयं भुर्र-भुर्र आवाजें निकाल रहे हैं। अत: शेष सब ने भी डटकर खाने के बाद रात भर घर में दनादन चलाई।

उस दिन जब डाका डालनेवाले आए तो उसे गाँव में पहली बार डाका क्या होता है, इस बात का पता चला। कभी पहले चर्चा भी नहीं हुई थी कि वहाँ कभी डाका पड़ा हो। भैया, उस दिन आधी रात को पूरे गाँव के कुत्ते अचानक जोर-जोर से भौंकने लगे। ठंड के मौसम में पूरा गाँव जब गहरी नींद में सो रहा था, तब एकाएक बंदूकें चलने की आवाजें आईं। एक-दो बार नहीं, चार-छह बार दनादन गोलियाँ चलीं। बूढ़े-बच्चे, स्त्री-पुरुष सब जाग चुके थे। किसकी हिम्मत जो घर से बाहर जाए, बाहर तो दनादन गालियाँ चल रही हैं। चल तो भीतर भी रही थीं, पर दोनों की क्या बराबरी? जब डाका पड़ गया तो लक्ष्मीदास ने भी बिना बारूद के गोलियाँ चलाईं। पर बाहर तो डाका पड़ चुका था। बाहर की दनादन आग निकाल रही थी, बारूद की गंध बाहर और भीतर दूसरी बदबू। भीतर की उस बदबूदार हवा के डर से डाकू लोग भागने वाले तो नहीं थे।

पूरा गाँव समझ गया था कि राजपूत मोहल्ले में आज डाका पड़ गया है। यह भी सब जानते थे कि डाकू बंधुओं ने अपने चरणकमलों से किसका घर पवित्र किया होगा? डाका डालनेवालों ने यदि यह अभूतपूर्व सम्मान गाँव को दिया है तो इस आदर प्राप्ति का श्रेय किसे जाता है? गाँव में एक ही तो कुबेर है। एक ही घर हो सकता था।

आदिवासी गरीब गुरबों से सोने के जेवर गिरवी रखने और मन मरजी से ब्याज वसूल करने को वह दैनंदिन धार्मिक अनुष्ठान मानता था। सब जानते थे कि लक्ष्मीजी की आरती ही सुबह से शाम तक इसी के घर में होती रहती है। इसीलिए धन की देवी इससे प्रसन्न रहती हैं। उल्लू ही इसके घर में आते हैं, उल्लू ही घर से बाहर निकलते देखे जाते हैं। अपनी पीठ पर वे बहुत कुछ लादकर लाते और यहाँ छोड़ जाते हैं। पैसा इसी के पास है। अधिक पैसेवाले या बड़े पदवाले की पहचान ही यह

होती है कि वह सामान्य जनों से दूरी बनाकर रहने लगता है। पैसेवाले धन की तथा पदवाले पद की चौकीदारी या रखवाली में विश्वसनीय कुत्तों के समान आस-पास मँडराते रहते हैं। कहीं कुछ छिन न जाए? जितना आकर्षक धन या पद, उतनी बड़ी चौकीदारी। सही चौकीदारी उसके अलावा और कौन कर सकता था? फिर उसका जैसे-जैसे स्तर बढ़ता है, नीचे के स्तर के लोगों से संवादहीनता तथा ऊपर के लोगों से घनिष्ठता बढ़ाना शुरू कर देता है। वह अधिक एकाकी हो जाता है।

ओम ने कहा, ''जो कह रहा हूँ, इसमें कुछ भी लाग-लपेट नहीं है। डाकुओं ने सारा धन भी लूटा, घर में सबकी ठुकाई भी की। हर सेर को एक सवा सेर मिल ही जाता है। जैसा डाका उस समय पड़ा, हमारे गाँव में वैसा आज तक नहीं पड़ा। बाद में तो पुलिस में भी रिपोर्ट लिखाई गई, सूँघनेवाले कुत्ते भी आए, पर सूँघकर चले गए। बाद में तो लक्ष्मीदास को भी साँप सूँघकर चला गया था। रिपोर्ट भी उतने की थोड़े ही लिखाई, जितना सोना गया था। पुलिसवाले ही पूछते कि इतना सोना आया कहाँ से? कुछ ही दिन में बात आई-गई हो गई।

''आज तीस साल हो गए हैं, आज तक तो उन डाकुओं का सुराग लगा नहीं है, फिर भी लक्ष्मीदास उम्मीद रखे हुए है कि वे पकड़े जाएँगे।''

''अच्छा है, आशा बनाए रखो, उम्मीद पर दुनिया कायम है।'' हास्य ने कहा।

16

शीतल के जीवन की विभिन्न यात्रा रेखाओं के दोनों सिरे एकदम विपरीत दिशा में और अकल्पनीय दूरी पर स्थित हैं। जब-जब भी देश-विदेश की यात्रा करने हेतु कई-कई घंटे वायुयानों में बैठने का अनुभव प्राप्त करता तो लौटकर जीवन की रिक्तता भरने अपने गाँव की बैलगाड़ी में कुछ समय अवश्य गुजारता। एक ओर वह विदेशी चकाचौंध वाले रेस्तराँ में नाश्ता-पानी करता, हॉट चॉकलेट या कॉफी पीता तो दूसरी ओर भरपाई करने अपने गाँव के कल्लू की झोंपड़ीनुमा गुमटी में खड़े-खड़े चाय की चुस्की का आनंद लेना नहीं छोड़ता। वह ऑस्टिन में टेलीविजन पर या लॉस एंजेल्स में अमेरिकी लेखकों-कवियों के साथ गोष्ठियों में, गद्य-पद्य (प्रोज-पोइट्री) सुनता-सुनाता पर जब तक अपने आदिवासी गाँव के भीलट देव मंदिर के या हनुमान मंदिर के चबूतरे पर बैठे ग्रामीणों के नारदी भजन नहीं सुनता, मन को संतोष नहीं होता। ठेठ निमाड़ी में विचारों का आदान-प्रदान

करने के बाद ही सुख में पूर्णता की अनुभूति करता। उसे सूखी रोटी और नमक-मिर्च-लहसुन की चटनी खाकर जो आनंद मिलता, वह मिष्ठान्न खाने के आनंद से कहीं अधिक होता। वह जब बाहर जाता तो आवश्यक होने पर मजबूरी में सूट और टाई भी धारण कर लेता, वहीं बचपन में साथ निभानेवाली फटी चड्डियों, कमीजों के प्रति भी असम्मान नहीं, सहानुभूति रखता है। बचपन में उन्हीं ने साथ दिया है। वह न्यूयॉर्क के ब्रुकलिन ब्रिज पर खुश होकर चहलकदमी करता, किंतु अपने गाँव की छोटी सी पुलिया पर बैठकर भी उतनी ही प्रसन्नता पाता है। विपरीत ध्रुवों के सारे अनुभव उसे प्राणवान बनाते रहते हैं। वह कहता है—''सूखी रोटी सेंककर जो नाश्ते में माँ ने दी, हर रईसी से मुझे वह मुफलिसी अच्छी लगी।''

शीतल ने हास्य और व्यंग्य दोनों मित्रों से स्पष्ट रूप से कह ही दिया था कि लॉस एंजेल्स की यात्रा के बाद जब तक वह अपनी जन्मभूमि खूदिया की यात्रा नहीं कर लेता, तब तक अपनी यात्रा को पूरी नहीं मानेगा। अत: दोनों को साथ लेकर उसे अपने गाँव के लिए आना ही था। गाँव पहुँचकर कुछ समाचार तो प्राप्त कर ही चुका है, अब उसे लगने लगा कि वह अपनी यात्रा के कार्यक्रम के समापन की ओर अग्रसर हो रहा है। आज हठीला बाबा के नीम के नीचे प्रतिदिन की तरह बैठी हुई दूसरी चौपाल पर तीनों पहुँच गए। हँसते हुए रामदास ने कहा, ''क्या करें भैया, हम तो आज भी गाँवों के काँटों-खोबड़ों में उलझे रहते हैं, उस समय की कुटाई-पिटाई सहन कर लेते तो आज हम भी यहाँ नहीं होते। हम से घर नहीं छूटा, इसीलिए कुएँ को मेढक बने रहे।''

''उसके क्या, सभी के जीवन में कुटने-पिटने की मात्रा पूर्व से निर्धारित रहती है, जो व्यक्ति जितनी जल्दी उस मात्रा का स्वागत करते हुए सेवन कर ले, उतना अच्छा। अभी तक काफी कुटते-पिटते उसकी भी पूर्व यात्रा हुई है, शायद भविष्य में सीधी-सरल जीवन रेखा पर उसे संचलन करने को मिले।'' शीतल ने कहा।

बचपन के मित्र लखन ने सुअरों के बारे में इस बार नवागंतुकों से ही पूछा—''भैया, अमेरिका में तो सूअर खूब खाए जाते हैं ?''

व्यंग्य ने उत्तर दिया, ''सूअर ही नहीं, गाय, बैल, मुरगे भी खूब खाए जाते हैं। बस अंतर यह है कि वहाँ के सूअर काले नहीं होते, ललाईयुक्त सफेद होते हैं।''

''वहाँ के सूअर किसानों की फसल बरबाद नहीं करते होंगे। जैसे अपने यहाँ करते रहे हैं।'' रामदास ने पूछा।

''अमेरिका में सूअर की ही फसल उगाई जाती है। अच्छी बंपर पैदावार होती है। फिर सूअर की फसल बड़े चाव से खाई जाती है। तुम भी वैसा ही करना शुरू

कर दो। न बजेगा बाँस, न बजेगी बाँसुरी।'' हास्य ने राय दी।

''जंगली सुअरों को तो यहाँ के कालबेलिए ही खाते रहे हैं, अन्य जाति के लोग भी खाते होंगे, पता नहीं। पर सौ में एक-दो।''

''लखन को अपने गाँव खूदिया की घटना याद आ जाती है। अच्छा भैया, वह घटना आपको याद होगी, जब कई बार हम सरीखे ग्रामीण जन शीतल भैया के पिता यानी दादाजी के पास फरियाद लेकर आते थे।''

''कौन सी फरियाद?'' हास्य ने पूछा।

''यही कि इस बार जंगली सुअरों ने बड़ा आतंक मचा रखा है, फसलों को पनपने ही नहीं दे रहे हैं। पौधा ऊगा नहीं कि उसे जड़ से उखाड़कर खा जाते हैं। दादाजी से अनुरोध करते थे कि वे कुछ तरकीब खोजें, ताकि फसलों का नुकसान न हो। सूअर तब खेतों को अपनी ससुराल समझते थे और स्वयं को सुवर। कभी भी आना, कभी भी खाना, सोना, आराम करना और चले जाना उनकी दिनचर्या बन गई थी।'' लखन ने बताया।

रामदास ने बात को आगे बढ़ाया, ''फरियाद करने से पहले किसानों द्वारा ही पटाखों या गजकुंडियों की आवाज से डराकर सुअरों को खेतों से खदेड़ने की कोशिशें की जाती थीं, किंतु सूअर एक खेत से भागते तो दूसरे में घुस जाते। दूसरे में से भगाए जाते तो तीसरे को अपना रेस्टोरेंट बना लेते। वैसे सुअरों या आतंकियों में एक समानता होती है। जब तक जान से हाथ धोने का डर न रहता, मनमानी करनेवाले स्थल से वे भागते नहीं।

''अब रात-रात भर तो पटाखे और गजकुंडियाँ फोड़े नहीं जा सकते। फिर जंगली सुअरों का क्या रात और क्या दिन? जब भी भूख लगती, झुंड-के-झुंड चल देते रेस्तराँ में नाश्ता करने। खेत उनके लिए कैफे, होटल या रेस्टोरेंट बन जाते थे। झुंड-के-झुंड चल देते खेतों की ओर, फसलें उदरस्थ करने। जिस प्रकार पाकिस्तानी और चीनी घुसपैठिए भारत में घुसकर लूट-पाटकर, आतंक मचाकर भी सुरक्षित रहकर रफूचक्कर हो जाते हैं और भारत सरकार देशवासियों को धैर्य रखने की सलाह देकर अपना दायित्व पूरा मान लेती है, वैसी सांत्वना तो गाँववालों को दी नहीं जा सकती। राहत देने का दायित्व ग्राम प्रमुख का होता है, इस जिम्मेदारी से वे स्वयं अवगत भी थे।''

अत: आतंकवादी सुअरों का सफाया करने की योजना दादाजी गाँववालों के सहयोग से बनाते। एक दिन राधेलाल को बुलाया।

''अरे राधेलाल, तेरी ससुराल के गाँव के पास कालबेलिया रहते हैं, उनके

पास बड़े-बड़े शिकारी कुत्ते हैं। एक-दो महीनों के लिए अपने गाँव में उन्हें रख लेते हैं। उनको मेहनत-मजूरी दे देंगे या तो सूअर जंगलों की तरफ भाग जाएँगे या उनका खात्मा हो जाएगा।"

सार्वजनिक हित में तत्काल रद्दू तैयार हो गया। "हाँ भैयाजी, कल अपने साले को संदेशा पहुँचाता हूँ, दो-चार दिन में ही कालबेलिए यहाँ पहुँच जाएँगे।"

कुछ दिनों में ही शिकार करने कालबेलिए अपने कुत्तों सहित आ धमके।

कालबेलियों के कुछ परिवार कुत्तों सहित गाँव के बाहर नदी के पास अपनी झोंपड़ियाँ बनाकर रहने लगे। शीतल ही क्यों, गाँव के अन्य लड़के भी उन बड़े-बड़े शिकारी कुत्तों को देखने जाते। अपने स्वामियों की आज्ञा का अक्षरश: पालन करनेवाले खूँखार डरावने विशालकाय कुत्ते भौंकते तो उनकी आवाज की प्रतिध्वनि पहाड़ों से टकराकर जंगलों तथा बस्तियों तक में गूँज उठती। शीतल के आश्चर्य का ठिकाना न रहता, जब वह देखता कि कालबेलियों के छोटे-छोटे बच्चे भी उन खतरनाक कुत्तों के साथ खेलते रहते हैं। उनकी पीठ पर बैठ जाते हैं। उनके कान पकड़कर उमेठ देते। उनके मुँह में निर्भय होकर अपने हाथ-पाँव डाल देते। जंगली कुत्तों को भी इस बात का ज्ञान रहता, क्या खाना और क्या बचाना। बच्चे उन्हें डाँटते-फटकारते, आज्ञा भी देते रहते, जिनका वे स्वामीभक्त रहकर पालन भी करते हैं।

कालबेलिया जाति न सिर्फ डरावने कुत्ते रखती बल्कि विषैले साँपों को भी पकड़कर पिटारों में रखती। उनके बच्चे भी अजगरों, नागों को अपने कंधों पर रखे-रखे निर्भय होकर घूमते रहते। पता नहीं, ये बच्चे कौन सी जड़ी-बूटी या जंगली वनस्पति खाते हैं, जो गोल-मटोल रहते हैं, क्योंकि बिच्छू का डेरा अपनी पीठ पर लिये खानाबदोश जीवन जीते हुए इनके परिवार गाँव-गाँव भटकते ही रहते हैं। प्रतिदिन कमाने और प्रतिदिन खानेवाले ये लोग कितने मस्त हैं। इन्हें न किसी भूत का भय रहा, न किसी भविष्य की चिंता। स्वयं ही तो भभूत शरीर पर लगाकर भूत बने रहते हैं। भूत इनको देखकर घबराकर भागता नजर आए। समय मिलता है तो ढोलकी, झांझ-मंजीरों पर गा-बजा भी लेते हैं। बिस्तरों में जितनी गुदड़ियाँ हैं, खाने को जितना आटा-दाल है, उनकी सुरक्षा की कितनी चाक-चौबंद व्यवस्था? रात के अँधेरे में किसकी हिम्मत होगी उनके डेरों के नजदीक जाने की। पिटारों में बंद नाग फुफकारते रहते और साँकलों में बँधे हुए कुत्ते गर्जना करते रहते। किसी अजनबी की आहट पाते ही भौंक-भौंककर जमीन-आसमान एक कर देते थे।

जिस प्रकार दुश्मन का संहार करने पूरी तैयारी से युद्धभूमि में सेना उतरती है, ठीक उसी प्रकार सुबह से ही हाथों में बल्लम और तीर-कमान लिये, साथ में

प्रशिक्षित कुत्ते, प्रशिक्षु बच्चे तथा कुछ जाल लेकर ये जाँबाज शिकार करने गाँव के बाहर निकल पड़ते। जंगल और खेत ही उनके बच्चों के प्रशिक्षण स्थल भी होते। भविष्य में उन्हें भी तो शिकार करना है। आखेट करेंगे तो पेट भरेंगे। वे मंत्री, नेता या सरकारी अफसर तो होते नहीं, जो मनुष्यता और ईमानदारी का संहार कर सकें। उन्हें तो भविष्य में भी पशुता का खात्मा करते हुए ही अपना पेट भरना है।

कोई-कोई तो दुर्दिन ही सिद्ध होता, जब दिन भर भूखे-प्यासे भटकते रहते, पर कुछ भी हाथ न लग पाता और कभी-कभी अपराह्न में ही सूअर का कटा सिर भाले की नोक पर लगाए हुए शीतल के घर के सामने से निकलते ताकि समूचे गाँव को जानकारी हो जाए कि फसल को बरबाद करनेवाला एक खूँखार आतंकी तो मारा गया।

पुराने लोग बताते हैं कि लड़ाई हो जाए तो जंगली सूअर शेर से भी भारी पड़ता है। रात भर शेर के दाँत खट्टे किए रहता है। उसकी दुश्मन तो उसकी नींद होती है, जो सुबह-सुबह शेर का साथ देकर चिर निद्रा में उसे सुला देती है। ऐसे बलशाली प्राणी का ये लोग शिकार करते हैं। अकाल की बेल को जड़ से उखाड़ देने को तत्पर ये कालबेलिए रातों में जंगल-जंगल इसीलिए भटकते हैं, ताकि ग्रामीण जन चैन से सो सकें।

"भारतवर्ष में सुअरों के बच्चों को ही नहीं, मनुष्य के बच्चों को भी कई बार कुत्ते उठाकर ले जाते हैं। ये उन बच्चों को ही ले जाते है, जिनकी देख-रेख करनेवाला कोई नहीं होता। अस्पतालों में बिना देखभाल के आदमी के बच्चे भी जब जन्म लेते हैं तो उन्हें भी कई बार कुत्ते अपना शिकार बनाने से नहीं चूकते।" हास्य ने भी मुँह खोला।

लखन ने फिर बोलना शुरू किया—"बस्तियों के कुत्ते, बस्तियों के सुअरों पर आक्रमण करने का साहस कर लेते हैं, असल में बस्ती के चौपाए कुत्ते भी आस-पास के दोपायों से पर्याप्त अनुभव लेकर ही आगे कदम बढ़ाते हैं। वे समझ लेते हैं कि किनके आगे पूँछ हिलाना है, किन पर गुर्राना है। कहा भी गया है कि कुत्ता अपनी गली में शेर होता है, गली से बाहर गया कि ढेर होता है। कुत्ता यदि स्वयं दबंग और अपने सहयोगियों द्वारा समर्थित हो तो सामनेवाले पर आक्रमण करने से नहीं हिचकिचाता। अपनी गली में यदि किसी पर एक लपकता है तो सामूहिक लाभ पाने के लक्ष्य से उसके सभी संगी-साथी बिना अवसर गँवाए तत्क्षण दौड़ पड़ते हैं। मिल-जुलकर अपने शिकार का तिया पाँचा कर उसका स्वाद ले-लेकर, सामूहिक भोज करते हैं। शिविरबद्ध श्वान कहीं के भी हों, सत्तासीन हो जाने के सपने देखते

रहते हैं। अपने बच्चों को भी तदाशय का प्रशिक्षण देते रहते हैं।''

यही श्वानबंधु बस्ती से बाहर निकलकर जंगल के किसी सूअर के बच्चे पर बुरी निगाह डालकर देखें, तब वन्य शूकर अपनी क्रूरता का स्वाद चखाएँ। कुत्ते कम ज्ञानी नहीं होते, भविष्य की घटनाओं को सूँघ लेते हैं, इसीलिए जंगली सूअरों के बच्चों पर आक्रमण करने की हिम्मत ये कदापि नहीं करते। चौपाल उठने का समय हो रहा था, उठते-उठते एक प्रसंग और छिड़ गया। कालबेलियों के साँपों और भूत की घटना बीच में आ गई।

शीतल की रुचि बचपन से ही इन पराशक्तियों की सच्चाई जानने की रही थी। शिशुपन में, अँधेरे में कभी होता तो कोई भी बड़ा बच्चा डरा देता था कि भाग, भूत आया और वह डरकर भागने लगता था, और तब तक भागता रहता था, जब तक प्रकाश के क्षेत्र में नहीं पहुँच जाता था। बचपन में यह सोचता था कि भूत अँधेरे में ही आक्रमण करता है। भूत कभी जीवन में देखा तो नहीं, किंतु विश्वास अवश्य करता था कि दुनिया में भूत-प्रेत होते हैं। स्वामी रामसुखदासजी ने भी एक पुस्तक लिखी है—'पुनर्जन्म की कथाएँ, यह पुस्तक गीताप्रेस गोरखपुर द्वारा प्रकाशित की गई है, उसमें भी मौत के बाद, और अगले पुनर्जन्म के पहले आत्मा भूत के रूप में पीपल के पेड़ पर दो वर्ष तक रही, यह वर्णन आता है।

चलते-चलते शीतल ने दोनों मित्रों को शंकर कालबेलियावाले भूत का किस्सा सुनाया।

गाँव में भी कई बार ग्रामीण लोगों से भूत के किस्से शीतल ने सुने थे। कई लोगों ने प्रेत को देखा था, उसकी उपस्थिति अनुभव की और कुछ लोगों ने उससे लड़ाई भी की। जिनकी अकाल मौत हो जाती है या जो लोग किसी दुर्घटना में पूरा जीवन जिए बिना संसार से विदा हो जाते हैं, उन्हें भूत-प्रेत की योनि में रहना पड़ता है, ऐसा शास्त्र और अनुभवी लोग कहते हैं। किंतु भारतवर्ष में मात्र कल्पनाओं और व्यक्तिगत अनुभवों के आधार पर भूत-प्रेतों का अस्तित्व बताया जाता है। अमेरिका में तो वैज्ञानिक उपकरणों-तरीकों के उपयोग से उनकी उपस्थिति की पुष्टि की जाती है। वहाँ एक टी.वी. चैनल साइफाइ है, जिसमें प्रति बुधवार शाम सात से लगभग पाँच घंटे तक जी.एच.आई. यानी घोस्टहंटर इंटरनेशनल का भूत की खोजवाला कार्यक्रम चलता रहता है। भारतीय वैज्ञानिकों से यदि इस संदर्भ में बात की जाती है तो वे इसे कोरी कल्पना बताते हैं, किंतु अमेरिका के वैज्ञानिक भूत का चित्र लेकर उसकी आवाज की रिकॉर्डिंग कर वहाँ का तापमान लेकर, उसकी हलचल और उसके द्वारा कैमरे के सामने हटाई गई वस्तुओं के प्रमाण लेकर यह सिद्ध करते हैं

कि अमुक स्थान पर भूत है। यह भी कि यह प्रेतात्मा कितने दिनों से यहाँ निवास कर रही है तथा यह घातक है या किसी प्रकार हानिकारक नहीं।

शंकर कालबेलिया ने अपने पिटारों में पले हुए साँपों में से उस विचित्र सर्प का किस्सा सुनाया था।

"भैया, हम तो साँप पकड़ते ही रहते हैं। हमें साँप पकड़ने में कोई डर या जोखिम नहीं लगता, पर एक साँप गलत आ गया था। हुआ यह कि हम उसे नदी के पार के रोड से पकड़ लाए। दो-चार दिन तो वह सामान्य तरीके से खाता-पीता रहा। हम उसे उसका भोजन देते रहे। किंतु कुछ समय बाद उसने अचानक खाना-पीना छोड़ दिया। और फिर एक रात जब हम गहरी नींद में थे, तब हमारे साँकल लगे बंद दरवाजे को बाहर से खोलकर एक बूढ़े-बूढ़ी हमारे निवास में प्रवेश कर गए। मैं ही नहीं, हम तीन-चार बड़े लोगों की नींद खुल गई।"

उन डोकरे-डोकरियों ने कहा—"तुम हमारे बच्चे को पकड़ लाए हो, उसे जल्दी-से-जल्दी छोड़ दो। वह तो हमारे आस-पास ही घूम रहा था। थोड़ा हमारी आँखों से ओझल हुआ, जरा सा दूर क्या चला गया और आप लोग पकड़ ले गए। हमारे साथ ही वह खाता-पीता था, आजकल तो उसने खाना-पीना भी बंद कर दिया होगा। हम चाहते हैं, कल तक वह हमारे पास आ जाए।"

और भैया वे दोनों अंतर्धान हो गए।

शंकर कालबेलिया अपनी कहानी कहता रहा। हम लोग समझ रहे थे कि हम लोगों ने कोई सपना देखा है, इसलिए दिन भर अपने दैनिक कामों में लगे रहे। सुअरों को पकड़ा-मारा-काटा-सपीटा पकाकर खाया, फिर सो गए। अगली रात फिर वही घटना। हम लोग रात में सोये ही थे कि वही तांडव सीन। फिर वही बूढ़े-बुढ़िया हमारे सामने खड़े हैं। आज की रात तो हमने बहुत सतर्कता से दरवाजे बंद किए थे। फिर भी न जाने कैसे वे हमारे घर में प्रवेश कर गए। फिर वही यक्ष प्रश्न—"शंकर तूने ही मेरे बच्चे को पकड़ा और अपहरण करके ले आया। उसने तेरा क्या बिगाड़ा था, जो उसे कैद करके रखा है। यदि आज ही उसे नहीं छोड़ा तो हम तेरी ऐसी दुर्गति करेंगे कि तेरा समूचा परिवार जीवन भर याद रखेगा।"

"सुबह हम सब लोग उठे और आज परिवार जनों के बीच इस समस्या पर विस्तार से चर्चा की। घर की महिलाओं के दबाव में सब लोगों ने एक ही निष्कर्ष निकाला कि इस साँप को जल्दी-से-जल्दी उसी स्थान पर छोड़ आना चाहिए, जहाँ से उसे पकड़ा था।"

बस फिर क्या था। पहली फुरसत में शंकर ने उस पिटारे को उठाया और इतने

दिन से उपवास पर रहनेवाले साँप को उसी जगह छोड़ा, जहाँ से उसे पकड़ा था। जैसे ही पिटारे का ढक्कन उठाया, तीर की गति से वह साँप दौड़ता हुआ झाड़ियों में गायब हो गया।

उसके बाद न तो वे बूढ़े-बुढ़िया कभी स्वप्न में आए, न ही कोई भय रहा। इसके बाद चौपाल की एक वह बैठक समाप्त हो गई।

17

आज दोनों मित्रों को वापस जाना है। शीतल ने सोचा, आज ठेठ ग्रामीण भाषा में ही दोनों को यहाँ की संस्कृति की जानकारी दी जानी चाहिए। अत: एक चौपाल का और अनुभव लेने की योजना बनाई। शीतल ने अपना मत बताया कि व्यक्ति को अपनी जड़ें नहीं भूलनी चाहिए। प्रत्येक मनुष्य से यह तो अपेक्षा की ही जानी चाहिए कि वह अपनी जड़ों को नहीं भूलेगा। उद्‌गम स्थल तो प्रणम्य होना ही चाहिए।

व्यंग्य ने शीतल से एक प्रश्न कर डाला—"तू तो अपने वरिष्ठों के उपदेशों से ओत-प्रोत होकर लंबे समय तक धूनी रमानेवाला भोलेबाबा के समान ही बना रहा। भविष्य में तो मात्र लेखक बना रहकर, दंड-कमंडल साथ लेकर देश-विदेश घूमने निकल जाने का इरादा रखता है। तेरे जीवन में नित चलायमान रहना ही स्थायित्व है। नियति ने अन्य विकल्प ही नहीं दिया।"

हास्य ने भी पूछ डाला— "शीतल, क्या तेरे लेखन के परिणामस्वरूप उपजी यह रचना तेरी पुरानी यादों अथवा यात्रा के बीच हुई घटनाओं का पुलिंदा मात्र है?"

शीतल ने बताया, "कुछ-कुछ यह भी सही है, इसमें कुछ रोचक और कुछ बकझक है। वैसे भी प्रत्येक का जीवन होता हीं क्या है? यात्रा। जिसकी यह एक अलग तरह की कहानी। और यदि किसी कहानी में जूतम पैजार न हो, तो वह कथा क्या रसासिक्त होगी? थोड़ा भी आनंद दे पाएग।"

हास्य ने कहा, "कथा कहनेवालों में कोई-कोई ही ऐसे पठित मूर्ख भी होते हैं, जो कह देते हैं कि भैया हमारे माथे पर तो बिना गिने पड़े। शीतल, तू ऐसा ही एक ढपोर शंख है, जो यह नहीं समझता कि क्या छिपाना और क्या बताना? भला यह भी कोई सार्वजनिक रूप से कहने की बात है कि हमने तो पेट भर के खाया, भविष्य में स्वास्थ्य ठीक रखना हो तो युवा पीढ़ी को भी खाने से परहेज करना ही नहीं चाहिए।"

व्यंग्य ने शीतल का समर्थन किया—''कई पड़ावों पर तो उसे इस प्रकार पड़ते हुए दिखाई देंगे कि पाठक स्वयं ही ललचा जाएँगे। यार ऐसे हमको क्यों न पड़े? यदि पड़ते रहते तो आज हम भी निहाल हो जाते। इस तरह बिगड़ैल बैल या अपूर्ण आदमी नहीं रह जाते, जैसे आज हैं। जीवन की जंग में हम भी जंग लगी तलवार न होते, शायद हम भी चमचमा रहे होते।''

ऐसा विचार-विमर्श और पुरानी बातों को याद करते हुए तीनों चर्चारत थे कि शीतल ने दोनों से कहा, ''चलो, आज हठीला बाबा की चौपाल पर चलते हैं, वहाँ अब मित्रमंडल के बैठने का समय हो गया है।''

हास्य और व्यंग्य को आगाह कर दिया था कि तुम्हें चुप रहकर केवल उनकी बातों को सुनना और उन पर चिंतन-मनन करना है। गाँव के लोग सरल होते हैं। वे जीवन के व्यावहारिक ज्ञान को समझते हैं, किताबी साहित्य को नहीं। फिर हास्य-व्यंग्य की शास्त्रीय गहराइयों में उतरकर क्यों समय नष्ट करें? उनकी बातों में हास्य-व्यंग्य सहज ही परिलक्षित हो जाता है।

शीतल तो ऐसा मछुआरा है, जो जाल में आते ही हास्य-व्यंग्य की मछलियों को पकड़ लेता है, थोड़ा अध्ययन कर, थोड़ा निहारकर मछलियों को स्वतंत्र भी कर देता है।

''पहले तो पाँच पैसे के साधारण पोस्टकार्ड ही लिखे जाते थे, जो दो-चार दिन में नियम से पहुँच जाते थे। अब कई रुपयों में स्पीड पोस्ट करें तो भी ठिकाना नहीं कि एक-दो सप्ताह में भी डाक पहुँच पाएगी या नहीं। देश में गति ऐसी बढ़ी है। अब गति बढ़ी है या दुर्गति, यह तो भुक्तभोगी ही समझ सकते हैं।'' सत्यनारायण ने कहा।

''कोई कुछ भी कहे शीतल की इच्छा सद्गति पाने की तो है। लैपटॉप लेकर लोग चलने लगे हैं, इंटरनेट और मोबाइल की सुविधा भी गाँव-गाँव हो गई है।'' व्यंग्य बोला।

''गुलाबसिंह और रामदास कहाँ हैं?'' शीतल ने पूछा।

छोटे भाई ने उत्तर दिया, ''उन्हें बता दिया है कि उनके लंगोटिया मित्र आ रहे हैं। गाँव ही कितना बड़ा है? एक हाँक मारो तो पूरे गाँव में आवाज पहुँच जाए। अभी खबर फैलती है। एकाध घंटे में वे आ ही टपकेंगे।''

''और विजयसिंह?''

''भैया, वह तो खुट गया।''

अरे कैसे? वह तो हट्टा-कट्टा था। आर्थिक हालत भी अच्छी थी।

"काई करां भैया, उकी आदत, दारू पीनअ की अरू जुआ खेलनअ की पड़ गई थी। भौत कर्जो हुई गयो थो। अभी बाद म तो देखताआ, सूखकअ काँटो बणी गयो थो।"

शीतल को लगा कि उसके जीवन का एक-एक अंश कम होने लगा है। उसने दु:खी होते हुए उसाँस भरी।

"और भागीरथ कहाँ है?"

"उसका अपने भाई-बंदों से जमीन को लेकर अकसर झगड़ा हुआ करता था। परेशान होकर औने-पौने दाम में अपनी खेती बेचकर वह ससुराल चला गया। वहाँ भी सुखी नहीं है। घर छोड़कर ससुराल में रहो तो दामाद लल्लू है, ऐसे ताने सहो। पचास मुँह, पचास बातें।"

"अरू लंबो देवीसिंह कां हअ?"

"उख साँप न काटी लियो। हरदा तक जीप म ले भी गया, पर अस्पताल म पहुँचतअ पहुँचतअ ओन दम तोड़ी दियो।"

"अरे, यह तो बहुत बुरा हुआ। देवीसिंह के पिता, मांगीलाल भैया तो साँप उतार देते थे। उनके शरीर में तो भीलट देव आ जाते थे। साँप ने उनके बेटे को ही डस लिया। अपने देश में साँपों, नागों की कमी नहीं है। कस्बों और गाँवों से निकलकर राजधानियों में इन्होंने अपने बड़े-बड़े बमीठे बना लिये हैं। यथासंभव इनसे बचकर ही रहें।"

"और गाँव में इस साल फसल कैसी रही?"

"फसल तो खूब अच्छी हुई।"

"और कोई नई बात?

"भीलट देव को मंदिर भी अच्छो बणी गयो हअ। गाँववालाहोण ख एक साथ बठणा की जगह बण गई हअ। बरसात म रामसत्ता यहीं होय हअ। खैर, कुछ अच्छी, कुछ बुरी खबरें उसे सुनने को मिलीं।

सुना है, गाँव के लड़कों ने अपनी सुविधा के लिए आस-पास कलारियाँ खुलवा ली हैं।

"अरे भैया, खुलवा काई ली ह, खोलना वाला होण न खोल ली हअ। पैसो ह तो बजार ह। जे चीज का ग्राहक बढ़ेगा वा चीज की दुकान खुल जाएगी।" शिवराम भैया ने पुष्टि की।

"गाँव के कई लड़कों ने दारू पीना, मुर्ग-मुसल्लम खाना सीख लिया है। जमीनें बेच रहे हैं, पर अपने शौक पूरे कर रहे हैं। न उन्हें अपने बीवी-बच्चों की

चिंता है, न अपनी खेती की। जैसे-जैसे सरकार खेती को लाभ का धंधा बना रही है, वैसे-वैसे नए लड़के शराब पीने का भरपूर आनंद ले रहे हैं। पहले तो राज-परिवार में ही शौकीन हुआ करते थे, अब तो घर-घर राजकुमार पैदा हो गए हैं। कहते हैं, बुड्ढे माँ-बाप तो घर में चाय पीकर भी रह सकते हैं। उम्र भी है, पैसा भी, तो शौक नए लड़कों को ही करना चाहिए। जवानी में नहीं किया तो क्या बुढ़ापे में करेंगे? पैसे का यही सदुपयोग हो रहा है।''

''बड़ी खुशी की बात है। इको मतलब यो हुओ कि अपणो खूदियो अमेरिका बणी गयो ह? असी कित्ती कलारी आस-पास खुल गई ह?'' शीतल ने पूछा।

''गाँव से आधा मील बाहर चल्या जाओ तो आदिवासी होण की महुआ की उतरी हुई, अच्छी-ताजी, जित्ती मरजी म आय, उत्ती छकख पीओ, कोण रोकणा वालो हअ? एकई वास्तअ तो गाँव का कित्ता छोरा होण, संझा ख इंधारो हुयो नी कि उधर को रस्तो पकड़ लेय हअ।''

''सड़क बणणा से एक उमाळो हरदा का छोरा छोरी होण भी सीख गया हअ। मकड़ई तक मोटरसाइकिल प बठख आणूं, यहाँ पहाड़-जंगल घूमणूं, चंगल्यापणा करणूं, अरू संजा पाँच बजे तक घर पहुँच जाणूं। उनको पूरो कालेज हरदा म नी मकड़ई म ई लग हअ। संजा ख कालेज पूरो कर, अपणा अपणा घर पहुँच जाय ह। देश की स्वतंत्रता को सही मजो तो अबका छोरा-छोरी ही उठा रह्या हअ।'' लखन ने नई जानकारी दी।

''और भजनों का क्या हो रहा है? कभी-कभी पहले सरीखी गम्मत होती है कि नहीं?'' शीतल ने अगला प्रश्न किया।

''भौत कम हुई गई ह। छोरा हुणख दारू पीना स फुरसत मिल तो मंदिर तरफ आय, भजन्न कर। भजन-वजन तो गया चूला मअ। उनख तो भट्टी की ताजी होणू, दारू को सेवन, अरू मुरगा-मुरगी को भोजन मिल गयो कि सरग पा गया।''

गाँव में अमेरिका की आधुनिकता का इस तरह प्रवेश हो जाएगा, शीतल को कभी कल्पना नहीं थी। अपना गाँव, गाँव ही बना रहता तो अच्छा रहता। गाँव की गरिमा गाँव के बने रहने में ही है, पर कोई क्या करे? कद्दू को लौकी बनने की इच्छा तथा मिर्ची को टमाटर बनने की जल्दी है। दुनिया परिवर्तन भी तो चाहती है। वह भी तुरत-फुरत।

थोड़ी देर में ही रामदास और गुलाब दोनों आ गए। आते ही दोनों ने पूछा, ''भैया नद्दी बुला रही हअ। भौत दिन बाद यो मौसम म आया हो। ध्यान स सुणो, पाणी की धार की आवाज य्हाँ तक आ रइ हअ। कब नहानअ चलणूं हअ?''

"पेलां भी आती थी। नद्दी न अपनो धरम नी छोड्यो, पण छोरा होण न छोड़ी दियो। वा तो परमेसरी आज भी बुलाय हअ पर, ये जाय कहाँ हअ? हाँ उख उलांग ख कलारी चले जाएगा पर नद्दी नी जाय। दारू म आकंठ डूब जायगा पर पाणी म पाँव भी नी डुबाय। रही सही पुलिया बन गइ हअ। नहाणा का वास्ता नद्दी पर आज कल जाणा म छोरा होणख सरम आय हअ। घर में अच्छा टाइल लग्या बाथरूम बणवई लिया हअ, पाणी की मोटर होण घराघर लग गई हअ, फिर नद्दी का दग्गड़ फत्तर होण म जा ख क्यों नहाणूं?"

"अब आज तो नी, कल चलांगा," शीतल ने उत्तर दिया।

भैया, आप लोग तो कहाँ-कहाँ घूमता रहो हअ। कभी लंदन तो कभी अमेरिका। वहाँ की तुलना म अपणो गाँव तो अच्छो नी लगते होयगो?

"कसी बात कर रह्यो ह रामदास भाई, या म्हारी जन्मस्थली ह। कदि यहाँ स प्रेम नी होतो तो म बार-बार क्यों आतो? माँ तो बिचारी रही नीं अब उकी जगह अरू कोण ले सकअ हअ?" शीतल ने कहा।

"अच्छा है भैया, आप लोग बीच-बीच में आ जाते हो तो अच्छा लगता है। पुराना चावल ही तो सुगंध देता है। फिर बासमती की किस्म का हो तो उसका कहना ही क्या?"

शीतल अपने गाँव के लोगों का प्रेम देखकर भावुक हो उठता है। सच भी है, जहाँ न कोई स्वार्थ हो, न लोभ-लालच हो, वहाँ बैठना-बतियाना स्वर्ग के आनंद से कम नहीं होता।

अचानक शीतल को उन दिनों की अविस्मरणीय बस यात्रा की याद आ गई। रामदास से बोला, "कभी मिश्रीलाल मिलता है, जो उस समय बस का ड्राइवर था?"

"अरे भैया, कहाँ की पुरानी बात कर रहे हो? कई यात्रियों को स्वर्ग पहुँचाने का श्रेय उसी को जाता है। पर बाद में उसी बस में वह भी निपट गया। उस दिन तो ब्रेक ऐसे फेल हुए कि उसका सहयोगी भी बस को नहीं सँभाल पाया।"

"हाँ यार, बस में ड्राइवर के पास एक मजबूत आदमी हमेशा अपनी कमर में ड्राइवर की कमर से रस्सा बाँधकर बैठता था, ताकि दुर्घटना की स्थिति में मिश्रीलाल अपनी जान बचाने को अकेला ही न कूद जाए। वह जो दूसरा आदमी था, वही बस मालिक का विश्वासपात्र था।" शीतल ने तत्कालीन यात्रा का उल्लेख किया।

"तब तो बरसात में सभी यात्री छतरी लेकर बस में बैठते थे। छतरी रखने के दो फायदे होते थे, एक तो पानी गिरने लगता तो अपनी-अपनी छतरी खोल लेते

थे और दूसरा किसी से हुज्जत हो जाती तो बिल्कुल डरते नहीं थे। छतरी का एक सिरा नुकीला होता ही है, सोचते थे, वह किस दिन काम आएगा? सामनेवाले के पेट में छतरी के नुकीले सिरे के दो-चार हुद्दे तो दे ही सकते थे।''

''सच है रामदास भाई, बरसात में कोई भी खिड़की के पास नहीं बैठता था। हरदम यही कोशिश करता था कि सामनेवाला बैठ जाए।'' शीतल बोला।

''तो भैया खिड़की में एक भी काँच लगा हुआ न हो, सभी टुटले हों तो कौन फिर से नहाने के लिए बैठेगा? सभी तो घर से सपड़ के निकलते हैं।''

''अरू यार एक भी सीट प गद्दी नीं। बठो तो पटिया की कील गड़अ, अर ऊपर स माथा प पानी पड़अ।''

''हमनअ कई बार मिश्रीलाल ख कई कि ये खील होणख तो हथौड़ा स पटिया होण प दबई दअ, पर ओन कभी हमारी बात कब्भी नी सुणी।'' रामदास ने बताया।

''असल में ऐसा करने से उनको भी फायदा था। खड़े-खड़े अधिक यात्री बस में आ सकते थे। खड़े-खड़े थक जाते तो थोड़ी देर बैठते भी। पुट्ठे पर कील गड़ती तो तुरंत उठ खड़े होते। ऐसी उठक-बैठक करते-करते गाँव का कांकड़ दिख जाता। हम सबको राहत मिलती।'' शीतल ने कहा।

''खिड़की म भी काँच क्यों नी रखता था उका पीछअ भी रहस्य थो। जरा सी ट्राली म सैकड़न सअ कसी भेड़ बकरी कूच देय हअ, उसी हालियत म यात्री होण ख बस म ठूस लेणूं। यात्री बिचारा पसीना पसीना हुइ जाय, पर कवां कोणख। अरू लाख कौ भी तो सुनअ कोण? जब बस चलअ तब थोड़ी ठंडी हवा आय।'' रामदास बोला।

''सच्ची म वे बी काइ दिन था। सवारी होण छत पअ, बोनट पअ बठी हुइ हअ। दरवाजा होण पअ, सामान चढ़ाणा वाळी लोहा की नसैनी पअ लूमी रही हअ। पर कई कर सकां। तीस किलोमीटर, तीन घंटा म तो पहुँचई देय हअ? पाखड़ा तो नी टूटअ? असो अपण सब सोचता था।'' शीतल ने कहा।

''अर कभी-कभी तो जब टायर पंचर हुइ जातो थो तो घंटों जंगल मअ पड्या रहता था। सरी संजा घर पहुँचणा वाला, सुबह-सुबह जब मुर्गो बाँग देतो या कौओ काँव-काँव करतो, तब घर लगता था।''

अटल बिहारी वाजपेयी न एक कविता म लिख्यो हअ कि ''किशनजी के बिना यह महाभारत होना है, राजा कोई भी हो रंक को तो रोना है।''

''तो राजा को राज गयो, जनता को राज आयो, पण अपणा हात मअ, तो उसोइ रोणो आयो। शीतल ने वैसी बस के दिनों की बेबसी के हाल बताए।''

अगले दिन छोटे भाई से शीतल ने कहा, ''चड्डी, बनियान, टॉवेल और एक लोटा छोटी थैली में ले चलो।''

छोटे भाई ने पूछा, ''लोटे की क्या जरूरत है? आप तो नदी में तैरकर नहाओगे? आप तो तैरने जा रहे हो, लोटे से नहाने नहीं।''

''लोटे की जरूरत क्यों नहीं। अपने पुराने दिनों की यादें भी तो ताजा करनी हैं। उसे साथ ले जाना परमावश्यक है। तैरना तो है ही, लोटा ले जाऊँगा तो तर भी जाऊँगा। खुले आसमान का आनंद शहरों में कहाँ मिलता है? कब तक कमरों टॉयलेटों में खुद को बंद करते रहें। आज ही तो अवसर मिलेगा। पता नहीं ऐसा सुहावना मौसम फिर कब मिले? नदी और उसके किनारों-कछारों का, निड़गुड़ की, बेर की झाड़ियों का भरपूर आनंद लेना भी तो जरूरी है। दिनचर्या में कुछ चेंज होगा। नीले गगन के तले, मन भर संतोष मिले।''

जब नदी पर छोटा भाई और दो-तीन लोग साथ में थे तो लखन ने प्रश्न पूछा, ''क्यों भैया अमेरिका में तो आदमी लोग पराई महिलाओं से सीधे हाथ ही मिलाते हैं। अपने यहाँ तो इसको अच्छा नहीं माना जाता। पहले तो अपने इधर की औरतें घूँघट से बाहर मुँह ही नहीं निकालती थीं, अब पराए आदमी से बात कर लेती हैं। अब घूँघट प्रथा तो खत्म हो गई है।''

शीतल ने बताया, ''हाथ मिलाने में तुम लोग कहाँ किसी से पीछे हो? अपने गाँव में कौन हाथ नहीं मिलाता? तुम लोग बात-बात में किसी पर हाथ चला देते हो। दूसरों के बटुओं पर हाथ साफ कर देते हो। मदद करने के नाम पर हाथ खींच लेते हो, चालाकी करने में सबसे हाथ मार लेते हो। कोई दो पैसे माँग ले तो तुम हाथ झटक देते हो। तुम से कौन हाथ मिला सकता है।''

''म्हारो मतलब वो नी थो भैया-कभी-कभी अपण टी.वी. म देखां हअ दूसरा देस की औरत होण आ खअ सीधी राष्ट्रपति या प्रधानमंत्री सअ हाथ मिला लेय हअ?'' लखन बोला।

''वहाँ पर औरत और आदमी म अंतर नीं करता। सबखअ बराबरी पर माण्यो जाय हअ। हाथ मिलाणा को अर्थ बस इत्तो ह कि हम और तुम दोनों बराबरी का हंअ। बराबरी का स्तर स बात करांगा। हममअ अब कोई छोटो बड़ो नीं हईं।''

''शीतल भैया तभी तो उन लोग होण न सभ्यता ख धूलधानी कर बराबर कर दी ह? अपणा य्हाँ तो ब्याव म जेसअ एक बार हथेलो लग गयो कि जीवन भर उका संग मअ रहणूं पड़ ह। अर वे तो बार-बार बदल्या करअ हअ? कभी ईख पास म रख ली कभी ऊख।''

"वहाँ पर दोई जणा पैसा कमाय ह। दोई होण की अलग-अलग पास बुक रह हअ। कई बार तो वे अपणा अपणा पैसा स होटल म खाय हअ। जब तक मन एक दूसरा स लगेल ह वे साथ म रहेगा अर जे दिन बात बिगड़ गई कि तू थारा घर को हम हमारा घर का।"

"मतलब जा भैंस पाणी म। तुख जसो दिखाय उसो कर। म तो या चली। म थारा पैसा होण प तो जिंदी नी रह रही हूँ। म्हारा पास अपणी व्यवस्था ह। योइ नीं?" लखन ने उत्तर देते हुए नया प्रश्न पूछ लिया।

"व्हाँ पर ब्याव म असा हथेला थोड़ी लग हअ कि आदमी को हाथ हमेसा ऊपर रहअ अर महिला को नीचअ। वहाँ पर कोई को हाथ न नीचअ न कोईको ऊपर। दोई हाथ बराबर। दो हाथ होय तभी तो जिंदगी ताल सुर म चल हअ। ताली भी दोइ हाथ स बज हअ। एकनअ हाथ खींच्यो कि परिवार म खेल बिगड्यो।"

"तबी तो जरा सी बात प नीं पटी कि ताल ठोक ख अलग हुआ। फिर बच्चा होण को काई होतो होयगो? उनख तो बिटमाणूंच पड़तो होयगो?' लेखन बोला।

"अठारह साल की उमर तक तो बाप की जिम्मेदारी रह हअ। बच्चा होण को खर्चो पिता ख उठाणूं पड़अ हअ। बाद म सरकार की जिम्मेदारी। हाँ कभी-कभी बच्चा होणख कोई एक भी सँभालअ हअ। कभी बाप तो कभी माँ? यदि खटपट अधिक नी होय तो रविवार का रविवार एकाध, घंटा का वास्ता माँ-बाप और बच्चा होण मिल लेय हअ।"

"शीतल भैया—यो हाफ ब्रदर अरू हाफ सिस्टर को सिस्टम भी तो वहाँ हअ, या काई बीमारी हअ? अपणा य्हाँ तो असो नी हईं? अभी तो नी हईं पर तू देखतो जा या बीमारी इधर भी फैलनो शुरू हुई रही हअ। अपणो देश भी तो तरक्की करणो चाह रहो हअ। य्हाँ भी तलाक का मामला होण बढ़ी रह्या हअ। जब एक पति-पत्नी स बच्चा होण हुइ जाय अरू कुछ दिन बाद पति-पत्नी को तलाक हुइ जाय। फिर पति या पत्नी की शादी कहीं और हो जाय तो उनका जो बच्चा होयगा वे पहले बच्चा होणका हाफ ब्रदर, हाफ सिस्टर होय ह।"

"यानी व्हाँ भी खो खो को खेल खेलणो जान ह। व्हाँ परिवार म चलतो रह हअ। आधा भाई अरू आधा बहिण ही नी फिर तो एक चौथाई भाई अरू बहिणी होता होयगा।"

"हाँ असो भी होय हअ।" शीतल ने कहा।

रामदास ने बीच में पूछ लिया—"भैया, यह बताओ जिस तरह आपको अपने घर की याद बीच-बीच में आ जाती है और आप दुनिया की चकाचौंध देखने के

बाद यहाँ के गाँव खेड़े में आ जाते हो, क्या अमेरिका में सालों निकालने के बाद भी लोग अपने देश आते होंगे?''

''जिस प्रकार घोड़े की लगाम खींचकर सवार सवारी करता है, यहाँ कई वर्ष रह लेने के बाद भारतीय संस्कारों पर अमेरिकी संस्कार सवारी तो कर ही लेते हैं। लगाम और चाबुक सीधे रास्ते पर तो ला देते हैं।'' हास्य ने उत्तर दिया।

''ऐसी सोच, किंतु सदा सच नहीं होता। कुछ घोड़े भटक जाते हैं, कुछ अटक जाते हैं, जबकि कई भारतीय घोड़े ऐसे भी हैं, जो यहाँ के सवारों को यहीं पटक भी जाते हैं।'' व्यंग्य ने समझाया।

''यहाँ के धार्मिक स्थलों, मंदिरों में, भारतीय बड़ी संख्या में न केवल स्वयं आते हैं बल्कि अपने बच्चों को भी शनिवार-रविवार को लाते ही हैं। माता-पिता बच्चों को भारतीय संस्कारों से ओत-प्रोत करने का कोई अवसर नहीं छोड़ते। उन्हें हरदम डर लगा रहता है कि मात्र प्रेमालापों अर्थात् यहाँ की धार्मिकता में वे न डूबें।'' शीतल ने समझाया।

''डर रहता है कि बाद में फादर्स डे, मदर्स डे, वेलेंटाइंस डे, पर आकर भारतीय बच्चे भी टिक जाएँगे। यह अपनी बड़ी दुनिया है, पर एकाकीपन के घटाटोप अँधेरे में डूबी हुई।'' व्यंग्य ने अपना मत बताया, फिर शीतल ने वह घटना सुनानी शुरू की।

एक बार जब हम बर्नसाइड पार्क में भ्रमण कर रहे थे, हमारा परिचय एक अनोखे परिवार से हुआ। पति-पत्नी दोनों हैट लगाए हुए पूर्णतः अमेरिकी परिधान में दोपहर लगभग बारह बजे प्रातः भ्रमण को आए। उसे आश्चर्य हुआ कि दोनों में से किसी के साथ में कुत्ते नहीं थे। भारतीयों की पहचान ही यह होती है कि उनके साथ कुत्ते नहीं होते हैं तो अपने बच्चे होते हैं। हिंदुस्तान में अलग बात है, प्रत्येक नेता संपन्न हो जाता है, अपने भविष्य के हित में कुछ कुत्ते पालकर उसे रखने पड़ते हैं, यहाँ क्या जरूरत? उन पति-पत्नी में से किसी को भी हिंदी नहीं आती थी। प्रारंभिक हैलो-हाय हुई, पर उन्हें भी आभास हुआ कि सामनेवाले तीनों भारतीय हैं। असल में पाकिस्तान, श्रीलंका, मैक्सिको या फिलीपींस के निवासी भी भारतीयों जैसे ही दिखाई देते हैं।

वे ठिठके, पर यह सोचकर आगे बढ़ने लगे कि इन्हें अंग्रेजी नहीं आती होगी। शीतल ने ही पहल की, चर्चा को आगे बढ़ाया, ''एक्सक्यूज मी, आर यू अमेरिकन? (क्षमा करें क्या आप लोग अमेरिकी हैं?)''

सामनेवाले व्यक्ति ने अतिशय प्रसन्नता व्यक्त करते हुए कहा, ''(वी आर ऑल्सो इंडियंस) हम भी भारतीय हैं।''

''(बट, यू डू नॉट लुक एन इंडियन फ्रॉम एनी कॉर्नर) अरे, आप तो कहीं से भी भारतीय नहीं दिखाई देते।'' शीतल ने पूछा।

''(वी आर इंडियंस, वी लव इंडियन कम्युनिटी ऑल्सो, बट, वी हेव गॉन वैरी मच अवे फ्रॉम इट) हम लोग भारतीय हैं, भारतीय समाज से प्रेम भी करते हैं, किंतु परिस्थितिवश हम उनसे बहुत दूर जा चुके हैं।'' पत्नी ने उच्छवास लेते हुए कहा।

''(वुड यू काइंडली नेरेट द पास्ट स्टोरी इन ब्रीफ?) क्या आप उस पूर्व कथा को संक्षेप में बता सकते हैं?'' शीतल ने पूछा।

फिर उन्होंने अंग्रेजी में अपनी पुरानी मार्मिक कथा सुनाई। हमारे पूर्वजों को अंग्रेज लोग ब्रिटिश गुयाना में लगभग दो सौ साल पहले मजदूर या गुलाम बनाकर ले गए थे। पापी पेट का सवाल था। पता नहीं भविष्य के पेट में अभी और क्या है? हमें बड़े पेड़ के रूप में पूरब की जलवायु से उखाड़कर पश्चिमी धरती के गहरे गड्ढे में गाड़ दिया गया। पौधे ही जब नई जगह अधिरोपित किए जाते हैं तो मर जाते हैं, तब बड़े झाड़ों का क्या ठिकाना? हम मर भी जाते तो उन्हें क्यों मलाल होता, उन्हें तो अपनी हरियाली बढ़ानी थी। अपनी जमीन से उखड़कर हमारे पूर्वज भी बहुत रोये थे। समय के साथ आँसू सूख जाते हैं। कभी कष्ट उठाए, कभी परिस्थितियों पर विजय प्राप्त की, कभी समझौते किए, पर अपने मार्ग पर निरंतर किसी तरह आगे बढ़ते रहे, जीवन में निराश होकर बैठे नहीं। हमारे परदादा का जन्म भी वहीं हुआ था।

''(बट यू डिडंट गो टू मदरलैंड फॉर मैनी डेकेड्स। व्हाय?) लेकिन आप लोग कई दशक तक अपनी जन्मभूमि ही नहीं गए। क्यों?'' शीतल ने पूछा।

''उन दिनों छुट्टी नहीं मिलती थी। और किराए के पैसे भी किसके पास होते थे।'' उनका संक्षिप्त उत्तर था।

फिर स्वगत ही अपनी कथा आगे बढ़ाई। लगभग सौ साल पहले हम लोग अमेरिका आए और पिछले चालीस वर्षों से लॉस एंजेल्स में हैं। हम लोग रक्षाबंधन, कृष्ण जन्माष्टमी, दशहरा, दीपावली, होली आदि त्योहार अपनी कम्युनिटी में ही छोटे रूप में मना लेते हैं, किंतु मनाते अवश्य हैं। हमारे पारिवारिक संबंधी कौन हैं, पता नहीं। मूल भारतीयों से कोई संपर्क ही नहीं रहा, अंग्रेजियत के परिवेश में विदेश में ही हमारे दादा का भी जन्म हुआ, हम सबका भी। अत: हिंदी की आवश्यकता पड़ी ही नहीं। हमें अफसोस है कि हरेक इंडियन हमें अमेरिकन ही समझता है,

इसलिए कभी कोई इंडियन हमसे बात नहीं करता। हम भी इसलिए नहीं करते कि पता नहीं इन्हें भी अंग्रेजी आती है या नहीं? वैसे भी जब तक परिचय न हो, यहाँ कोई किसी से हाय के अलावा बात नहीं करता।

यहाँ हमारी दूसरी एक अलग ही कम्युनिटी बन गई है। हम लोगों को हिंदी बिल्कुल नहीं आती, किंतु हम शुद्ध शाकाहारी हैं और घर में स्नान करने के बाद पूजा में मंत्रोच्चार करते हैं। गायत्री मंत्र और हनुमान चालीसा हमें याद है। हमने मंत्रादि रोमन इंग्लिश में लिख रखे हैं।

शीतल ने कहा, "विल यू प्लीज रिसाइट गायत्री मंत्र (क्या आप गायत्री मंत्र सुनाएँगी?"

अपने पति और हम लोगों के सामने बिल्कुल शुद्ध गायत्री मंत्र सुनाया। वे तीनों अवाक् और अभिभूत होकर सुनते रहे।

ऐसे ही कुछ और लोग मिले जिनके पास मात्र भारतीय नाम रह गए हैं, जैसे वेदवती, रवि, अंजलि, लक्ष्मी आदि, जो कहते भी हैं कि हम लोग दो-एक शताब्दी पूर्व भारत से ब्रिटिश गुयाना आए हुए लोग हैं, किंतु अब अंग्रेजी भाषा के अलावा कुछ नहीं जानते। दीपावली, विजयादशमी, रक्षाबंधन, होली मना लेते हैं। धरती को भले ही नहीं, धरती के मूल मंत्रों को छाती से चिपटाए रहते हैं।

शीतल तो वैसे ही ठंडा हो चुका था, दोनों की आँखों से भी टप-टप आँसू गिरने लगे। पहली बार उन्हें लगा कि करुण रस के सामने सब फीके हैं। करुण रस साहित्य के सभी रसों का राजा है। अभी तक जो प्रत्येक स्थिति पर बड़-बड़ किए जा रहे थे, कुछ भी बोलने की हालत में नहीं थे। दोनों की बोलती बंद हो चुकी थी। अपने घर से सही लगाव इसे कहते हैं।

अब शीतल की बारी थी। उसने अपने दोनों साथियों की ओर देखा। उसकी आँखों में एक ही प्रश्न था, "क्या यहाँ पर हास्य या व्यंग्य, किसी की भी सार्थकता है? जननी जन्म भूमिश्च स्वर्गादपि गरीयसी, भले ही रही हो, अब तो अमेरिका ही उनके लिए कर्मभूमि, पुण्यभूमि हो गई है।"

छह माह के दिन-रात के संग तीनों की अंतरंगता बहुत बढ़ गई थी। अब बिछोह का समय आ गया। शीतल ने उनसे कहा, "मेरे घर के सामने एक ठूँठ खड़ा हुआ देख रहे हो।"

दोनों के हाँ भरने पर उसने कहा, "अब वही मेरी नियति है।"

"कैसे?" व्यंग्य ने प्रश्न किया।

"आप लोग थे तो जीवन में हरियाली थी, आप लोग विदा हुए और मैं ठूँठ

बना। नहीं भाई, यह तो लंबी यात्रा थी, जिसमें दिन-रात साथ-साथ रहे, अब भी जब हमें बुलाओगे, हम आकर तेरे साथ खड़े हो जाएँगे।''

उसे तो कुछ और दिन अपने गाँव रुकना था। उन दोनों की खूदिया से भोपाल जाने की व्यवस्था करने के बाद शीतल ने आभार मानते हुए दोनों को अनुग्रहीत आँखों से विदाई दी।

वह अकेला खड़ा-खड़ा सोच रहा था, यात्रा के अंतिम पड़ाव का क्या ठिकाना? कह दिया जाए आगे रास्ता बंद है और जो यात्रा एक बार कर ली, दोबारा संभव न हो। समय तो कभी रुकता नहीं, मुट्ठी में भरी रेत के समान हाथ से फिसलता जाता है। नाटक का पटाक्षेप तो होना है। शीतल की इस यात्रा का अंतिम पड़ाव आ चुका है। जहाँ से आया है, वहाँ जाकर उसे अपनी कैफियत नहीं देनी होगी। अच्छा हो कि अभी से ही वह तैयारी शुरू कर ले, पूर्वाभ्यास के तौर पर जितनी भी तैयारी है, पहले अपने लंगोटिया मित्रों को सुना दे। अच्छी रिहर्सल हो जाने के बाद अंतिम प्रस्तुति श्रेष्ठ हो जाएगी। इसके जीवन चक्र के केंद्र में गुरु अभी तक डंडा लेकर बैठा है। कह रहा है, क्यों बे, तुझे 70 प्रतिशत से अधिक अंक दे दिए, फिर भी तेरी कथा 33 प्रतिशत पाने योग्य भी नहीं बनी। भारत में गुरुओं से कौन नहीं डरता? एक से एक महागुरु डंडा लेकर घूम रहे हैं। उन्हीं के भय से कॉपी में सर्वश्रेष्ठ लिखने का प्रयत्न तो किया है, पता नहीं इस बार भी वह उत्तीर्ण हो पाता है या नहीं?

□□□